AF151702

Rowohlt Verlag GmbH, Kirchenallee 19, 20099 Hamburg

Kontaktadresse nach EU-Produktsicherheitsverordnung:
produktsicherheit@rowohlt.de

Leena Lehtolainen, 1964 geboren, lebt und arbeitet als Kritikerin und Autorin in Degerby, westlich von Helsinki. Sie ist eine der erfolgreichsten Schriftstellerinnen Finnlands. Auf Deutsch sind bislang erschienen: «Auf die feine Art» (rororo 23089), «Alle singen im Chor» (rororo 23090), «Zeit zu sterben» (rororo 23100), «Weiß wie die Unschuld» (rororo 23439), «Der Wind über den Klippen» (rororo 23495), «Die Todesspirale» (rororo 23496), «Kupferglanz» (rororo 24300), «Wie man sie zum Schweigen bringt» (rororo 23829), «Im schwarzen See» (rororo 23816) und «Auf der falschen Spur» (Kindler Verlag).

Leena Lehtolainen

Du dachtest, du hättest vergessen

vergessen Roman

Deutsch von
Gabriele Schrey-Vasara

Rowohlt Taschenbuch Verlag

Die Originalausgabe erschien unter dem Titel
«Kun luulit unohtaneesi» bei Tammi, Helsinki.

Redaktion Stefan Moster

Mehr Information zur Autorin
unter www.leena-lehtolainen.de

3. Auflage Juli 2020

Veröffentlicht im Rowohlt Taschenbuch Verlag,
Reinbek bei Hamburg, Februar 2009
Copyright © 2007 by Rowohlt Verlag GmbH,
Reinbek bei Hamburg
«Kun luulit unohtaneesi» Copyright © 2002
by Leena Lehtolainen
Umschlaggestaltung any.way, Barbara Hanke / Cordula
Schmidt (Foto: Yolande De Kort, Trevillion Images)
Satz Minion PostScript, InDesign, von
hanseatenSatz-bremen, Bremen
Druck und Bindung BoD - Books on Demand GmbH,
Norderstedt, Germany
ISBN 978 3 499 23498 9

Alles ist möglich. Auf Großmutters Beerdigung begriff ich, dass die schrecklichsten Dinge passieren konnten. Es war Ende August, im Wald hinter Großmutters Haus reiften überall Preiselbeeren. Der rote Brei, den sie mit dem Grieß daraus kochte, war immer mein Leibgericht gewesen. Mutter bekam ihn nie so gut hin, und bei mir wurde er entweder klumpig oder zu süß. Ich saß in der Kirche, und mir war zum Weinen zumute. Tante Sara machte merkwürdige Geräusche, ich wusste nicht, ob sie lachte oder weinte, der Pfarrer gab süßliche Plattitüden von sich, Kaitsu und Veikko verlasen die Gedenkworte von der Schleife an unserem gemeinsamen Kranz. Danach sah ich den anderen Trauergästen beim Niederlegen ihrer Kränze zu, Großmutters Nachbarn und ihren Kollegen aus dem Laden. Es waren viele gekommen, Großmutter war beliebt gewesen.

Der Leichenschmaus fand in ihrem Haus statt. Mutter hatte tagelang gebacken. Mein Bruder Kaitsu kochte Kaffee, ich goss ein und bot den Kuchen an. Veikko las die Beileidstelegramme vor. Es waren eine ganze Menge. Viele Kunden erinnerten sich noch an Großmutter, obwohl sie schon vor zehn Jahren in Frührente gegangen war. Sie wurde nur einundsiebzig, dabei war sie mir immer uralt vorgekommen. In den letzten Jahren hatte sie alles versucht, um mich unter die Haube zu bringen, denn immerhin wurde ich bald dreißig.

Am Abend ging ich auf den Dachboden. Mutter räumte die Küche auf, Sara lag auf Großmutters Bett und weinte. Die Wirkung der Beruhigungspillen, die sie genommen hatte, ließ allmählich nach.

Ich selbst hätte ohne Saras Betablocker die Aufnahmeprüfung zur Musikschule nie geschafft. Mutter war tagelang wütend gewesen, als sie davon erfuhr, aber als dann die Ergebnisse kamen, hatte sie Sara verziehen. Vor Prüfungen und Konzerten hatte Sara mir keine Beruhigungsmittel mehr zugesteckt, sie waren in den neun Jahren, die ich nun schon an der Musikschule studierte, regelmäßig danebengegangen.

Mutter und Veikko wollten bleiben und das Haus leer räumen. Mutter hatte sich dafür im Buchladen ein paar Tage freigeben lassen, mein Onkel Veikko war Schriftsteller und konnte sich die Zeit selbst einteilen. Wir anderen würden gleich am nächsten Morgen zurückfahren, weil Kaitsu am frühen Abend wieder arbeiten musste.

Als ich aus dem Fenster schaute, sah ich Veikko und Kaitsu auf der Treppe sitzen und trinken. Sogleich kamen meine guten Vorsätze ins Wanken, ich spürte schon den ersten Schluck am Gaumen, das Brennen im Hals, die Wärme im Magen. Aber ich blieb dabei: Heute würde ich nicht trinken, nicht an diesem Tag.

Mutter hatte das Radio eingeschaltet, und das Wunschkonzert schallte durch das ganze Haus. Sie hatte mir aufgetragen, unter Großmutters Sachen auszusuchen, was ich haben wollte, bevor Sara alles an sich riss. Ich wollte nur die Schachtel mit den Briefen und die Katze, mit der ich als Kind gespielt hatte. Die Katze saß auf dem Fensterbrett der Bodenkammer, in der wir und Mutter früher geschlafen hatten. Der weiße Kachelofen war noch da, auch das Bett mit der Zierschnitzerei, das ich das Prinzessinnenbett genannt hatte, stand noch an seinem Platz, an der Wand hing immer noch der alte Kunstdruck, ein Gemälde von Edelfelt, auf dem die Sünderin vor Jesus kniet. Dieses Bild hatte ich von klein auf gehasst.

Jetzt hatten sich Kaitsu und Veikko in der Bodenkammer eingerichtet. Da Sara Großmutters Schlafzimmer für sich in Anspruch nahm, mussten Mutter und ich in der Wohnstube schlafen. Wenn man zwei Bänke zusammenschob und Matratzen darüberlegte, bekam man eine Art Doppelbett. Als Kind hatte ich es spannend gefunden, auf der Bank zu schlafen, aber jetzt sehnte ich mich nach meinem eigenen, weichen Bett.

Auf dem Dachboden schlug mir der vertraute Sägemehlgeruch entgegen. Ich trat leise auf, damit unten niemand hörte, wo ich gerade war. Die Briefschachtel hatte ich im Nu gefunden, denn Großmutter hatte ihre Sachen seit Jahren immer an derselben Stelle verstaut.

Ich war neun gewesen, als sie mit mir die Sommergardinen vom Dachboden geholt hatte. Oben hatte ich sie gefragt, ob die Gardinen in dem fest zugeklebten Karton seien, da war sie plötzlich wütend geworden.

«Finger weg!», hatte sie gefaucht, und ich war zurückgesprungen wie eine Katze, die einem Igel in die Quere gekommen ist, denn Großmutter hatte sonst nie geschimpft. Ein einziges Mal nur hatte sie mich an den Haaren gezogen, weil ich ein frischgebügeltes Tischtuch zerknittert hatte.

Als Tante Sara und ich ein paar Jahre später auf dem Dachboden nach Saras alten Schlittschuhen suchten, die ich erben sollte, fiel mein Blick wieder auf die Schachtel. Ich wollte wissen, was darin war. Sara war nicht wie die anderen Erwachsenen. Sie hatte zwar selbst Geheimnisse, plauderte aber gern aus, was andere im Verborgenen taten.

«Da sind Ranes Sachen drin», flüsterte sie mit rätselhafter

Miene. Die Schachtel zog mich magisch an, doch gleich darauf fand Sara die Schlittschuhe, und wir mussten gehen.

Ich hätte gern mehr über diesen Rane erfahren. Ich wusste nur, dass er Großvater mit einem Hammer den Schädel eingeschlagen hatte. Damals war ich fünf gewesen und Kaitsu zwei. Ein halbes Jahr vorher hatte sich unser Vater aus dem Staub gemacht.

Die Schachtel war leichter, als ich sie in Erinnerung hatte, doch als ich sie schüttelte, hörte es sich genauso an wie früher. Ich verstaute sie in der Tasche, die ich mit nach oben genommen hatte, und beim zweiten Versuch gelang es mir, den Reißverschluss zuzuziehen. Dann holte ich die Katze aus der Bodenkammer. Sie war aus grauer Wolle gehäkelt, mit Watte gefüllt und hatte eine dicke rote Zunge. Ich steckte sie zu der Schachtel in die Tasche. Da hörte ich meine Mutter rufen:

«Katja, hilf mir mal beim Abtrocknen!»

Veikko hatte Wegwerfgeschirr vorgeschlagen, doch davon hatte Mutter nichts hören wollen. Also hatten wir Tassen von den Nachbarn und vom Hausfrauenverein geliehen, und jetzt klapperte wütend das Geschirr. Als Kind hatte ich mich immer verzogen, wenn ich dieses Geräusch hörte, aber jetzt war ich erwachsen.

Im Küchenschrank lag ein Stapel ordentlich gemangelter Geschirrtücher. Ich nahm das oberste, das mit Großmutters Initialen bestickt war: A. L., Aino Liimatainen. Ich trocknete das Geschirr ab und sortierte es. Großmutters beste Tassen, die mit dem Goldrand, waren nie benutzt worden, wenn ausschließlich Familienmitglieder zu Besuch kamen. Die Alltagstassen aus dünnem Porzellan mit buntem Blumenmuster waren mittlerweile begehrte Sammlerstücke.

Die Haustür schlug zu, den Schritten nach war Veikko hereingekommen.

«Wir heizen die Sauna. Wollt ihr auch?»

«Ich auf jeden Fall», schnaubte Mutter mit schweißnassem Gesicht. «Was Sara will, weiß man nie. Hast du mit Korpelainen gesprochen?»

«Er meint, wir sollten uns den Makler sparen. Dreihundertfünfzigtausend bietet er. Das sind mehr als hundert Riesen für jeden», brummte Veikko. Seine Stimme wurde tiefer, wenn er getrunken hatte, aber auch wenn er schüchtern war. Ich hatte einmal ein Interview mit ihm im Radio gehört und mich gewundert, wieso sein Tenor zum Bass abgesunken war. Die Satzmelodie und die Wortwahl waren mir vertraut gewesen, die Stimmlage nicht.

«Erzähl Sara noch nichts davon», bat Mutter. «Sonst bringt sie wieder alles durcheinander.»

Veikko schwankte leicht, als er wieder nach draußen ging. Kaitsus Lachen zog meinen Blick zum Fenster, und ich sah, wie er Veikko die Flasche hinhielt. Ich musste schlucken.

«So waren sie immer schon, die Liimatainen-Männer», kommentierte Mutter trocken. Sie rechnete auch Kaitsu zu den Liimatainen-Männern, obwohl wir mit Nachnamen Tiainen hießen. Sara wiederum hatte ihren Familiennamen von klein auf gehasst und vor zehn Jahren den Mädchennamen ihrer Urgroßmutter angenommen: Selin. Gleichzeitig hatte sie das zweite a aus ihrem Vornamen gestrichen, aber Veikko und Mutter schrieben immer noch «Saara».

Kaitsu hatte viel mehr Ähnlichkeit mit Mutter als ich. Er hatte ihren zierlichen Körperbau, dazu helle Haut, blonde Haare und blaue Augen. Ich kam nach meinem Vater, hieß es, ich war dunkelhaarig, grobknochig und breitschultrig.

Mutter war nicht zum Reden aufgelegt. Wir sahen uns die Nachrichten an, während die Männer in der Sauna waren, und sie sagte kein Wort, nicht einmal, als berichtet wurde, dass Prinzessin Margaret wieder im Krankenhaus lag. Im Allgemeinen sprach sie von den Angehörigen der Königshäuser und Prominenten, als wären sie persönliche Bekannte. Wenig später kamen Veikko und Kaitsu aus der Sauna zurück und schwiegen ebenfalls. Ich holte eine Flasche Johannisbeersaft aus dem Schrank und kämpfte mit dem Drang, einen Schuss Schnaps darunter zu mischen. Sara schlief immer noch. Auch in der Sauna sagte Mutter kein Wort. Ich erinnerte mich an die vielen Male, die ich mit Großmutter hier gesessen hatte. Sie hatte mir mit einer runden, harten Plastikbürste die Kopfhaut geschrubbt, und ich hatte mich gerächt, indem ich statt des Saunaschwamms dieselbe Bürste genommen hatte, um ihr den Rücken zu waschen. Viele kleine Erlebnisse kamen mir in den Sinn, zum Beispiel der Geschmack der Limonade, die es an Kaitsus Geburtstag gegeben hatte und die in der Sauna warm geworden war. Nur an das dramatischste Ereignis meines Lebens hatte ich keinerlei Erinnerung.

Ich hatte es erst in dem Sommer erfahren, in dem ich konfirmiert wurde, natürlich von Sara. Angeblich hatten wir Kinder fest geschlafen, als es passiert war, und am nächsten Morgen hatte Mutter uns früh geweckt, war mit uns in den ersten Überlandbus gestiegen und hatte uns vorgeschwindelt, Großvater und Rane seien beim Angeln. Zu Hause hatte sie uns ein paar Tage später erzählt, dass Großvater gestorben war. Rane kam nicht zur Beerdigung, es hieß, er sei nach Schweden gegangen wie unser Vater. Ich malte mir aus, wie er Vater von dort zurückbringen würde. Rane wurde mein Held.

Als wir aus der Sauna kamen, saß Sara am Küchentisch und aß vom übriggebliebenen Hefegebäck. Ihre Augen waren geschwollen, und die Haare standen wirr in die Höhe. Sie waren neuerdings wieder blond. Vor ein paar Jahren hatte Sara sie schwarz gefärbt und behauptet, so sähen wir aus wie Schwestern. Sie war nur zwölf Jahre älter als ich.

«Der Hefezopf schmeckt herrlich, Sirkka. Hast du den selbst gebacken? Darf ich noch ein Stück nehmen?»

«Ich wollte den Rest eigentlich für die Kollegen mitnehmen», antwortete Mutter säuerlich. Ich verzog mich, putzte mir die Zähne und machte in der Wohnstube das Bett zurecht. Dann nahm ich zwei Schlaftabletten und knipste das Licht aus. Wieder packte mich die Angst, die Schlaftabletten würden nicht wirken, ich würde mich die ganze Nacht herumwälzen und die Schreie in meinem Kopf hören. Doch die Furcht löste sich bald in Dunkelheit und Stille auf.

Als ich die Augen aufschlug, war es acht. Im Badezimmer brummte Veikkos Rasierapparat. Es war ein faszinierendes und zugleich furchterregendes Geräusch, das ich zu Hause nie gehört hatte. Kaitsu hatte sich spät entwickelt, erst mit sechzehn waren ihm die ersten Barthaare gewachsen, und damals wohnte ich schon mit Karri zusammen.

Die Geräusche in Großmutters Haus waren mir deutlich in Erinnerung geblieben, sie waren anders als bei uns zu Hause. Das Haus stand inmitten der Felder, man hörte nur die Kühe des Nachbarn. Nach Großvaters Tod hatte sie die Felder zunächst verpachtet und später dann verkauft, weil Sara Geld für ihr Studium brauchte. Jetzt war vom ehemaligen Grundbesitz nur noch ein halber Hektar übrig.

Das Gespräch vom Vorabend fiel mir wieder ein: Ein gewisser Korpelainen interessierte sich für das Haus. Er glaubte offenbar nicht, dass es Unglück brachte, ein Haus zu kaufen, in dem ein Mord geschehen war.

Ich zuckte zusammen, als mir klar wurde, dass sich Großvater und Rane in dieser Stube hier gestritten hatten. Warum hatte Rane einen Hammer bei sich gehabt? Ich setzte mich auf. Als ich die Füße unter der Bettdecke hervorschob, kam Kaitsu herein.

«Morgen», stöhnte er. «Hast du Aspirin? Mir dröhnt der Schädel.»

Ich holte die Pillendose aus dem Koffer, Kaitsu nahm gleich zwei Tabletten.

«Kannst du überhaupt fahren?»

«Ich hab gerade gemessen, null Komma zwei. Bis wir abfahren, bin ich auf null», beteuerte er.

Ich packte das Bettzeug zusammen und zog mich an. In der Küche war der Frühstückstisch schon gedeckt. Mutter steckte voller Energie, wie immer, wenn es etwas zu organisieren gab, Veikko redete von der Sickergrube, die geleert werden musste. Nach dem Frühstück wurde Kaitsu unruhig.

«Schläft Sara noch immer? Wir müssen los.»

«Soll sie doch mit dem Bus nachkommen», schlug Veikko vor, aber Mutter schüttelte den Kopf.

«Im Bus wird ihr schlecht. Wahrscheinlich hat sie die halbe Nacht wach gelegen, nachdem sie gestern am Tag so lange geschlafen hat. Ich weck sie.»

Sie klopfte an die Schlafzimmertür und ging hinein. Man hörte wütendes Fauchen, wie von zwei Katzen, die sich zum ersten Mal begegnen. Als Kind hatte ich mir immer die Ohren zugehalten, wenn Sara meine Mutter anbrüllte. Meist hatte Mutter gleichmütig zugehört, nur ein paarmal war sie selbst wütend geworden, dann aber gründlich. Großmutter hatte ihre Töchter jedes Mal zur Aussöhnung gezwungen, worauf Sara uns wieder regelmäßig besuchte und Mutter die Ohren vollschwatzte.

Die Männer trugen bereits die Koffer zum Wagen, als Sara endlich aufstand. Ihr violettes Nachthemd sah aus wie ein Unterrock mit Fransen und ließ ihre Haut gelblich erscheinen. Sara hasste die Sonne. Sie sagte immer, sie sei ein Krebs, ein Mondkind.

«Gibt's Kaffee?», fragte sie. Wenn Sara mitfährt, brauche ich mich auf der Rückfahrt nicht mit Kaitsu zu unterhalten, dachte ich zufrieden, denn Sara hatte die Angewohnheit, alle Gespräche allein zu bestreiten. Spätestens auf halber Strecke würde Kaitsu es nicht mehr aushalten und seinen Heavy Rock voll aufdrehen.

«Ich hab noch gar nicht gepackt», fauchte Sara, als Kaitsu hereinkam und sie zur Eile antrieb. «Katja, hilf mir mal, die Kaffeetassen einzupacken, die krieg ich. Und die große Glasplatte auch. Was hast du dir eigentlich genommen?»

«Nur die Katze aus der Bodenkammer.»

«Aber die gehört mir, die hat Mutter für mich gehäkelt! Gib sie her!»

«Bisher hast du dir nie etwas aus ihr gemacht», giftete ich zurück. «Du hast sie nicht mal mitgenommen, als du ausgezogen bist.»

«Sie gehört aber mir.»

Ein Außenstehender hätte die Szene wahrscheinlich komisch gefunden: Eine vierzigjährige Frau und ihre fast dreißigjährige Nichte streiten sich um ein Kinderspielzeug.

«Ich bin jetzt ein Waisenkind! Du hast deine Mutter noch», verlegte Sara sich aufs Betteln.

«Bitte, da hast du dein Spielzeug!» Ich zog die Katze aus der Tasche und warf sie ihr vor die Füße. Immerhin hatte ich noch die Briefe. Ich stopfte meine restlichen Sachen in die Tasche, brachte sie zum Wagen und verstaute sie zuunterst im Kofferraum. Zu Hause erwarteten mich eine Flasche Schnaps und eine Tafel Schokolade als Belohnung für das entsetzliche Wochenende. Sechs Stunden Fahrt von Pielavesi nach Helsinki, sogar weniger, falls Kaitsu über die Geschwindigkeitsbeschränkungen hinwegsah.

Es wurde Mittag, bevor alles verstaut war. Kaitsu hatte sich

Teppiche und Werkzeug ausgesucht. Der Hammer war sicher nicht der, mit dem Großvater erschlagen worden war. Tatwaffen wurden beschlagnahmt. Wer hatte den neuen Hammer gekauft? Hatte Großmutter ihn je in die Hand nehmen können, ohne daran zu denken, wozu der vorige benutzt worden war?

Es wurde Herbst, die ersten Espenblätter färbten sich bereits rötlich. In der Nacht hatte es geregnet, neben dem Auto spiegelten sich in einer riesigen Pfütze die vorbeiziehenden Wolken. Die Sonne malte einer von ihnen einen Goldrand, und ich rief unwillkürlich:

«Guckt mal, wie schön die Wolke aussieht!»

«Wo denn, ich seh nur Schwarz», maulte Sara, die auf der anderen Seite der Pfütze stand. Mutter starrte auf das Wasser, Veikko schaute nach oben, dann wieder in die Pfütze.

«Das Spiegelbild ist schöner», lächelte er und warf mir einen merkwürdigen Blick zu. Einmal waren wir zu zweit beim Angeln gewesen, und ich hatte gewagt, ihm zu erzählen, als was ich die Wolken sah. Veikko hatte mir zugehört, ohne zu lachen. Ich merkte, dass nur er und ich die Wolke sehen konnten. Sara ging zwar um die Pfütze herum, aber in der falschen Richtung. Ich schlug den Kofferraumdeckel zu und setzte mich auf die Rückbank.

Der Abschied von Großmutters Haus stimmte mich traurig, denn ich wusste, dass ich es nie mehr wiedersehen würde. Die gelben Wände schienen näher aneinandergerückt zu sein als in meiner Kindheit. In diesem Haus hatte ich gelernt, Erdbeermilch zu machen und Eierpfannkuchen zu backen. Hier hatte ich im Sommer 84 zum ersten Mal meine Tage bekommen, hierher hatte ich mich nach der Trennung von Karri geflüchtet. Im Wald hinter dem Haus hatte ich Pilze und Beeren gesammelt, in den langen, stillen Sommernächten hatte ich im See geplanscht und die Nebelschwaden, den Mond und die Sterne betrachtet. Hier hatte ich einige meiner besten Songs geschrieben. In diesem Haus war ich manchmal glücklich gewesen. In diesem Haus, in dem Onkel Rane meinen Großvater erschlagen hatte.

Sara umarmte Veikko und Mutter zum Abschied, Kaitsu und ich winkten nur. Den Wegrand säumten Weidenbüsche und Kiefern, ein dunkles Grün, durch das nur selten ein Sonnenstrahl drang. Viele Häuser in der Gegend standen leer. Wenn dieser Korpelainen tatsächlich Großmutters Haus kaufte, hatten wir Glück. Sara erzählte, welche Ängste sie ausgestanden hatte, wenn sie durch den Wald zur Schule gehen musste, und wie ihr in den kältesten Wintern fast das Gesicht erfroren war. Niemand hatte eine so elende Kindheit gehabt wie Sara, die bei dreißig Grad Frost in Gummistiefeln laufen musste, weil Großvater das Geld für die Winterschuhe versoffen hatte.

Ich hatte kaum Erinnerungen an Großvater. Nur an seinen Mundgeruch erinnerte ich mich, und daran, dass man nie wusste, wie er gelaunt war. Bei guter Laune nahm er mich auf den Schoß, sang und erzählte Geschichten, aber wenn er schlecht aufgelegt war, jagte er uns Kinder auf den Dachboden. Er war oft unrasiert, hatte graue Bartstoppeln und verlegte dauernd seine Brille, sodass er nicht Zeitung lesen konnte. Kaum zu glauben, dass er bei seinem Tod erst siebenundvierzig gewesen war, nur einige Jahre älter als Veikko jetzt.

«Und als Rane Vati umgebracht hat», spann Sara ihre Geschichte weiter, die ich nicht hören wollte, «was glaubt ihr, wie ich da gequält worden bin. Dein Bruder ist ein Mörder und sitzt im Kittchen, haben sie gerufen und mich an den Haaren gezogen. Noch in der Oberstufe, stellt euch das mal vor! Ich war ein sensibles Mädchen, nach einer Weile habe ich mich gar nicht mehr in die Schule getraut. Übers Schikanieren in der Schule hat man damals noch nicht geredet, die Lehrer dachten wohl, es ist meine eigene Schuld, weil ich aus so einer Familie komme. Am liebsten wäre ich von der Schule abgegangen, aber Mutter hat es nicht erlaubt.»

Zu Ranes Beerdigung hatten Kaitsu und ich nicht mitkommen dürfen. Er war nicht neben Großvater ins Familiengrab gelegt worden, sondern in ein Einzelgrab in der hintersten Ecke des Friedhofs. Mit der Zeit hatte ich Rane und Großvater dann vergessen, denn sie wurden nie erwähnt. Erst in dem Sommer, als ich konfirmiert wurde, zeigte Sara mir das Grab und erzählte, dass Rane sich nach einem halben Jahr im Gefängnis umgebracht hatte. Da rannte ich zu Mutter und bestürmte sie mit meinen Fragen, aber sie gab mir keine Antwort, sondern schimpfte mit Sara, die seitdem, von einzelnen Andeutungen abgesehen, auch nicht mehr von Rane gesprochen hat.

Als Veikkos erster Roman erschien, waren Mutter und Großmutter schockiert. Es war die Geschichte eines Vatermordes, der allerdings im Bürgerkrieg in Helsinki passierte, wo Vater und Sohn auf entgegengesetzten Seiten kämpften. Irgendein Journalist hatte jedoch herausgefunden, dass der Bruder des Autors seinen Vater umgebracht hatte, und daraufhin versucht, Übereinstimmungen zwischen Fiktion und wirklichem Leben zu finden. Veikko hatte jeden Kommentar verweigert.

Karri war der Erste, dem ich von Rane zu erzählen wagte. Als er mich verließ und zum Zivildienst ging, brach eine Welt für mich zusammen. Damals kam mir zum ersten Mal der Gedanke, dass mit Großvaters Tod und Ranes Selbstmord alles Übel seinen Anfang genommen hatte und dass ich mich besser fühlen würde, wenn ich herausfände, was damals wirklich passiert war.

Als Großmutter ins Krankenhaus musste, fragte ich mich, ob Schuldgefühle krank machen können. Vielleicht hatte sie nur deshalb nie über Großvaters Tod sprechen wollen, damit niemand merkte, dass man den Falschen ins Gefängnis gesteckt hatte. Nach Ranes Selbstmord waren die anderen in Sicherheit, niemand würde den wahren Täter finden.

Nasser Asphalt und wuchernde Weidenbüsche flogen vorbei, während ich an meinen toten Onkel dachte. Ich war sicher, ich würde Sara dazu bringen können, über Großvater und Rane zu sprechen, wollte das Thema aber nicht anschneiden, solange Kaitsu dabei war. Sollte ich Sara zum Kaffee einladen? Sie wohnte auch in Helsinki, nicht weit von mir, im Stadtteil Alppila. Nein, es war besser, zuerst die Briefe zu lesen. Vielleicht würde ich durch sie die Wahrheit erfahren, ohne jemanden fragen zu müssen.

«Wollt ihr beiden euch eigentlich keine Kinder zulegen?», erkundigte sich Sara plötzlich, drehte sich auf dem Beifahrersitz um und sah mir ins Gesicht. «Soll unsere Familie etwa aussterben?»

Kaitsu bekam rote Ohren. Er würde Sara sicher keine Antwort geben. In seinem Fall war die Frage absolut lächerlich: Er war erst fünfundzwanzig und hatte es nicht eilig, eine Familie zu gründen. Ob er neuerdings eine feste Freundin hatte, wusste ich nicht, denn er sprach nie über solche Dinge.

«Ich hab mir Gedanken gemacht, wisst ihr», fuhr Sara fort, ohne auf eine Antwort zu warten. «Ich glaube, ich suche mir in irgendeinem Lokal einen intelligent aussehenden Burschen und lass mir von ihm ein Kind machen. Ein One-Night-Stand und bäng! Ein Kind kann ich auch allein großziehen. Mein Problem ist, dass ich immer auf die falschen Männer reinfalle. Ich werde Mutter, hört ihr? Der Mann braucht gar nichts davon zu erfahren.»

«Tu das nicht!», fuhr Kaitsu sie unerwartet heftig an.

«Was ist denn dabei? Was er nicht weiß, macht ihn nicht heiß.»

«Ich würde mir jedenfalls nicht wünschen, dass eine Frau so

mit mir umspringt», sagte Kaitsu, hörte dann aber schweigend zu, als Sara uns ihren Plan erklärte. Sie würde irgendeinen attraktiven, intelligenten Mann aufreißen, nur für eine Nacht, denn alles andere bringe emotionales Chaos. Neun Monate später hätte sie dann ein Kind.

Ich äußerte mich nicht dazu. Sara fasste ständig neue Pläne, mal wollte sie nach Italien ziehen, mal in die Politik gehen, dann wieder ein Restaurant eröffnen, aber sie hielt an keiner Idee lange fest. Wenn sie sich nicht gleich heute Abend einen Vater für ihr Kind angelte, hätte sie das Ganze morgen schon wieder vergessen.

Kaitsu hatte aufs Gas getreten, wir hatten fast hundertzwanzig auf dem Tacho. Plötzlich unterbrach er Saras Gerede.

«Denk doch mal nach! Dein Vater war ein Säufer, dein Bruder war ein Mörder, und du selbst bist total labil. Gegen solche Gene kommt auch der beste Zuchthengst nicht an!»

Es dauerte einige Sekunden, bis Sara begriff. Dann brüllte sie los.

«Halt sofort an! Mit dir fahre ich keinen Meter weiter!»

Kaitsu trat auf die Bremse und brachte den Wagen an der Einmündung eines kleinen Waldwegs zum Stehen. Sara stieg aus, knallte die Tür ins Schloss und holte wütend ihren Koffer und die Geschirrkisten aus dem Kofferraum. Sobald sie den Deckel zuschlug, ließ Kaitsu den Motor wieder an. Er beschleunigte den Mercedes in wenigen Sekunden auf hundert und schaltete die Stereoanlage ein. Die Heavy-Metal-Band Niskalaukaus legte voll los. Nach dem ersten Song hielt Kaitsu wieder an und rief:

«Setz dich nach vorn!»

Ich folgte seiner Aufforderung, stellte die Lehne zurück und schloss die Augen. Sara würde schon irgendwie nach Hause kommen. Sie hatte ihr Handy dabei, und Mutter hatte sich den Kleintransporter vom Buchladen ausgeliehen. Ich ließ Kaitsu in

Ruhe, bis sein Zorn verraucht war. Mit den Wutanfällen meines Bruders war nämlich nicht zu spaßen.

Bei dröhnender Musik fuhren wir eine halbe Stunde lang schweigend weiter, an Leppävirta vorbei, dann an Varkaus. Kurz vor Joroinen klingelte mein Handy. Auf der Anzeige erschien Mutters Nummer.

«Warum habt ihr Sara bloß so in Rage gebracht?»

«Wo ist sie jetzt?»

«Im Taxi, auf dem Weg hierher. Was glaubt ihr, wer das wieder bezahlt? Ich natürlich! Ihr hättet nun wirklich nach einer Weile zurückfahren und sie aufsammeln können, nachdem sie sich beruhigt hat. Warum musste Kaitsu …»

Ich hielt meinem Bruder das Handy hin und schloss die Augen. Noch vier Stunden bis nach Hause. Schokolade, Alkohol und die Briefe in der Schachtel. Sara hätte ihrerseits Kaitsu an den Kopf knallen können, dass er außer einem versoffenen Großvater und einem mörderischen Onkel obendrein noch einen Vater hatte, der ein mieser Säufer und Hurenbock war, vollkommen unfähig, auch nur für seine Gitarre die Verantwortung zu tragen, von Frau und Kindern ganz zu schweigen. Dann hätte an Saras Stelle Kaitsu einen der berüchtigten Liimatainen-Wutanfälle gekriegt, die so oft mit Scherben und zerdellten Kochtöpfen endeten.

So war es vermutlich auch bei Rane gewesen. Er hatte im Suff einen Wutanfall gehabt, der seine Hand zum Hammer greifen ließ und den Hammer an Großvaters Schläfe führte, noch bevor sein Gehirn ganz begriff, was geschah. In den Zeitungen hatte gestanden, er habe nur einmal zugeschlagen. Großvater hatte sturzbetrunken auf dem Fußboden gelegen, als es passierte. Wie hatte er es in dem Zustand überhaupt fertiggebracht, seinen Sohn derart in Rage zu versetzen?

Großmutter war es bestimmt leid gewesen, dass ihr Mann

jeden Pfennig vertrank, den sie nach Hause brachte. Mutter hatte sich schon mit sechzehn vor ihrem trunksüchtigen Vater nach Kuopio geflüchtet, wo sie auf die Handelsschule ging. Mit achtzehn hatte sie dort beim Tanzen einen Musiker aus Helsinki kennengelernt und war schwanger geworden. Sie war mit ihm ins Hauptstadtgebiet gezogen, zuerst nach Malmi, dann nach Matinkylä, nur um festzustellen, dass dieser Eero Tiainen genau so ein Säufer war wie Großvater. Als sie dreiundzwanzig war, hatte unser Vater sie verlassen.

Wir hielten am Hotel Juva, um Kaffee zu trinken. Kaitsu kaufte Zeitungen, damit er dabei nicht zu reden brauchte. Im Auto blieb ihm das ohnehin erspart, dafür sorgte die Musik. Auf dem Rest der Strecke ging er nur vom Gas, wenn er eine Radarkamera sah, ansonsten brauste er mit hundertfünfzig Sachen über die Autobahn, wechselte ständig die Spur, hupte und blinkte, wenn vor ihm ein Idiot mit hundertdreißig auf der Überholspur zockelte. Wir kamen eine Dreiviertelstunde früher an, als ich gedacht hatte. Ich gab Kaitsu Benzingeld und ging die Treppe zu meiner Wohnung hinauf.

Da ich erst vor einigen Wochen in die Orionkatu gezogen war, erschien mir die Umgebung noch neu und spannend. Das Meer, das ich vom Fenster aus sah, wechselte ständig sein Aussehen, jenseits der Bucht ragten die Hochhäuser von Osthelsinki auf. Noch verbarg das Laub der Bäume die Gefängnismauern, doch im Winter würden auch sie zu sehen sein. Ich hatte die Wohnung nur wegen der Aussicht gemietet, die enge Kochnische und die abblätternde gelbe Wandfarbe störten mich nicht.

Die Schnapsflasche stand auf dem Esstisch. Ich nahm einen langen Zug, dann war die Schokolade an der Reihe, ein ganzer Riegel auf einmal. Ich ließ mich auf das Sofa fallen und schaute hinaus. Es war windstill, das Meer sah aus wie ein lose gespanntes graues Tuch. Der Alkohol und der Zucker gingen mir ins Blut und wärmten Magen, Mund und Herz. Nach einer Weile fühlte ich mich stark genug, die Schachtel zu öffnen.

Mehrere Schichten Klebeband verschlossen den Deckel mit der verblichenen blauen Aufschrift. Zuerst versuchte ich, es mit den Fingern abzureißen, aber schließlich musste ich doch eine Schere zu Hilfe nehmen. Ich schlitzte es vorsichtig auf, um den Inhalt der Schachtel nicht zu beschädigen. Mein Herz klopfte wie verrückt, ich brauchte unbedingt einen Beruhigungsschluck. Ich goss Schnaps in ein hohes Glas und füllte es mit Diätcola auf. Dann nahm ich die Briefe heraus.

Frau Aino Liimatainen, 72530 Säviäntaipale, stand auf dem obersten Umschlag. Es waren acht Briefe, darunter lagen zwei blaue Hefte, dann kamen wieder Briefe. Auf den obersten stand kein Absender, aber auf den etwa zehn Briefen, die unter den Heften lagen, war er angegeben: Rane Liimatainen, zuerst Rekrut, dann Soldat. Mein Onkel Rane hatte es nicht mal zum Gefreiten gebracht, denn er hatte sich nicht anpassen können und war vorzeitig aus dem Wehrdienst entlassen worden. Auch deshalb war er mir immer sympathisch gewesen.

Die Briefe aus der Kaserne interessierten mich weniger. Ich nahm den anderen Stapel zur Hand. Er war mit brauner Papierschnur zusammengebunden, die so fest verknotet war, als sollte sie nie mehr gelöst werden. Wieder musste ich zur Schere greifen.

Es waren dünne Briefe. Die braunen, unpersönlichen Umschläge waren säuberlich aufgeschnitten, alle an der gleichen Stelle, an der Schmalseite neben der Briefmarke. Das Papier war vergilbt, die Kugelschreiberschrift krakelig. Auf dem ersten Brief stand oben rechts das Datum: 13. 9. 1977.

«Liebe Mutter,

jetzt versuche ich also zu schreiben, obwohl es nichts zu schreiben gibt. Hier ist es so, wie ich es dir schon erzählt habe. Ich werde keine Verlegung nach Kuopio beantragen, ich bin ja in Helsinki gemeldet. Also sitze ich meine Zeit auch hier in Sörkkä ab.»

Ich ließ den Brief sinken. Bisher hatte ich geglaubt, Rane hätte in Kuopio im Gefängnis gesessen. Jedes Mal, wenn ich daran vorbeigefahren war, hatte ich eine seltsame Beklemmung verspürt, als ginge sein Geist hinter den Mauern um. Aber in Wahrheit war er hier inhaftiert gewesen, nur einige hundert Meter von meiner neuen Wohnung entfernt.

Ich trat ans Fenster. Das Licht aus den vergitterten Fenstern schimmerte durch die Bäume. Hatte Ranes Zelle auf dieser Seite gelegen, hatte er von dort drüben dieselben Bäume betrachtet, die ich jetzt von meiner Seite aus sah?

«Ich erinnere mich nicht, wie es passiert ist. Ich weiß nicht, ob ich Vater wirklich getötet habe oder ob es ein anderer war. Von dem Hammer waren alle Fingerabdrücke abgewischt, aber ich war der Einzige mit Blutspritzern. Man müsste sich an eine solche Tat doch erinnern. Oder bin ich verrückt geworden? Ich hab den Alten gehasst, und du weißt auch, warum, aber ich werde nichts gestehen, woran ich keine Erinnerung habe.»

Den Zeitungsberichten zufolge hatte Rane mehr als zwei Promille gehabt. Schlimme Filmrisse waren bei mir auch keine Seltenheit, aber an meine dümmsten Taten konnte ich mich trotzdem erinnern, so gern ich sie vergessen hätte. Zur Tatzeit waren wir alle im Haus gewesen, Kaitsu und ich, Großmutter, Veikko und Sara. Trotzdem hatte es keinen Tatzeugen gegeben.

Unter den Briefen lag ein Foto. Ein schlanker junger Mann in Jeans mit breitem Schlag, einer braunen Cordjacke und einem braunen Hemd, dessen breiter Kragen über der Jacke lag. Die blonden Locken fielen auf den Kragen. Seine Miene war abweisend und misstrauisch. Mein Onkel Rane war ein gutaussehender Bursche gewesen …

… so attraktiv, dass die Mädchen bis in unser abgelegenes Dorf geradelt sind, um sich mit ihm zu treffen. Ich versuchte, vom Aussehen meines großen Bruders zu profitieren. Ich spähte durch den Türspalt, sooft Rane ein Mädchen küsste und ihr an die Wäsche ging. Ohne es zu wissen, geilte somit jedes Mädchen gleich zwei Jungs auf. Vielleicht hätte ihnen das geschmeichelt, wenn sie es gewusst hätten.

Ich war dunkler und untersetzter als Rane und galt nicht als gefährlicher Bursche wie er. Vater behauptete sogar, ich wäre nicht sein Kind. Ich wünschte mir, er hätte recht gehabt. Andererseits widerte mich die Vorstellung an, Mutter hätte ihn betrogen.

Nach Vaters Tod sprach Mutter kaum noch von ihm, und Rane wurde mit keinem Wort mehr erwähnt. Sie hat seine Briefe aus der Haft vernichtet, Sirkka und ich haben den ganzen Dachboden nach ihnen abgesucht. Wir haben zwar nicht darüber gesprochen, aber wir wussten beide genau, was der andere suchte.

Manche Frauen verlieben sich grundsätzlich in Nichtsnutze und Arschlöcher, wie zum Beispiel die Frauen in unserer Familie, Mutter, Sirkka und Sara. Mutter hieß schon vor der Hochzeit Liimatainen, sie hat einen Vetter geheiratet, wie es auf dem Land selbst nach dem Krieg noch üblich war. Vater war im Krieg nicht eingezogen worden, er hatte ganz knapp unter der Altersgrenze gelegen. Das war ein Stachel in seinem Fleisch gewesen; neben den Veteranen, die kaum älter waren als er, fühlte er sich wohl wie ein kleiner Junge. Wahrscheinlich trank und prügelte er nur, um zu beweisen, dass er keiner war.

Manchmal überlege ich, welche Wahl man treffen sollte, wenn man sich seine Familie aussuchen könnte. Brauchen die Menschen eine glückliche Kindheit, oder bringen sie dann noch weniger zustande? Und was sollte dann aus den Schnapsfabrikanten, Therapeuten und Ärzten werden? Menschen wie Sara und ich halten die Volkswirtschaft in Gang. Als ich mein dreijähriges Künstlerstipendium bekam, bin ich noch am selben Tag mit dem Taxi nach Kirkkonummi gefahren und habe eine Kiste Schnaps gekauft. Sollen sich die Weiber im Dorf ruhig das Maul darüber zerreißen, wie der Schriftsteller seiner Berufung folgt. Solange ich schreibe, rühre ich keinen Alkohol an, aber um mich vom Schreiben zu erholen, brauche ich einen soliden Rausch.

Ich war nicht in der Küche, als Rane den Hammer auf Vaters Kopf niedersausen ließ, weil ich gerade zu Hartikainen wollte, um Schwarzgebrannten zu holen. Der Polizei habe ich das verschwiegen, um Hartikainen nicht in Schwierigkeiten zu bringen. Stattdessen habe ich behauptet, ich wäre draußen auf dem Abtritt gewesen, obwohl wir auch im Haus eine Toilette hatten. Die Polizisten waren ziemlich misstrauisch, weil keine Fingerabdrücke am Hammer waren. Da Rane kein Geständnis ablegte, blühte der Klatsch, und als Rane sich dann umbrachte, bedauerten seine Exfreundinnen den armen Jungen, der unschuldig ins Gefängnis geraten war.

Vor fast zwanzig Jahren, als mein erstes Buch erschien, erhob das Lokalblatt ein großes Geschrei, weil in dem Roman ein Mann vorkommt, der seinen Vater umbringt. Der Reporter glaubte offenbar, er hätte eine kriminalgeschichtlich wichtige Entdeckung gemacht. Mir war der Skandal nur recht, denn das Buch verkaufte sich dadurch umso besser. Zu meinem letzten Roman meinte irgendein Kritiker, bei Liimatainen ginge es wieder mal um symbolischen Vatermord, und grub die alte Geschichte aus. Ich habe die Sache mit keinem Wort kommentiert. Was gibt es da auch zu erklären.

Mutter war eine Frau vom alten Schlag, sie hat nicht jede Gefühlsregung, ob bei sich oder bei anderen, zugrunde analysiert. Ihr genügte Jesus, sie hatte es nicht nötig, von den Märchenprinzessinnen im Fernsehen zu träumen wie die Frauen von heute. Sirkka weiß über das schwedische Königshaus mehr als über das Leben ihrer Kinder. Sara zerredet jede Tat und jeden Satz, aber sie kennt nicht einmal sich selbst. Ich bilde mir ein, scharfsichtiger zu sein als meine Schwestern.

Als die beiden abfuhren, blieb ich noch eine Weile allein im Haus, dann schloss ich ab und brachte Korpelainen die Schlüssel. Ich hatte eingepackt, was ich aus meinem Elternhaus mitnehmen wollte. Die Flickenteppiche, das Beil und die altmodische Bügelsäge hatte ich Sirkka ins Auto gelegt. So brauchte ich im Koffer nur ein Buch zu tragen, «Amalia» von Sylvi Kekkonen, von der Autorin signiert. Nicht gerade ein bedeutendes Werk, aber Mutter hing daran. Außer diesem einen Buch, und natürlich meinen Werken, besaß sie nicht viele Romane. Den «Unbekannten Soldaten» und ein paar andere. Sirkka meinte, sie würde sie der Bibliothek in Pielavesi schenken.

Meine Rückfahrt an die Küste dauerte lange: zuerst mit dem Bus vom Kirchdorf nach Kuopio, von da mit dem Zug nach Helsinki, dann wieder mit dem Bus bis zu der Straße, die zu meinem Haus führt. Dort stand mein Fahrrad wohlbehalten im Gebüsch. Danach brauchte ich ein paar Tage, um mich von der Beerdigung zu erholen. Ich mag es nicht, wenn mir zu viele Gedanken durch den Kopf gehen. Clasu wollte mich überreden, mit ihm auf die Entenjagd zu gehen, aber ich war nicht in der Stimmung. Da mir nichts Besseres einfiel, reparierte ich die Saunatür. Anschließend sammelte ich Pfifferlinge und entdeckte dabei die ersten Giftreizker.

Heute Morgen hat es endlich aufgeklart. Nun sehe ich, dass sich die Landschaft verändert hat: Clasu hat mitten ins gelbe Stoppelfeld einen braunen Streifen gepflügt. Ich würde ihn gern fragen, ob er unter die Environmentkünstler gegangen ist. Ich habe den braunen Strich den ganzen Tag angestarrt. Ist es ein Weg oder eine Wunde? Mir fällt absolut kein Grund ein, weshalb man nur einen Teil des Ackers pflügen sollte. Clasu würde mir die Wahrheit sagen, wenn ich ihn frage, also lasse ich es sein. Ich hatte immer schon ein Faible für geschickte Lügner, für solche wie Eero Tiainen. Der konnte zwar nicht so gut lügen, dass ich ihm Geld geliehen hätte, aber immerhin hat er es geschafft, sich in Sirkkas Bett und in die Familie Liimatainen zu schwindeln. Er hat es länger bei Sirkka ausgehalten, als ich erwartet hatte, volle fünf Jahre. Als ich zur Buchmesse in Göteborg war, habe ich im Telefonbuch nachgeschlagen. Dort stand Tiainen, Eero und Angela. Ich habe ihn aber nicht angerufen und auch Sirkka nichts davon erzählt.

Einmal habe ich Rane im Gefängnis besucht. Den Besuch hätte ich mir lieber ersparen sollen, denn Rane war damals schon durcheinander. Im Schlaf verfolgt mich sein Blick noch immer. Bei seiner Beerdigung waren nur der Pfarrer und die engsten Verwandten anwesend, aber im Laden hatte eine Kundin zu Mutter gesagt, sie könne sich freuen, dass sie ihren Sohn, diesen Strolch und Mörder, los sei. Mutter erzählte mir, sie habe der Frau zu viel herausgegeben, nur um zu sehen, ob sie dreist genug war, das Geld einzustecken. Das war sie dann doch nicht gewesen.

Vater sträubte sich dagegen, mich aufs Gymnasium zu schicken, weil er fürchtete, ich würde ein feiner Herr werden und ihn verachten. Damit hatte er schon recht, nur schade, dass ich kaum Zeit hatte, ihm meine Verachtung zu zeigen, bevor er starb. Sirkka besuchte die Mittelschule und die Handelsschule, während Rane nicht einmal den Volksschulabschluss geschafft hat. Er ist dann nach Helsinki gegangen, auf die Werft, wollte eigentlich zur See fahren, aber dazu reichte sein Mut nicht, und sein Magen war dem Seegang auch nicht gewachsen. Er war eben eine Landratte. Ich mag das Meer. Deswegen bin ich ins schwedischsprachige Küstengebiet gezogen, wo ich zu Fuß das unverbaute, freie Ufer erreichen und in einer halben Stunde aufs offene Meer hinausrudern kann. Außerhalb der Urlaubssaison sind hier nur Fischer unterwegs, und mit denen braucht man nicht zu reden.

Es ist Nachmittag, ich versuche zu schreiben, aber es stellen sich nur falsche Wörter ein, solche, die Sara von sich geben könnte. Gänse fliegen über das Haus und schnattern, als wollten sie sich über mich lustig machen. Auch das ist purer Sara-Stil. Als wäre ich so wichtig, dass die Gänse sich die Mühe machen, mich zu verspotten. Ich schalte den Computer aus, setze mich in den Lehnstuhl und lese «Die sieben Brüder».

Meine Kindheit war zeitweise wie die Szene in dem Buch, in der Simeoni sich betrinkt: glasig stierende Augen und hoch aufragende Lederstiefel. Ich prägte mir die Geschichten ein, die Vater im Suff erzählte, und schrieb sie später unter meinem Namen nieder. Rane war schweigsam wie Mutter, es waren seine Augen, die den Mädchen den Kopf verdrehten. Die Einzige, die redet wie Vater, ist Sara.

Ich bin bei meiner Lektüre gerade bei dem großen Brand

am Impivaara, als Katja anruft. Die kleine Katja, pflegt Sara zu sagen, dabei ist Katja alles andere als klein, sie hat fast meine Größe, breite Schultern und einen Busen, der für zwei reichen würde. Sie ruft nicht oft an, wir stehen uns nicht nahe, obwohl Sirkka anfangs versucht hat, mich als Vaterersatz einzuspannen. Katja ist Musikwissenschaftlerin. Auf der Beerdigung habe ich sie singen gehört und mich gefragt, warum sie sich der Wissenschaft verschreibt, statt selbst Lieder zu machen und zu singen.

«Stehen die Pilze gut?», fragt Katja mit ihrer schönen, fröhlichen Stimme.

«Pfifferlinge und Täublinge gibt es ziemlich viel, nur die Steinpilze sind ein bisschen madig.»

«Ich dachte nur … Sonst bin ich zum Pilzesammeln immer nach Pielavesi gefahren, aber das geht ja jetzt nicht mehr, und ich mag Pilze … Könnte ich nicht irgendwann zu dir kommen?»

«Ich schreibe gerade.»

«Ich würde dich ganz bestimmt nicht stören. Ich geh allein in den Wald, ich kenne mich doch aus. Morgen vielleicht?»

Ich lasse mich überreden. Mir graut vor dem Schreiben, das Mädchen ist ein guter Vorwand, die Arbeit aufzuschieben. Ich muss nachsehen, ob am Hügel schon Trompetenpfifferlinge wachsen. Vor einigen Wochen haben die Zeitungen über einen Bären berichtet, der die Gegend unsicher macht. Wenn ich die Geschichte ein wenig aufbausche, wagt Katja sich nicht allein in den Wald.

Am nächsten Morgen fuhr ich mit dem Rad zum Dorfladen, der gleichzeitig als Postamt fungiert, und kaufte für Katja ein. Dann wartete ich an der Bushaltestelle auf sie. Als sie ausstieg, fiel mir wieder einmal auf, wie ungleichmäßig sie gebaut ist. Oben breit und unten schmal, mit langen, schlanken Beinen. Sie hatte

ihre schwarzen Haare zu zwei Zöpfen geflochten wie eine India-
nerin. Ich nahm ihre Tasche auf den Gepäckträger, Katja ging
mit langen Schritten neben mir her. Sie hatte keine Einwände,
als ich vorschlug, sie zum Pilzesammeln zu begleiten.

Die Herbstluft war klar und frisch. Die Schwalben zwitscherten, als riefen sie zum Aufbruch. Am Waldrand wurden
wir von Hirschlausfliegen empfangen, die sich an unsere Haare
hefteten. Katja schrie nicht, sondern nahm die Biester gelassen
zwischen ihre langen, schmalen Finger und zerquetschte sie.
Ein echtes Landkind. Ich fragte mich, ob sie nach ihrer ersten
Beziehung je wieder einen festen Freund gehabt hatte.

Im Fichtenwäldchen hinter dem breiten Pfad war der Boden
gelb gesprenkelt von Täublingen, von denen nur ganz wenige
wurmstichig waren. Im Birkenwald waren Pfifferlinge nachge-
wachsen. An den Giftmilchlingen hatte Katja kein Interesse,
erzählte aber lachend, sie hätte sie lange im Pilzbuch gesucht,
bis sie endlich merkte, dass sie dasselbe waren wie Giftreizker.
Mutter hatte sie immer nur Milchlinge genannt.

«Ist es nicht seltsam, was für ein Getue Großmutter um uns
gemacht hat und wie besorgt sie war? Ich hätte eher gedacht,
wenn man das Allerschlimmste erlebt hat, wird man gelas-
sener», sagte Katja beiläufig. «Der Ehemann, vom eigenen Sohn
ermordet, was könnte es Schlimmeres geben?»

«Dass man selbst zum Mörder wird», antwortete ich, obwohl ich wusste, dass ich mich auf dieses Thema besser nicht
einließ. Fing Katja etwa auch an, auf der Sache herumzureiten,
wie Sara?

«An die Zeit vor Großvaters Tod kann ich mich kaum erinnern. Hat Großmutter sich danach sehr verändert?»

Katja lehnte an einem Kiefernstamm, in ihren Zöpfen hatten
sich Nadeln verfangen. Ich schnitt einen großen Giftmilchling
durch, bevor ich ihn in den Korb legte.

«Die Frage kann ich dir nicht beantworten. Damals habe ich nicht mehr in Pielavesi gewohnt. Ich war bei der Armee und habe anschließend weiterstudiert.»

Ich sollte Elektroingenieur werden. Vor dem Wehrdienst hatte ich bereits ein Jahr in Tampere studiert. Da ich aber noch bei meinen Eltern gemeldet war, wurde ich ganz in ihrer Nähe stationiert, beim Fliegerkorps in Kuopio, wo ich hauptsächlich in der Flugkontrolle eingesetzt wurde. Als Vater umkam, hatte ich gerade Wochenendurlaub. Rane war von Helsinki gekommen und hatte Sirkka und die Kinder in seinem Wagen mitgenommen, denn es war Muttertag. Allerdings verlief dieser Tag anders als geplant.

«Ich glaube, es war eine Erleichterung für meine Mutter, den Alten loszuwerden. Er war ein schlimmer Säufer. So kaputt, wie seine Leber war, hätte er es bestimmt nicht mehr lange gemacht. Vielleicht war es sogar besser für ihn, dass er es mit einem Schlag hinter sich hatte.»

«Glaubst du, Rane war der Mörder? Er hat es doch nie zugegeben.»

Ich gab ihr die Antwort, die ich immer gebe.

«Wer soll es denn sonst gewesen sein? Wahrscheinlich hat er den Hammer abgewischt und gemeint, ohne Fingerabdrücke könne man ihm nichts nachweisen. Das hatten wir alle beide bei Jerry Cotton gelesen.»

Ich ging an den Wegrand, wo Steinpilze standen. Sie wimmelten allerdings von Maden und Schnecken, also ließ ich sie stehen. Sollten die Viecher sich ruhig satt fressen. Allmählich bereute ich es, mitgegangen zu sein. Und wenn man noch so viel redet, an der alten Geschichte ist nichts mehr zu ändern, genauso wenig wie an der Schulfete in der zehnten Klasse, kurz vor Weihnachten. Ich hatte im Sommer gejobbt und mir von dem Geld ein altes Moped gekauft, mit dem ich an diesem

Abend Eeva Laurila, die in derselben Richtung wohnte, nach Hause bringen wollte. Ich hatte nämlich das Gefühl, sie wäre ein bisschen in mich verliebt. Nachdem der Klassenlehrer uns zum dritten Mal aufgefordert hatte, den Schulhof zu verlassen, waren wir endlich losgefahren. Ich hatte mir vorgenommen zu warten, bis wir im Wald waren, und dann zu probieren, ob sie sich küssen ließ. Als ich gerade vorsichtig bremste, hielt ein Wagen neben uns. Rane hatte sich heimlich Vaters Auto ausgeliehen, offenbar war der Alte wieder betrunken.

«Na, ihr beiden Hübschen? Ganz schön kalt auf dem Moped, oder? Komm, Eeva, setz dich zu mir ins Auto, hier ist es warm!» Rane zeigte einladend auf das Lammfell, das auf dem Beifahrersitz lag. Eeva kicherte und stieg ab. Am Montag hatte sich der Knutschfleck an ihrem Hals bereits gelb gefärbt, sie versuchte gar nicht erst, ihn zu verbergen. Ich gewöhnte mich daran, dass Rane bei Tanzabenden meistens dasselbe Mädchen aufforderte wie ich. Nur ein paar Ängstliche gaben mir den Vorzug. Inzwischen tanze ich nicht mehr.

Als Katja erklärte, sie habe genug Pilze, gingen wir zurück zum Haus. Ich hatte es vor zehn Jahren gekauft, als die Preise so niedrig waren, dass ich es wagte, mich der besitzenden Klasse anzuschließen. Es war damals eine Bruchbude, ich legte mit eigenen Händen eine Wasserleitung vom Brunnen ins Haus und baute eine Trockentoilette. Mit den elektrischen Anschlüssen hatte ich jahrelang zu tun, denn die alte Frau, die vor mir in dem Haus gewohnt hatte, hatte die Elektroarbeiten von einem Stümper ausführen lassen, der die Freileitungen so idiotisch verlegt hatte, dass es bei jedem Gewitter Kurzschluss gab. Wohnstube, Veranda und Schlafkammer reichen mir vollkommen, und auf dem Hof gibt es eine Sauna und einen Erdkeller. Wenn die Mäuse zu frech werden, leiht Clasu mir seine Katze. Manchmal spiele ich auch mit dem Gedanken, mir einen Hund anzuschaffen.

«Soll ich Kaffee kochen?», fragte ich, als sich Katja auf die Treppe setzte und die Pilze putzte. Sie wollte lieber Tee. Glücklicherweise entdeckte ich im Schrank eine Packung, die Sara in ihrer Jogaphase mitgebracht hatte. Sara hat einmal bei mir übernachtet, aber davon abgesehen hat noch keine Frau in diesem Haus geschlafen, seit ich hier wohne. Katja hätte von mir aus bleiben können, vorausgesetzt, sie redete nicht zu viel, aber sie wollte nach Hause. Ich brachte ihr Tee und Brote. Aus dem Schreiben würde wieder nichts werden.

«Was ist das?», fragte Katja, als plötzlich melancholische Schreie erschallten.

«Das sind Kraniche. Jetzt schon?», wunderte ich mich. Ich bin kein Ornithologe, aber wer zwischen einem Wald und einem Nistgebiet wohnt, kann gar nicht anders, als die Vögel zu beobachten. Katja lauschte aufmerksam. Wenn sie ein Tier gewesen wäre, hätte sie die Ohren aufgestellt. Als Kind hatte sie schnell gelernt, jeden Vogel an seiner Stimme zu erkennen, aber über den Winter hatte sie alle Arten vergessen, die es in der Stadt nicht gab.

«Und was hast du im Herbst vor?», fragte ich, als nur noch Clausus Mähdrescher zu hören war.

«Nichts Besonderes, ich geh jobben. Und außerdem müsste ich endlich meine Magisterarbeit fertigschreiben.»

«Hast du Auftritte?»

«Nein», antwortete sie kurz angebunden, stand auf und brachte den Abfall von den Pilzen zum Kompost. Das Thema war also immer noch ein wunder Punkt.

Katja versicherte, ich bräuchte sie nicht an den Bus zu bringen. Also trank ich meinen Kaffee und las in den «Sieben Brüdern» weiter. Als ich merkte, dass ich pinkeln musste, war ich schon bei Venlas Verlobung angelangt. Die Dämmerung war grau, nicht blau wie im Frühjahr.

Die Nacht, in der Vater starb, war blau und kalt gewesen, fast frostig. Ich hatte zitternd auf der Treppe gestanden und überlegt, was zu tun sei. In der Küche lag Vater in seinem Blut, Rane lallte sinnloses Zeug, die Frauen und Kinder standen entsetzt am Fenster. Ich war zwar betrunken, begriff aber durchaus, was los war. Schließlich rief ich die Polizei. Wenn ich in meinem Leben etwas vergessen möchte, dann ist es diese Nacht.

Ich zwinge mich, an etwas anderes zu denken, und mache einen Spaziergang. Ohne die Geschichten, die andere erfunden haben, lande ich immer wieder bei dieser falschen Geschichte, bei meiner eigenen, statt bei der Geschichte, die ich schreiben will. Ich bin erst einige hundert Meter gegangen, als sich am Ackerrand eine Elchkuh träge in Bewegung setzt. An derselben Stelle werden jeden Herbst ein paar Elche erlegt. Seltsam, dass sie daraus nichts lernen.

Frauen sind nicht wesentlich anders als Elche. Man sollte meinen, die Erfahrung mit Eero hätte Sirkka gelehrt, dass auf uns Männer kein Verlass ist, aber nein. Vor einigen Jahren hat sie wieder einen in Pielavesi vorgeführt. Vater, der früher jeden in die Flucht geschlagen hatte, war zwar nicht mehr da, aber Sara hat es genauso gut geschafft. Auch darüber hat Sirkka kaum gesprochen, wahrscheinlich hat sie danach keinen Mann mehr gehabt.

Es ist schwierig, über Liebe zu schreiben, wenn man nicht an sie glaubt. Die Behauptung, Liebe könne einen Menschen befreien und retten, hat mir nie eingeleuchtet. Hat sie etwa meine Eltern gerettet? Oder Sirkka? Ist Sara ein «heiler Mensch» geworden – eins ihrer Lieblingsworte, gegen die ich allergisch bin – durch all die Männer, die in ihr Bett gestiegen und wieder gegangen sind? Ich bin Frauen begegnet, die darauf aus waren, mich zu verstehen, aber das will ich nicht. Mir wird ganz kalt bei dem Gedanken, jemand könnte mich durchschauen.

Man braucht keinen anderen Menschen, um glücklich zu sein. Sich beim Holzhacken verausgaben, die Sauna heizen und spüren, wie der erste Drink die Magenwand streichelt – das ist Glück. Oder die richtige Farbe auf einem Blatt am Baum und der endlose Zug der Wolken. Anderen brauche ich mein Glück nicht zu erklären, es ist nicht nötig, dass sie es verstehen.

Als ich von meinem Spaziergang zurückkomme, nehme ich mir fest vor, am nächsten Morgen mit der Arbeit anzufangen. Ich bin ein fleißiger und gewissenhafter Mann, keiner von denen, die sagen …

… dass ich doch um Himmels willen nicht imstande bin zu arbeiten, wenn ich mich so elend fühle. Ich bin jetzt Vollwaise, habe niemanden mehr auf der ganzen weiten Welt. Ich fühle mich wie ein verirrtes Kind im kalten Winter. Bitte, Frau Doktor, schreiben Sie mich noch eine Woche krank. Ich brauche keine Überweisung zur Therapie, da gehe ich sowieso schon hin!

Endlich gab die dumme Kuh nach und verlängerte mein Attest um eine Woche. Eine typische Vertreterin der Schulmedizin, eine verbiesterte Medizinalbeamtin, die von der menschlichen Seele nichts versteht. Im Wartezimmer saßen zwei Mädchen, die laut lachten, als ich an ihnen vorbeiging. Am liebsten hätte ich sie angeschrien: Meine Mutter ist gestorben!

Johanna habe ich erst angerufen, als ich wieder zu Hause war. Sie sagte, im Laden herrsche Hochbetrieb, weil die Herbstdiätsaison angefangen hat, aber ich ließ ihre Klagen an mir abperlen. Wie kann sie mir vorwerfen, dass ich trauere? Zum Glück sollte sich am Abend meine Healing-Gruppe treffen. Ich suche schon seit langem nach einem Heilkundigen, der diesen zerbrochenen Krug zusammenfügt, und jetzt habe ich das Gefühl, ihn endlich gefunden zu haben. Healing wirkt tatsächlich!

Ich zündete ein Räucherstäbchen an und betete vor dem Bild

der Jungfrau Maria, das ich von meinem letzten Geld in einem griechischen Nonnenkloster gekauft habe, auf meiner Interrailtour. Damals hatte ich mich tief in den orthodoxen Glauben versenkt und wusste, Gott wird mich nach Finnland zurückführen, obwohl ich keinen Pfennig mehr in der Tasche hatte, nur noch meinen Interrailpass. Und so geschah es auch. Ich lernte ein freundliches finnisches Ehepaar kennen, das sein Essen mit mir teilte. Auch die beiden waren Christen, allerdings Lutheraner.

Bald nach dieser Reise erkannte ich, wie patriarchalisch die orthodoxe Kirche ist. Für meine weibliche Kraft war sie nicht das Richtige. Das Bild der Jungfrau Maria habe ich trotzdem nicht von der Wand genommen, weil ich so gern erzähle, woher ich es habe. Ich bin ein religiöser Mensch.

Der Schmerz hat meine Kreativität nicht versiegen lassen. Ich habe zwei Gedichte für Mutter geschrieben. An manchen Tagen entstehen viele Gedichte, sie tauchen wie von selbst auf, von einer göttlichen Kraft eingegeben. Dafür bin ich dankbar. Das eine meiner neuen Gedichte hätte ich auf der Beerdigung deklamieren können, schade, dass es zu spät erschienen ist. Vielleicht werde ich hier auf den Friedhof gehen, zum Denkmal der andernorts zur Ruhe gebetteten Toten, und dort mein Gedicht aufsagen. Mutter wird es hören. Sie kommt in den Himmel, das weiß ich genau. Mutter war eine Heilige: Sie hat vier Kinder und einen Säufer ernährt. Mir hat sie heimlich Schokolade gekauft, denn ich war als Kind zu mager, weil die anderen mir alles wegaßen. Wenn die Anthroposophen recht haben, kehrt sie als glückliches, erleuchtetes Wesen auf die Erde zurück. Ich werde sie bestimmt erkennen, denn das Band zwischen Mutter und Tochter kann niemand zerschneiden.

Sirkka bemüht sich, so zu sein wie Mutter, aber mich täuscht ihr sanftmütiger Blick nicht. Sie ist kalt und hart, sie stößt alle netten, warmherzigen Menschen ab, zum Beispiel Eero und

Mauri. Kaitsu ist von der gleichen Art wie Sirkka, Vati und Rane. Alle vier haben Widder und Skorpion im Horoskop, finstere, zerstörerische Planeten. Ich bin dreifacher Krebs.

Vielleicht will ich deshalb nicht zur Arbeit gehen, weil die Atmosphäre dort nicht heilsam ist. Die Trauer hat mich aufgerieben. Ich hatte erwartet, dass in einem Reformhaus eine spirituelle Stimmung herrscht, aber die anderen Verkäuferinnen sind unfreundlich wie in der Apotheke und herausgeputzt wie Kosmetikerinnen. Wenn ich mit den Kunden tiefschürfende Gespräche führe, bekomme ich einen Rüffel. Dabei will ich doch nur helfen! Ist es nicht gut für die Kunden, wenn ich ihnen erzähle, welche Wirkung ein Produkt auf mich gehabt hat? Wir müssen Verantwortung übernehmen dürfen und nicht nur abkassieren. Die anderen sind einfach neidisch, weil ich Stammkunden habe, die nur von mir bedient werden wollen. Ich muss mir überlegen, ob ich dort noch arbeiten will. Immerhin bin ich schon seit fünf Monaten da.

Kundenberatung ist meine Stärke. Und das Heilen. Leider ist mein Abitur wegen Ranes Selbstmord so schlecht ausgefallen, sonst hätte ich Medizin oder Psychologie studiert. Ich habe viele Enttäuschungen erlebt und jahrelang nach meinem Platz im Leben gesucht. Sirkka hat mir vorgeschlagen, auf die Schwesternschule zu gehen! Ich bin eine starke Frau, habe ich zu ihr gesagt, keine Fee im Schwesternhäubchen. Allmählich habe ich erkannt, dass alles ganz richtig gekommen ist. Die Schulmedizin ist reine Biologie und Physiologie, und die akademische Psychologie will alles mit Gehirnimpulsen erklären. Wo bleibt da der Mensch, wo bleiben die Gefühle?

Ich bin ein Gefühlsmensch, sensibel, empfindsam und schöpferisch. Meine Kreativität kennt viele Formen. Ich bedrucke Stoffe und nähe einen Teil meiner Kleider selbst, beschäftige mich an der Volkshochschule mit Aquarell- und Ölmalerei und singe in einem Ensemble. Ich kann Gedichte deklamieren und Gitarre spielen, ich habe mich vielseitig weiterentwickelt. Man muss hart an sich arbeiten, um all das Schreckliche zu überwinden, das ich erlebt habe. Diese furchtbaren Erfahrungen sind so groß und belastend; wenn ich nur daran denke, erdrücken sie mich wie ein tonnenschwerer Felsblock, der unerwartet auf mich herabfällt.

Ich habe seit einiger Zeit den Verdacht, dass mein Vati mich sexuell missbraucht hat. Ich erinnere mich zwar nicht daran, aber es gibt viele Vorfälle aus meiner Kindheit, die meinem Gedächtnis entschwunden sind. Ist es nicht oft so, dass ein sensibler Mensch vergisst, um sich zu schützen? Die Erinnerung würde mich zerbrechen. Vati hat mich auf jeden Fall angefasst, und meine Brüder haben mir auf den Busen gestarrt, vor allem Rane. Unser wundervoller Rane, der alles gevögelt hat, was sich bewegte, und manchmal auch solche, die sich nicht mehr rühren konnten, wie die sturzbesoffene Merja Hiltunen. Ich habe sie am Waldrand gesehen, im Auto, als ich von der Klassenfete nach Hause geradelt bin. Merja war eins der Mädchen aus den oberen Klassen, die meine Freundinnen sein wollten, weil ich zwei ältere Brüder hatte. Einige Mädchen fanden sogar Veikko attraktiv, was ich überhaupt nicht verstehen konnte.

Als ich zur Welt kam, war Sirkka sieben, Rane fünf und Veikko drei. Wegen der neuen Maschinen gab es nicht mehr viel Arbeit für Forstarbeiter, außerdem hatte Vati oft Rückenschmerzen. Ein halbes Jahr nach meiner Geburt ging Mutter wieder im Laden arbeiten, und Vati oder eine alte Frau aus dem Nachbarhaus passten tagsüber auf uns auf. Die Nachbarsfrau hatte einen säuerlichen Geruch und schmutzige Hände. Als Rane in die Schule kam, waren Veikko und ich oft allein zu Hause, weil Vati etwas vorhatte. Einmal hat er uns gesagt, wir sollten uns unter dem Sofa verstecken, während er fort war, damit die Zigeuner uns nicht stehlen. Dort hat Mutter mich dann gefunden, schlafend und mit nasser Hose. Ich habe immer wieder gebetet, dass sie zu Hause blieb und nicht mehr in den Laden ging, aber es hat nichts geholfen. Warum hat Mutter nicht gesehen, wie sehr ihre Kinder sie brauchten? Wieso hat sie Vati nicht zur Arbeit gezwungen oder sich von ihm scheiden lassen?

Manchmal, wenn der Kaufmann verreist war, durften Veikko und ich hinten im Laden sitzen und auf gebrauchtem, gelb-weißem Einwickelpapier malen. Ich habe immer Prinzessinnen gezeichnet, die goldene Locken hatten wie ich, und wunder-schöne Kleider. Wenn ich mir im Fernsehen Schönheitskonkur-renzen ansah, war meine Favoritin immer die mit den schönsten Kleidern. Sirkka brachte manchmal alte Illustrierte mit, in denen elegante Frauen abgebildet waren, und wenn sie sie ausge-lesen hatte, durfte ich mir die Schönsten als Anziehpuppen aus-schneiden. Wenn Rane sie fand, nahm er sie mir weg.

Als ich neun war, ging Sirkka nach Kuopio zur Handels-schule. Von da an hatte ich ein hartes Leben. Ich musste Mutter beim Spülen und Waschen und Putzen helfen und mir auch noch ständig anhören, wie faul ich sei. Von den Jungen wurde nichts verlangt. Noch bevor ich aufs Gymnasium kam, musste ich eine kleine Erwachsene werden. Ich durfte nie wirklich Kind sein, und deshalb habe ich lange gebraucht, um mein inneres Kind zu finden. Mein inneres Kind weint noch immer, aber eines Tages wird es das Lachen lernen.

Warum hat Mutter nicht eingesehen, wie schwer ich es hatte? Weshalb musste sie mich anbrüllen, sobald sie zur Tür hereinkam, nur weil ich noch nicht gespült hatte, sondern mit meinen Anziehpuppen spielte? Der Bus vom Kirchdorf fuhr so ungünstig, dass Mutter erst nach sieben zu Hause war, wenn sie nicht bei jemandem mitfahren konnte. Den Führerschein hatte sie nicht. Vati und die Jungen wollten ihr Abendessen schon um sechs, und meistens war ich diejenige, die es aufwärmen musste. Von der Mikrowelle hatte damals noch niemand etwas gehört. Wenn es in meiner Kindheit Mikrowellen gegeben hätte, wäre mein Leben viel leichter gewesen.

Auf jeden Fall weiß ich, dass Vati andere Frauen hatte. Als ich einmal aus der Schule kam, war er mit Eila aus dem Frisiersalon im Schlafzimmer. Sie waren alle beide wütend, und Vati gab mir zehn Mark, damit ich Mutter nichts davon erzählte. Das war damals unglaublich viel Geld. Ich überlegte tagelang, welche Süßigkeiten ich davon kaufen würde, wenn ich Gelegenheit hätte, ungestört zum Kiosk im Kirchdorf zu gehen. Im Laden konnte ich nichts kaufen, sonst hätte Mutter gefragt, woher ich das Geld hatte. Dann bat Vati mich, ihm das Geld zurückzugeben, nur leihweise, weil er gerade blank sei. Natürlich gab ich es ihm. Den Zehnmarkschein habe ich nie wieder gesehen, obwohl ich Vati ein paarmal darum bat. Beim letzten Mal gab er mir einen festen Klaps auf den Po und sagte, ich solle das Ganze vergessen.

Erst als ich erwachsen war, erzählte ich Mutter davon. Sie sagte, sie hätte von Eila, Kaija und all den anderen Frauen gewusst.

«Wieso hast du dir das bieten lassen?», fragte ich wie vor den Kopf geschlagen. Ich glaube, ich war damals zwanzig, bald darauf habe ich vorübergehend die Restaurantfachschule besucht.

«Ach, weißt du, Sara», antwortete Mutter und lächelte, als würde sie mit Nadelstichen dazu gezwungen, «du verstehst das zum Glück noch nicht, aber diese Mädchen haben mir einen Gefallen getan. Die ehelichen Pflichten haben mir nie viel Vergnügen gemacht, und nach der Arbeit war ich immer so müde. Dein Vater hat mich in Ruhe gelassen, weil er die anderen hatte.

Aber von diesen Dingen dürfte ich dir gar nichts erzählen, du bist ja noch so jung.» Dabei errötete sie.

Jung und unschuldig war ich damals längst nicht mehr. Meine Jungfräulichkeit habe ich schon mit sechzehn verloren, weil ich geliebt werden wollte, und Sex war der einzige Weg, von jemandem in die Arme genommen zu werden. Spaß machte es mir eigentlich nicht, obwohl in der «Regina» stand, es wäre himmlisch und wundervoll wie ein Feuerwerk, wenn man den Richtigen gefunden hatte. Make Karttunen aus Tervo war jedenfalls der Falsche. Er war eine Klasse über mir und hatte eine hellbraune Lederjacke und ein Moped. Zwei Monate hat es zwischen uns gehalten, im Januar wollten wir sogar zusammen nach Kuopio zum Freeman-Konzert fahren, aber auf der Weihnachtsfeier seiner Klasse hat Make sich in eine andere verliebt. Seitdem heulte ich jedes Mal vor Schmerz auf, wenn ich die Worte Karttunen oder Tervo hörte. Wenn der Schriftsteller Jari Tervo im Fernsehen auftritt, muss ich heute noch abschalten, die Erinnerungen sind zu qualvoll.

Ich wundere mich nur, dass ich beim ersten Mal überhaupt nicht geblutet habe, obwohl es furchtbar wehtat. Make hat mich gefragt, mit wem ich vor ihm zusammen war, und ich habe geschwindelt, in den Sommerferien bei meiner Tante hätte ich einen Jungen kennengelernt. Ich habe mir immer wieder den Kopf zerbrochen, ob es womöglich Vati war.

Jetzt, wo ich weiß, wie wichtig Sex für das geistige Wachstum des Menschen ist, tut mir Vati leid. Vielleicht hat er nur deshalb getrunken, weil Mutter frigide war. Auf ihrem Hochzeitsfoto sieht sie hübsch aus, allerdings war ich als Kind enttäuscht, dass sie nicht in weißem Kleid und Schleier geheiratet hat, sondern in einem ganz normalen Alltagskleid. Jaana Sahlman aus unserer Klasse durfte mit dem Brautkleid ihrer Mutter spielen, und als wir bei der Frühjahrsfeier ein Stück aufführen mussten, bekam sie die Rolle der Prinzessin, weil sie das passende Kleid hatte. Ich wäre eine viel bessere Prinzessin gewesen mit meinen blonden Locken und meiner schönen Stimme, aber es half nichts, ich hatte kein Kleid. Mauri hat später gesagt, ich sähe selbst in einem alten Pullover wie eine Prinzessin aus, aber Mauri hat vieles gesagt, was dann doch nicht stimmte.

Ich muss den sexuellen Missbrauch in der Healing-Gruppe zur Sprache bringen. Dort sind noch andere, denen das widerfahren ist, Sanna und Einari. Sie verstehen, dass ein Mensch an einer solchen Erfahrung zerbrechen kann. Es ist keine Schande mehr, darüber zu sprechen.

Sirkka ruft an, während ich noch über die Sache nachdenke.

«Bist du immer noch krankgeschrieben? Ich war gerade im Reformhaus, aber Johanna sagt, du könntest nicht arbeiten.»

«Ich habe noch eine Woche Genesungsurlaub bekommen, weil es mir so furchtbar schlechtgeht. Ich muss dauernd weinen und kann nicht schlafen. Mutter fehlt mir so. Du kannst froh sein, dass du so stark bist.»

Sirkka seufzt.

«Katja scheint auch zu trauern. Sie stellt ganz komische Fragen. Hat sie dich auch ausgefragt?»

«Seit dieser unseligen Autofahrt hat sich Katjalein nicht bei mir gemeldet. Kaitsu übrigens auch nicht, obwohl er sich eigentlich entschuldigen müsste. Sag ihm, ich verzeihe ihm, als reifer Mensch bin ich dazu fähig. Ach, Sirkka, hast du jemals den Verdacht gehabt, dass Vati mich sexuell missbraucht hat?»

Sie sagt kein Wort.

«Es ist nur ... ich überlege mir, ob das ganze Elend darauf zurückzuführen ist. Nicht nur darauf, dass Rane unseren Vater und sich selbst umgebracht hat, sondern auf viel frühere Ereignisse. Du weißt doch, dass Vati ein Ungeheuer war, und Mutter hat weggeschaut, weil sie es einfach nicht wissen wollte!»

«Schon gut», sagt Sirkka mit vorgetäuschter Freundlichkeit. «Ich verstehe ja, dass du über Mutters Tod erschüttert bist, das sind wir alle. Auch ich denke viel über unsere Kindheit und über Vaters Tod nach. Aber, liebe Sara, so etwas ist mir nie in den Sinn gekommen ...»

«Du verdrängst es also!», unterbreche ich sie. «Das ist ganz typisch, die nächsten Angehörigen wollen es nicht wahrhaben. Außerdem bist du schon 69 ausgezogen, das sind acht lange Jahre, von denen du nichts weißt!»

«In den Jahren hatte ich mit meinem eigenen Leben genug zu tun», räumt sie ein. «Natürlich will ich nicht abstreiten, dass es möglich gewesen wäre, so etwas ist ja vielen passiert, aber warum hast du denn bisher nie davon gesprochen? Wolltest du Mutter schonen?»

«Mein Gott, ich konnte mich nicht daran erinnern!», rufe ich, knalle den Hörer auf und breche in Tränen aus.

Ich weinte und weinte. Weinen tut gut. Danach hatte ich ein verheultes Gesicht, die Schminke war zerlaufen, und ich hatte es eilig, zur Healing-Gruppe zu gehen. Ich wischte mir die Wimperntusche aus dem Gesicht, legte neue Grundierung auf, zog den Kajalstrich nach und setzte eine Sonnenbrille auf. Es war bewölkt und nicht mehr ganz hell, die Passanten starrten auf meine Sonnenbrille. Ich werde oft angestarrt. Vielleicht erinnern sich manche Leute noch an die Käsereklame vor ein paar Jahren oder an meinen Auftritt in «Herzblatt». Oder sie starren einfach so. Sollen sie nur!

In der Gruppe war es wieder herrlich. Dort nahm man mich ernst, niemand lachte über meine Gefühle. Anitra, die Leiterin der Gruppe, hätte das auch gar nicht zugelassen. Sie war zwar keine ausgebildete Therapeutin, fand aber immer die richtigen Worte.

«Du musst ganz tief in deine Kindheitserlebnisse eindringen, und das braucht Zeit», sagte sie zu mir. «Vielleicht ist das ja der Schlüssel, mit dem du endlich deine inneren Kanäle öffnen und dich von Grund auf reinigen kannst.»

Healing ist genau das Richtige für mich. Drei Jahre lang bin ich dreimal wöchentlich zur Psychotherapie gegangen, doch gesünder bin ich dadurch nicht geworden. Der Therapeut war ein Freudianer von der falschen Art, wahrscheinlich glaubte er, die Wurzel meiner Probleme wären Sex und Penisneid, die Überzeugung, dass meine Brüder etwas hatten, was mir fehlte. Dann entdeckte ich die Anthroposophen, aber dort ging ich nicht mehr hin, als sie mir den Selbstmord meines Bruders vorwarfen. Sie halten Selbstmord für Sünde und glauben, Selbstmörder werden zu ewiger Qual wiedergeboren. Als ich Veikko davon erzählte, lachte er und meinte, wer zu solcher Qual geboren wird, würde sich bestimmt gleich wieder das Leben nehmen. Er ist kein bisschen spirituell veranlagt.

Ich mag Veikkos Bücher nicht. Sie sind hässlich und vulgär und handeln davon, wie Menschen umgebracht werden. Ihnen fehlt jede Sensibilität, die Sätze sind kurz und abgehackt, grau wie eine verwitterte Scheune am Feldrand. Ich finde, in der Kunst muss es Farbe geben, Freude und Schmerz, alle Extreme auf einmal. In Veikkos Büchern ist es immer neblig grau, meine Gedichte dagegen leuchten schwarz, rot und golden. Ich wage es, mit der ganzen Farbpalette zu malen. Jetzt ist meine Seele schwarz und dunkelrot, aber durch das Rot schimmert Licht. Wie der sanfte Schein, der durch die Bauchdecke in die Gebärmutter dringt. Mutter, ach liebe Mutter!

Spontan rufe ich Veikko an, um ihm zu erzählen, wie elend ich mich fühle.

«Na, was macht mein einziger großer Bruder?»

«Ich brate Pilze.»

«Wie herrlich! Du, mir geht es so schlecht! Mutters abgezehrtes Gesicht geht mir nicht aus dem Sinn, und ich versuche, es mir im Tod auszumalen. Hast du sie noch gesehen?»

«Nein, ich nicht, aber Sirkka.»

«Ich habe noch nie einen Toten gesehen, außer … außer Vater.»

Veikko schweigt. Im Hintergrund höre ich das Fett in der Pfanne zischen.

«Ich habe heute zwei Gedichte für Mutter geschrieben. Ist es nicht ein Wunder, mit welcher Begabung wir gesegnet sind? Aus aller Qual entsteht Kunst, so wie deine Bücher auch.»

«Das würde ich nun nicht sagen.»

«Aber so ist es doch, nur durch Leid entsteht große Kunst! Beethoven war am Ende seines Lebens taub und hat trotzdem phantastische Musik komponiert, und überhaupt, denk doch nur an die vielen großen Künstler, die krank geworden und gestorben sind oder sich das Leben genommen haben …»

«Statistisch kommen Tuberkulose und Selbstmord bei Künstlern auch nicht häufiger vor als bei anderen Menschen», sagt Veikko trocken wie verstaubter Zwieback. «Wolltest du etwas mit mir besprechen?»

«Ich wollte dir nur sagen, wie schrecklich ich es finde, dass wir schöpferischen Menschen immer wieder falsch verstanden und totgeschwiegen werden. Wenn ich nur an diese entsetzliche Frau denke, die über dein letztes Buch geschrieben hat, sie hätte die Nase voll von betrunkenen Männern, die über betrunkene Männer schreiben! Man darf doch der Kunst keine Schranken setzen!»

«Na ja, ich weiß nicht.»

«Aber ist das nicht Faschismus? Denk doch nur mal an diesen wundervollen bildenden Künstler, diesen begabten jungen Mann, der ein für alle Mal als Katzenmörder abgestempelt wurde, dabei ist er so sexy! Für verwegen aussehende

Männer habe ich immer eine Schwäche gehabt. Muss die Kunst nicht ...»

«Meine Pilze brennen an. Mach's gut!»

Veikko legt auf. Ich hasse es, wenn jemand mitten im Gespräch den Hörer auflegt. Veikko hat mich mal wieder total abqualifiziert. Er hält sich für etwas Besseres mit seinen miefigen Büchern. Dabei werden sie nur veröffentlicht, weil die Verlagslektoren Männer sind und Manuskripte bevorzugen, die das Leben von Männern schildern. Empfindsamkeit und Verletzlichkeit sind unmodern, und wenn in einem Buch Frauen vorkommen, sind sie irgendwelche Superheldinnen, die immerzu mit der Pistole herumlaufen, oder Singles, die wahllos mit jedem schlafen. Alles ist so schmutzig!

Ich lasse mir ein aromatherapeutisches Bad ein, es ist noch genug Lavendelöl da. Ich habe zwar nur eine Sitzwanne, aber das ist besser als nichts. Wenn ich das Licht ausmache und mich zusammenkauere, kann ich mir vorstellen, wieder in der Gebärmutter zu sein. Ach, Mutter!

Aber die eine Frage lässt mir keine Ruhe: Warum habe ich so wenige Erinnerungen an jenen Abend?

Ich erinnere mich, wie ich in der Küche stand, die Tür war offen, es war kalt, und mein weißes Nachthemd flatterte mir um die von Gänsehaut überzogenen Beine. Warum war ich an der Küchentür? Wohin bin ich von dort aus gegangen? Ich werde leicht ohnmächtig, wenn ich unangenehme Dinge höre, oder wenn nicht direkt ohnmächtig, dann doch so schwach, dass ich mich nicht auf den Beinen halten kann und kein Wort mehr hervorbringe. So war ich schon als Kind. Dann erinnere ich mich noch, wie Sirkka mit den Kindern abfuhr, Katja trug einen leuchtend gelben ...

… Mantel, auf den ich sehr stolz war, obwohl ich mich immer in Acht nehmen musste, wenn ich ihn anhatte. Es war ein Frühlingsmantel, Mutter hatte ihn von einer Kollegin bekommen, deren Tochter plötzlich in die Höhe geschossen war. Den gelben Mantel hatte ich auch auf Großvaters Beerdigung an, denn Mutter meinte, Kinder bräuchten kein Schwarz zu tragen. Dabei hätte ich gern schwarze Kleider gehabt wie alle anderen auch.

Ich habe Ranes Briefe immer wieder gelesen, und sie haben mir viele kleine Bruchstücke ins Gedächtnis gerufen. Jetzt kann ich mich wieder an den Muttertagsmorgen 1977 erinnern, vor mehr als zwanzig Jahren. Als Mutter uns weckte, glaubte ich, wir würden Großmutter das Frühstück ans Bett bringen und ein Lied für sie singen. Aber Mutter sagte, wir müssten uns schnell anziehen, das Taxi warte schon. Großmutter und Großvater seien krank geworden und wir würden nach Hause fahren. In der Stube saß ein fremder Mann in Polizeiuniform.

«Ich bin kein Mörder, auch wenn ich mich gelegentlich geprügelt habe. Der Schnaps ist schuld, und er hat auch meine Erinnerung ausgelöscht. Ich kann mich nicht entsinnen, zugeschlagen zu haben. Ich habe das Gefühl, dass es jemand anders war. Aber wer? Hatten wir in der Nacht Besuch?»

Diese Zeilen stammen aus Ranes letztem Brief. Er war zweiundzwanzig, als er im Gefängnis starb, sieben Jahre jünger als ich jetzt. Zwischen den Zeilen ist deutlich zu erkennen, dass er die ganze Zeit Angst hatte, auch wenn er sich seiner Mutter gegenüber tapfer gab. Was mag Großmutter empfunden haben, als sie die Briefe las?

Ich schaue hinaus aufs Meer. Die Bäume sind noch dicht belaubt, zum Teil verdecken sie das Licht aus den Gefängnisfenstern, aber ein Teil fällt mir direkt in die Augen. Ich bin tagelang um die Haftanstalt herumgelaufen und habe versucht, hineinzusehen. Die Freunde, die mir beim Umzug halfen, frotzelten, von meiner neuen Wohnung aus könnte ich den Knackis Geheimbotschaften übermitteln und sie mit einem Striptease erfreuen. Alle lachten, ich auch, aber ich nahm mir vor, so bald wie möglich ordentliche Jalousien anzuschaffen. Die habe ich inzwischen, sodass ich mir die Aussicht nur dann zu Gemüte zu führen brauche, wenn ich es will. Ich kann nichts dazu, dass meine Idylle einen Riss bekommen hat: Jedes Mal, wenn mein Blick auf das Gefängnis fällt, sehe ich Rane vor mir, wie er verzweifelt aus dem Fenster schaut, unmittelbar bevor er sich mit einem Laken an der Duschstange erhängt.

Das Gespräch mit Veikko hat nichts gebracht. Allerdings habe ich an seiner Stimme gemerkt, dass er wütend war, weil ich von Großvaters Tod gesprochen habe. Hatte Rane eine ähnliche Stimme wie Großvater? Ich versuche, mich zu erinnern, höre aber nur ein undeutliches Rauschen, wie auf einer Langspielplatte vor dem ersten Stück. Großvaters Stimme habe ich noch ungefähr im Ohr, sie hatte eine ähnliche Melodie wie Veikkos und Saras. An Vaters Sprechstimme kann ich mich nicht erinnern, nur an seine Singstimme. «Jeden Abend, wenn die Lampe erlischt», dunkel und weich, aber mit einem leisen Lachen im Hintergrund, als hätte ihn die zärtliche Stimmung des Liedes amüsiert. Vater hat Gitarre gespielt, in einer Band, die durch die Lokale tingelte und 1976 ein Engagement auf einer der Fähren nach Schweden bekam. Der Vater von Pekka Kalmanlehto, einem Nachbarjungen, war mit demselben Schiff auf Dienstreise gewesen und erzählte, alle anderen Musiker seien nach Finnland zurückgekommen, nur mein Vater habe seine Gitarre genommen und sei nach Südschweden weitergefahren. Irgendwann kamen wohl auch Alimente, und Kaitsu bekam zum vierten Geburtstag eine Karte, die Mutter verbrannt hat. Mein Vater hat angeblich auch viel getrunken, das hat mir Sara jedenfalls erzählt. Irgendwann um die Zeit meiner Konfirmation habe ich Mutter gefragt, wie mein Vater war. Sie machte ein Gesicht, als wollte sie mich anschreien, doch dann sagte sie bloß mit gepresster Stimme:

«Sei so lieb und sprich nie mehr von diesem Mann.»

Das tat ich auch nicht mehr. Allerdings meinte die Therapeutin, zu der ich in meiner schlimmsten Bulimiephase gehen musste, ich hätte doch von ihm sprechen sollen. Es war schließlich meine Bulimie, nicht Mutters. Anorexie wäre billiger gekommen. Zuerst hat Karri mein ganzes Geld verprasst, und dann habe ich es selber verfressen und versoffen. Einmal habe ich Großmutter angelogen, ich bräuchte neue Schuhe für ein Konzert in der Musikschule, und sie hat mir dreihundert Mark geliehen. In Wahrheit habe ich mir davon die neueste Platte der Band Salamasota gekauft und den Rest auf einer Fachschaftsparty ausgegeben. Als ich Großmutter später das Geld zurückzahlen wollte, winkte sie ab.

Über manches, was ich mir geleistet habe, schäme ich mich, muss aber auch darüber lachen. Zum Beispiel die Geschichte vor zwei Jahren, als ich noch in der Siilitie wohnte: Das Wochenende stand ins Haus, und ich hatte kaum noch Geld, mein Gehalt sollte erst in der nächsten Woche kommen. Im Schrank standen Haferflocken, Kaffee und Eier, damit würde ich auskommen, bis Kaitsu mich am Sonntag abholte. Mutter hatte uns zu sich nach Matinkylä zum Essen eingeladen. Aber ich brauchte Schnaps. Zuerst sammelte ich die leeren Flaschen ein, die sich in den Ecken häuften. Es waren beschämend viele: von Korn, Bier und Longdrinks, teurem Weißwein, den Viivi mitgebracht hatte, Mineralwasser und Diätcola. Das Pfandgeld brachte insgesamt dreiundvierzig Finnmark und fünfzig Penni. Jallu, der Schnaps, den ich wollte, kostete zweiundachtzig Mark, also fehlten mir nicht einmal vierzig. Völlig blank war ich noch nicht, in meiner Geldbörse befanden sich immerhin noch sechzehn Mark und zehn Penni. Fieberhaft suchte ich die ganze Wohnung ab. Unter dem Sesselkissen fand ich eine Mark und sechs Zehnpennistücke. Ich fuhr mit der Hand in den Staubbeutel. Zwei Zehnpennimünzen. Als Nächstes fasste ich in sämtliche Jacken- und Hosentaschen und entdeckte weitere Münzen: fünf Mark, eine Mark, viermal zehn Penni und zweimal fünfzig Penni. Ich machte einen Freudensprung, als ich in der Abendtasche zwei Mark und im Rucksack einen Fünfer fand. Jetzt fehlten nur noch fünf Mark und sechzig Penni.

Mein Sparschwein hatte ich längst geschlachtet. Ich sah im Mülleimer nach, aber dort war nichts, im Bad auch nicht. Hinter den Büchern, die ich mir als Nächstes vornahm, fand ich eine Mark. In der Schachtel mit den Ohrringen lagen zwei Münzen, einmal fünfzig und einmal zehn Penni. Nur noch vier Mark.

Ich ging in die Gemeinschaftswaschküche mit den Münzwaschmaschinen. Vielleicht hatte jemand eine Münze fallen gelassen. Fehlanzeige. Dann schaute ich im Keller nach, ob dort leere Flaschen herumlagen, die ich als umweltbewusster Mensch recyceln konnte. Tatsächlich entdeckte ich zwei Weinund drei Bierflaschen, das gab zwei Mark fünfzig Pfand. Die fehlenden eins fünfzig musste ich irgendwie auftreiben. Sollte ich die Nachbarin anpumpen? Ich könnte sagen, meine Monatskarte wäre abgelaufen und ich hätte keine Zeit, zum Bankautomaten zu gehen. Ich klingelte, doch sie war nicht zu Hause. Bei den anderen Nachbarn zu fragen wäre mir zu peinlich gewesen. Sicherheitshalber warf ich noch einen Blick in die Mülltonne auf dem Hof. Dort lag eine Sprudelflasche, eine von den großen, die eins fünfzig brachten!

Mit zitternden Händen trug ich meine Schätze in die Wohnung und rechnete nach, ob ich wirklich genug Flaschen und Geld hatte. Es war mir ziemlich unangenehm, mit meinen Leerguttüten in die U-Bahn einzusteigen. Ein Typ fragte, ob ich eine Party gegeben hatte, ein anderer bot sich an, die Flaschen für mich zu entsorgen. Natürlich rückte ich sie nicht heraus. Der Verkäufer machte große Augen, als ich ihm die Münzen hinlegte, und zählte zweimal nach. Er war schon älter und von oben bis unten grau, bis auf die Nase, die mit ihren violetten Äderchen hervorragend zu den rotweinfarbenen Westen der Angestellten im Alko-Geschäft passte.

«Stimmt haargenau», stellte er schließlich fest.

Kein Drink hat jemals besser geschmeckt als der erste Schluck aus dieser Flasche. Inzwischen habe ich immer einen kleinen Vorrat im Schrank, einige Flaschen Bier, manchmal auch Wein, und eine Flasche Jallu. Ich versuche, mit einer pro Woche auszukommen, aber das gelingt mir nicht immer. Ich führe mich nämlich selbst hinters Licht, indem ich direkt aus der Flasche trinke, statt mir ein Glas einzugießen, denn dann ist es kein ganzer Drink, und ich brauche ihn nicht auf mein wöchentliches Fixum anzurechnen. Aus der Flasche zu trinken ist irgendwie beruhigend und lässig, es ist echtes Trinken, kein weibliches Getue. Anständige Frauen trinken nicht.

Es ist herrlich, Geld zu haben und sich immer eine Reserveflasche leisten zu können. Mein Einkommen ist zwar weder hoch noch regelmäßig, aber ich komme zurecht, wenn ich es mir einigermaßen einteile. Falls ich etwas von Großmutter erbe, kaufe ich mir das Prachtstück, von dem ich schon lange träume, eine zwölfsaitige Gitarre, rot mit schwarzem Muster. Den Rest hebe ich mir für eine Reise auf. Ich möchte nach London, Barcelona oder in irgendeine andere Stadt, wo mich niemand kennt und wo ich mich verwandeln kann, in wen ich will, zum Beispiel in eine weltberühmte Liedermacherin.

In Wahrheit gerate ich bei jedem Auftritt in Panik. In den Gesangsstunden läuft alles bestens, auch zu Hause, wenn ich zur Gitarre übe, aber sobald mir außer der Gesangslehrerin und dem Begleiter noch jemand zuhört, ist der Ofen aus. Deshalb waren meine wenigen Auftritte die reine Hölle. Natürlich löst ein einzelner Misserfolg keine Bulimie aus, aber mit der Zwischenprüfung an der Musikschule fing es wohl an, und damit, dass Karri Schluss gemacht hat. Meine Therapeutin meint allerdings, bei mir wäre schon viel früher etwas schiefgelaufen.

In Woody Allens Filmen hat jeder einen Therapeuten, das ist schick, urban und witzig. Niemand hängt je mit dem Kopf über der Kloschüssel, mit tränenden Augen und brennendem Hals. So viel wie ich haben die meisten Menschen wahrscheinlich in ihrem ganzen Leben nicht gekotzt. Oft brauche ich mir nicht einmal den Finger in den Hals zu stecken, vor allem, wenn ich einen Kater habe.

Bei meinem Umzug habe ich mir vorgenommen, in der neuen Wohnung nie zu kotzen. Bisher hat es auch geklappt. Ich habe keine Bulimieanfälle gehabt, und den Hangover halte ich mit Tabletten gegen Seekrankheit unter Kontrolle. Den Trick hat mir Sara verraten. Manchmal sehne ich mich richtig nach dem Gefühl der Leere, das sich nach dem Erbrechen einstellt, ein Gefühl, als schwebten die Füße einen halben Meter über dem Boden und man selbst wäre aus handgeschöpftem Papier, porös und durchlässig. Ich mag es, ganz leer zu sein.

«Ich weiß nicht, ob ich durchhalten kann, manchmal ist mein Herz schwer und schwarz, dann wieder so leer, als wäre ich tot. Die Routine hilft: früh aufstehen, Frühstücksbrei, Arbeit und Hofgang. Ich bin dicker geworden, denn so viel wie hier habe ich nicht mehr gegessen, seit ich von zu Hause weggezogen bin. Aber dein Karelischer Fleischtopf ist immer noch das Beste, was es gibt, den vermisse ich», hatte Rane nach zwei Monaten Haft an seine Mutter geschrieben. Der schlanke Junge auf dem Foto sah mich mürrisch an. Ich hatte das Bild vor einigen Tagen an die Wand gehängt. Eigentlich brauchte ich es nicht, um mich an Rane zu erinnern, es genügte, wenn ich das Gefängnis sah.

Jetzt habe ich die Briefe schon fast drei Wochen und kann sie fast auswendig. Aus einigen habe ich versucht, ein Lied zu machen, aber die Worte wollen sich nicht fügen. Es kommt mir verrückt vor, zehn Sätze zu verwenden, wenn man dasselbe mit einem Übergang von a-Moll sieben zu C-Dur und weiter zum offenen C-Akkord viel besser ausdrücken kann. Das ist Ranes Melodie. Wenn ich richtig orchestrieren könnte, würde ich ein Englischhorn mit den Grundtönen über die Streicher legen. Aber vielleicht kommen Ranes Lieder ja noch. Er hat auch Gitarre gespielt, eine alte Landola, die Sara vor ein paar Jahren mitgenommen hat. Ob sie mir die wohl leihen würde?

Die Gesangsstunden sind in den letzten Wochen überraschend gut gelaufen, obwohl ich im Sommer kaum geübt habe. Nur die erste Stunde war furchtbar. Ich war wahnsinnig aufgeregt, dabei bin ich schon seit neun Jahren Riittas Schülerin. In der Nacht davor hatte ich wieder den Albtraum, der mich schon seit Jahren überfällt. Ich stehe im Opernhaus hinter der Bühne und spüre die brodelnde Erwartung, die von den Zuschauerrängen aufsteigt. Die Oper hat bereits angefangen, die Hälfte der Solisten und der Chor stehen auf der Bühne, ich sehe das konzentrierte Gesicht des Dirigenten und die Hinterköpfe der Streicher. Gleich muss ich auf die Bühne, doch ich kann meine Rolle nicht. Es ist die Caroline Stutenhaar aus Sallinens Oper «Der König geht nach Frankreich». Ich erinnere mich, dass ich an irgendeiner Stelle verrückt werden und durch einen Spiegel laufen muss, aber mehr weiß ich nicht. Ich stehe in den Kulissen und sterbe fast vor Angst, und im Traum begreife ich, dass ich schon oft in dieser Situation war, jedes Mal mit der gleichen Verzweiflung. Dann schiebt mich jemand auf die Bühne, und ich sehe die wartenden, fordernden Blicke der Zuschauer. An dieser Stelle wache ich meistens auf.

Die Oper «Der König geht nach Frankreich» habe ich im Sommer meiner Konfirmation in Savonlinna gesehen. Veikko hatte irgendwo zwei Karten aufgetrieben. Eigentlich wollte Sara mit ihm hinfahren, aber dann kam ihr etwas dazwischen. Mutter konnte nicht, und Kaitsu wollte auf keinen Fall in eine Oper. Auf der Zugfahrt von Helsinki regnete es pausenlos, aber in Savonlinna wohnten wir in einem feinen Hotel, und Veikko führte mich zum Essen auf die Dachterrasse. Ich war nie in einer Oper gewesen, wusste aber, dass man bei den Festspielen oft Prominente zu Gesicht bekam. Natürlich zeigte ich meine Neugier nicht offen, doch unter den Ponyfransen ließ ich meine Augen eifrig umherschweifen. Im Herbst des Vorjahrs war Veikkos erster Roman erschienen. Einige Leute sahen ihn prüfend an und schienen zu überlegen, woher sie diesen breitschultrigen, dunkelhaarigen Mann kannten. Ich entdeckte einige Schauspieler, was gar nicht so aufregend war, wie ich erwartet hatte. Im Burghof, wo die Aufführung stattfand, ließ der Wind das Regendach flattern, und das Trommeln des Regens mischte sich unter Sallinens Musik, die mich in ihren Bann zog und tief rührte. Als Caroline Stutenhaar durch den Spiegel trat, weinte ich. Auch Veikko biss sich auf die Lippen. Ich war furchtbar beleidigt, als ich merkte, dass er lachte.

In der Pause holte er einen Whisky für sich und einen Sherry für mich. Ich fühlte mich erwachsen und kultiviert, auch wenn mir das Getränk nicht schmeckte: es war klebrig und süß. Veikko war dreißig, zu jung, um mein Vater zu sein, zu alt für Bruder oder Freund. Vielleicht hielt man uns dennoch für ein Paar.

Am Ende verdrehte mir die Musik den Kopf, sie dröhnte laut und in allen Tönen der Skala, die wilden Geigen, die tiefe Bassstimme, die hellen, schneidenden Soprane im Chor, der ewige Aufbruch eines Menschen nach Paris und die resignierte Feststellung des Baritons: «Nicht ich selbst habe mich gemacht, mich machte die Zeit …» Ich weinte wieder, obwohl mir gleichzeitig zum Lachen war und ich mich glücklich fühlte. Ich wollte auch singen. Veikko holte ein Papiertaschentuch hervor und sagte barsch:

«Dein Make-up ist verschmiert.»

Obwohl es mir egal war, ob die bildungsbeflissenen braven Bürger mich mit zerlaufener Wimperntusche zu Gesicht bekamen, versuchte ich den Schaden zu reparieren. Die Menschenmenge drängte sich durch die Burggänge. Da sah ich ihn.

Zuerst fiel mir die Lederjacke auf, die zwischen den sauberen Anzügen und geblümten Kleidern wie ein Signal wirkte, dann erkannte ich die dunklen Locken und den Ring am linken Ohr. Kode Salama, der Solist und Songwriter der Band Salamasota, mein größtes Idol.

Ich war zu schüchtern, ihn um ein Autogramm zu bitten, ich starrte ihn nur verdattert an und fing wieder an zu weinen. Die drängelnde Menschenmenge schob Kode und ein elegant gekleidetes Paar in seiner Begleitung, offenbar seine Eltern, unaufhaltsam von mir fort, doch das Bild brannte sich in mein Gedächtnis: der lächelnde Kode Salama vor den düsteren Mauern der Burg Olavinlinna. Die Opernmelodien und die Songs von Salamasota vermischten sich in meinem Kopf, bis ich schließlich total hysterisch war. Veikko brachte mich ins Hotel, nahm eine Flasche Gin Tonic aus der Minibar und drückte sie mir in die Hand:

«Hier, trink das, damit du dich beruhigst!» Er selbst leerte eine Miniflasche Whisky in einem Zug und ging dann zum Bier über.

Ich trank und stellte verwundert fest, dass ich tatsächlich allmählich ruhiger wurde. So fing es an. So wurde ich süchtig nach Alkohol und Musik.

Nach der Rückkehr von den Festspielen versuchte ich herauszufinden, wie man Sängerin wird. Meine Anrufe bei sämtlichen Konservatorien ergaben, dass ich zu jung war, um Gesang zu studieren. Ich solle mich wieder melden, wenn ich volljährig war. Mit fünfzehn sei ich zu alt, um ein Instrument zu lernen, abgesehen vielleicht von Blasinstrumenten. In den Schulchor wagte ich mich nicht. Also sang ich allein und nur dann, wenn mich niemand hören konnte. Ich bat Mutter, ein Klavier zu kaufen, obwohl ich wusste, dass sie es nicht tun würde. In unserer Zweizimmerwohnung war kein Platz, und wir hatten auch nicht genug Geld. Ich begann, auf eine Gitarre zu sparen.

In meinen letzten Schuljahren las ich alles Mögliche über jegliche Art von Musik und hörte stundenlang Platten. Dabei stellte ich fest, dass ich Rockmusik so gern mochte wie klassische, mein Musikgeschmack war ohne jede Logik. In den Sommerferien hütete ich sechs Wochen lang die schulpflichtigen Kinder von Mutters Kollegin und verdiente mir damit das Geld für eine Gitarre. Ich brachte mir selbst das Spielen bei, deshalb ist meine Technik immer noch mangelhaft. Der Gitarrenlehrer an der Musikschule verlor schon in den ersten Stunden die Geduld mit mir, aber irgendein Nebenfach musste ich ja haben.

Die Band Salamasota spielte weiterhin Songs im Stil der Ramones, die mit allem und jedem ihren Spaß trieben. Ich hatte gelernt, ihre Hits auf der Gitarre nachzuspielen; zum Glück reichten bei den meisten die Grundharmonien der Dur-Skala, manchmal ergänzt durch die parallele Mollharmonie. Auf der akustischen Gitarre klangen die Songs natürlich nicht so gut wie auf der elektrischen und mit der ganzen Band im Hintergrund, aber ich war schon stolz darauf, wenigstens eine gewisse Ähnlichkeit zustande zu bringen.

Ich überredete Ulri und Elisa, zum Open-Air im Brunnenpark mitzukommen, obwohl die beiden eigentlich keine Salamasota-Fans waren, die Band kam nämlich bei Jungen besser an als bei Mädchen. Keine von uns wollte sich ganz nach vorn drängeln, wo baumlange Jungs herumhüpften, die in ihren Lederjacken und Basketballschuhen wie Kopien von Kode und den anderen in seiner Band aussahen. Lieber hielten wir uns etwas abseits auf dem Rasen, wo man einen ungehinderten Blick auf die Bühne hatte.

Wie unter Zwang fing auch ich allmählich an, im Takt der Musik zu hüpfen, die Augen auf Kode Salama geheftet. Ich hatte seine Interviews im Dutzend gelesen, in der Bibliothek alle möglichen Zeitschriften durchgeblättert und auf Mikrofilmen nach Informationen gesucht. Kode hieß eigentlich Konsta, war vierundzwanzig, also neun Jahre älter als ich, und wollte neben seiner Musikerkarriere Bootsbau studieren. Er hatte bereits als Vierjähriger Klavierunterricht erhalten und spielte inzwischen sechs Instrumente. Eine Freundin wurde zu meiner Freude nicht erwähnt.

Im Park drängten sich an die zwanzigtausend Menschen, aber je länger der Auftritt von Salamasota dauerte, desto weniger achtete ich auf die anderen. Es gab nur noch mich und die Musik, mich und Kode Salamas langbeinige, kräftige Silhouette dort vorn auf der Bühne. Ulri und Elisa waren von mir abgerückt, sie genierten sich für mich, für den entzückten Glanz in meinen Augen, für mein ungezügeltes Hopsen, für den Schweiß, der mir übers Gesicht lief und sich mit Tränen vermischte.

Als die Band nach zwei Zugaben von der Bühne ging, sackte ich auf den Rasen und hatte das Gefühl, nie mehr hochzukommen. Ich hätte vor Glück sterben mögen. Es fing an zu nieseln, und die nächste Band war uninteressant. Ulri und Elisa zogen mich mit sich unter einen Baum. Im Gedränge stieß ich gegen einen hochaufgeschossenen Jungen, der mich fröhlich grüßte:

«Hallo, Katja!»

Es war Pekka Kalmanlehto. Seine Familie war schon vor Jahren umgezogen, daher ging er nicht mehr in Matinkylä zur Schule, sondern besuchte das Musikgymnasium in Tapiola. Dass er sich noch an mich erinnerte, hatte ich nicht erwartet.

«Du warst ja ganz schön in Fahrt», sagte er mit breitem Lächeln. «Na ja, Salamasota ist ja auch 'ne gute Band.»

«Die beste!»

«Ist dein Vater eigentlich wieder aus Schweden zurückgekommen?», fragte er plötzlich.

«Was geht dich das an!»

Ich rannte davon, ohne auf Ulri und Elisa zu warten. Wenn ich an dieses Konzert zurückdenke, überkommt mich jedes Mal ein seltsames Gefühl, als würde ich ein schmuseweiches Kätzchen streicheln, das mich plötzlich mit den Krallen packt und mir in den Finger beißt. Es war der letzte Auftritt der

Band gewesen, denn bald darauf ging einer der Musiker zum Studium nach England, einer machte Zivildienst und einer wurde Vater.

Die Begegnung mit Kode Salama in Savonlinna hat mir Jahre später den Anstoß gegeben, meine Magisterarbeit über den Einfluss der Ramones auf die Musik verschiedener finnischer Bands zu schreiben. Die Arbeit liegt schon lange halbfertig in der Schublade, weil mir der Mut fehlt, Kode oder die Mitglieder anderer Bands, wie Ne Luumäet oder Luonteri Surf, zu interviewen. Der Theorieteil ist fertig, aber Theorie allein genügt nicht. Das tut sie in der Musik nie.

Ich schreibe die Tonfolge auf, die das Englischhorn spielen sollte, obwohl ich mir lächerlich vorkomme. Auch diese Melodie kann nicht vollständig ausdrücken, was es bedeutet, unschuldig im Gefängnis zu sitzen. Aber weiß ich es denn? Vielleicht bilde ich es mir nur ein, und doch spüre ich eine Verbindung zu Rane, als ob sein Geist irgendwo in der Nähe des Ortes schwebe, wo er gestorben ist. Eigentlich glaube ich an so etwas ja nicht. Aber Rane und ich haben immerhin zu einem Viertel die gleichen Gene. Das ist nicht wenig.

Meine Bulimie ließ erst nach, als die Therapeutin mir zu einem Klinikaufenthalt riet. Der Gedanke war mir unerträglich. Zum Glück kann man einen volljährigen Menschen nicht gegen seinen Willen einweisen. Ich hatte Sara ein paarmal in der Nervenheilanstalt besucht, ein friedlicher Ort, doch überall gab es Wände, Tore und Mauern. Dort wollte ich nicht hin. Also nahm ich den Kampf gegen den Teufelskreis auf, gegen den unaufhörlichen Kreislauf, der sich aus Einkäufen, strategisch verteilt auf mehrere Kioske und Geschäfte, Keksbergen, im Kühlfach gestapelten Eiskrempackungen, ordentlich aufgereihten Chipstüten und schließlich dem Würgen über der Kloschüssel zusammensetzte. Ein Jahr lang hatte mir der Versuch, aus diesem Muster auszubrechen, für alles andere die Kraft geraubt. Leicht fällt es noch immer nicht.

Es ist schon fast Mitte September, und alle fangen etwas Neues an: neue Hobbys, Kurse an der Volkshochschule, Konditionstraining. Viivi macht jetzt Ruderspinning, sie meint, das sei die effektivste Methode, Schwangerschaftskilos loszuwerden. Ich fühle mich diesen energischen Herbstmenschen zugehörig, weil ich ein neues Projekt verfolge: Ich will herausfinden, wer Großvater wirklich ermordet hat. Im Computer habe ich dafür einen neuen Ordner und für jeden, der am Tatort war, ein neues Dokument angelegt. Man muss systematisch arbeiten, das wurde uns auch im Magisterseminar eingebläut. Zuerst einen klaren Arbeitsplan aufstellen und ihn dann verwirklichen.

Soweit ich weiß, sind Protokolle von Gerichtsverhandlungen öffentliche Dokumente. Ich muss nur noch herausfinden, wo man sie einsehen kann. Die erwachsenen Familienmitglieder haben sicher im Prozess aussagen müssen, vielleicht auch Sara, obwohl sie damals noch nicht volljährig war. Wer von ihnen hat einen Meineid geschworen?

Bei Tageslicht sieht Ranes Gesicht unfreundlich aus, aber wenn ich Kerzen anzünde, flackern Licht und Schatten so über das Bild, dass ich in seinen Augen eine Bitte erkenne. Als ob er mich anfleht, die Wahrheit aufzudecken.

In seinen Briefen aus der Armee beklagt er sich unaufhörlich. Die sinnlose militaristische Hierarchie hat ihm offensichtlich nicht gepasst. Auch ich komme in einem Brief vor:

«Es stimmt, was Sirkka dir erzählt hat, nach dem letzten Urlaub konnte ich mich kaum dazu überwinden, wieder zur Kaserne zu fahren. Gut, dass du nicht dabei warst, Mutter. Als ich den Mantel anzog, kam Katja angetapert und hat gebettelt, ich solle bleiben. Ich habe sie auf den Arm genommen und an mich gedrückt, und da kamen mir plötzlich die Tränen. Das hier ist kein normales Leben, und es wird auch nicht besser durch eure ewige Litanei, ich bräuchte wenigstens nicht in den Krieg. Die Feldwebel und Unteroffiziere sind Sadisten, einer wie der andere. Viel lieber würde ich mit der kleinen Katja Puzzle legen.»

Rane war mein Patenonkel gewesen. Natürlich besaß ich sein Taufgeschenk noch, einen Silberlöffel mit Gravur: Katja Elina, 24. 2. 1972, 20.22 Uhr, 3800 g, 53 cm. Für ein Mädchen war ich ein ziemlich großes Baby gewesen. Von Mutters Geschwistern war Rane der Einzige, der bei meiner Geburt schon konfirmiert war und als Pate in Frage kam. Woher hatte er als Siebzehnjähriger das Geld für einen Silberlöffel gehabt?

Von meiner Taufe hatte ich nur ein einziges Foto. Darauf liege ich schreiend und mit knallrotem Kopf in Mutters Armen. Die Farbfototechnik war in den 1970er Jahren noch nicht besonders weit entwickelt, daher sieht mein Taufkleid aus wie die Haut eines Ferkels. Mein Vater und Rane waren bei der Taufe bestimmt dabei gewesen.

Ich rief Kaitsu an.

«Was für Taufbilder hast du? Sind Vater und Veikko drauf? Veikko hat dich doch über das Taufbecken gehalten.»

Kaitsu schwieg lange, wie gewöhnlich.

«Taufbilder? Hab ich nicht. Wahrscheinlich liegen sie bei Mutter. Keine Ahnung, wer da alles drauf ist.»

Als ich in die zweite Klasse ging, wollte ich ein eigenes Fotoalbum, weil Elisa auch eins hatte. Ihre Mutter hatte die Bilder sauber eingeklebt und in Schönschrift die Namen der Personen, das Datum und den Ort dazugeschrieben. Das Album begann mit einem Hochzeitsfoto von Elisas Eltern, dann kamen Bilder von der Entbindungsklinik, der Taufe und von jedem Geburtstag. Unsere wenigen Fotos lagen in einem alten

Schuhkarton, den Mutter im Kleiderschrank aufbewahrte. Immerhin konnte ich ein paar Fotos aus der Kindertagesstätte in mein Album kleben, und natürlich die Klassenfotos aus der Schule. Da Mutter keine Zeit hatte, mir zu helfen, schrieb ich die Texte in ungelenken Buchstaben selbst. «Ich im Kindergarten». «Ich als Baby». «Die erste Klasse». Zu den Klassenfotos schrieb ich die Namen aller Mitschüler, die Liste füllte eine ganze Seite.

«Hast du die Bilder von Großmutters Beerdigung schon entwickeln lassen?», fragte ich weiter. Kaitsu hatte sich während des Trauergottesdienstes fast ständig hinter seiner Kamera versteckt und so getan, als suche er den richtigen Bildwinkel. Seit seiner Kleinkindzeit hatte ich ihn nicht mehr weinen gesehen. Manchmal hatte ich das Gefühl, überhaupt keine Ahnung zu haben, was im Kopf meines Bruders vorging. Ich wusste nicht, ob er je verliebt gewesen war, wie er reagiert hatte, als er erfuhr, dass er als einer der ersten Mitarbeiter der Internetfirma, bei der er angestellt war, entlassen werden sollte, oder wie ihm seine jetzige Arbeit als Taxifahrer gefiel. Wenn ich ihn gelegentlich fragte, gab er keine Antwort.

Während der halbjährigen Therapie nach meiner Bulimie hatte die Therapeutin versucht, mein Leben in handliche Brocken zu zerlegen, damit ich erkennen konnte, warum ich fraß und kotzte und trank. Schwierig war das nicht: Zuerst war ich von meinem Vater verlassen worden, dann von der großen Liebe meines Lebens. Auch beruflich hing ich ziemlich in der Luft. Der Verlust des Vaters hatte meine weibliche Identität schwer verletzt. All das hatte ich längst selbst begriffen, anhand von Berichten in Frauenillustrierten und populärpsychologischen Büchern aus der Bibliothek. Es war nicht meine Schuld, dass Vater uns verlassen hatte, das hatte ich mir immer wieder vorgebetet.

Ich weiß das alles und werde doch immer wieder rückfällig. Es muss noch einen anderen Grund geben, ein dunkles Geheimnis, unter dessen Last ich mich verformt habe. Es muss mit Großvaters Tod zusammenhängen. Ich bin ja nicht die Einzige, die darunter gelitten hat – bei Sara hat das Ereignis auch Spuren hinterlassen.

Manchmal fühle ich mich Sara sehr nah. Wir können unsere Erinnerungen austauschen, auch wenn sie sich oft darüber wundert, wie falsch ich manche Dinge verstanden habe. Als kleines Mädchen habe ich sie glühend bewundert, ganz besonders gut gefielen mir ihre blonden Engelslocken und ihr Schminkkästchen, das auf einem Spitzendeckchen auf der Kommode in der Bodenkammer stand und in meinen Augen aus echtem Gold war. Sara hatte einen hellblauen Glockenrock mit schmaler Taille, und obwohl er nur knapp unter das Knie reichte, erinnerte er mich an Dornröschens Kleid in Disneys Zeichentrickfilm.

«Du siehst aus wie eine Prinzessin!», rief ich bewundernd. Es war im Sommer nach Großvaters Tod und Ranes Selbstmord, ein Jahr vor Saras Abitur.

«Eine Prinzessin!», lachte sie und umarmte mich, und mit ihrem lachenden Gesicht erschien sie mir so schön wie Armi Aavikko, die einzige wahre Miss Finnland. Ich wünschte mir, auszusehen wie Armi Aavikko, mein glattes schwarzes Haar gegen ihre goldenen Locken einzutauschen und meinen kindlichen Körper in prächtige Abendkleider zu hüllen.

Später wurde ich Armi Aavikko tatsächlich ähnlich, allerdings nicht vom Aussehen her. Wir beide hatten das gleiche Problem. Nur betrank ich mich selten in der Öffentlichkeit, es war sicherer, meine Gläschen zu Hause zu kippen. Das heißt, von Gläschen konnte keine Rede sein, ich trank direkt aus der Flasche, in gierigen Schlucken, von denen ich im Nu betrunken wurde. Als ich Armi Aavikko ähnlich geworden war, hielt ich Sara nicht mehr für eine Prinzessin. Ich hatte gelernt, mich davor zu fürchten, wie sie bei unserer nächsten Begegnung aussehen würde, ob sie ihren Hippietag oder ihre Ladyphase hatte, manisch oder depressiv oder alles auf einmal war. Nach Armi Aavikko war Kode Salama mein Idol geworden, dann Karri. Nach Karri wollte ich nur noch Alkohol und Essen.

Es ist wahnsinnig gefährlich …

… mit hundertdreißig über eine unbeleuchtete Straße zu fahren, wo alle tausend Meter ein Verkehrsschild vor Elchen warnt. Auf der Straße von Inkoo nach Salo zum Beispiel. Sie war wie eine Rinne, durch die ich rollte. Es gab nichts auf der Welt als mich, den Mercedes und die Straße. Ein Elch war in dieser Welt nicht vorgesehen, aber manchmal prallen Welten aufeinander. Andererseits – lieber ein Elchunfall und sofort tot, als sich jahrelang quälen und anderen zur Last fallen wie Großmutter. Wegspritzen wäre eine Gnade gewesen. Rane war schlau genug, sich umzubringen. Wahrscheinlich würde ich das auch tun, wenn ich zehn Jahre Knast vor mir hätte. Ich bin sechsundzwanzig, ich lebe schon vier Jahre länger als mein Onkel.

Katja spinnt mal wieder. Heute Morgen war ich bei ihr, um das Modem an ihrem Computer auszuwechseln, das alte war hinüber. Über der Kommode hing ein Foto von mir. Allerdings erinnerte ich mich nicht, es je gesehen zu haben, auch die braune Hose kam mir fremd vor.

«Wann ist das denn gemacht worden?», fragte ich. Ich hatte die Haare schon seit ein paar Jahren nicht mehr so lang getragen.

Katja machte ein seltsames Gesicht.

«Was glaubst du, wer das ist?»

«Wieso? Ich natürlich.»

«Nein. Das ist Rane.»

«Das darf doch nicht wahr sein», sagte ich und nahm das Bild von der Wand. Tatsächlich, es war Rane. Meine Augen sind heller, und ich habe Aknenarben auf den Backen. Außerdem hatte Rane breitere Schultern.

«Warum hängst du dir das an die Wand?»

«Wusstest du, dass Rane sich da drüben das Leben genommen hat?» Sie wedelte mit der Hand in Richtung Fenster, offenbar meinte sie das Gefängnis. «Ich dachte immer, er wäre in Kuopio gestorben.»

«Ist doch egal, oder?» Ich hängte das Foto wieder an die Wand, obwohl ich es am liebsten zum Fenster rausgeschmissen hätte. Katja hatte sogar einen Rahmen gekauft, zum Glück wenigstens keinen herzförmigen.

«Verdammt nochmal, es ist überhaupt nicht egal, ob er irgendwo in Kuopio gestorben ist oder hier vor meinen Augen!» Wie sie so dastand, die Arme vor den großen Brüsten verschränkt, hatte sie gewaltige Ähnlichkeit mit einem Hausdrachen.

«Hast du neue Platten gekriegt? Was Gutes dabei?», fragte ich, um dem Streit die Spitze zu nehmen. Meine Schwester hält sich über Wasser, indem sie für drei verschiedene Zeitungen Platten bespricht, jede Art Musik, von Oper bis Techno. Für eine Besprechung bekommt sie fünfhundert Mark und natürlich die Platte. Wir haben einen ganz unterschiedlichen Musikgeschmack, daher fällt ab und zu auch für mich was ab, aber die meisten Platten verscherbelt sie. Trotzdem, man muss ganz schön viele Rezensionen schreiben, um auch nur auf ein Krankenschwesterngehalt zu kommen. Vielleicht macht es ihr ja auch Spaß, andere herunterzuputzen. Als ich noch bei Rockit arbeitete und im Geld schwamm, habe ich Katja manchmal Platten abgekauft und sie meinen Freunden geschenkt. Die Zeiten sind jetzt vorbei. Die fünfzig Rockit-Aktien, die man mir damals verkauft hat, um mich an die Firma zu binden, besitze ich zwar noch immer, aber die sind mittlerweile weniger wert als eine Schallplatte.

Katja drückte mir mit boshaftem Gesicht fünf Opernplatten in die Hand. Ich legte die CDs hin und bat sie, Kaffee zu kochen. Wenn ich nicht in regelmäßigen Abständen welchen bekomme, fange ich nämlich an zu zittern. Im Auto habe ich immer eine Thermoskanne dabei, zwischen zwei Fahrten ist meistens Zeit für einen Schluck.

«Hast du dir nie Gedanken darüber gemacht, dass Rane kein Geständnis abgelegt hat?», bohrte Katja weiter, als ich Zucker in meinen Kaffee löffelte. Sie hatte wieder mal keine Kekse im Haus. Länger als zwei Tage bleibt bei meiner Schwester nichts liegen, sie ist unglaublich verfressen.

«Nee, hab ich nicht. Der Kerl ist doch so oder so verurteilt worden. Die Richter werden schon gewusst haben, was sie taten, und ein Selbstmord ist so gut wie ein Geständnis.»

«Das sehe ich ganz anders!»

«Katja, hör mal …», fing ich an, hielt dann aber den Mund. Wenn meine Schwester sich verrückt machen wollte, sollte sie. Ich hielt es für das Beste, zu verschwinden.

Am Straßenrand bewegte sich etwas, blieb aber dann doch, wo es war. Nur der Schatten eines Baums, der vom Wind geschüttelt wurde. Am schlimmsten ist immer der Moment, wenn ein entgegenkommendes Auto mich blendet. Ein paar Sekunden lang sieht man gar nichts, und länger braucht ein Elch nicht. Ich hasse es auch, bei Dunkelheit hinter einem anderen Wagen zu fahren, denn man weiß nie, wie der Vordermann reagiert, wenn ihm ein Elch vor den Kühler läuft. Wahrscheinlich grundfalsch, und dann kostet sein Fehler womöglich auch mich das Leben.

Die Sache mit dem Foto fuchste mich noch immer. Ich war erst zwei, als Rane ins Gefängnis kam, ich erinnerte mich nicht an ihn und hatte auch keine Fotos von ihm gesehen. Mein Onkel war ein Mörder, warum hätte es mich interessieren sollen, wie er ausgesehen hatte? Ich selbst habe, was das Aussehen betrifft, überhaupt nichts von meinem Alten mitgekriegt. Ich hab ein hundertprozentiges Liimatainen-Gesicht. Ist aber egal. Mein Vater ist auch so ein Arschloch, von dem ich nichts hören will.

Im Sommer vor zwei Jahren fing Veikko in Pielavesi nach der Sauna plötzlich an, von ihm zu reden. Veikko ist einer von denen, die nach ein paar Bier witzig und redselig werden. Ich würde ihn gern mal nach ein paar EX erleben.

«Als Eero, dein Vater, bei uns daheim seinen Antrittsbesuch machte, war es November, dunkel wie nur was, Frostwetter, aber bewölkt, und es lag kein bisschen Schnee. Mein Alter war ziemlich blau, aber als wir in die Sauna gingen, hat er uns trotzdem zum Wettkampf rausgefordert, wer es am längsten aushält. Er hat natürlich gedacht, der junge Spund aus Helsinki macht sofort schlapp. Rane und ich waren nur der Form halber dabei, der Hauptgegner war Eero. Wir fanden ihn ganz sympathisch, deshalb haben wir ihm geholfen, indem wir Wasser aufgegossen haben wie die Irren, mehr, als wir selbst vertragen konnten. Und unser Alter kam gegen Eero nicht an. Er hat versucht, durchzuhalten, aber zuletzt ist er mit blau angelaufenem Gesicht und kurz vor dem Umkippen rausgetorkelt, und Eero hatte gewonnen. So einer war dein Vater. Konnte eine Menge Dampf vertragen und gut Gitarre spielen.»

Mehr hat mir Veikko nicht über meinen Vater erzählt. Mutter habe ich nie nach ihm gefragt. Und sonst gab es keinen, den ich fragen konnte, denn mein Alter hatte keine Verwandten. Sein Vater ist unbekannt, und seine Mutter hat sich gleich nach der Entbindung aus dem Staub gemacht. Bei der Hochzeit waren nur seine Musikerfreunde dabei. Da soll noch einer behaupten, Vererbung würde keine Rolle spielen! Vater hat uns verlassen, wie er selbst verlassen wurde. Ich hab keinen Bock, mir Kinder zuzulegen. Find sie sowieso unerträglich. Im Taxi wollen sie immer vorne sitzen und an sämtlichen Knöpfen spielen, und wenn ich es ihnen verbiete, geben mir die Eltern kein Trinkgeld.

Es ist leicht, sich die Fahrgäste bloß als Serie von Einsern und Nullen vorzustellen. Fast alle sind mehr null als eins. Solche, die mich übers Ohr hauen wollen, erkenne ich sofort, und ich habe immer einen Schlagstock und eine Gaspistole dabei. Lieber wäre mir eine richtige Pistole, ich muss mir demnächst einen Waffenschein besorgen. Immerhin ist man als Taxifahrer allen möglichen Junkies ausgeliefert. Mit Besoffenen werde ich schon fertig; wenn es nicht anders geht, schmeiße ich sie mit Gewalt raus oder drohe ihnen mit der Polizei. Dann gibt es noch die Sorte Kunden, die ihre Fahrt mit irgendwelchen Naturalien bezahlen wollen, oder mit Stoff. Manchmal bieten sich verzweifelte Tussis auch selbst an, da weiß man nicht immer, ob sie wirklich kein Geld haben oder bloß auf einen Fick aus sind. So ausgehungert war ich noch nie, dass ich mich auf die Art von Angebot eingelassen hätte.

Es geht mir echt auf den Geist, dass Katja wieder von Großvater und Rane angefangen hat. Ich habe die ganze Geschichte erst Jahre danach gehört und sehe wirklich nicht ein, was es darüber noch zu reden gibt. Die beiden sind seit mehr als zwanzig Jahren tot, und wir leben. Wir sind keinem was schuldig. Katja hat schon immer unseren Eltern die Schuld dafür zugeschoben, dass sie ihr Leben nicht in den Griff kriegt. Ich finde, andere zu beschuldigen ist ein Zeichen von Schwäche. Jeder ist seines Glückes Schmied.

Aus dem Tal stieg Nebel auf, ich schaltete die Nebellampen ein. Plötzlich sah ich Rücklichter vor mir, da zockelte wahrhaftig einer mit siebzig Sachen dahin. In der Dunkelheit konnte ich nicht sehen, wo der durchgehende Mittelstreifen endete. Ich war genervt, es juckte mir in den Fingern, zu hupen oder den Kerl anzublinken. Zu langsames Fahren sollte verboten werden. Wer keinen Mumm hat, die Höchstgeschwindigkeit zu fahren, soll lieber gleich zu Hause bleiben. Ich beschloss, nach der nächsten Kuppe zu überholen. Tief im Bauch spürte ich ein Flattern: Irgendwo wartet ein Elch, der meinen Namen auf den Hörnern trägt. Kommt er heute, auf dieser Strecke? Die Tachonadel bewegte sich nach rechts, hundert, hundertzwanzig, die sanfte Kurve war bei dem Tempo leicht zu nehmen, dann zurück auf die eigene Spur und mit gut hundertzehn Stundenkilometern weiter. Nun hatte ich es nicht mehr weit zur Hankoer Landstraße, wo sich die Kriecher leichter überholen lassen. Mein Auto hat so viel Masse und ist außerdem mit Überrollbügeln und jeder Menge Airbags ausgestattet, vielleicht würde es sogar mit einem Elch fertig. Ich begreife sowieso nicht, warum diese Viecher in Südfinnland frei herumlaufen müssen. Man sollte sie in den Norden verfrachten, meinethalben nach Pielavesi, da gibt es genug Wälder, in denen sie keinen stören. City ist City und Land ist Land, warum kann man das nicht sauber auseinanderhalten? Und Leute, die mit einer Reisschüssel durch die Gegend fahren müssen, können einem leidtun.

Die Stärksten setzen sich durch, das ist ein Naturgesetz. Bei Rockit waren wir noch nicht stark genug, wir sind sofort in Panik geraten, als der Wap-Markt sich nicht so rasant entwickelte wie erwartet. Wir waren alle jung und begeistert, mit meinen dreiundzwanzig Jahren war ich einer der Ältesten. Ich bin in der Oberstufe einmal sitzengeblieben und gleich nach dem Abitur zur Armee gegangen. Eine beschissene Zeit, aber es musste sein, Drückeberger haben nämlich im Berufsleben keine Chance. Danach habe ich angefangen zu studieren, Informatik, das einzige Fach, das mich interessierte, aber schon im ersten Jahr an der TH haben meine Freunde mich für Rockit angeworben.

Das Schlimmste an dem Konkurs war, dass ich meine Wohnung in der Caloniuksenkatu verkaufen und wieder zu Mutter nach Matinkylä ziehen musste. Für die Wohnung stand ich bei der Bank mit sechshunderttausend in der Kreide, dazu kamen nochmal hundert Riesen für das Auto. Als ich meinen Job noch hatte, glaubte ich, in einigen Jahren alles abzahlen zu können. Jetzt habe ich weder Wohnung noch Auto. Aber egal. Programmierer werden bestimmt bald wieder gebraucht.

Das Verkehrskreuz an der Hankoer Landstraße war dunkel und leer. Ich fand es unsinnig zu bremsen, bretterte die Rampe hoch und knallte frontal gegen einen Marderhund. Ein dumpfes Klatschen, dann landete das Viech auf der Motorhaube. Als ich das Blut sah, musste ich würgen. Trotzdem blieb ich aktionsfähig wie ein Soldat im Einsatz: Ich ruckelte das Lenkrad ein paarmal kräftig hin und her, bis der Kadaver runterfiel. Die Tankstelle in Pikkala hatte die ganze Nacht geöffnet, dort konnte ich das Blut abwaschen.

Der Tod des Marderhundes wirkte seltsamerweise erleichternd, als gäbe er mir die Gewissheit, dass in dieser Nacht nichts mehr passieren würde. Nur der Blutgeruch war ekelhaft. Als ich klein war, bin ich Mutter einmal unbemerkt aufs Klo gefolgt. Sie zog etwas Blutiges, Ekliges zwischen den Beinen hervor, es hatte einen Schwanz wie eine tote Maus. Ich erschrak und fragte, warum sie blute und ob sie jetzt sterben müsse. Zum Glück ist sie keine von den Müttern, die die Albernheiten ihrer Kinder vor aller Welt ausposaunen, wie Yazus Mutter. Es muss echt toll sein, Freunde zu sich einzuladen, wenn die eigene Mutter Kinderfotos herumzeigt, auf denen man sich mit Kacke beschmiert hat. Kein Wunder, dass Yazu so geworden ist. Als Programmierer ist er unglaublich gut, aber ohne Pillen läuft bei ihm nichts. Die Weiber finden seine Redeweise witzig und ahnen nicht, dass er gar nicht anders reden kann. Yazu findet mühelos Frauen, die ihn verstehen wollen, weil er so seltsam ist. Sie nehmen ohne weiteres an, dass er eine furchtbare Tragödie erlebt hat. Von wegen! Yazu kommt aus sogenannten guten Verhältnissen: Haus am Meer in Tapiola, drei Autos und ein Flügel, auf dem seine kleine Schwester bis heute spielt. Beim Konkurs von Rockit hat Yazu ein paar Millionen vom Familienvermögen verbraten. Unsere Mutter hatte mir zum Glück nichts leihen können.

Ich fuhr an der Abzweigung zu Veikkos Haus vorbei und überlegte, ob er schon schläft. Mein Onkel ist ein seltsamer Typ, er verdient sich sein Geld, indem er Bücher schreibt. Offenbar kann man davon tatsächlich leben. Er hat Mutter alle seine Bücher geschenkt. In einigen habe ich geblättert. Na ja. Am besten fand ich die Pornoszenen. Ich habe nie gehört, dass er eine Freundin gehabt hätte, aber über Sex kann er schreiben. In den ersten Zeiten von Rockit hat Ronni mich gebeten, Veikko zu fragen, ob er eventuell ein paar erotische Geschichten für uns verfassen würde. Ich habe gesagt, das wäre zwecklos. Allerdings habe ich in irgendeinem Interview gelesen, dass Veikko sich in meinem Alter das Geld fürs Studium verdient hat, indem er gegen Zeilenhonorar Geschichten für Pornohefte schrieb. Er meinte, das sei damals die gängige Ausbildung für angehende Schriftsteller gewesen. Bei Gelegenheit werde ich ihn mal fragen, ob er die Storys aufgehoben hat.

Ich hielt an der Tankstelle in Pikkala und schrubbte die Motorhaube mit Fensterputzwasser. An der Stoßstange hing ein Stück Fell, bei dessen Anblick sich mir wieder der Magen umdrehte. Ich konnte mich nicht länger zügeln, sondern schraubte die Thermosflasche auf und spülte zwei von den Pillen, die Roni mir gegeben hatte, mit Kaffee herunter. Er hatte mir geschworen, bei einer Blutprobe wäre der Stoff nicht nachzuweisen.

Die Geschwindigkeitsbeschränkungen in diesem Land sind dem Gehirn eines Škodafahrers entsprungen. Maximal hundert auf dem Westring, lächerlich! Das haben sich die Politiker bloß ausgedacht, um mit den Bußgeldern die Staatskasse aufzufüllen. Mit den heutigen Wagen wären auf der Strecke ohne weiteres hundertdreißig drin. Warum will mir überhaupt jemand vorschreiben, wie schnell ich fahren darf? Ich kann doch selber denken!

Mit Wut im Bauch fiel es mir leichter, das Blut abzuschrubben. Zum Schluss ging ich rein und wusch mir die Hände. Ich kaufte eine Dose Red Bull und leerte sie in einem Zug. Zusammen mit den Pillen half mir das, den toten Marderhund zu vergessen. Aus lauter Neugier machte ich einen Abstecher ins Zentrum von Kirkkonummi, wo oft Taximangel herrscht. Am Bahnhof stand ein Pärchen, das einen ordentlichen Eindruck machte; sie hatten schon vor einer Viertelstunde per Handy ein Taxi bestellt, das noch immer nicht erschienen war. Der Stärkere setzt sich durch. Ich forderte die beiden auf, einzusteigen. An den Kollegen, der umsonst angefahren kam, verschwendete ich keinen Gedanken. Hätte er sich eben ein bisschen beeilen sollen.

Die nächste Fuhre bekam ich in Kivenlahti, danach kam das Geschäft allmählich in Gang. Die Kneipen machten zu, und die Gäste wollten schnell nach Hause. Zwei Schwule ließen sich von Henttaa nach Mankkaa fahren und knutschten auf der Rückbank wie die Weltmeister. Manch anderem wäre der Kragen geplatzt, aber mir nicht. Ich habe nichts gegen Homos und sonstige Spinner, in einer Großstadt muss es auch solche Typen geben. Mir ist jeder Fahrgast recht, solange er anständig zahlt und mich nicht anlabert.

In Ruoholahti winkte einer, dem man den Junkie von weitem ansah, also fuhr ich vorbei. Kein Problem, ich hatte Kunden genug. Auf dem Westring musste ich ein bisschen drängeln, zum Glück waren nirgends Radarfallen zu sehen. Ich habe sowieso erst sechs Strafzettel, also brauche ich mir vorläufig keine Sorgen zu machen.

Um sechs war meine Schicht zu Ende, ich schlich mich leise in die Wohnung, um Mutter nicht zu wecken, die noch eine Stunde schlafen konnte. Ich war ziemlich aufgedreht. Mutter hatte mir Butterbrote zurechtgemacht, die aß ich auf, dann ging ich ins Bad und wusch mich. Durch den Nebel schimmerte die aufgehende Sonne. Ich nahm eine Schlaftablette, um schnell wegzudämmern. Der Arzt hatte verständnisvoll genickt, als ich ihm erklärte, dass ich Schicht arbeitete, und mir die Tabletten verschrieben, allerdings mit der Mahnung, sie nur im Notfall zu nehmen. Der Notfall wiederholte sich fast jeden Tag.

Gegen eins weckte mich das Telefon. Normalerweise zog Mutter über Nacht den Stöpsel heraus, weil Sara zu den unmöglichsten Zeiten anrief. Ich überlegte, ob ich drangehen sollte. Für mich war der Anruf bestimmt nicht, denn meine Freunde riefen mich nur auf dem Handy an. Das Telefon klingelte mehr als zwanzigmal, verstummte kurz, dann fing das Gebimmel wieder an.

Einschlafen konnte ich sowieso nicht mehr, also stand ich auf und nahm den Hörer ab.

«Tiainen.»

«Hallo, Kaitsu», zirpte Sara mit Kleinmädchenstimme. «Fein, dass du da bist. Weißt du was, ich habe gerade einen phantastischen Glastisch gekauft, den ich nach Hause kriegen muss. In deinen Wagen passt er bestimmt. Bist du gerade frei?»

«Ja, aber …»

«Ich muss um drei wieder in der Stadt sein, kannst du schnell herkommen? Zu Stockmann in die Möbelabteilung, ich warte hier.»

«Das wird aber fast eine Stunde dauern, ich muss erst mal wach werden und duschen. Wie viel zahlst du?»

Die Frage war reine Stichelei. Für einen neuen Tisch hatte Sara Geld, aber für ein Taxi nie.

«Sirkka hat versprochen, dass du mir hilfst … Hör mal, Kaitsu, was du nach der Beerdigung getan hast, das habe ich dir längst verziehen. Dich hat Großmutters Tod sicher auch erschüttert, obwohl ein erwachsener Mann das vielleicht nicht so zugeben kann …»

Ich verabscheue Sara. Mitunter hasse ich sie sogar. Ich habe mich selten so geschämt wie vor ein paar Jahren in der Ysi-Bar. Die halbe Rockit-Crew war im Fitnessstudio gewesen, wir hatten von der Firma aus Monatskarten für das Gold's, und anschließend gingen wir meistens ins Ysi, um noch was zu trinken. Nach einer Weile merkte ich, dass sich eine Frau an unseren Tisch heranpirschte. Scheiße, es war meine Tante Sara.

Wir waren mit der üblichen Clique da, Roni, Yazu und ein paar andere, und wollten nicht allzu lange bleiben, weil es mitten in der Woche war. Sara hatte einen merkwürdigen Sack an, unter dem ein türkiser Minirock hervorblitzte. An den Füßen trug sie Schuhe mit Plateausohlen wie ein Teenager.

«Kaitsu, grüß dich! Willst du mich deinen Freunden nicht vorstellen?» Ohne zu fragen, nahm sie einen Stuhl vom Nebentisch und setzte sich zwischen mich und Yazu.

«Meine Tante», sagte ich und beschloss zu verschwinden, sobald ich mein Bier ausgetrunken hatte.

«Stimmt, obwohl wir nur fünfzehn Jahre auseinander sind», erklärte Sara hastig und fummelte an ihren Haaren herum. «Ich bin Sara, und wer bist du?» Sie wandte sich an Yazu, und ich wusste, die Sache würde kein gutes Ende nehmen.

«Yazu. Die Melancholie meines Herzens ist größer als ganz Europa.»

«Wie? Ach, bist du auch poetisch veranlagt, wie ich? Das ist ja herrlich!»

«Völker und Mächte atmen in mir und wollen leben.»

Yazu bringt keine eigenen Sätze zustande, er spricht grundsätzlich nur in Zitaten aus allen möglichen Songs. Davon hat er Unmengen im Kopf, auf Finnisch und auf Englisch, alte und neue, beschissene und gute. Die Frauen sind im Allgemeinen zuerst entzückt und dann beleidigt. Sara begriff eine ganze Weile nicht, was los war. Yazu allerdings auch nicht, obwohl Sara ziemlich direkt wurde:

«Die Männer in meinem Alter sind dermaßen spießig und verknöchert, die haben keinen Funken Kreativität. Ich brauche einen jungen Liebhaber, der auf demselben geistigen Niveau ist wie ich.»

«Probier es mal mit einem Fünfjährigen», warf ich ein, doch sie hörte mich nicht. Mein Glück oder mein Pech, wer weiß.

«Sei Rafaelos Engel für mich», antwortete Yazu. Da hielt ich es nicht mehr aus. Ich verschwand. Als ich am nächsten Morgen zur Arbeit kam, prusteten die anderen los.

«Hey, Kaitsu, warum hast du uns gestern im Stich gelassen? Die schwanzgeile Schnepfe ist immerhin deine Tante! Unser Yazu hätte beinahe seine Unberührtheit verloren!»

«Ich hab mir meine Verwandten nicht ausgesucht. Hat sie versucht, Yazu abzuschleppen?»

«Und wie! Wir sind aufs Klo gegangen und haben uns auf dem Rückweg verdrückt, zum Glück hat sie das nicht geschnallt. Schreib mir mal ihre Telefonnummer auf, dann geb ich sie meinem Vater, wenn er mal so richtig verzweifelt ist», rief Roni. Am liebsten hätte ich ihm eine geknallt, aber ich ließ es sein.

«Ihr seht euch übrigens ähnlich, wie Bruder und Schwester», schob er noch nach. Ich flüchtete mich an meine Maschine und setzte die Kopfhörer auf. Metallica überdröhnte den Spott.

Als ich an die Episode zurückdachte, beschloss ich, Sara mit ihrem Glastisch hängenzulassen. Notfalls konnte ich behaupten, der Wagen wäre nicht angesprungen. Mutter würde Sara gegenüber für mich Partei ergreifen und mir gegenüber für sie, sie balancierte immer zwischen uns. Ein Gutes hat Sara aber trotz allem: Im Vergleich zu ihr wirkt Katja fast normal. Allerdings wäre es falsch, zu glauben, …

SECHS   *Sirkka*

… dass ich mir alles gefallen lasse. Es ist nicht meine Schuld, dass mein Sohn sein Versprechen nicht gehalten hat. Der Glastisch meiner Schwester ist nicht mein Problem. Ich kann ja auch nichts dafür, wenn der Lkw vom Auslieferungsdienst eine Panne hat und der Kunde sein Buch nicht am vereinbarten Tag bekommt. Auch Mutters Krebskrankheit war nicht meine Schuld.

Wir hatten früher zu Hause nicht immer genug zu essen, weil Vater alles vertrank. Schließlich nahm Mutter die Stelle im Laden an, und damit begann die endlose Lügerei um das Geld. Sie behauptete, weniger zu verdienen, als sie tatsächlich bekam, damit er nicht alles in Schnaps umsetzte. Vater wollte die Abrechnung sehen. Mutter eröffnete ein eigenes Konto, an das Vater nicht herankam. Die Bankangestellten wussten Bescheid, aber Vater schlug in der Bank immer wieder Krach und versuchte, das Geld aus Mutter herauszuprügeln.

Vielleicht habe ich deshalb für Katja und Kaitsu immer so gut gekocht wie nur möglich. Als Katja krank wurde, habe ich in einigen Büchern gelesen, der Grund für Essstörungen wären ein schlechtes Verhältnis zur Mutter und die übersteigerte Bedeutung des Essens im Leben der Patienten. Wir haben früher immer Eis gegessen oder Kuchen gebacken, wenn es etwas zu feiern gab und wenn wir Trost brauchten. Wenn ich frischgebackenen Hefekuchen rieche, muss ich jedes Mal an die fröhlichen Augen meiner Kinder denken und an Katjas kräftige Finger, die den Kuchen von der Platte nehmen. Ich selbst setze keinen Kummerspeck an; wenn es mir schlechtgeht, bekomme ich keinen Bissen herunter. Bei Kaitsu ist es genauso. Eero war wie mein Vater, er hing immer an der Flasche, um zu feiern oder seinen Kummer zu ertränken.

Wieso «war»? Eero ist meines Wissens gar nicht tot. Offenbar wohnt er noch immer in Göteborg, seit fünfundzwanzig Jahren schon. Weit ist er also nicht gekommen. Als er plötzlich roch wie Vater, nach Schnaps und Schweiß, da fing ich an, mich vor ihm zu ekeln.

Und als er dann ging, war ich nicht überrascht, sondern eher erleichtert. Ich hatte ihm vorgeschwindelt, Katja wäre ein Unfall gewesen, dabei hatte ich es darauf angelegt, schwanger zu werden, um ihn an mich zu binden. So etwas rächt sich eben. Ich war ziemlich kindisch damals, mit achtzehn. Kaitsu war dann tatsächlich ein Unfall, ich wollte nämlich kein zweites Kind mehr von Eero. Loswerden wollte ich den Mann! Aber das Schicksal hat mich bestraft. Nach Kaitsus Geburt beschloss Eero, es noch eine Weile mit uns zu versuchen. Die Weile dauerte vier Monate, und das waren mindestens drei Monate zu viel.

Zum Glück hatte ich wenigstens die Wohnung. Zwei große Zimmer mit Küche, geräumig genug, um einige Jahre lang neben meinen eigenen auch fremde Kinder zu betreuen. Damit konnte ich uns einigermaßen über Wasser halten. Ich war noch jung, ich hatte die Kraft, zu backen und zu nähen und im Herbst Beeren zu sammeln, alles selbst zu machen. Nur gut, dass ich vor Katjas Geburt die Handelsschule abgeschlossen hatte. Obwohl ich keine Berufserfahrung hatte, fand ich eine Stelle, zuerst in einem Geschenkartikelladen, dann in der Buchhandlung. Dort bin ich jetzt seit bald zwanzig Jahren. Geschäftslokal, Kollegen und Vorgesetzte haben gewechselt, ich bleibe.

Ich verkaufe gern Bücher. Dabei kommt man dem Kunden nicht so nahe wie zum Beispiel im Kleidergeschäft. Und man braucht nichts zu suchen, was Fettpolster und Zellulitis verdeckt. Mit Büchern sind andere Träume verbunden als mit Kosmetik, obwohl sie natürlich auch oft unhaltbare Versprechungen machen. Nicht jeder Krimi ist spannend, nicht alle Memoiren bieten saftigen Klatsch, aber am schlimmsten ist es, wenn ein Liebesroman unglücklich endet. Ich brauche Happy Ends, um den Alltag zu ertragen.

Veikkos Bücher gehen nie gut aus. Eigentlich haben sie sowieso weder Anfang noch Ende, es sind zufällige Bruchstücke aus dem Leben eines uninteressanten Menschen. Kritiker und andere Intellektuelle lieben seine Bücher, aber sie verkaufen sich nicht besonders gut. Veikko scheint sich daraus nichts zu machen. Er kommt mit wenig aus, genau wie ich. Manchmal glaube ich sogar, er ist glücklich.

Das bin ich gelegentlich auch. Diesmal wartete ich ungeduldig auf den Feierabend, denn die neue Maeve Binchy war gerade auf Finnisch erschienen, und ich hatte mir gleich ein Exemplar gekauft. Immerhin bekomme ich dreißig Prozent Rabatt. Binchy reicht für mehrere Abende.

Es tut nicht weh, an Eero zu denken, aber die Erinnerung an Mauri schmerzt noch immer. Es ist schon sieben Jahre her, doch ich erinnere mich bis heute an seinen Geruch und sein Lachen, an seine Berührungen, die sich so schnell änderten, die vorsichtig waren und im nächsten Moment wild, aber nie zu heftig. Warum erinnere ich mich am schmerzlichsten gerade an die beiden Momente, die ich am meisten vergessen möchte? An den Abend, an dem ich die Wahrheit über Mauri erfuhr, und an die Nacht vor vierundzwanzig Jahren, als Vater starb.

Ich will darüber nicht sprechen, obwohl jede Einzelheit in mein Gedächtnis eingebrannt ist. Bei den polizeilichen Vernehmungen und vor Gericht habe ich immer wieder dasselbe ausgesagt, ich weiß noch genau, welche Worte ich benutzt habe.

Ich erinnere mich, wie ich in der Sauna erschrak, als ich sah, wie mager Mutter aussah. Die Hüftknochen standen hervor, auf den Rippen konnte man Klavier spielen, und ihre Brüste waren nur noch zwei schlaffe, runzlige Beutel. Sie war damals siebenundvierzig, zwei Jahre älter als ich jetzt. Sie blickt mir ab und zu aus dem Spiegel entgegen, wenn ich mich selbst betrachten will. Dann muss ich lächeln, denn ich habe Vaters Lächeln, und nur das kann Mutter aus dem Spiegel vertreiben.

Nach der Sauna brachte ich Kaitsu zum Essen in die Küche. In seinem hellblauen Schlafanzug und mit seinen blonden Locken sah er aus wie ein Engel. Manchmal sehe ich ihn heute noch als kleinen Jungen vor mir, zum Beispiel an dem Abend im Frühjahr, als er mir erzählte, dass die jungen Leute mit ihrer Wap-Firma Konkurs gemacht hatten. Es hatte auch alles zu gut geklungen. Kaitsu und seine Freunde waren noch Kinder damals vor fünfzehn Jahren, als Leute in meinem Alter Firmen gründeten und das Geld mit vollen Händen ausgaben. Ich erinnerte mich an all die Bücher, die damals erschienen waren, an die Interviews in den Frauenzeitschriften und daran, wie man auch mir damals geraten hatte, in Aktien zu investieren. Deshalb waren mir Kaitsus Pläne von Anfang an unheimlich gewesen. Ich wusste, dass der Aufschwung auch diesmal nicht ewig anhalten würde.

Kaitsu war ein liebes Kind, das problemlos einschlief, wenn man sich nur an einen bestimmten Ablauf hielt: Abendessen, Zähneputzen, Schlaflied und Gutenachtkuss. Als er mit elf plötzlich keinen Gutenachtkuss mehr wollte, war mir wehmütig ums Herz. Mit zwei war Kaitsu fast noch ein Baby, er konnte zwar schon laufen, sprach aber nur Zweiwortsätze.

Die Kinder und ich schliefen in Saras Bodenkammer. Sara hatte, wenn auch unter Protest, den Kindern ihr Bett abgetreten, sie und ich schliefen auf dem Fußboden. Ich rückte die Stühle ans Bett, damit Kaitsu nicht herausfiel. Dann drehte ich mir die Haare auf und ging hinunter. Mutter kochte Kaffee und stellte die frischgebackenen Hefeteilchen auf den Tisch. Obwohl sie bereits seit einigen Jahren einen Elektroherd hatte, benutzte sie noch immer den alten Backofen. Ich rührte Kuchenteig an. Am Morgen wollte ich früh aufstehen und die Muttertagstorte dekorieren. Es kam mir plötzlich seltsam vor, dass gerade ich eine Torte für Mutter backte, wo ich doch selbst Mutter war, während Sara und die Jungen keinen Finger rührten. Aber als Älteste war ich es gewöhnt, die Hausarbeit zu übernehmen.

Wir tranken in aller Ruhe Kaffee, Katja aß drei Hefeteilchen.

«Wie gut, dass es dem Kind schmeckt», sagte Mutter. Ich verschwieg ihr, dass man mir in der Familienberatung nahegelegt hatte, auf ihr Gewicht zu achten. Ich fand es schlimm, so etwas über eine Fünfjährige zu hören. Katja hatte ganz normalen Babyspeck und war außerdem groß für ihr Alter. Auch Eero war groß und breitschultrig gewesen. Sara plapperte pausenlos über ihre Mitschüler und ihre Zukunftspläne. Schon damals konnte ich kaum glauben, dass sie nur sieben Jahre jünger war als ich. Sie schien einer ganz anderen Generation anzugehören.

«Du siehst viel älter aus als vierundzwanzig», meinte Sara mit einem abschätzigen Blick auf meine Lockenwickler. Sie selbst hatte sich eine modische Außenrolle geföhnt und sah ohne ihren blauen Lidschatten noch hübscher aus. Mutter goss ihr Kaffee ein und hörte sich freudestrahlend ihre Geschichten an. Sara verstand sich darauf, Lehrer und Klassenkameraden nachzuahmen. Das hatte sie von Vater geerbt, der als junger Mann sogar auf einer Laienbühne gestanden hatte. Allerdings hatte er bereits bei der zweiten Vorstellung seinen Auftritt geschmissen, weil er betrunken war.

Als ich Veikko und Rane aus der Sauna kommen sah, brachte ich Katja ins Bett. Sie sträubte sich zuerst, doch auch sie war müde von der Fahrt. Ich hörte den Wortwechsel meiner Brüder bis in den ersten Stock. Es schien Rane gewaltig zu wurmen, dass Veikko in der Armee keine Probleme hatte, im Gegenteil, man hatte ihm sogar nahegelegt, sich zur Unteroffiziersausbildung zu melden. Rane war neidisch. Schon bei Veikkos Abiturfeier hatte er sich sinnlos betrunken und verächtlich über Stubengelehrte hergezogen.

Katja zum Einschlafen zu bringen war noch nie leicht gewesen. Ich las ihr mehr als eine halbe Stunde lang vor und schlief darüber beinahe selbst ein, während sie immer noch putzmunter war. Mit dem Versprechen, sie dürfe mir am Morgen mit der Torte helfen und die Sahneschüssel auslecken, brachte ich sie endlich dazu, die Augen zu schließen. Bald darauf war sie eingeschlafen.

Ich hatte den Tortenboden zum Abkühlen auf den Herd gestellt. Er war luftig und hoch gewesen, doch nun war er ein, zwei Zentimeter flacher, denn Vater war durch die Küche getorkelt und hatte sich mit seinem vollen Gewicht darauf abgestützt. Veikko war nicht halb so betrunken wie die beiden anderen Männer. Er bot mir einen Schnaps zum Kaffee an, aber ich lehnte ab. Ich mochte keine harten Sachen. Eero hatte mich einmal in eine Bar ausgeführt und exotisch duftende Drinks bestellt, Sunrise und Blauer Engel. Die hatten mir auch nicht geschmeckt.

Als sich Mutter gegen zehn ins Schlafzimmer zurückzog, stand auch ich auf und ging nach oben. Am nächsten Morgen würde ich um sechs aufstehen müssen, um rechtzeitig mit allem fertig zu werden. Ich lauschte auf die Stimmen im Erdgeschoss und dachte zufrieden an meine eigene Wohnung, wo ich mir nicht das Gebrüll von Betrunkenen anzuhören brauchte. Meine Nachbarn waren anständige Leute. Über diesem Gedanken schlief ich ein. Ich träumte vom Sommer, sah mich in dem See schwimmen, der zwei Kilometer von meinem Elternhaus entfernt lag. Vater stand am Ufer und winkte. Plötzlich schien er irgendwie in Not geraten zu sein und rief mit merkwürdig grölender Stimme nach mir.

Von diesem Schrei wurde ich wach. Die Kinder schliefen, aber Sara lag nicht auf ihrer Matratze. Das seltsame Grölen hörte nicht auf. Ich lief die Treppe hinunter. In der Stube stürzte mir Sara entgegen, vom Saum ihres Nachthemdes tropfte Blut. Es war nicht Vater, der in der Küche Lärm machte, sondern Rane. Vater lag zwischen Blut und Knochensplittern mit zertrümmertem Schädel auf dem Küchenboden. Rane stammelte immer wieder:

«Ich war's nicht, ich war's nicht.» Seine Hände waren voller Blut.

Ich habe den Hammer nicht angefasst und auch nicht gesehen, dass einer der anderen ihn berührt hätte. Wer die Fingerabdrücke abgewischt hat, weiß ich nicht.

So habe ich es immer erzählt, und so werde ich es wieder erzählen, falls mich noch einmal jemand danach fragt. Es ist schon mehr als zehn Jahre her, dass Katja zum letzten Mal Fragen gestellt hat. Sie war damals noch ein halbwüchsiges Mädchen, deshalb wollte ich mit ihr nicht darüber sprechen. Ich lese gern in Büchern, wie Menschen mit ihren Fehlern und ihrer Trauer umgehen, aber über meine eigenen Probleme will ich nicht nachdenken.

Rane wurde wegen Totschlag zu zehn Jahren Gefängnis verurteilt. Er hatte bereits einige kleinere Delikte auf seinem Konto, war aber immer mit einer Geldbuße davongekommen. Da er sich oft mit zwielichtigen Typen abgegeben hatte, glaubte ich, er würde auch im Gefängnis zurechtkommen.

Ich hatte Kinder, die ich schützen musste. Rane war erwachsen und für sein Leben selbst verantwortlich. Ein stärkerer Mann hätte das Urteil verkraftet, aber unser Rane war nicht stark. Er war so schwach wie Vater, und deshalb erging es ihm ebenso schlecht. Als Kaitsus Firma Pleite machte, dachte ich, nun wird sich zeigen, was in dem Jungen steckt. Zum Glück hat Kaitsu sofort bewiesen, dass er von anderem Kaliber ist als sein Großvater, sein Onkel und sein Vater, er hat die Zähne zusammengebissen und sich eine neue Stelle gesucht. Er ist mein Sohn.

Ich hatte knapp drei Jahre allein gelebt, als Kaitsu wieder bei mir einzog, gerade als die langersehnte Unabhängigkeit Alltag wurde und ich mir überlegte, wie ich es anstellen sollte, jemanden zu finden, mit dem ich mein Leben teilen könnte. Ich war noch keine fünfzig, und weder von Katja noch von Kaitsu war zu erwarten, dass sie mich bald zur Großmutter machen würden. Im Gegenteil, beide hatten gesagt, sie wollten keine Kinder. In dieser Hinsicht machte ich mir Sorgen um Kaitsu: Hatte er überhaupt keine Freundinnen? Für einen jungen Mann ist es ungesund, enthaltsam zu leben. Nachdem er wieder bei mir eingezogen war, hat er nie ein Mädchen mit nach Hause gebracht. Seine Freunde waren auch nie hier, sie treffen sich immer in Cafés und Kneipen.

Kaitsu fällt mir kaum zur Last. Wenn ich von der Arbeit komme, ist er gerade am Gehen. Er fährt gern Nachtschicht, und an den gleichen Rhythmus schien er sich auch zu halten, als er noch bei dieser Computer- und Telefonfirma gearbeitet hat. Überhaupt ist er immer mit wenig Schlaf ausgekommen.

So wie ich in jüngeren Jahren. Damals hatte ich allerdings auch keine andere Wahl; wenn ich Zeit für mich selbst haben wollte, musste ich sie vom Nachtschlaf abknapsen.

Bei der Arbeit habe ich ständig mit anderen Menschen zu tun, daher bin ich abends am liebsten allein, lese oder sehe fern. Nach einigen Serien bin ich geradezu süchtig, nach «Emergency Room» zum Beispiel und vor allem nach «Verheimlichtes Leben». Besonders hingezogen fühle ich mich zu Ismo Laitela, dem alleinstehenden Vater in der Serie. Der Schauspieler sieht wirklich gut aus. Für mein eigenes Leben wünsche ich mir keine dramatischen Wendungen mehr, aber in Ismos Schicksal kann ich mich einfühlen.

Sara drängte mich, das Buch zu lesen, in dem es heißt, es sei nie zu spät, eine glückliche Kindheit zu haben. Sie behauptete, ihr hätte es geholfen, obwohl ich keine Veränderung an ihr festgestellt habe. Sie ist derselbe Wirrkopf wie immer. Jedes Mal, wenn das Telefon zu einer ungewöhnlichen Tageszeit klingelt, weiß ich, dass Sara anruft. Um meine Kinder mache ich mir längst nicht so viel Sorgen wie um meine Schwester, obwohl ja auch Katja es schwer gehabt hat. Wie schwer, will ich gar nicht wissen.

Ich las das Buch und dachte, die Leute können reden und schreiben, was sie wollen, für mich ist es auf jeden Fall zu spät, eine glückliche Kindheit zu haben. Niemand kann sie wegzaubern, die Nächte voller Angst, die Hungertage, den Moment, wenn Vater zuschlug. Manchmal empfand ich es fast als Erleichterung: Jetzt passiert es, gleich ist es überstanden. Das gleiche Gefühl hatte ich, als Eero mich verließ. Jetzt ist er weg, jetzt kommt die Schande, aber bald verschwindet sie auch wieder wie die Bräune vom letzten Sommer.

Sara hält mich für stark und kaltblütig, für unverwundbar. Vielleicht bin ich sogar stark, aber manche Ereignisse erschüttern auch mich. Dianas Tod hat mich tief getroffen, und als ich den kleinen Blumenstrauß mit der Aufschrift «Mummy» auf dem Sarg sah, schnürte es mir den Hals zu. Kindertrauer ist einfach herzzerreißend, ob die Kinder nun Prinzen sind oder nicht. Als ich Sara davon erzählte, überflutete sie mich sofort mit ihrer eigenen Trauer um Diana, die eines ihrer Idole war. Ihre Trauer wuchs ins Unermessliche, kam wie eine Lawine durch die Telefonleitung in meine Wohnung und begrub meine eigene Traurigkeit unter sich. So ist Sara.

«Versprich mir, dass du auf Sara aufpasst», bat Mutter mich noch kurz vor ihrem Tod. «Dat Kindschen hat sein' Platz im Leben noch nisch jefunden.»

Dat Kindschen – seit sie krank geworden war, sprach Mutter breiteren Dialekt als früher. Als sie noch im Laden arbeitete, hatte sie sich bemüht, Schriftsprache zu sprechen. Vater hatte sich auch darüber aufgeregt, weil er ihre Redeweise für affektiert hielt. Sara hatte von Zeit zu Zeit ihre Dialektphasen, sprach aber meist wie die Helsinkier, mit zischendem s. Mauri stammte aus Tampere und redete auch so, und ich schöpfte zum ersten Mal Verdacht, als Saras Redeweise die Färbung von Tampere annahm.

Schon auf dem Nachhauseweg fing ich an, die neue Binchy zu lesen. Meine geschwätzige Nachbarin, die in einer Bank in Tapiola arbeitet, winkte mir zu, doch ich tat, als bemerkte ich sie nicht. Zum Glück war der Bus so voll, dass sie sich nicht durchzwängen und neben mich setzen konnte. Es war Stoßverkehr, die Fahrt dauerte fast eine halbe Stunde, sodass ich viele Seiten lesen und mich dabei nach Irland flüchten konnte. Mir kam der Gedanke, von dem Geld, das ich erben würde, tatsächlich nach Irland zu fahren. «Der Priester von Ballykissangel» ist auch eine schöne Fernsehserie.

Katja hatte eine Nachricht auf dem Anrufbeantworter hinterlassen. Ich solle sie anrufen, es sei aber nichts Dringendes. Also kochte ich zuerst Kaffee und schmierte mir ein paar Brote. Dann wählte ich Katjas Nummer. Sie erzählte, an der Musikschule habe das Semester begonnen und man habe sie gebeten, am musikwissenschaftlichen Institut einen Kurs über Popmusik zu halten.

«Stell dir vor, ich soll unterrichten, obwohl ich noch gar keinen Abschluss habe! Es ist nur ein Proseminar mit zehn Vorlesungen, aber mein Prof ist zufrieden mit dem, was er bisher von meiner Magisterarbeit gesehen hat, deshalb hat er mich gebeten, für jemanden einzuspringen, der den Kurs eigentlich halten sollte.»

«Toll», sagte ich, obwohl ich vermutete, dass es furchtbar schwierig war, an der Universität zu unterrichten. Ob Katja das Zeug dazu hatte?

«Übrigens, bei Großmutters Beerdigung ist mir plötzlich etwas eingefallen, was ich dich fragen wollte. Warum waren wir damals eigentlich nicht bei Onkel Ranes Beerdigung?»

Ich spürte, wie mein Körper steif wurde, als hätte man ihn mit Eisen ausgegossen.

«Ich war dabei. Ihr wart so lange bei den Kalmanlehtos.»

«Warum hast du uns nicht mitgenommen?»

«Ich wollte euch schonen, ihr hattet damals Kummer genug.»

Katja schwieg eine Weile, ich hörte ein Kratzen, als ob sie etwas aufschrieb.

«Wie hat Großmutter auf Ranes Tod reagiert?»

«So, wie eine Mutter eben auf den Selbstmord ihres Kindes reagiert. Sie war völlig gebrochen. Was sollen denn diese Fragen, du bist ja wie Sara!»

Sara hat mich gezwungen, mit ihr gemeinsam alte Erinnerungen auszugraben und immer wieder zu analysieren, sie hat mich nach Tonfall und Gesten ausgefragt und wissen wollen, was jeder von uns wann angehabt hatte. Ich hatte nicht mehr die Kraft, über meine Erinnerungen zu sprechen, nicht einmal mit meiner Tochter.

«Wie Sara, aha», sagte Katja mit kalter, metallischer Stimme. «Tschüs.»

Ich stand mit dem Hörer in der Hand da. Der Gedanke, dass die Szene, die ich gerade erlebt hatte, wie aus einem Buch von Maeve Binchy war, tröstete mich ein wenig, doch lächeln konnte ich nicht. Vielleicht würde es Katja guttun, Unterricht zu geben, ihre Arbeit als Platten- und Konzertkritikerin ist nämlich eine ziemlich unsoziale Beschäftigung, bei der sie nie lernen wird, sich anderen Menschen anzupassen.

Ich versuchte, wieder nach Irland zurückzukehren, doch Katjas Stimme klirrte noch immer wie Eiswürfel in meinen Ohren. Sie hatte mir nie die Schuld an ihrer Bulimie gegeben. Ich selbst hatte mir allerdings Vorwürfe gemacht, und von Sara, die irgendwann einmal ähnliche Symptome hatte, hatte ich mir auch einiges anhören müssen. Katja dagegen hatte mir versichert, sie sei wieder gesund. Wahrscheinlich lag es daran, dass dieser Karri sie verlassen hatte, oder was weiß ich. Ich kenne meine Tochter nicht so gut.

Es widerstrebte mir, den Gedanken zu Ende zu denken, doch es war nun einmal die Wahrheit: Ich wollte meine Tochter gar nicht kennen. So war es leichter für mich. Es war schön zu hören ...

… dass es mir gutgeht, aber von unangenehmen Dingen hat Mutter nie etwas wissen wollen. Dabei hat sie sich selbst immer bei mir über Sara und Kaitsu und ihre Kollegen beklagt.

Nach dem Gespräch mit meinem Prof hatte ich zuerst gejubelt. Dann aber packte mich die Angst. Unterrichten – das kann ich doch nicht! Ich habe keinerlei Erfahrung. Unterrichten bedeutet öffentlich auftreten und andere anleiten. Zwar weiß ich über die finnische Rockmusik der 1980er Jahre fast alles, doch Wissen an andere weiterzugeben ist etwas ganz anderes.

Auch aus Mutters Stimme hatte ich Zweifel herausgehört. Zehn Vorlesungen und dazu die schriftlichen Übungen, das war eine Menge Arbeit. Der Kurs sollte Mitte Oktober beginnen, also blieb mir nicht einmal ein Monat für die Vorbereitungen. Zudem hatte ich meiner Gesangslehrerin versprochen, in diesem Jahr endlich das Programm für die Gesangsprüfung einzustudieren, die ich vorweisen musste, um meinen Studienplatz an der Musikschule nicht zu verlieren. Ich war ohnehin allmählich zu alt für Gesangsstunden.

Prompt stieg die alte Panik wieder hoch. Ich ging an den Kühlschrank. Da ich in letzter Zeit versucht hatte, gesund zu leben, enthielt er nur Magerkäse, Joghurt und Tomaten. Im Küchenschrank stand ein Paket Kakaopulver, aus dem ich eine reichliche Portion in eine Tasse löffelte. Ich gab Zucker und so viel Wasser dazu, dass eine dicke Paste entstand, und aß sie gleich im Stehen. Es war erst halb sieben. Wenn ich mir jetzt einen Drink genehmigte, würde ich nichts Vernünftiges mehr zustande bringen, doch ich musste noch für den nächsten Tag zwei Plattenkritiken überarbeiten. Nachdem ich die Schokoladenpaste vertilgt hatte, schaltete ich den Computer ein und las die Besprechungen, die ich am Tag zuvor geschrieben hatte. Wie ich befürchtet hatte, waren sie mittelmäßig und nichtssagend. Das waren die Platten allerdings auch, sowohl das neueste Album einer ehemaligen Tangokönigin als auch das Debüt eines Hiphoppers aus Tampere. Beides war nicht meine Musik, doch das durfte ich mir in meinen Kritiken nicht anmerken lassen. Über ausländische Platten wagte ich gelegentlich boshafte Bemerkungen, aber bei finnischen hielt ich mich zurück. Ich war eine miserable Kritikerin und feige obendrein.

Ich legte die Tangoplatte auf und hörte sie mir noch einmal an. Diesmal fand ich sie noch schlimmer. Das war nicht einmal Musik, das war ein Geräuschband, das widerstandslos zu einem Ohr hinein- und zum anderen wieder herausglitt. Die Stimme war in Ordnung, die Phrasierung sauber, die Arrangements professionell gemacht, das Ganze widerte mich an. Ich legte stattdessen die Ramones auf. Bei «Blitzkrieg Bop» musste ich lächeln, wie immer.

Die finnische Rockmusik der achtziger Jahre … In meiner Vorlesungsreihe würde ich mich auf keinen Fall nur mit den Bands befassen können, über die ich meine Magisterarbeit schrieb, Salamasota, Luonteri Surf und so weiter. Für Neumann und seine Band Dingo musste ich eine ganze Vorlesung reservieren. «Neumanns wichtigste Errungenschaft bestand darin, die Molltonarten in der finnischen Rockmusik salonfähig zu machen ...» Ich hörte mich schon im Seminarraum zwei sprechen. Das brachte mich zum Lachen.

Ich sah die Rezensionen nur auf Tippfehler durch und schickte sie per E-Mail an die Redaktion der kleinsten Zeitung unter meinen Auftraggebern. Dann legte ich einen neuen Ordner an und entwarf eine Gliederung für mein Seminar. Nachdem ich eine Weile gearbeitet hatte, packte mich die Begeisterung. Ich würde tatsächlich etwas Gutes zustande bringen. Ich musste versuchen, Instrumente aufzutreiben, Schlagzeug, Gitarre, Bass und Synthesizer, damit wir die Tonfolgen und Arrangements gründlich analysieren konnten. Keine trockenen Auslassungen über Rock 'n' Roll, sondern eher die Anfangsgründe der Boogietheorie für Studenten der Musikwissenschaft im ersten Semester – von denen natürlich mehr als die Hälfte mindestens den Zweierkurs für ihr Hauptinstrument absolviert hatte und die Musiktheorie hundertmal besser beherrschte als ich. Was bildete ich mir bloß ein?

Ich schaltete den Computer aus und nahm die Schnapsflasche aus dem Schrank. Ein langer, langer Zug ... Dann kam das vertraute Brennen, das durch Hals und Nase in den Magen ging und bald bis in die Fingerspitzen zu spüren sein würde. Das Angebot, zu unterrichten, musste schließlich gefeiert werden. Ich hatte ziemlich erfolgreich studiert, bei den Prüfungen in Musikgeschichte hatte ich lauter Einser bekommen. Na gut, das Seminar war mir nur deshalb angeboten worden, weil derjenige, der ursprünglich vorgesehen war, überraschend ein Promotionsstipendium bekommen hatte. Aber immerhin, der Professor hatte keinen meiner Kommilitonen gebeten, einzuspringen, sondern mich. Schade, dass es zu spät war, um meinen Namen im Vorlesungsverzeichnis anzugeben.

Für den nächsten Drink nahm ich ein Glas. Dann ging ich meine Plattensammlung durch. Die finnische Rockmusik der achtziger Jahre war zum Glück reichlich vertreten, Eppu Normaali, Popeda – ein Geschenk von Kaitsu –, Ratsia und Dingo. Karri hatte sich kategorisch geweigert, Dingo zu hören.

«Du mit deinen lächerlichen Vorurteilen! Dingo ist nichts für Männer? Wenn du ein echter Kerl sein willst, musst du dir das anhören», hatte ich ihn aufgezogen.

«Aber der Neumann blökt so fürchterlich.»

«Du blökst ja selber.»

Über das Thema hatte ich sogar einen Song geschrieben, nachdem Karri Schluss gemacht hatte. «Ich werde nie mehr Dingo auflegen.» Es war einer meiner schlechtesten geworden, ich hätte ihn am liebsten vergessen. Genau diese Art von Songs, mit abgegriffenen Melodien und blödem, pathetischem Text, plagte mich jedes Mal, wenn die anderen Stimmen kamen.

Karri war der Erste, dem ich von den Schreien in meinem Kopf erzählte. Er ging in die Parallelklasse, und wir hatten uns seit einer Ewigkeit gekannt, aber erst auf einer Fete im letzten Jahr vor dem Abitur kamen wir ins Gespräch. Die Pärchen unter den Gästen hatten sich schon früh in die Knutschecken verzogen, und wer keinen Partner hatte, langweilte sich eben. Ich sah mir gerade die Plattensammlung der Gastgeber an, als Karri plötzlich neben mir stand.

«Was Gutes dabei?»

Ich war verblüfft: Versuchte er mich anzumachen? Er war groß und dunkelhaarig und galt trotz Akne und Brille allgemein als gutaussehend.

«Kommt darauf an, was du unter gut verstehst», antwortete ich, ohne jeden Versuch zu flirten, denn im Flirten war ich schon als Teenager miserabel gewesen. Karri klärte mich darüber auf, was gute Musik war. Es stellte sich heraus, dass sein Geschmack so zwiespältig war wie meiner, er mochte klassische Musik und Rock, da allerdings vor allem ältere Sachen, Beatles, Pink Floyd und Bob Dylan.

Wir gingen gemeinsam von der Party nach Hause, und beim Abschied war ich ein wenig enttäuscht, weil er nicht einmal versuchte, mich zu küssen. Am Montag in der Schule suchte ich ihn, und in der Mittagspause unterhielten wir uns wieder. Einige Tage später fragte er mich, ob ich mit ihm in die Oper gehen wolle. Seit der Aufführung in Savonlinna war ich nicht mehr in der Oper gewesen, aber ich sagte zu.

«In die Oper?», fragte Mutter neugierig, als ich beim Abendbrot sagte, ich bräuchte einen neuen Rock. «Sind die Karten nicht furchtbar teuer?»

Ich hatte im Sommer gejobbt und gab das Geld mit Vergnügen für eine Opernkarte aus.

Bis dahin war ich noch nie länger als ein paar Abende mit jemandem befreundet gewesen, jede aufkeimende Beziehung war schnell in sich zusammengefallen, weil mich keiner der Jungen besonders interessiert hatte. Ich hatte lieber von Kode Salama geträumt.

Nur mit der Opernkarte hatte sie allmählich begonnen, unsere seltsame Beziehung. Und sie hatte vier Jahre gehalten. Vier Jahre, in denen wir nicht ein einziges Mal miteinander geschlafen hatten. Karri, der Mistkerl!

Mein Glas war leer, ich goss mir nach. Ein Schluck, und schon ging es mir besser. Ich setzte die Kopfhörer auf, jetzt wollte ich Dingo hören und Karri nachträglich eins auswischen.

Ich erwachte mit einem entsetzlichen Brummschädel. Wie viel ich getrunken hatte, wusste ich nicht mehr. Die Flasche war fast leer, und auf dem Tisch lag ein Zettel, der mich daran erinnern sollte, dass ich Postafen genommen hatte. So viel Verstand hatte ich also immerhin noch gehabt. Meine Hände zitterten, der Plattenspieler lief noch. Als Letztes hatte ich Salamasota gehört.

Ich nahm zwei Kopfschmerztabletten und zwang mich, Kaffee zu trinken und einen Joghurt zu essen. An sich hatte ich vorgehabt, zu joggen, aber daraus wurde nun nichts. Die Sonne schob sich vorsichtig durch den Dunst, das Meer schimmerte in Pastellfarben, blau und rosa, es sah weich aus wie ein riesiges Wollknäuel. Die Inseln wirkten nicht so dunkel und verlassen wie sonst. Auf der Vellamonkatu wurde ein Motorrad angelassen, das Knattern vibrierte in meinem Kopf. Als ich die Zeitung aufschlug, tanzten mir die Buchstaben vor den Augen. Ich las nur die Todesanzeigen, Geburts- und Hochzeitsanzeigen übersprang ich, aus Angst, einen bekannten Namen zu entdecken und neidisch zu werden.

Auch Ranes Briefe lagen auf dem Tisch, offenbar hatte ich sie während der Nacht erneut gelesen. Er bestritt so konsequent, seinen Vater erschlagen zu haben, dass ich ihm glaubte. Dunkel erinnerte ich mich, am Abend um ihn geweint zu haben. Mir ging nicht aus dem Sinn, wie er mich vor dem Aufbruch in die Kaserne an sich gedrückt hatte, als wollte er bei mir Schutz suchen. Obwohl ich die Szene nur aus Ranes Beschreibung kannte, konnte ich sie mir bildlich vorstellen, mir eine Erinnerung daraus zimmern.

Die pazifistische Einstellung, die ich erwartet hatte, war in den Briefen aus der Armeezeit nicht zu finden. Rane hatte sich einfach nicht dem streng geregelten Tagesablauf und der militärischen Disziplin unterordnen können. Im Rausch hatte ich auch das als Sehnsucht nach Freiheit und als Rebellion gedeutet, doch nun kamen mir Zweifel. Es war wohl üblich, Kriminelle vorzeitig aus dem Wehrdienst zu entlassen.

Ich schüttete den Rest des Kaffees in den Ausguss, denn ich brachte ihn einfach nicht herunter. Auch der Joghurt konnte

gegen meine Bauchschmerzen und mein Sodbrennen nichts ausrichten. Die Vorstellung, am frühen Abend zur Gesangsstunde
zu gehen und vorher noch zu üben, schien mir völlig utopisch.
Müde schleppte ich mich wieder ins Bett. Als auf dem Hof Teppiche geklopft wurden, kam es mir vor, als ob sich die Teppich-
stange direkt neben meinem Bett befand. Dann wurde in der
Wohnung unter mir der Staubsauger eingeschaltet. Das Rentner-
ehepaar, das dort wohnte, saugte täglich, an den schlimmsten
Tagen bereits um acht Uhr morgens. Ich tastete den Nachttisch
nach den Ohrstöpseln ab, fand sie aber nicht. Wahrscheinlich
hatte ich sie in der Nacht versehentlich unters Bett befördert.

Heute Abend würde ich keinen Tropfen anrühren und morgen
einen langen Spaziergang machen oder Rad fahren. Vielleicht
konnte ich mich auch zur Tanzstunde anmelden, dachte ich
träge. In meiner Bulimiezeit hatte ich Afrodance und Aerobic
gemacht, danach aber alles aufgegeben.

Das Nachthemd fühlte sich auf meiner Haut unangenehm an,
doch als ich es auszog, spürte ich die Fettschicht auf meinem
Bauch und das Gewicht meiner hängenden Brüste allzu deutlich. Ich versuchte, an angenehme Dinge zu denken, doch da
kamen auch schon die Stimmen.

«Vielleicht solltest du erst mal lernen, Gitarre zu spielen …»

«Die Songs sind zum Teil gar nicht übel, aber sie müssen mit
Charisma vorgetragen werden …»

«Dickmamsell, Fettschwein …»

«Ist dein Vater jemals wieder zurückgekommen?»

«Du kannst nichts kannst nichts kannst nichts …»

Dieses eine Mal war mir das Schrillen der Türklingel willkommen, denn es brachte die Stimmen zum Schweigen. Ich zog
Nachthemd und Bademantel über. Es klingelte erneut. Misstrauisch spähte ich durch den Türspion. In letzter Zeit schwärmten
Zeugen Jehovas und Mormonen aus wie die Zugvögel. Vielleicht

meinten sie, in der herbstlichen Dunkelheit spürten die Menschen die Nähe des Todes und ließen sich leichter bekehren.

Vor der Tür stand Sara, außer Atem und mit wirren Haaren. Um den Hals trug sie ein dickes Wolltuch, die Beine steckten in schweren Stiefeln, Beinlingen und Leggings. Ihr Zwiebel-Look aus den achtziger Jahren kam sicher bald wieder in Mode.

«Hallo, Katja», rief sie fröhlich. Sie hielt zwei orange Gerbera in der Hand, deren grelle Farbe mir schmerzhaft in die Augen stach. «Schön, dass du zu Hause bist. Hier, die Blumen sind für dich.»

«Danke.»

«Ein bisschen Aufmunterung für die nebligen Herbsttage. Darf ich reinkommen?»

Ich hielt ihr die Tür auf, und Sara umarmte mich, bevor sie eintrat. Zum Glück war sie es, die mir einen Besuch abstattete, und nicht Mutter, denn in der Wohnung herrschte ein unbeschreibliches Durcheinander. Hastig schob ich Ranes Briefe unter das Kopfkissen und strich das Bettzeug glatt.

«Hast du einen Kater?», fragte Sara. «Armes Ding. Du solltest mal zu den Anonymen Alkoholikern gehen. Ich habe es auch eine Weile getan, bevor mir klarwurde, dass ich da nicht hingehöre.»

Sie lachte laut, schrill und ungehemmt, es zerriss mir fast den Kopf. Manchmal war es leicht, sie zum Lachen zu bringen, dann wieder lachte sie monatelang gar nicht. Im Herbst ging es ihr regelmäßig besser als im Frühjahr.

«Bist du nicht mehr dabei?», fragte ich und dachte an den Wein, den sie beim Familienessen getrunken hatte.

«Mit mir ist ein Wunder geschehen, ich kann neuerdings vernünftig mit Alkohol umgehen. Kochst du deiner Tante einen Kaffee?»

Saras Leben war schon immer voller Wunder und seltsamer

Zufälle gewesen. Sie hatte einige Anläufe genommen, ihre Memoiren zu schreiben, aber sie erlebte ständig etwas Neues. Bevor sie mit dem ersten Teil ihrer Lebenserinnerungen fertig war, hätte sie bereits mit dem Fortsetzungsband beginnen müssen.

Sara schälte sich aus ihren Kleiderschichten, schüttelte die Regentropfen aus den Haaren und setzte sich in den Sessel. Ihre Augen umrahmte ein fast zentimeterbreiter violetter Kajalstrich, aber sonst war sie ungeschminkt. Dennoch wusste ich, dass ich viel schlimmer aussah als sie.

«Hast du gestern auf deinen neuen Job angestoßen?»

«Ja», log ich. Die familiäre Nachrichtenzentrale funktionierte offensichtlich bestens. Meine Hände zitterten noch immer, als ich Kaffee in den Filter löffelte, und trotz Postafen war mir speiübel. Saras schweres, süßliches Parfüm drang in jeden Winkel meiner kleinen Einzimmerwohnung. Ich öffnete die Balkontür.

«Du bist wie ich, du brauchst einen Ausblick», meinte Sara zufrieden. Von ihrem Fenster aus sah man den Vergnügungspark, und gelegentlich hatten wir zum Spaß mit dem Fernglas die Gesichter der Leute studiert, die in den Gondeln des Riesenrads saßen.

«Hast du Kuchen oder Kekse da?», fragte Sara, als ich ihr die Kaffeetasse vorsetzte. Sie war ein Süßschnabel. Ich verneinte und ging unter die Dusche, obwohl ich Sara wegen Ranes Briefen ungern aus den Augen ließ. Sie hatte keine Skrupel, in die Schränke zu schauen und in meinen Tagebüchern zu lesen, wenn ihr danach war. Also duschte ich so schnell wie möglich und nahm bei der Gelegenheit noch eine Kopfschmerztablette und zwei Pillen gegen Sodbrennen.

«Katjalein, ich muss unbedingt mit dir sprechen», begann Sara, als ich mich danach zu ihr setzte. «Sirkka will mir nicht zuhören, und außer ihr bist du die einzige Frau, mit der ich gemeinsame Erinnerungen habe. Immerhin sind wir beinahe Schwestern.»

«Ja», sagte ich zögernd und machte mich auf eine Predigt über meinen Alkoholkonsum gefasst, doch natürlich ging es nicht um mich. Die einzigen Angelegenheiten, für die sich Sara interessierte, waren ihre eigenen.

«Weißt du, ich habe lange darüber nachgedacht und bin jetzt ganz sicher, dass Vati mich sexuell missbraucht hat. Dein Großvater. Denk doch bloß, wie furchtbar! Wie konnte er nur! Und Mutter hat es gewusst, aber nichts unternommen! Veikko und Sirkka halten sie für eine Heilige, aber sie wissen natürlich nicht alles.»

Sara verfügte über hundert verschiedene Stimmen, passend zu jedem Anlass. Sie hätte Rezitatorin werden oder bei Hörspielen mitwirken sollen. Beim Singen hatte ich oft versucht, die Stimmfärbung zu variieren wie sie, doch es war mir nie gelungen. Meine Stimme behielt ihren metallischen Grundton, ob ich nun Schubert, Dylan oder meine eigenen Lieder sang. Als Sara weitersprach, wurden ihre Augen groß und rund, während ihre Stirn sich in Falten legte; es war, als ob in ihrem Gesicht ein kleines Kind und eine nicht mehr ganz junge Frau miteinander rangen.

«Das Problem ist nur, dass ich keine klare Erinnerung daran habe, aber wenn ich versuche, mir diese Vorfälle auszumalen, kommen Gefühle und Gerüche hoch. Das ist ja gerade typisch, man verdrängt beklemmende Erinnerungen. Ich habe mir überlegt, dass es passiert sein muss, als ich noch ziemlich klein war. Ist es nicht schrecklich, zu welcher Detektivarbeit man gezwungen ist, um sein eigenes Leben zu erkennen? Du hast doch wegen deiner Bulimie bestimmt auch deine Kindheit durchforschen müssen, und deshalb frage ich jetzt dich: Hat Vati, ich meine dein Großvater, dich jemals unsittlich berührt?»

Ich konnte ihr nicht ins Gesicht sehen. Ein übler Geschmack stieg mir in den Mund, als hätte ich kalten, feuchten Kaffeesatz direkt aus dem Filter gegessen. Ich erinnerte mich daran, wie ich auf Großvaters Schoß gesessen hatte, an seinen süßlichen Atem und seine warmen Hände, an seine Stimme, wenn er fröhlich sang. Ich erinnerte mich aber auch daran, dass seine Hände manchmal unsicher wurden und deshalb zu fest zupackten, und daran, wie ich mich dagegen wehrte, auf seinem Schoß zu sitzen, wenn er zu schlecht roch.

In meine Strumpfhose waren die Hände jedoch nie geschlüpft. An so etwas erinnerte ich mich nicht.

Sara wartete meine Antwort gar nicht erst ab. Sie sprach weiter und betonte jedes einzelne Wort, als wäre es in Großbuchstaben geschrieben.

«Ständig sind sie mir an den Busen gegangen, alle drei, Vati und Rane und Veikko, haben ihn betatscht und gemessen, wie groß er war. Vati hat ja auch Mutter vor aller Augen begrapscht und ihr sogar am Esstisch die Hand zwischen die Beine geschoben, wenn ihm danach war. Mein Gott, war das ekelhaft! Sei froh, Katjalein, dass dir eine solche Kindheit erspart geblieben ist! Du bist wie ich, auch du zerbrichst an der Hässlichkeit des Lebens. Als ich damals von deiner Bulimie gehört habe, hat es mir fast das Herz gebrochen. Ich verstehe dich, ich hatte dieselben Symptome. Gehst du noch zur Therapie?»

Selbst wenn, hätte ich es ihr nicht gesagt.

«Um Himmels willen, wenn du auch noch gestorben wärst, hätte man mich bestimmt für den Rest meines Lebens in eine geschlossene Anstalt sperren müssen. Das hätte ich nicht ertragen, nach Vati und Rane auch noch unsere kleine Katja, wo doch unsere Mutter jetzt von uns gegangen ist, mir kommen die Tränen …» Plötzlich schlug ihre Stimme um, und sie griff nach meinen Händen. «Versprichst du mir, nie mehr krank zu werden?»

Ich murmelte irgendeine Antwort. Mir war nicht klar, wieso Sara vom Sterben redete, todkrank war ich nämlich nie gewesen. Selbst die Herzrhythmusstörungen waren keine der schweren Art gewesen, und die Zähne waren mir auch noch nicht ausgefallen. Die Schutzkronen, für die Mutter ihre Ersparnisse geopfert hatte, hatten sie gerettet. Ich hatte lediglich ein paar Kilo abgenommen. Die einzigen äußerlichen Anzeichen meiner Krankheit waren trockene Haut und Haarausfall gewesen.

«Erinnerst du dich, dass Großvater so etwas gemacht hat?», fragte Sara mitten in ihrem Wortschwall.

«Nein», antwortete ich so fest ich konnte, doch sie winkte ab.

«Das ist es ja gerade, meine arme kleine Katja! Tante Sara erklärt es dir, pass auf: Du hast die bösen Erinnerungen verdrängt, aber dein Körper hat mit der Bulimie reagiert. Das ist doch vollkommen klar!»

Ihre weiteren Worte glitten an mir ab wie Warenhausmusik, doch ich dachte ernsthaft über ihre Theorie nach. Hatte Rane Sara schützen wollen? War es das Schuldgefühl, das Sara von Sekten zu Therapeuten und von Wunderheilern zu Apothekern trieb?

Das würde so vieles erklären ... Vielleicht hatte ich mit meiner Vermutung, Großmutter sei die Mörderin gewesen, völlig falsch gelegen. Sie hatte nicht sich selbst schützen wollen, sondern ihre jüngste Tochter, und sich darauf verlassen, dass man Rane ohne Fingerabdrücke und ohne Geständnis nicht verurteilen würde. Als der Fall dann vor Gericht kam, war es zu spät, die Aussage zu ändern.

Bei Sara konnte ich mir durchaus vorstellen, dass sie einen anderen für sich ins Gefängnis gehen ließ. Sie wäre ohne weiteres fähig, auch das zu ihren Gunsten auszulegen.

Ich erinnerte mich, wie ich in der Pubertät einmal ausgerastet war, als Veikko und Mutter über Sara schimpften. Veikko war bei uns zu Besuch gewesen, und Mutter hatte über Saras neueste Spinnerei gelästert: Sie hatte die Lehrerausbildung nach einem halben Jahr abgebrochen.

«Warum zieht ihr immer über Sara her!», hatte ich gebrüllt. «Sara ist ganz anders als ihr, viel schöner und interessanter und verständnisvoller!»

Mutter hatte Sara wütend davon erzählt, und seitdem hielt meine Tante mich für ihre Verbündete. Jahre später, als ich Mutter fragte, warum sie sich nicht mehr mit Mauri traf, knallte sie mir meine Äußerung von damals ins Gesicht.

«Mauri ist derselben Meinung wie du: Sara ist viel schöner und interessanter und verständnisvoller!»

Da begriff ich, welchen Groll ich mit meinen Worten in ihr geweckt hatte, wie verbittert meine Mutter nach all den Jahren immer noch war. Wie hatte ich so mit ihr reden können? Ich verteidigte mich damit, dass auch sie nicht freundlich mit mir umgesprungen war; wenn ich mich weigerte, aufzuräumen, hatte sie mich angebrüllt, meine Kleider seien scheißdreckig und mein Arsch würde vor lauter Faulheit immer fetter, und als ich einmal unter einem trägerlosen Top keinen BH trug, hatte sie verächtlich von meinen «Eutern» gesprochen. In der Pubertät hasste ich nichts so sehr wie das Lied von der besten aller Mütter. Meine Mutter verstand nichts und tröstete mich nie, sondern schrie mich an, ich solle mit dem albernen Gejammer aufhören. Genau dieselben Worte hatte ich von Großmutter gehört, als ich klein war. Diese Kette wollte ich nicht fortsetzen. Ich würde auf keinen Fall ein Kind zur Welt bringen, nur so konnte ich verhindern, dass auch ich solche Worte in den Mund nahm.

«Bist du sicher, dass Großmutter davon gewusst hat?», fragte ich Sara, doch das war ein Fehler. Sie wurde stocksauer.

«Natürlich hat sie es mitgekriegt, in dem kleinen Haus! Die Jungen haben in der Dachkammer geschlafen, Sirkka in der Wohnstube und ich im Elternschlafzimmer, bis Sirkka dann weggezogen ist. Vielleicht hat der Alte mich nachts angefasst, das hat Mutter doch hören müssen. Womöglich hat sie sogar mitgemacht. In meiner Healing-Gruppe ist einer, weißt du, er heißt Einari, und der ist von beiden Pflegeeltern missbraucht worden ...»

Ich bemühte mich, nicht zuzuhören. Stattdessen dachte ich an Musik, zuerst an «It's a long way back to Germany» von den Ramones und dann an das Lied, das ich für die heutige Gesangsstunde üben musste, «Sommernacht auf dem Kirchhof» von Kuula. Die Stimme, die es sang, war ein weicher Sopran, er mochte Soile Isokoski gehören – mein metallischer Mezzosopran war es jedenfalls nicht.

«Jetzt fang du nicht auch noch an, sie in Schutz zu nehmen und zu behaupten, ich hätte mir alles nur eingebildet», schrie Sara. Ich ließ sie schreien, in der Hoffnung, sie würde ernsthaft wütend werden und gehen. Vor der Gesangsstunde musste ich unbedingt noch üben. Und einkaufen, denn meine Übelkeit verwandelte sich allmählich in das Hungergefühl, das mich bei jedem Hangover überfiel. Ich hatte Lust auf Pizza, Pommes und sahniges Schokoladeneis. Und auf saure Gurken, die einzige kalorienarme Katermahlzeit.

Doch Sara wurde nicht wütend, sondern beruhigte sich nach einer Weile. Was man bei ihr Beruhigung nennen konnte, wäre bei Veikko allerdings ein hysterischer Anfall gewesen. Ich hörte ihr noch einige Minuten zu, dann fiel mir endlich eine Ausrede ein:

«Ich glaube, ich muss jetzt gehen, ich habe nämlich versprochen, um eins im Institut zu sein, um über mein Seminar zu reden.»

Ich hatte vorgehabt, lediglich mit der Straßenbahn das kurze Stück bis Sörnäinen zu fahren und mit der nächsten Bahn zurückzukommen, doch Sara wollte ins Zentrum, sodass ich sie erst in Hakaniemi loswurde. Dort kaufte ich eine Tüte voll Leckerbissen, fuhr nach Hause, schlug mir den Bauch voll und legte mich ins Bett. Um vier Uhr wachte ich auf, zwei Stunden bevor die Gesangsstunde anfing. Die Sonne stand am Himmel, der Horizont schimmerte verlockend. Ich beschloss, ein neues Leben anzufangen und zu Fuß zur Gesangsstunde zu gehen.

Bereits beim Einsingen merkte ich, dass der Kater meine Stimme beeinträchtigte. Sie schwamm ein wenig, und alles, was über das hohe F hinausging, musste ich mit Gewalt hervorquetschen. Bei den Staccatoübungen wollte es mir nicht gelingen, die Stimmritze zu schließen. In all den Jahren hatte ich mich bemüht, nie verkatert zur Gesangsstunde zu erscheinen, und es fast geschafft. Mit den Theorieübungen und Klavierstunden hatte ich es weniger genau genommen.

«Sommernacht auf dem Kirchhof» reichte hart an die Grenze meines Stimmumfangs und meiner Kräfte: lange Legati, wilde, hohe Töne, die in einen majestätischen Canto münden sollten. Beim ersten langen G machte ich schlapp.

«Das war nichts», meinte Riitta, meine Gesangslehrerin. «Versuchen wir es noch einmal. Denk an das, was du singst, an die Musik und an den Text. Die Töne aneinanderzureihen genügt nicht.»

Ich versuchte es. Ich gab mir solche Mühe, dass ich ins Schwitzen kam und mir die Stimme im Hals steckenblieb. Beim nächsten Anlauf stellte ich mir vor, bei Nacht in Pielavesi über den Friedhof zu gehen, dachte an alle, die dort lagen, an meine Großeltern und Rane, und musste plötzlich weinen. Aus dem Singen wurde nichts mehr.

«Das ist noch zu schwierig für dich. Wir müssen uns gut

überlegen, was wir in dein Repertoire für den Einserkurs aufnehmen. Dieses Lied auf keinen Fall. Für die nächste Stunde übst du es noch einmal, aber heute lassen wir es ruhen und wiederholen stattdessen den Vaccai.»

Die Etüden empfand ich als wohlverdiente Strafe: Obwohl mir nichts wichtiger war als das Singen, verbaute ich mir alle Möglichkeiten, indem ich meine Gesangstechnik im Alkohol erträntke.

Nach der Gesangsstunde war ich so erschöpft, dass ich mit dem Bus zurückfuhr. Zu Hause riss ich als Erstes die Balkontür auf, denn die ganze Wohnung roch nach Pizza. Gierig atmete ich die frische Seeluft ein. Der Ahorn trug bereits mehr rotes als grünes Laub, ein buntgefärbtes Blatt war auf meinem Balkon gelandet. Als ich klein war, hatte ich Mutter bestürmt, mir einen Rock aus Ahornblättern zu nähen, und nicht glauben wollen, dass sie dazu nicht taugten. Zerstreut riss ich das Blatt in Stücke.

Ich zappte ruhelos durch die Fernsehprogramme und dachte an die langen Stunden, die vor mir lagen, denn nach dem ausgedehnten Mittagsschlaf war es sinnlos, früh ins Bett zu gehen. Plötzlich wurde mir klar, dass ich den verführerischen Alkohol loswerden musste, wenn ich wirklich ein gesünderes Leben führen wollte. Im Schrank standen nur noch die fast leere Schnapsflasche und eine Flasche Bier. Ich goss den Schnapsrest in ein Glas und spülte die Flasche mit etwas Wasser aus, das ich anschließend trank, um jeden Tropfen zu nutzen. Dann machte ich das Licht aus und setzte die Kopfhörer auf. Tuomari Nurmio jaulte in meinen Ohren. Die Platte hatte ich von Karri bekommen, zum zwanzigsten Geburtstag.

Nach der schriftlichen Abiturprüfung waren wir nach Tampere gefahren. Elina, Karris große Schwester, studierte dort Wirtschaftswissenschaften, und ihre Wohnung stand über das

Wochenende leer. Wir wollten uns zuerst ein paar Kunstausstellungen anschauen und anschließend zum Konzert der Gruppe Pojat ins Studentenhaus gehen. Den ganzen Winter über hatten wir nur miteinander geredet und uns kaum berührt. Während alle Mitschüler glaubten, wir gingen miteinander, wagte ich dieses Wort noch nicht zu benutzen. Aber in Tampere würde es endlich passieren, da war ich mir ganz sicher. Dort würden wir endlich ungestört sein. Ich war noch Jungfrau und fürchtete mich. Sollte ich Kondome kaufen?

Im Zug nach Tampere tranken wir ein Bier und sprachen über unsere Zukunftspläne. Karri wollte Literaturwissenschaft studieren, während er auf eine Zivi-Stelle wartete, ich würde mich für Musikwissenschaft einschreiben. Bevor Karri mich darüber aufklärte, hatte ich nicht einmal gewusst, dass es ein solches Studienfach überhaupt gab. Nebenher würde ich an einer Musikschule eine Gesangsausbildung machen.

«Und dann beantragen wir beim Studentenwerk eine Familienwohnung, die sind leichter zu bekommen als Einzelwohnungen», schlug Karri vor, und mein Herz hüpfte vor Freude. Dass er von einer gemeinsamen Wohnung sprach, bedeutete doch, dass er uns als Paar betrachtete.

In den Ausstellungen bemühte ich mich, intelligente Bemerkungen zu machen, obwohl ich von bildender Kunst nicht viel verstand. Karris Eltern hatten ihren Sohn von klein auf zu Kulturveranstaltungen mitgenommen, er war zu Malkursen und zur Musikschule gegangen und hatte im Sommer an Lehrgängen für kreatives Schreiben teilgenommen. Seine Familie wohnte strenggenommen gar nicht in Matinkylä, sondern in Iirislahti, einer besseren Gegend. Zum Abitur sollte Karri von seinem Vater ein Auto bekommen. Trotzdem war er seinen Eltern kein bisschen dankbar, sondern fieberte dem Tag entgegen, an dem er ausziehen würde.

«Ihre Bildung ist nichts als Fassade, total beschissen. Sie sind der Meinung, für akademisch gebildete Menschen mit einem gewissen Einkommen gehöre es sich, ins Theater und in die Oper zu gehen. In Wahrheit machen sie sich gar nichts daraus», erklärte er großspurig. «Was du als deine dummen Bemerkungen bezeichnest, ist kein bisschen weniger wert als ihre scheinbar sachverständigen Kommentare. Sie hören und sehen nur, aber du bringst selbst etwas hervor. Nur Menschen wie du können wirklich verstehen.»

Karri ließ sein Lächeln aufblitzen, für das ich mit Freuden einen Fuß hergegeben hätte. Ich hatte Angst. Zum ersten Mal in meinem Leben wollte ich wirklich mit jemandem schlafen, jemanden ganz nah an mich heranlassen. Beim Konzert von Pojat wiegten wir uns Seite an Seite im Takt und sangen uns gegenseitig ins Ohr. Irgendwann fasste ich Karri impulsiv um die Taille, und er wehrte mich nicht ab, sondern legte ebenfalls seinen Arm um mich. Ich war glücklicher als je zuvor.

Gegen meine Nervosität trank ich zwei Gin Tonic. Es war schon drei Uhr nachts, als wir uns auf den Weg zu Elinas Wohnung machten. Ich hätte mir gewünscht, Hand in Hand zu gehen, doch Karri hatte die Hände in den Manteltaschen vergraben und wirkte nachdenklich. Dass ich vom Tanzen und den Drinks entsetzlichen Hunger bekommen hatte, wagte ich nicht zu sagen.

In Elinas Einzimmerwohnung gab es nur ein schmales Bett. Karri sagte, darin könne ich schlafen, er werde sich auf den Fußboden legen.

«Geh du zuerst unter die Dusche, ich mache inzwischen die Betten zurecht. Magst du eine Kleinigkeit essen?»

Ich nickte und überlegte verzweifelt, ob ich Schlafanzug und Bademantel anziehen sollte oder die Kleider, die ich für den nächsten Tag eingepackt hatte. Beides kam mir unnatürlich vor. Sollte ich mich nach der Dusche einfach in ein Badetuch hüllen? Das war die verrückteste Alternative, also entschied ich mich für den Schlafanzug. Mich noch einmal zu schminken, fand ich auch albern. Karri musste mit meinem Gesicht im Naturzustand vorliebnehmen.

Als ich aus dem Bad kam, standen eine Platte mit Butterbroten und eine Flasche dunkler Rum auf dem Esstisch.

«Aus dem Vorrat meiner Eltern geklaut», lachte Karri. «Die merken es nicht mal, wenn ich etwas mitgehen lasse. Magst du?»

Gerührt dachte ich, er wolle sich Mut antrinken, und sagte, ich würde einen kleinen Schluck mittrinken. Die Portion, die er mir eingoss, kam mir riesig vor. Ich nippte vorsichtig, in meiner Müdigkeit stieg mir das Getränk sofort zu Kopf. Es war ein angenehmes Gefühl. Während Karri duschte, aß ich drei Brote.

Er trug keinen Bademantel, sondern ein schwarzes T-Shirt und Boxershorts, von denen ich geflissentlich den Blick abwandte. Während Karri ein Butterbrot verschlang und wenig sprach, wartete ich auf seinen nächsten Schritt, doch nichts geschah. Verwirrt goss ich mir noch einmal reichlich Rum ein und überlegte mir, dass heutzutage auch Mädchen die Initiative ergreifen durften. Vielleicht war Karri nur zu schüchtern. Als ich gerade aufstehen und zu ihm gehen wollte, reckte er sich und sagte:

«Jetzt wird geschlafen, ich bin total kaputt.»

Nicht einmal «lass uns schlafen gehen», sondern «jetzt wird geschlafen». Es war, als hätte er mir einen nassen Lappen ins Gesicht geklatscht. Während er im Bad verschwand, um sich die Zähne zu putzen, genehmigte ich mir noch einen Rum. Als ich endlich ins Bett schwankte, wäre ich beinahe über Karri gestolpert.

Am nächsten Morgen hatte ich den ersten Kater meines Lebens. Es war entsetzlich, über einer fremden Kloschüssel zu hängen und mich zu übergeben, während der Mann, den ich verführen wollte, nebenan frühstückte. Ich hatte das Gefühl, nie im Leben einen Fuß aus der Wohnung setzen zu können, geschweige denn, die Zugfahrt zu überstehen.

Zum Glück war Karri nicht wütend, sondern eher mitleidig und belustigt. Er ging zum Kiosk, um Limonade für mich zu kaufen, und suchte in den Schubladen seiner Schwester nach Kopfschmerztabletten. Gegen zwei war ich fähig, Kaffee zu trinken, um vier brachte ich auch ein Brot herunter. Wir schafften es noch zum Fünfuhrzug.

Auf der Heimfahrt wurde mein seelisches Elend schlimmer als das körperliche. Ich konnte es noch immer nicht fassen, dass nichts passiert war. Karri saß neben mir und las Vonnegut. Von Zeit zu Zeit lachte er auf, während mir zum Weinen war.

«Mach dir keine Sorgen; wenn es dir schlecht wird, sage ich einfach, du wärst schwanger», lächelte Karri und klopfte mir auf die Schulter. Da heulte ich los.

«Ach, du Ärmste, schlaf dich heute aus, und wenn du willst, gehen wir morgen spazieren. Wann musst du anfangen zu arbeiten?»

«Erst Mitte Mai.» Mutter hatte mir einen Sommerjob in der Buchhandlung besorgt, in der sie arbeitete. Es gefiel mir gar nicht, den ganzen Sommer unter ihrer Aufsicht zu stehen, aber während der Rezession konnte man nicht wählerisch sein. In einer Hamburgerkette wollte ich auf keinen Fall jobben.

«Im Moment kommt mir ein Spaziergang völlig ausgeschlossen vor», stöhnte ich, obwohl ich in Wahrheit bereit gewesen wäre, mit Karri bis ans Ende der Welt zu wandern. Er wollte mit mir spazieren gehen, er war bereit, sich im Zug als werdender Vater auszugeben. Vielleicht war noch nicht alles verloren.

An diesen Gedanken klammerte ich mich drei Jahre lang. Auf der Abiturfeier tanzte Karri mit mir und schenkte mir eine seiner Rosen. Er bekam einen Studienplatz und wollte mit mir zusammenleben. Im November bekamen wir dank der Beziehungen seines Vaters eine Wohnung im Stadtteil Kallio, für die seine Eltern die Kaution bezahlten. Wir gründeten einen gemeinsamen Hausstand.

Ich wartete die ganze Zeit darauf, dass Karri etwas anderes in mir sah als seinen besten Kumpel, und versuchte, das Rätsel zu lösen: Warum will er mit mir zusammen sein, begehrt mich aber nicht?

Später habe ich meine alten Tagebücher wieder und wieder gelesen, bis ich sie beinahe auswendig konnte. Ich habe darüber nachgedacht, ob ich alles so aufgeschrieben habe, wie es war, und weiß jetzt, dass ich die schmerzhaftesten Erlebnisse und die schlimmsten Kränkungen ausgelassen habe, zum Beispiel die Geschichte, wie Karri mit einer anderen Frau, mit Pinja Haltiala, ein Wochenende in Stockholm verbrachte. Ich kann mir bis heute keinen anderen Grund dafür denken als den, dass ich dick, hässlich und neurotisch war. Und dennoch liebte ich Karri, wollte ihm alles geben, mich aufopfern, mit ihm eins …

… werden. Verschmelzen. Sich öffnen. Ekelhafte Wörter, sie lassen mich an die hellrote, schleimige Haut einer Muschel denken, oder an einen Staubsaugerbeutel, der unerwartet platzt und all meinen Dreck auf dem frischgeputzten Fußboden verstreut.

Da ich mit meiner Arbeit nicht weiterkam, machte ich einen Spaziergang in der Dunkelheit. Der Sternenhimmel – auch so ein überstrapaziertes und mit Symbolen befrachtetes armes Würstchen wie die Liebe – sah aus wie ein Sternenhimmel. Ich lag auf Clasus Stoppelfeld und betrachtete ihn. Nach der Getreideernte hatte man von den Feldern wieder freien Blick auf die Nachbarskatzen, die Jagd auf Maulwürfe machten. Die Vogelscheuchen hatten bereits ihr Winterquartier bezogen.

Wie könnte man einem Blinden den Sternenhimmel beschreiben, woher Worte nehmen, die noch nicht abgedroschen und von klebrig-süßen Liedern verfälscht sind? Ich betrachtete das herbstliche Universum und weigerte mich, zu denken, wie klein ich vor dem Weltall sei. Ich sah größer aus als jeder Stern.

Ich habe zu viele Bücher gelesen, die mir erklären, was ich unter einem herbstlichen Sternenhimmel zu empfinden habe. Es ist wichtig, dass ich hier liegen kann, ohne etwas anderes zu hören als das Zirpen der letzten Grillen und das Rauschen des Windes in den Bäumen. Wie widerwärtig, wenn jemand neben mir liegen, das Erlebnis analysieren und mich fragen würde, ob es nicht wundervoll sei. Die Namen der Sterne habe ich schon als Schuljunge gelernt, aber ich habe alle vergessen, die mir nichts bedeuten.

Vor einigen Jahren habe ich an einem skandinavischen Schriftstellerkongress an der Westküste Dänemarks teilgenommen. Damals glaubte ich noch, auf Schriftstellerkongressen jemanden finden zu können, dessen Gesellschaft mir nicht lästig war. Ich wanderte stundenlang am steinigen Atlantikufer entlang. Bei dem kalten, nebligen Wetter war außer mir niemand unterwegs. Ich dachte an die Millionen von Steinen und an die Millionen von Touristen, die an diesem Ufer schon entlanggegangen waren. Was war ihnen dabei durch den Kopf gegangen? Natürlich der Standardgedanke: Es ist doch seltsam, dass von diesen unendlich vielen Steinen nicht einer dem anderen gleicht. Und die nächste Erkenntnis: Die Steine sind so unterschiedlich wie wir Menschen. Bin ich ein schöner Stein, den man vom Strand mitnimmt, um sein Fensterbrett oder den Gartenweg damit zu schmücken?

Auch ich wurde schwach, und nun ziert meinen Schreibtisch ein flacher, rotgrün gemaserter Stein, der mich daran erinnert, dass ich genau so ein Dummkopf bin wie alle anderen. Ich würde gern noch einmal an jenem nebligen Ufer entlangwandern. Zu meinem eigenen Strand sind es nur einige Kilometer. Dort gibt es nur zwei Arten von Steinen, doch die Wellen schlagen an die Felsen, und hier und da ist das offene Meer zu sehen. Die Illusion des Aufbruchs ist immer da.

Das Manuskript habe ich so gut wie fertig, ich müsste wohl nach Helsinki fahren und es meiner Lektorin zeigen. Doch davor scheue ich mich. Es ist bloß eine düstere Geschichte von einsamen Menschen, die einander Schlimmes zufügen. Etwas anderes kann ich nicht erzählen.

Ich mag völlige Freiheit oder strenge Disziplin, nichts dazwischen. Bei der Armee war das Leben streng geregelt, ordentlich und völlig absurd. Ich fühlte mich wie eine Person aus den Romanen von Pentti Haanpää und entfremdete mich von dem ganzen Klimbim. Mein Militärdienst liegt fünfundzwanzig Jahre zurück, vielleicht ist die Zeit gekommen, darüber zu schreiben.

Auch im Gefängnis hätte ich mich besser gehalten als Rane. Killer bilden dort eine höhere Kaste, es wäre mir leichtgefallen, mir eine Position zu erobern. Vielleicht hätte ich anstelle meines Bruders hingehen sollen.

Ich stakse quer über den Acker zum Haus zurück und lese eine Weile. Morgen werde ich fischen gehen. Mein Ruderboot aus massivem Holz ist neben dem Computer mein teuerster Besitz, aber es lohnt sich, für gute Qualität Geld auszugeben. Auf meine Bitte hat Lundberg noch Dollen nach Savoer Art angebracht, allerdings mit der Bemerkung, für hohen Seegang seien sie nicht optimal. Aber wer sagt denn, dass ich bei Sturm ausfahre?

In der morgendlichen Dunkelheit sind nur ich und ein Elchbulle unterwegs. Der Klügere gibt nach: Der Elch trabt vom Ackerrand in den Wald. Bald wird die Hatz auf ihn beginnen, und ich muss meine rote Mütze hervorkramen, so albern sie auf dem Kopf eines erwachsenen Mannes auch aussieht. Aber lieber albern als tot. Ein paarmal bin ich mit den Nachbarn schon zur Jagd gegangen, oft genug, um ein paar Kilo Fleisch für die Tiefkühltruhe zu bekommen.

Es ist ein schlagender Beweis für meine Mittelmäßigkeit, dass ich nach Mutters Tod angefangen habe, über meine Kindheit nachzudenken, und über die Zeit, als Vater starb. Irgendwie verrückt. Ich beobachte mich wie einen Fremden und sehe einen trauernden Mann.

In Anbetracht der Verhältnisse war Mutter eine gute Mutter. Bestimmt ist sie nicht gern arbeiten gegangen und hat uns Kinder zu Hause gelassen. Vater war zeitweise nüchtern, und wenn er wieder zu einer Sauftour aufbrach, holte Mutter eine alte Frau aus der Nachbarschaft, die sich um uns kümmerte. Ich kann mich nicht erinnern, mich einsam gefühlt oder geängstigt zu haben. Wenn Vater nicht da war, war es zu Hause sicher. Zärtliches Getue war bei uns nicht üblich, aber ich wusste, dass meine Mutter mich liebte.

Es gab Dinge an Mutter und Vater, die ich hasste, zum Beispiel ihre Art zu sprechen. Der Dialekt von Nordsavo ist hässlich. Einige Wörter dieser Mundart verursachen mir Übelkeit und rauben mir den Atem, wie bei einem Allergieanfall. Ich leide unter Wortallergie. Ich bin nicht in der Lage, Zeitungen zu lesen, in denen Modewörter verwendet werden, und einige potenzielle Bettgenossinnen habe ich nur deshalb verschmäht, weil sie von «emotionaler Intelligenz» sprachen oder sagten, sie hätten «ihr inneres Kind» aus den Augen verloren.

Es ist sonnig, windstill und eiskalt. Der Horizont flimmert, die Schiffe scheinen am Himmel zu schwimmen, und die Inseln sehen aus, als wäre jede von ihnen ein wiedererstandenes Atlantis. Ich fange Hechte und Lachse, mehr, als ich brauche; ein paar davon werde ich morgen für die Verlagslektorin mitnehmen. Sie ist zwar eine Frau, aber ihr fehlt die Geschwätzigkeit und aufgesetzte Freundlichkeit, die Frauen normalerweise an sich haben. Meist erträgt sie meinen Stil, pflaumt mich gelegentlich aber auch deswegen an, und sie flirtet nur ganz leicht mit mir, gerade genug, um mir zu bestätigen, dass ich ein Mann bin.

Bei Sonnenuntergang komme ich nach Hause und zucke zusammen, als ich das Abbild des Himmels im Fenster sehe. Es flammt in orangen und violetten Spiegelungen, die prachtvoller sind als der Himmel selbst. Ich stehe lange davor, betrachte das Fenster und werfe immer wieder einen Blick zum Himmel. Dabei muss ich an die Pfütze denken, die sich am Tag nach Mutters Beerdigung vor meinem Elternhaus gebildet hatte.

Paulus und Plato wollten alles von Angesicht zu Angesicht sehen. Für mich war das Abbild immer schon wertvoller als die Wahrheit selbst. Ein Abbild existiert genau in der Gestalt, wie ich es sehe, während die Wahrheit ... Lieber sitze ich in der Höhle und betrachte Schatten, als ans Sonnenlicht zu treten, um zu sehen und mich sehen zu lassen.

Clasus Katze hat den frischen Fisch von weitem gerochen. Ich hole einen Teller aus dem Haus und schneide einen Hechtkopf und ein Stück Fischschwanz für sie ab. Sie will nicht glauben, dass der Fisch tot ist, sondern bringt ihre Beute vorsichtshalber noch einmal um. Einem Hund würde so etwas nie einfallen. Man behauptet nicht umsonst, dass Katzen an Frauen erinnern.

Ich lasse den Drucker rattern und nehme mir vor, keinen Blick mehr auf den Text zu werfen. Die Scham kündigt sich bereits an, morgen wird sie mir auf der Schulter sitzen und mich verhöhnen wie Poes Rabe. Wieso bildest du dir ein, jemand könnte sich für deine Schattenbilder interessieren? Ich koche aus den restlichen Hechtköpfen und den Flossen eine Fischbrühe. Für das Kochen gilt dieselbe Regel wie für das Schreiben: Einen guten Grundgeschmack soll man nicht durch ein Übermaß an Gewürzen verderben.

Mittendrin ruft Sara an und fragt aufgeregt, ob ich etwa nicht gewusst hätte, dass sie von unserem Vater sexuell missbraucht worden sei. Sie gibt alles Mögliche von sich, daran bin ich gewöhnt. Wir leben in zwei völlig verschiedenen Wirklichkeiten, die sich nur gelegentlich überschneiden.

Ich höre ihr einige Minuten zu. Dabei drängt es mich zu sagen, ich hätte es gewusst und sogar jahrelang zugeschaut, aber ich lasse es. Vater traue ich zwar jede Schlechtigkeit zu, doch nach ihm wären sicher Rane und ich an der Reihe, von Sara bezichtigt zu werden. Ich bin der Einzige, der sich noch wehren kann.

Unter dem Vorwand, meine Suppe koche über, lege ich auf. Ich fühle mich modrig. Sara ist wie ein Sumpf. Nein, selbst ein Sumpf ist berechenbarer. Sara ist Treibsand. Ich habe oft über sie geschrieben, aber so verschlüsselt, dass niemand sie identifizieren konnte, ebenso wenig wie die anderen Vorbilder.

Sexueller Missbrauch wäre noch ein weiterer Grund, weshalb wir Vater loswerden mussten. Die Wahrheit spielt keine Rolle. Jede Tat wird in dem Moment wahr, in dem Sara an sie glaubt. Wenn Zeugen benötigt werden, hebt sich eines von ihren Medusenhäuptern. Ich könnte ihre Geschichte solider machen, wenn ich wollte, sie mit meinen Sätzen untermauern, zu einem starken Turm ausbauen, von dem die Verteidiger ihre Pfeile abschießen.

Wenn ich an Sara denke, fällt mir ein schlechter amerikanischer Film ein, den ich mir irrtümlich im Fernsehen angesehen habe, weil ein Kritiker, den ich bis dahin für vernünftig gehalten hatte, ihn lobte. Der Held war ein Tunichtgut, in Wahrheit aber ein mathematisches Genie. Er erhielt die Chance, einer Gefängnisstrafe zu entgehen, wenn er ernsthaft zu rechnen begann und sich einer Therapie unterzog. Der Junge wehrte sich zunächst; an dieser Stelle schien mir der Film noch erträglich. Doch schließlich fand der Therapeut die Zauberworte, die den psychologischen Knoten lösten, und bald hing der Junge, der sich geöffnet und zu sich selbst gefunden hatte, auch schon schluchzend am Hals des Therapeuten. Worauf ich meinen Schuh gegen den Fernseher schleuderte.

Als der Drucker zu rattern aufhörte, betrachtete ich voller Abscheu den Papierstapel. Er hätte gereicht, um den Ofen eine ganze Weile zu heizen. Ich holte zwei alte Pappdeckel aus dem Schrank, legte den Stapel dazwischen und verstaute das Ganze im Rucksack. Nach kurzem Überlegen tippte ich noch das Titelblatt und legte es ebenfalls dazu. Veikko Liimatainen: Die Wasserlinie. Der Titel war vieldeutig und nicht im Geringsten verkaufsfördernd. Die Leute in der Marketingabteilung würden wieder einmal fluchen und sich einen besseren ausdenken.

Ich aß Fischsuppe, trank zum Nachtisch einen Schnaps und legte mich ins Bett. Das Buch von Haanpää, in dem ich zu lesen versuchte, war eine schlechte Wahl für einen Abend, an dem ich ohnehin von Skrupeln geplagt wurde. Gegen diesen Autor war ich ein kleines Licht, und ich brachte es nicht einmal fertig, mich darüber zu freuen, dass irgendwann einmal jemand gute Literatur geschrieben hatte.

Am nächsten Morgen hatte der erste Frost die Welt verändert. Die Stoppeln auf dem Weizenfeld waren über Nacht ergraut. Ich ging mit meiner Tasse an den Ackerrand und ließ den Kaffee in der Kälte dampfen. Der Fluss rauschte noch, bei dem leichten Frost würde er nicht so bald zufrieren. Die Bäume hatten eine neue Färbung angenommen.

Als ich zur Bushaltestelle an der Landstraße wanderte, taute die Sonne den gefrorenen Matsch auf. Zwei Rehe sprangen auf den Weg und hetzten zurück in den Wald. Während der Busfahrt wünschte ich mir, ich hätte die Ohrstöpsel mitgenommen, denn aus dem Radio quollen gleichgültige Sportergebnisse. Fußball ist das Einzige, was mich halbwegs interessiert. Allerdings finde ich es spannender, die brüllenden Zuschauer zu beobachten als das Geschehen auf dem Spielfeld. Am idiotischsten sind Autorennen aller Art. Ihre Faszination beruht auf der Erwartung, dass jemand ums Leben kommt. Ich habe Kaitsu gebeten, mich sofort anzurufen, wenn so etwas passiert, damit ich den Fernseher einschalten kann. Er hat es nicht getan.

Meine Lektorin war guter Laune und lud mich zum Mittagessen ein. Ich hatte Appetit auf Lammfleisch und Rotwein, von dem sie gleich eine ganze Flasche bestellte. Wenn man umsonst essen kann, muss man zugreifen. Die Abgabe des Manuskripts war so beklemmend, dass ich beschloss, in der Stadt zu bleiben und zu feiern. Ich nahm mir ein Zimmer im Hotel «Torni» und rief meinen Freund Ristola an. Wir waren gleichzeitig bei der Armee gewesen und gut miteinander ausgekommen. Später hatte er Geographie studiert. Wir setzten uns in den irischen Pub, der zum Hotel gehört, und betranken uns gründlich. Am nächsten Morgen hatte ich einen phänomenalen Kater, war aber immer noch besser dran als Ristola, der schon am frühen Morgen einer Horde Pickelgesichter die Lage der afrikanischen Staaten beizubringen hatte.

Um zwölf Uhr musste ich mein Zimmer räumen, doch einer Busfahrt fühlte ich mich noch nicht gewachsen. Auf dem Friedhof Hietaniemi, der ans Meer grenzte, fand ich den richtigen Platz, um mich von meinem Kater zu erholen. Während ich dort am Ufer saß, verwandelten sich meine Beklemmung und der langsam schwindende Katzenjammer allmählich in ein frei assoziierendes Spiel, in dem jeder Gedanke und jedes Thema leicht war wie eine Schwalbe. Ich schrieb mir die Einfälle auf, bis ich hungrig wurde. Dann ging ich zurück ins Stadtzentrum, aß Junkfood, trank ein Bier und fuhr nach Hause.

Es ist immer wieder eine Freude, aus Helsinki zurückzukommen. Ich mache mir zwar nicht viel aus Kirchen, doch der Kirchturm von Degerby ist eine gute Landmarke. Die offenen Felder, die die Straße säumen, sind mir vertraut. Beim Gehen brach mir der Schweiß aus, unter dem Rucksack wurde mein

Rücken feuchter als gewöhnlich. Nach rund einem Kilometer kam Sven, der einige Häuser weiter wohnt, mit seinem Wagen vorbei und bot mir an, mich mitzunehmen. Gegen meine Gewohnheit stieg ich ein. Mit den Schwedischsprachigen in der Umgebung lässt es sich gut plaudern. Ich verstehe ihre Sprache gut genug, um zurechtzukommen, aber zu wenig, um mich von gewissen Worten irritieren zu lassen. Dieses Argument, mit dem ich meinen Umzug von Helsinki aufs Land, in eine schwedischsprachige Gegend, erklärt habe, hat niemand verstanden. Aber es genügt, dass ich selbst es verstehe. Der einzige Weg, Urlaub von der Sprache zu machen, ist eine Reise nach Portugal oder Bulgarien, wo ich kein Wort verstehe. Ich überlegte, wohin ich verreisen sollte, wenn ich Mutters Erbteil bekam. Vielleicht etwas weiter weg? Ich habe mir schon lange gewünscht, Löwen zu sehen – oder wenigstens Eisbären.

Vor der Tür lagen zwei Zeitungen, und das verteufelte Telefon klingelte, sobald ich das Haus betrat. Ich versuchte zu erkennen, ob das Klingeln sich nach Sara oder nach Sirkka anhörte, denn außer den beiden rief mich kaum jemand an. Doch statt einer meiner Schwestern meldete sich eine allem Anschein nach aufgeregte Frau, die sich als Kulturreferentin einer kleinen Gemeinde in Häme vorstellte, wo in einer Woche ein Literaturseminar stattfinden sollte. Einer der eingeladenen Autoren – weitaus berühmter als ich – hatte abgesagt. Ob ich bereit sei, für ihn einzuspringen? Neben dem üblichen Honorar würden natürlich auch die Fahrtkosten bezahlt.

Ich hasse öffentliche Auftritte. Deshalb sagte ich, nach Einbruch der Dunkelheit müsse ich vom Bahnhof in Siuntio mit dem Taxi nach Hause fahren. Die Kulturreferentin versprach, auch das Taxi zu bezahlen. Ich fragte, wer außer mir an dem Podiumsgespräch teilnehmen würde, und war über die Antwort nicht erfreut: ein arroganter junger Lyriker und eine permanent fröhliche Autorin, die Romane über zwischenmenschliche Beziehungen schrieb.

«Ihre Lektorin hat mir erzählt, dass im nächsten Herbst wieder ein hervorragendes Buch von Ihnen erscheint», fügte die Kulturreferentin an. Da sagte ich zu, nicht wegen der Schmeichelei, sondern weil sie mich korrekt siezte, wozu in Finnland heutzutage kaum noch jemand in der Lage zu sein scheint.

Ich wusste aus Erfahrung, dass nach der Abgabe des Manuskripts eine Zeit kommen würde, in der ich niemanden sehen wollte. Deshalb bat ich Clasu, mich zum Einkaufen nach Kirkkonummi zu fahren. Ich bot ihm die Summe, die die Fahrt mit dem Taxi kosten würde, doch er wollte nur das reine Benzingeld. In Kirkkonummi lud ich Buttermilch, Brot und Unmengen Trockenproviant in den Einkaufswagen. Das würde für eine Weile reichen.

Clasu sah mir verwundert zu und sagte dann mit ernstem Gesicht:

«Komm uns besuchen, wenn du Gesellschaft brauchst.»

Ich hielt mir die Möglichkeit eines gemeinsamen Saunaabends offen, traf aber keine feste Vereinbarung. Allein fühle ich mich wohl. Zu Hause stöpselte ich das Telefon aus, zog die Vorhänge zu und legte das Holz bereit, mit dem ich am nächsten Tag die Sauna heizen wollte. Der Mond war fast voll, er glotzte durch einen Spalt zwischen den Vorhängen. Also zog ich sie noch fester zu. Weil ich gerade Lust darauf hatte, kochte ich mir Haferbrei.

Die Leere hielt tagelang vor. Ich putzte das Haus und die Sauna, sammelte Pilze und pflückte Moosbeeren. Dabei versuchte ich, nicht an das zu denken, was mir die ganze Zeit durch den Kopf ging, zuerst Vaters Tod, dann Mutters Tod. In der Dorfbücherei lieh ich mir schlechte Bücher aus, brachte es aber nicht einmal fertig, mich über sie aufzuregen.

Nach Vaters Tod war ich zur Armee zurückgekehrt, wo ich keine Zeit für fruchtlose Grübeleien hatte. Nach dem, was ich erlebt hatte, erschien es mir teils lächerlich, teils wirklicher als zuvor, dass man mir das Töten beibrachte. Ranes Selbstmord überraschte mich nicht. Nach dem Wehrdienst versuchte ich, zu studieren und mein erstes Buch zu schreiben. Auch um ein paar Frauen habe ich mich damals bemüht.

Über all das hatte ich fast fünfundzwanzig Jahre nicht mehr nachgedacht. Ich hatte nur darüber geschrieben.

Am Tag vor der Podiumsdiskussion begann ich, mich auf die Begegnung mit unbekannten Menschen einzustellen. Vom Verlag hatte ich noch nichts gehört. Die Fahrt nach Häme führte durch herbstlich bunte Wälder, Rot und Grün in verschiedenen Schattierungen sprangen mich an. Zum Glück hatte ich die Ohrstöpsel mitgenommen; nachdem der Gehörsinn ausgeschaltet war, sah ich umso schärfer. Ich betrachtete die Landschaft, doch gleichzeitig beobachtete ich mich selbst beim Betrachten der Landschaft: Der Schriftsteller bewundert das Herbstlaub und empfindet es natürlich intensiver als normale Sterbliche.

So geht es mir bei jeder Krise oder Katastrophe. Beim Untergang der «Estonia» und beim Einsturz des World Trade Center beobachtete ich mit offener Neugier meine Reaktionen. Die Rauchwolken, die am strahlend blauen Himmel über New York aufstiegen – waren sie nicht perfekt geformt? Wie viel langweiliger wäre der Anblick gewesen, wenn es an dem fraglichen Tag geregnet hätte! Welche Hymne wurde auf der «Estonia» gespielt, als das Schiff sank? Hatten diejenigen, die sich mit Gewalt einen Platz im Rettungsboot erkämpft hatten, jemals das Gefühl, sie hätten anders handeln sollen? Erschienen die von den Türmen des WTC stürzenden Menschen den Terroristen im Traum? Ein Teil meines Ichs fluchte sogar darüber, dass die verdammten Terroristen nie erfahren würden, dass es nach dem

Tod kein Paradies für islamische Glaubenskrieger gab, sondern nichts als Leere. Es verstörte mich, wie hilflos selbst die routinierten Nachrichtensprecher waren, wenn etwas Unvorhergesehenes geschah. Sie verwendeten plötzlich Slangwörter, und in ihren Augen stand Furcht. Die Politiker spuckten Phrasen aus, weil ihnen die Worte ausgegangen waren.

Zu mehr waren die Pfarrer, Nachbarn und Verwandten auf Vaters und Ranes Beerdigung auch nicht fähig gewesen. Ich hatte sie entsetzt und belustigt zugleich beobachtet. Bei Mutters Begräbnis schwafelte der Pfarrer von einem arbeitsreichen Weg, von Kindern und Enkelkindern und hatte nicht den Mut, zu sagen, dass Mutters Leben die reine Hölle gewesen und unter höllischen Qualen zu Ende gegangen war.

Bei Mutters Beerdigung steckten mindestens sieben Brüder in mir, die mich die ganze Zeit in verschiedene Richtungen zogen. Einer von ihnen trauerte wirklich, einer wollte so schnell wie möglich raus aus dem schwarzen Anzug und aus dem Trauerhaus, einer verhöhnte den, der nur mit Mühe die Tränen zurückhielt. Der ruhigste der Brüder las die Beileidstelegramme vor und unterhielt sich pflichtschuldig mit dem Pfarrer und den Nachbarn. War jeder der sieben Brüder in Aleksis Kivis Roman ein Teil der Persönlichkeit ihres Autors, oder verfiel ich in albernes Psychologisieren, das mit echtem Verstehen nichts zu tun hatte?

Der Ahorn am Straßenrand war so prachtvoll, wie es ein herbstlich bunter Ahorn nur sein kann, und ich war mir erneut meiner Unfähigkeit bewusst, irgendetwas über ihn zu sagen, was nicht schon viel zu oft gesagt worden war. Die Kulturreferentin erwartete mich an der Busstation. Warum müssen diese professionellen Kulturfrauen immer einen Pagenkopf, riesige Schmuckstücke und bunte, weite Kleider tragen? Dieses spezielle Exemplar bedankte sich wortreich für meine Bereitschaft, so kurzfristig einzuspringen, und sagte, die Romanautorin und der Lyriker seien im Wagen des Letzteren gekommen. Wir fuhren zur Bibliothek, wo die anderen bereits beim Kaffee saßen. Nun bereute ich meine Zusage noch mehr als zuvor. Der Dichter war ein pickliger, schmächtiger Jüngling, der sich alle Mühe gab, wie ein Rockmusiker auszusehen. Die Autorin hatte riesige Brüste, eine ausladende Frisur und ein lautes Lachen.

Nach dem Kaffee begaben wir uns in das Auditorium der Bibliothek, wo etwa fünfzig Menschen saßen, vorwiegend Frauen. Sie blickten uns erwartungsvoll entgegen, doch ich hörte einen leisen Seufzer der Enttäuschung, als die Kulturreferentin erklärte, der berühmtere Schriftsteller habe nicht kommen können.

«Aber an seiner Stelle haben wir den renommierten Prosaisten Veikko Liimatainen zu Gast, einen Meister in der Schilderung der männlichen Gedankenwelt und einen Virtuosen der minimalistischen Sprache», sagte sie tröstend, und das Publikum applaudierte höflich. Ich bekam Kopfschmerzen.

Wenn ich irgendwelche Kollegen hasse, dann sind es beherzte Romanautorinnen und mit Fremdwörtern um sich werfende Intellektuelle. Nun saß ich mit je einem Exemplar beider Sorten vor dem Publikum und versuchte, mir nicht anmerken zu lassen, wie angewidert ich war. Ich wusste, dass ich diese Folter verdient hatte, weil ich mich durch eine kleine Schmeichelei hatte überreden lassen. Der Dichterjüngling sezierte seine Gedichte mit Begriffen, die er vermutlich selbst nicht verstand, und die Autorin schwatzte frisch und munter über sanfte Werte und über die Notwendigkeit, einander zu lieben. Ich antwortete einsilbig und nur dann, wenn es sich nicht vermeiden ließ. Es interessierte mich nicht, meine Texte zu erklären. Wenn die Leute sie ohne Erklärung nicht begriffen, dann eben nicht! Die Kulturreferentin versuchte eine Art Frauen-Männer-

Debatte zu provozieren, doch die Autorin erklärte forsch, sie habe Männer sehr gern, und der Lyriker sagte dasselbe über die Frauen. Ich schwieg. Dann durfte das Publikum Fragen stellen; mich ließ es zu meiner Zufriedenheit lange in Ruhe. Schließlich erhob sich ein Mann, den ich dem Aussehen nach für einen pensionierten Religionslehrer hielt, und sagte:

«Jeder Schriftsteller hat ein inneres Trauma, das ihn zum Schreiben treibt. Meine Frage an Veikko Liimatainen: Was ist Ihr inneres Trauma? Ich war mit Ihrem Vater bei der Armee, und ich habe auch an seiner Beerdigung teilgenommen. Ist es dieses fast fünfundzwanzig Jahre zurückliegende Ereignis, das Sie dazu treibt, Ihre Bücher zu verfassen?»

Ich sah den alten Mann an, seine neugierigen, triefenden Augen, in denen die Bereitschaft brannte, mich zu verstehen, und sehnte mich in die nächste Kneipe.

«Der Tod meines Vaters hat bei mir kein Trauma ausgelöst», begann ich. «Überhaupt halte ich nichts von der verbreiteten Vorstellung, jeder Schriftsteller sei ein sensibles Wesen, das ...»

… bei der kleinsten Berührung zerbricht. Ich bin empfindsam wie ein Schmetterlingsflügel, selbst von einer Liebkosung werde ich wund. Ich weiß, dass ich zu heftig auf die Grausamkeit der Welt reagiere, aber ich kann nicht anders.

Ich habe das Inserat in der Zeitung gesehen: «Wie ich nach einer Tragödie wieder ein heiler Mensch geworden bin. Wir suchen Betroffene für einen Dokumentarfilm über Menschen, die mit schweren Schicksalsschlägen fertiggeworden sind.» Gütiger Gott, das war wie auf mich zugeschnitten! Ich habe Schreckliches erlebt und bin doch über alles hinweggekommen! Ich rief sofort an, um einen Aufnahmetermin zu vereinbaren.

«Hatten Sie einen Unfall oder eine schwere Krankheit?», fragte eine schneidende Frauenstimme.

«Ach, wenn Sie wüssten! Mir ist alles Mögliche passiert. Mein Bruder hat meinen Vater und später sich selbst umgebracht, und nun ist meine Mutter an Krebs gestorben, und ich bin Vollwaise. Wieder und wieder bin ich betrogen und verlassen worden, aber ich habe nie aufgegeben», sagte ich tapfer, denn sicher wurden für die Sendung tapfere Menschen gesucht.

«Wir suchen für unser Programm speziell Opfer von Un-
fällen und schweren Krankheiten.»

«Ich habe an Anorexie und Bulimie gelitten, bin alkohol-
und tablettensüchtig gewesen! Und dass mein Bruder meinen
Vater getötet hat, ist das etwa kein Unglück?»

Das stopfte dem pingeligen Weib den Mund. Sie sagte, ich
solle in einer Woche in irgendein Studio in Kumpula kommen.

«Haben Sie irgendwelche Wünsche, wie ich mich kleiden
soll? Geschminkt und frisiert werde ich sicher im Studio. Hoffentlich machen sie mich da nicht zu tantenhaft zurecht, damals bei ‹Herzblatt› haben sie zu viel Haarspray benutzt.»

«Um das Make-up kümmert sich jeder selbst. Wir gehen
sehr zurückhaltend vor», antwortete die Frau, die sich als Jenna
vorgestellt hatte. Jenna klang nach dem Vornamen einer jungen
Frau, noch jünger als Katja. Was weiß eine solche Göre schon
von den Realitäten des Lebens?

Nach dem Anschlag in New York war ich tagelang völlig verstört gewesen. Ich war zum Gebet in den Dom gegangen und
hatte bei der Telefonseelsorge angerufen. Als wäre einer meiner
Angehörigen bei dem Unglück ums Leben gekommen oder
als wäre ich selbst in den lodernden Türmen gewesen und verbrannt. Die Albträume werden mich sicher nie mehr loslassen.
In einem von ihnen stehe ich mitten im Flammenmeer und
versuche Rane herauszuziehen, aber er kann nicht loskommen,
sondern zieht auch mich ins Feuer. Rane schmort in der Hölle,
dahin kommen Selbstmörder nämlich, und er will mich zu sich
holen. Aber das lasse ich nicht zu!

Ich habe nicht die Kraft gehabt, mir nach der Kündigung
im Reformhaus eine neue Stelle zu suchen. Einari hat mir fünf-
tausend geliehen, ich zahle sie zurück, wenn ich mein Erbe bekomme. Lange kann es nicht mehr dauern. Gesegnet sei Mutter,
und gesegnet sei das Schicksal, es ist, als hätten beide dafür ge-

sorgt, dass ich eine Weile nicht zu arbeiten brauche, sondern mich auf meine Entwicklung und mein geistiges Wachstum konzentrieren kann.

Ich habe in meinen alten Tagebüchern gelesen, um meine Lebensgeschichte bei den Aufnahmen möglichst gut erzählen zu können. Mein Leben bietet Stoff genug für einen mehrstündigen Dokumentarfilm und für mindestens dreibändige Memoiren. Natürlich ist es seltsam, dass eine Vierzigjährige ihre Memoiren schreibt, zumal ich mich nicht als Vierzigjährige empfinde, sondern als Teenager. Ich sehe mindestens zehn Jahre jünger aus, als ich bin, im Gegensatz zu Sirkka, die schon als Matrone auf die Welt gekommen ist.

Sirkka hat es sich selbst zuzuschreiben, dass zuerst Eero sie verlassen hat und später Mauri. Gleich nach Katjas Geburt wurde sie zum Heimchen am Herd, sie nahm immer mehr zu und lief mit Lockenwicklern auf dem Kopf durch die Wohnung. Eero dagegen tourte mit seiner Band durchs Land und lernte schöne Frauen kennen, außerdem war er sowieso nicht für die Ehe geschaffen. Er war, wie ich, eine freie Seele. Und das war Mauri auch.

Es wundert mich, dass Mauri eine Frau wie Sirkka überhaupt wahrgenommen hat. Sie haben sich an ihrem Arbeitsplatz kennengelernt, in der Buchhandlung. Mauri wurde mit seiner Scheidung nicht fertig und suchte deshalb therapeutische Literatur. In der Bibliothek waren alle Lebenshilfen ausgeliehen, außerdem hatte er Geld genug, sich Bücher zu kaufen. Er war nämlich Versicherungsmathematiker. Doch im Grunde seines Herzens war er ein Poet.

Sirkka hatte ihn offenbar gut bedient, denn Mauri kam ein zweites, dann ein drittes Mal und lud Sirkka schließlich ins Theater ein, zu Ibsens «Nora». Sicher wäre Sirkka gern zu Hause vor dem Fernseher hocken geblieben, aber vermutlich wollte sie ihre letzte Chance nicht vergeben. Sie war ja schon über vierzig, und in dem Alter findet eine Frau so leicht keinen Mann mehr.

Ich war wie vor den Kopf geschlagen, als Mutter mir erzählte, dass Sirkka seit Monaten einen festen Freund hat. Mir hatte sie nichts davon gesagt! Ich habe sie sofort angerufen und gefragt, wo sie den Mann aufgetrieben hat. Natürlich wollte ich ihn kennenlernen, den Freund meiner einzigen Schwester.

Sirkka wollte sich absolut nicht einladen lassen, sie behauptete, Mauri und sie seien zu beschäftigt. Ich fragte, ob sie sich für mich genierte oder für ihren Mauri, und daraufhin war sie auch noch eingeschnappt! Damals wohnte ich in einer WG in einem alten Holzhaus in Käpylä, und Sirkka meinte wahrscheinlich, das sei nicht die richtige Umgebung für einen Versicherungsmathematiker. Dabei war Mauri durchaus kein Spießbürger.

«Komm lieber zu mir, dann kannst du dich mal satt essen», stichelte Sirkka, und ich dachte, du mit deinem Essen. Natürlich wollte sie mich mästen, damit ich so unförmig wurde wie sie. Sie hat mir nie verziehen, dass ich einmal sagte, ich sei als Kind nicht richtig satt geworden, weil meine Geschwister mir alles wegschnappten. Aus Katjas Bulimie sollte sie eigentlich gelernt haben, dass man andere nicht zum Essen drängen darf.

Ich machte mich besonders hübsch zurecht: rosenroter Fransenrock, transparente weiße Spitzenbluse und einen mit Rosen besteckten Haarreif. Auch mein Parfum duftete nach Rosen. Für Sirkka kaufte ich einen Strauß gelbe Rosen. Ich finde es herrlich, zur Person passende Blumen zu verschenken. Sirkka ist banal wie eine gelbe Rose. Mauri bemühte sich, höflich zu sein, und trällerte «Gelbe Rose von Texas». In Wahrheit sang er das Lied natürlich für mich.

Anfangs fand ich ihn ein bisschen langweilig. Er redete

über Eishockey und Politik, er freute sich über Ahtisaaris Sieg bei der Präsidentschaftswahl, die gerade stattgefunden hatte. Ich hatte natürlich für die einzige Frau unter den Kandidaten gestimmt und tagelang geweint, weil Elisabeth Rehn nicht gewonnen hatte. Unser Volk war noch zu feige. Doch ich wollte lieber über Kunst sprechen und fragte Mauri, welche Art von Theater er mochte. Ich liebe das Theater und diskutierte voller Begeisterung darüber. Und wenn ich mich für etwas begeistere, glühe ich wie Feuer. Das hat schon viele Männer abgeschreckt. Manche können eben keine kreativen Frauen ertragen, sie ziehen demütige Fußabstreifer vor.

Mauri fand es unreif und dumm von Nora, ihre Familie zu verlassen, er meinte, sie hätte sich um ihre Kinder kümmern müssen. Sirkka stimmte ihm vorsichtig zu, die komische Heilige. Sie lebt nur für ihre Kinder, dabei sind die längst erwachsen.

«Du liebe Güte, begreift ihr das denn nicht? Nora konnte doch nicht ihr Leben lang im Käfig bleiben! Sie hatte ihren eigenen Weg vor sich. Wenn die Kunst ruft, muss man gehen!»

«Nora hatte doch nichts mit Kunst …», setzte Sirkka zu einer Entgegnung an.

«Aber sie musste ihr eigenes Leben führen! Das Stück gilt heute noch als kühn, denkt nur daran, wie man Frauen wie mich, die nicht Mutter werden wollen, immer noch abstempelt!»

«Mauri und ich haben erlebt, wie es ist, verlassen zu werden», schnaubte Sirkka. Mit dieser Bemerkung wollte sie mich offensichtlich aus dem Zauberkreis ausschließen, den Mauri und sie bildeten, doch das ließ ich nicht mit mir machen. Sirkka kannte außer «Nora» keine Stücke von Ibsen, aber Mauri hatte einige gesehen, und so unterhielten wir uns über Ibsen, während Sirkka die Teller in den Geschirrspüler räumte, die Lasagneform spülte und Kaffee kochte. Gegen Mitternacht deutete sie an, der letzte Bus fahre bald.

«Schön, dass ich Gesellschaft habe, ich hasse es nämlich, allein im Lumpensammler zu fahren», lachte ich.

«Gesellschaft?» Mauri sah mich fragend an.

«Mauri bleibt bei mir», erklärte Sirkka.

«Ach so … Könnte mich einer von euch wenigstens zur Haltestelle begleiten? Ich hasse es, im Dunkeln auf den Bus zu warten.»

Mauri brachte mich hin. Da der Bus ein wenig Verspätung hatte, konnten wir unsere Unterhaltung über die Bühnenkunst fortsetzen. Mauri war so wundervoll, dass ich ihn zum Abschied einfach küssen musste, ich konnte mich nicht daran hindern. Ich hatte mich in ihn verliebt, und Liebe lässt sich nicht in Fesseln legen. Für ein Naturkind wie mich ist sie ein gewaltiges, alles verschlingendes Gefühl, vor dem man kapitulieren muss.

Ich konnte an nichts anderes mehr denken. Nachdem ich mich zwei Tage gequält hatte, beschloss ich zu handeln. Ich rief bei der Versicherungsgesellschaft an, wo Mauri arbeitete, und schlug ein gemeinsames Mittagessen vor, ohne zu sagen, warum ich ihn sehen wollte. Er war zwar erstaunt, aber bereit, sich noch am selben Tag im «Raffaello» mit mir zu treffen. Sobald er aufgelegt hatte, reservierte ich einen Zweiertisch in einer lauschigen Nische. Ich war frühzeitig im Restaurant und bestellte eine Flasche Sekt gegen meine Nervosität. Mauri war ein Gentleman, sicher würde er die Rechnung übernehmen.

Bei Sirkka hatte ich Mauri in Cordhose und Pullover gesehen, doch nun trug er einen korrekten Anzug, in dem er einerseits distanziert wirkte, andererseits einflussreich und attraktiv. Nachdem wir bestellt hatten, eröffnete er das Gespräch. Ich wollte meinen Ohren nicht trauen: Er glaubte, es ginge um Sirkka!

«Ich verstehe durchaus, dass du dich fragst, ob ich Sirkka gut behandeln werde. Nach dem schweren Leben, das sie bisher gehabt hat, ist es ganz natürlich, dass ihre Angehörigen besorgt sind», sagte er freundlich. «Ich … mag deine Schwester sehr gern. Mehr wage ich zurzeit noch nicht zu sagen.»

«Sirkka kommt schon zurecht. Sie ist stark wie ein Brecheisen. Aber ich, Mauri, ich! Ich bin verrückt nach dir!»

Er biss vor Überraschung auf seine Gabel.

«Wir sind uns doch erst einmal begegnet», stammelte er schließlich.

«Das eine Mal hat mich davon überzeugt, dass du der Richtige für mich bist. So etwas weiß man sofort.»

Ich hatte eine Menge Calamari und Krabben verspeist, bevor Mauri weiterredete. Er aß nichts, sondern leerte sein Sektglas in einem Zug und füllte es wieder nach.

«Mauri, Lieber, mit dir kann ich reden. Debattieren. Ich finde Diskussionen erotisch.»

«Aber Sirkka und ich haben gerade angefangen, eine warme, vertrauensvolle Beziehung aufzubauen …»

Da verlor ich die Nerven. Ich warf mein Besteck auf den Tisch.

«Sirkka, Sirkka! Mein Leben lang bin ich an ihr gemessen worden. Zuerst von unserer Mutter: ‹Sirkka konnte schon mit acht Kartoffeln kochen, und du hast es mit vierzehn immer noch nicht gelernt!› Dann in der Schule: ‹Deine Schwester hat ihre Hausaufgaben immer gemacht, sie war so brav und gewissenhaft, aber du gibst dir überhaupt keine Mühe!› Und in Pielavesi erkundigen sich die Weiber aus der Nachbarschaft, wieso ich immer noch keine Kinder hätte, wo doch Sirkka … Ich habe es satt, hörst du? Lauf doch zu deiner Sirkka!»

Ich stürmte hinaus und rannte weinend die Aleksanterinkatu entlang. Wie konnte Mauri so blind sein?

Zum Glück dauerte seine Blindheit nicht lange. Schon am nächsten Tag rief er an.

«Sara, es tut mir leid, wenn ich dich beleidigt habe, das war nicht meine Absicht. Können wir uns noch einmal treffen und die Sache bereinigen? Am Wochenende fahren Sirkka und ich nach Pielavesi, aber danach … Am Montagabend?»

Ich antwortete, auf keinen Fall wolle ich ihn in einem Restaurant oder überhaupt irgendwo in der Öffentlichkeit treffen, ich würde mich genieren, falls ich wieder weinen müsste. Daraufhin schlug Mauri vor, ich solle zu ihm nach Tapiola kommen. Am Wochenende litt ich Höllenqualen, denn ich wusste, dass Mauri vor Mutter und ihren Nachbarn als künftiger Schwiegersohn auftreten würde. Mutter rief natürlich an, sobald Mauri und Sirkka am Sonntagnachmittag abgefahren waren. Sie lobte Mauri über den grünen Klee.

«Du glaubst nicht, wie höflich er war, ein richtiger Gentleman. Sogar den Stuhl hat er mir hingerückt. Ich bin so glücklich für Sirkka. Hast du ihn schon kennengelernt?»

Ich betrachtete es als gutes Zeichen, dass Mauri ihr nichts von unserem gemeinsamen Mittagessen gesagt hatte. Das bevorstehende Treffen machte mich wahnsinnig nervös. Ich überlegte die ganze Nacht, was ich anziehen und was ich sagen würde, obwohl mein Herz mir zuflüsterte, ich solle ganz natürlich sein und auf meine innere Stimme hören. Da ich zu einer so einschneidenden Begegnung natürlich nicht mit dem Bus fahren konnte, gab ich mein letztes Geld für ein Taxi aus.

Wir redeten stundenlang. Die Scheidung hatte Mauris Selbstbewusstsein völlig zerstört, doch ich richtete ihn wieder auf, besser, als Sirkka es je vermocht hätte. Irgendwann landeten wir im Bett, und ich brachte seine Schuldgefühle mit meinen Küssen zum Schweigen.

«Liebe kann nicht falsch sein, falsch wäre nur, ihre Erfüllung zu verhindern», beruhigte ich ihn, als Mauri sich in Vorwürfen erging, nachdem er gekommen war. Ich verbrachte die Nacht bei ihm und überlegte beim Anblick des zerknüllten Lakens, ob Sirkka wohl jemals einen Mann so oft und in so vielen Stellungen zum Höhepunkt gebracht hatte.

Am nächsten Morgen war Mauri noch immer entsetzt. Außerdem hatte er eine wichtige Besprechung, zu der er nicht zu spät kommen durfte. Ich komme morgens schwer aus dem Bett, daher bat ich ihn, noch eine Weile in seiner Wohnung bleiben und mich ausschlafen zu dürfen. Der Gedanke schien ihm seltsamerweise nicht zu gefallen, doch er gab schließlich nach.

Es war seiner Zweizimmerwohnung anzusehen, dass er sie nach der Scheidung in aller Eile eingerichtet hatte. Es gab keine Nippesfiguren, keine Spitzendecken und keine Blumen – die weibliche Hand fehlte. Ich hatte das Leben in der WG längst satt, denn dort wusste man nie, wen man am Morgen in der Küche antraf, und konnte keinen Wein in den Kühlschrank stellen, weil ihn garantiert irgendwer austrank. Zum Glück hatte ich Zahnbürste und Parfüm dabei.

Bilder von Mauris Exfrau und den Kindern waren nirgends zu sehen, doch ich entdeckte sie schließlich im Kleiderschrank. Die Kinder sahen ganz gewöhnlich aus, die Exfrau hatte einen grausamen Mund und eine Adlernase. Mit vierunddreißig war ich jung genug, um noch Kinder zu bekommen. Wenn sich ein Baby ankündigte, würden wir allerdings eine größere Wohnung brauchen.

Im Lauf dieses einen Vormittags erfuhr ich alles, was ich über Mauri wissen musste. Nichts in der Wohnung erinnerte an Sirkka, in dieser Hinsicht brauchte ich mir also keine Sorgen zu machen. Nur gut, dass sie ganz in der Nähe arbeitete, da konnte sie mir das Busgeld leihen. Mein Konto war nämlich leer, das Arbeitslosengeld würde erst in ein paar Tagen eintreffen, aber meine Schwester würde sicher einen Zehner erübrigen können, vielleicht sogar etwas mehr.

Es war ein sonniger Aprilmorgen. Geruhsam spazierte ich von Mauris Wohnung ins Zentrum von Tapiola. In den Vorgärten blühten Krokusse, die Welt war strahlend schön. Ich war verliebt und glücklich, lächelte die Passanten an und blieb immer wieder stehen, um einen Hund zu streicheln.

Sirkka war überrascht, als ich unangemeldet hereinschneite, führte mich dann aber in den Pausenraum, wo sie ihr Portemonnaie aufbewahrte, und berichtete eifrig, Mutter habe Mauri sehr sympathisch gefunden. Das war natürlich gut, immerhin wollte ich ihn zu ihrem Schwiegersohn machen.

«Na, und wo hast du dich wieder rumgetrieben?», fragte sie dann unfreundlich, denn in ihrer kleinen Welt war nur Platz für sie selbst und Mauri.

«Bei einer Bekannten, die mitten in einer hässlichen Scheidung steckt. Ihr Mann hat sogar die Bankkarte mitgenommen, ich musste ihr mein ganzes Geld geben.»

«Na ja, geizig bist du nicht, das muss man dir lassen. Du bist immer bereit, anderen zu helfen», meinte Sirkka, nun schon freundlicher, und ich merkte, dass sie mich umarmen wollte, sich aber im letzten Moment zurückzog. «Hier hast du einen Hunderter, damit du dir auch etwas zu essen kaufen kannst. Zahl das Geld irgendwann zurück, wenn du wieder flüssig bist.»

«Danke, Sirkka, du bist die Allerbeste!» Ich umarmte sie und fuhr zurück nach Helsinki, um mein künftiges Leben zu planen.

Sobald ich zu Hause war, rief ich Mauri an. Er behauptete, er sei gerade in einer Besprechung, und versprach, mich später am Nachmittag zurückzurufen. Da er nichts von sich hören ließ, versuchte ich es erneut, doch die Vermittlung sagte, er nehme zurzeit keine Gespräche an.

Ich war außer mir. Was war nur in ihn gefahren? Zu Hause

meldete er sich auch nicht. Ich überlegte, ob ich Sirkka anrufen und ihr alles erzählen sollte. Das wäre nur barmherzig gewesen. Aber vielleicht war Mauri bei ihr?

Während ich noch darüber nachdachte, klingelte endlich das Telefon.

«Oh, Mauri, Liebster! Ich habe den ganzen Tag an dich gedacht!»

«Und ich an dich. Hör mal, Sara, wegen letzter Nacht ... Lass uns vergessen, was passiert ist.»

«Auf gar keinen Fall! Mauri, ohne dich kann ich nicht leben! Ich bringe mich um, wenn du zu Sirkka zurückgehst!»

Ich weinte und flehte, denn mir blutete das Herz, als hätte ein Löwe es zerfleischt. Wenn Mauri nur in meiner Nähe gewesen wäre, hätte ich ihm gezeigt, wie sehr meine Seele nach ihm dürstete.

«Sara, bitte, sag das nicht! Beruhige dich. Ich komme zu dir, sag mir, wo du wohnst.»

Und er kam. Ich hatte inzwischen Trauerkleidung angelegt. Auch Mauri brach es fast das Herz, als er erkannte, wie tief mein Schmerz war. Er versuchte sich zu wehren, kapitulierte jedoch bald vor meiner Leidenschaft. Einige Wochen lang traf er sich abwechselnd mit uns beiden, bis ich es eines Abends nicht mehr aushielt. Ich war bei ihm, und wir hatten uns stundenlang feurig geliebt.

«Lass uns Sirkka anrufen», schlug ich vor. «Oder nein – fahren wir zu ihr! Es ist fairer, es ihr von Angesicht zu Angesicht zu sagen.»

«Ihr was zu sagen?» Mauri zog sich an. Sein Bauch war rührend weich, er war kein Jüngelchen mehr. Die Härchen an seinen Waden wurden schon grau.

«Was mit uns los ist, natürlich! Dass wir uns lieben und heiraten wollen. Ich will es der ganzen Welt verkünden!»

«Heiraten? Wie kommst du denn darauf? Nein, Sara, nein …»
Er trat ans Fenster, sodass ich sein Gesicht nicht sehen konnte.
«Bevor du heute gekommen bist, habe ich beschlossen, dass
Schluss sein muss. Sieh mal, ich habe mich in Sirkka verliebt.
Du bist wundervoll … Aber ich kann euch nicht beide haben,
und Sirkka war zuerst da. Wenn du über diese paar Nächte Still-
schweigen bewahrst, dann können Sirkka und ich …»

Ich begriff nicht gleich, was er zu sagen versuchte. Als es mir
klar wurde, verlor ich die Fassung. So sehr war ich noch nie ge-
demütigt worden.

«Ohne dich kann ich nicht leben!»

«Dann kannst du es eben nicht! Deine Selbstmorddro-
hungen ziehen nicht mehr, Sara. Es war die größte Dummheit
meines Lebens, mich von dir erpressen zu lassen. Sei so gut und
geh jetzt.»

Ich sammelte meine Kleider auf und ging ins Bad. Dort
suchte ich nach einem scharfen Gegenstand, mit dem ich
mir die Adern aufschneiden konnte. Leider rasierte Mauri
sich elektrisch. Sekundenlang überlegte ich, den Rasierer ins
gefüllte Waschbecken zu werfen und die Hand ins Wasser zu
halten, doch dabei wäre ich mit Sicherheit umgekommen. Die
Nagelschere war zu stumpf. Nachdenklich sah ich mir den
Inhalt des Medizinschranks an. Kopfschmerztabletten, ein
Mittel gegen Sodbrennen, Nasentropfen … Mauri nahm weder
Schlaftabletten noch starke Schmerzmittel, von seinen Medikamenten wäre mir höchstens übel geworden. Die Wohnung lag
im zweiten Stock. Sollte ich vom Balkon springen? Oder doch
lieber das Brotmesser nehmen?

Als ich aus dem Bad kam, war Mauri fertig angezogen und
taxierte mich wie ein Boxer seinen Gegner.

«Ich hab dir ein Taxi bestellt, hier ist das Geld für die Fahrt.
Sara, Liebes, sei mir nicht böse. Es wäre ja doch nichts daraus

geworden. Ich bin viel zu ruhig und langweilig für eine heißblütige Seele wie dich.»

Ich warf ihm das Geld ins Gesicht. «Hältst du mich für eine Hure? So lasse ich mich nicht behandeln! Du hast mir das Herz gebrochen!»

Ich schlug die Tür so fest hinter mir zu, dass es im ganzen Haus zu hören war, lief die Treppe hinunter und knallte auch die Haustür ins Schloss. Dem Taxifahrer, der bereits wartete, nannte ich Sirkkas Adresse in Matinkylä. Da ich kein Geld hatte, musste ich meine Sachen als Pfand im Wagen lassen, während ich nach oben lief, um die sechzig Mark zu holen. Handys gab es damals noch nicht.

Kaitsu war zu Hause, und ich schickte ihn nach unten, damit er den Fahrer bezahlte. Dann brach ich in Tränen aus.

«Komm, setz dich und erzähl mir, was passiert ist», versuchte Sirkka mich zu beruhigen. «Möchtest du eine Tasse Kaffee?»

«Ich könnte jetzt etwas Stärkeres vertragen … Danke, Kaitsu, du bist ein Schatz», sagte ich zu meinem Neffen, der mir meine Sachen brachte und sofort in seinem Zimmer verschwand. Männer vertragen keine Tränen, die Feiglinge! «Hör mal, Sirkka, ich halte es nicht mehr aus, ich muss es dir erzählen. Mauri und ich haben ein Verhältnis.»

Sirkka wurde blass, die Kaffeekanne zitterte in ihrer Hand.

«Ein Verhältnis?», fragte sie, als hätte sie das Wort nie gehört.

«Ja. Wir haben schon oft miteinander geschlafen. Ich komme gerade von ihm, sicher ist sein Samen noch in mir …»

Mehr konnte ich nicht sagen, denn Sirkka goss mir den Inhalt der Kaffeekanne über den Kopf. Ich schrie gellend auf. Es klingelte, dann wurde die Tür aufgeschlossen. Mauri hatte einen Schlüssel zu Sirkkas Wohnung.

Sirkka beendete die Beziehung sofort, obwohl Mauri sie offenbar um Verzeihung bat und versuchte, sie zurückzugewinnen. Auch Mutter ergriff für sie Partei, als wären die beiden verheiratet gewesen und ich hätte ihre Ehe zerstört. Ich rief einige Male bei Mauri an, doch er meldete sich nicht, und als ich es nach einer Weile wieder versuchte, hörte ich, dass er eine neue, geheime Telefonnummer hatte. Sirkka und ich hatten drei Monate keinerlei Kontakt zueinander, aber als bei Mutter Krebs festgestellt wurde, begegneten wir uns gezwungenermaßen in der Klinik.

O Gott, Mutters Krebs ist gerade damals ausgebrochen! Kann es sein, dass unser Streit ihn ausgelöst hat?

Um die gleiche Zeit passierte auch sonst allerhand. Katjas Freund ging zum Zivildienst und verließ sie. Ein halbes Jahr später war Katja ein Wrack, sie trank wie ein Loch, aß und erbrach sich, aß und erbrach sich. Mir erzählte natürlich niemand etwas, denn sie wollten mich aus dem Familienkreis ausschließen, aber ich sammelte auf eigene Faust Informationen. Ich hätte eine gute Privatdetektivin abgegeben. Wenn ich nicht so ein empfindsames Gemüt hätte, wäre das der richtige Beruf für mich.

Ich wusste vieles, wovon die anderen keine Ahnung hatten. Vielleicht werde ich Katja eines Tages erzählen, was ich über ihren Karri in Erfahrung gebracht habe, und Sirkka werde ich Eeros Adresse in Göteborg geben. Sie hätte ihn wer weiß wie oft wiedersehen können, aber sie wollte nicht. Sie ist kalt und selbstgerecht. Ich dagegen gebe so viel Wärme an meine Mitmenschen ab, dass ich manchmal von innen heraus friere, als hätte man mich in einen Eiskeller gesperrt.

Wahrhaftig, ich konnte den Dokumentarfilmern viel erzählen. Es ist erstaunlich, dass ich nach all diesen hässlichen Vorfällen überhaupt noch fähig bin, die Schönheit der Welt wahrzunehmen. Ich bewundere mich selbst für meine Empfindsamkeit und Stärke. Ich habe der Welt so viel zu geben. Ein Gedicht formt sich, ich schreibe es auf, um es in dem Dokumentarfilm deklamieren zu können. Ich kann mir schon jetzt vorstellen, was die Zeitungen über mich schreiben werden. Sicher werde ich viele Interviews geben müssen. Die Welt ist voll von eitlen Schickimickis, die vom wahren Leben ...

… keinen blassen Schimmer haben. Wie sollte ich wissen, was Kaitsu empfand, oder Mutter, wenn ich nur eine vage Ahnung hatte, wer ich selbst war?

Ich rief beim Krisendienst der Anonymen Alkoholiker an. Dem älteren Mann, der sich meldete, wollte ich nichts über mich verraten. Ich war sicher, dass er meine Telefonnummer auf seiner Anzeige sehen konnte und mich aufspüren würde. Und dann klingelt bald jemand an meiner Tür oder spioniert mir nach, wenn ich das nächste Mal ins Schnapsgeschäft gehe.

Aber da gehe ich eben nicht mehr hin. Diesmal höre ich wirklich mit dem Trinken und dem übermäßigen Essen auf. In Wahrheit lauert mir auch kein Anonymer Alkoholiker auf, die unterliegen ja alle der Schweigepflicht. Der Mann kam einfach aus einer anderen Welt als ich, wahrscheinlich war er ein ungebildeter Penner, der sich aus der Gosse hochgerappelt hat. Ich schaffe es aus eigener Kraft.

In letzter Zeit war ich so superfleißig gewesen, dass ich eine Belohnung verdient hätte. Zum Beispiel ein paar Sidecars, in der Armeleuteversion: Branntwein und Triple Sec mit Zitronensaftkonzentrat. Die Aufzeichnungen für das Seminar waren praktisch fertig, und ich hatte es endlich geschafft, meinen Fragebogen an die Musiker zu schicken, über die ich meine Magisterarbeit schrieb. Ich hatte tagelang darüber gebrütet. Meine Fragen kamen mir dumm und bedeutungslos vor, doch nun waren die Briefe im Kasten. Ich hatte sie an die Plattenfirmen addressiert, die sie hoffentlich an die Empfänger weiterleiten würden. Wenn keiner der Angeschriebenen antwortete, konnte ich es auch nicht ändern.

Am glühendsten erwartete ich die Antwort von Kode Salama, aber wenn überhaupt jemand von seiner Band antwortete, war es vermutlich der Sologitarrist Ari Haarala. Kode war zwar die musikalische Leitfigur gewesen, aber er würde sich bestimmt nicht die Mühe machen, die naiven Fragen einer angehenden Musikwissenschaftlerin zu beantworten. Blamabel genug, dass ich immer noch an meiner Magisterarbeit saß. Viele, die zur gleichen Zeit mit dem Studium begonnen hatten, waren inzwischen längst promoviert, hatten eine Familie gegründet und ein Reihenhaus in Tapiola gekauft.

Es schien mir unmöglich und idiotisch, zum Beispiel den Übergang von a-Moll zu C-Dur in Songs wie «Glückliche Familie» oder «Lieber würde ich weinen» von der Gruppe Ne Luumäet mit Worten darzustellen. Ich konnte alles Mögliche anführen, konnte die Songs und die Gefühle, die sie auslösten, beschreiben und auf diverse musikpsychologische Quellen verweisen, doch eine innere Stimme sagte mir, Musik müsse man hören, nicht analysieren. Rockmusik und akademische Forschung lagen zu weit auseinander. Warum hatte ich kein idiotensicheres Thema gewählt, zum Beispiel die Beziehung zwischen Text und Musik in den Sololiedern von Toivo Kuula? Der Komponist war tot, die Dichter, deren Werke er vertont hatte, ebenfalls. Ich hätte mir nicht den Kopf darüber zu zerbrechen brauchen, wie sie auf meine lächerlichen Fragen reagierten.

Warum versuchte ich überhaupt, Musik zu erforschen, statt

selbst zu musizieren? Kaitsu machte offenbar auch keine Musik mehr. Am Schlagzeug war er nie ein Meister gewesen, aber auf Computermusik verstand er sich bestens. Wir hatten gelegentlich versucht, gemeinsam etwas zustande zu bringen, aber unter guter Musik verstand Kaitsu einen kalten Maschinensound mit pochendem Rhythmus und einer Melodie, die nur aus ein paar Tönen bestand. Ich wollte kompliziertere Tonfolgen, die sich dann mit dem passenden Text verflochten.

Auch Karri hatte über die Seltsamkeit seines Studienfaches geklagt. Er hatte Allgemeine Literaturwissenschaft gewählt, weil er massenweise Bücher lesen wollte. Literarische Werke in ein theoretisches Gerüst zu sperren oder sie mit verschiedenen Analysemethoden zu zerlegen hatte ihm nicht behagt.

Im ersten Studienjahr sprach er oft begeistert über Literatur. Dann nahm er die runde Brille ab, und ein träumerischer Ausdruck trat in seine kurzsichtigen Augen. Damals las er Joyce und Nabokov, Kafka und Dostojewski. Veikkos Romane waren ihm zu bäuerlich, ihn verlangte es nach Internationalität. Als er anfing, im Sprachenzentrum der Universität Russisch und Spanisch zu lernen, war ich mehr als zuvor von seinem Leben ausgeschlossen.

Auf Karris Studienkolleginnen war ich von Anfang an eifersüchtig. Ich fragte ihn nach den Mädchen aus und bestürmte ihn, mich zu den Partys mitzunehmen. Er stellte mich allen als seine Mitbewohnerin Katja vor. Er bezeichnete mich nicht als seine Freundin oder Lebensgefährtin, aber auch nicht nur als Bekannte. Ich war einfach Katja, genauer brauchte man mich nicht zu definieren. Manchmal ging er mit Freunden in eine Kneipe und blieb lange weg. Ich wartete auf ihn, war wütend, stellte aber belegte Brote für ihn bereit wie eine resignierte Ehefrau. Fast immer kam er im Lauf der Nacht nach Hause, und er sprach über kein Mädchen ausführlicher als über die anderen.

Ich hörte genau hin und versuchte festzustellen, ob sein Tonfall sich änderte, wenn er von irgendeiner Frau sprach, bemerkte aber nichts.

Ich hatte niemanden außer Karri, ich brauchte keine anderen Menschen. Ich plante unser künftiges Leben, hatte sogar schon Namen für unsere Kinder ausgesucht, obwohl wir auch nach einem Jahr Zusammenleben noch nicht miteinander geschlafen hatten. Es war mir peinlich, Gäste zu haben, denn unsere Betten standen nicht nebeneinander, sondern an gegenüberliegenden Wänden unserer Einzimmerwohnung, zu beiden Seiten des Esstischs. Natürlich sah das Arrangement eher nach einer Wohngemeinschaft aus als nach einer Liebesbeziehung.

Dann bekam Karri eine Stelle als Zivildienstleistender. Der Umschlag mit der Benachrichtigung steckte im Briefschlitz, als ich von der Arbeit kam. Am liebsten hätte ich ihn über Dampf geöffnet, denn ich wusste, dass der Inhalt für die nächsten anderthalb Jahre auch mein Leben beeinflussen würde. Ich zwang mich jedoch zu warten, bis Karri von der Vorlesung über skandinavische Literatur zurückkam, die bis sieben Uhr dauerte. Scheinbar gleichmütig hielt ich ihm den Brief hin. Als er ihn aufriss, versuchte ich an seinem Gesicht abzulesen, was darin stand.

«Ich muss nächsten Monat in einer Nervenheilanstalt bei Joensuu zum Dienst antreten.»

Die Nachricht traf mich derart, dass ich mir eine Flasche Bier aus dem Kühlschrank holte und in zwei Zügen leerte.

«Joensuu? Das ist ja furchtbar weit weg, so weit wie Pielavesi.»

«Schon, aber es ist eine Nervenklinik, begreifst du? Ein interessanter Ort. Vielleicht kann ich da Stoff für meine Romane sammeln.»

Karri wollte Schriftsteller werden, so wie ich von einer Laufbahn als Liedermacherin träumte. Wenn ich zur Arbeit ging, setzte er sich manchmal hin und schrieb, hatte mir aber noch keine Zeile gezeigt. Ich selbst sang ihm manchmal meine Lieder vor, allerdings nur solche, in denen es nicht um Liebe ging.

«Dann kannst du wahrscheinlich nicht mal jedes Wochenende nach Hause kommen?»

«Lohnt nicht, das sind sechs Stunden Zugfahrt.»

Natürlich hatte ich gewusst, dass Karri eines Tages zum Zivildienst gehen musste, doch ich hatte gehofft, er bekäme eine Stelle in der Nähe und könnte weiter bei mir wohnen. Ich hasste die ganze Stadt Joensuu, die mir Karri wegnahm, ich hasste die Heilanstalt mitsamt ihren Patienten und Ärzten.

«Du darfst nicht gehen!», rief ich. «Ich liebe dich!»

Nun war es heraus. Karri zog mich nicht an sich, wie ich es mir immer ausgemalt hatte, sondern wurde blass.

«Ich weiß», murmelte er schließlich. «Aber ich dich nicht … nicht auf diese Weise. Ich mag dich schrecklich gern, Katja, du bist meine beste Freundin, aber … Es ist wirklich besser, dass ich gehe. Dann vergisst du mich schneller.»

Keine Molltonart war dunkel genug, um meinen Schmerz wiederzugeben. Ich hatte das Gefühl, sterben zu müssen, es war, als bliebe alles stehen. Karri verbrachte die Nacht bei seinen Eltern, und ich trank alles, was wir im Haus hatten: drei Flaschen Bier, einen Rest Rotwein und zwei Miniflaschen Kognak. Wenn ich Schlaftabletten gehabt hätte, dann hätte ich sie an diesem Abend genommen. Stattdessen schluckte ich den Inhalt von zwei Packungen Schmerztabletten. Das Resultat waren eine fürchterliche Austrocknung und ein Brummschädel, der drei Tage anhielt. Karri brachte mir Orangensaft und Mineralwasser und wirkte so bedrückt, dass ich es nicht fertigbrachte, ihn zu hassen. In der letzten Zeit unseres Zusammenlebens gingen wir uns aus dem Weg. Ich fürchtete, die Miete nicht allein aufbringen zu können, und wollte ohnehin nicht in der Wohnung bleiben, in der mich alles an Karri erinnerte. Im Frühsommer fand ich eine Wohnung mit achtzehn Quadratmetern in der Siilitie, und dort ging endgültig alles in die Binsen. Ich hatte keinen Studienplatz und keinen Karri, die Arbeit in der Schreibwarenabteilung der Buchhandlung reizte mich nicht. Mutter hatte mir die Stelle verschafft, nicht in der Filiale in Tapiola, wo sie selbst arbeitete, sondern im Hauptgeschäft in Helsinki. Aber ich hatte die Nase voll von bunten Heften, duftenden Radiergummis und My-little-Pony-Stiften.

Wenn ich mir als Kind wehgetan hatte, pustete meine Mutter zwar auf die wunde Stelle, hatte aber nie Zeit, mich lange genug in die Arme zu nehmen. Stattdessen steckte sie mir etwas Gutes in den Mund: Kuchen oder ein Stück Zucker, manchmal sogar Schokolade. Wie simpel sich die Gleichung anhörte: Essen war gleich Trost und Liebe. So einfach und so wahr. Zuerst aß ich nur. Eis, Käse, Kekse, Nüsse, alles, was Milch und Fett enthielt. Später wollte meine Therapeutin wissen, wie lange ich gestillt worden war, aber ich mochte Mutter nicht danach fragen. Sie war ohnehin niedergeschlagen genug, als sie von meiner Krankheit erfuhr. In den Frauenzeitschriften stand ja immer wieder, an Essstörungen trügen die Mütter Schuld, und Sara stieß ins selbe Horn.

Aber die Schuldige war ich selbst. Ich und meine Begierde. Immer hungrig und die ganze Zeit durstig, wie es in einem Song der Band Sielun veljet hieß. Ich lag auf dem Sofa und hörte mir sehnsuchtsvolle Lieder an: «Geh nicht fort, njet, njet», «Scheißegal, ob ich lebe oder sterbe», «Sheena, verlass mich nicht».

Als Teenager hatte ich einen großen Busen und breite Schultern gehabt, jetzt aber wurde ich richtig fett. Zwei Kilo pro Monat zuzunehmen ist eine Leichtigkeit, wenn man ständig futtert. Während des Sommers legte ich sieben Kilo zu. Am Arbeitsplatz ließ ich mir einen größeren Kittel geben, zu Hause trug ich weite T-Shirts und Radlerhosen. In den Spiegel sah ich gar nicht mehr. Abends saß ich in meiner winzigen Wohnung auf dem Sofa, stellte die Musik lauter, um den Streit der Nachbarn und das Rumpeln der U-Bahn nicht zu hören, und aß, aß und trank.

Kaitsu sorgte dafür, dass mein Leben eine Wende nahm. Er besuchte mich eines Tages und sagte geradeheraus, was ich mir nicht eingestehen wollte:

«Verdammt nochmal, du bist aber fett geworden! Du siehst ja aus wie vierzig.»

Die Worte blieben haften. Verdammt nochmal dubistfettgeworden fettgeworden fettgeworden, wie vierzig zig zig ... Ich war einundzwanzig und sah nichts mehr vor mir als Schokolade und Likör.

Ich wusste, dass manche Menschen sich nach dem Essen übergaben. In meiner Klasse hatten zwei Mädchen unter Bulimie gelitten. Weil ich mich genierte, ein Buch über Essstörungen zu kaufen, klaute ich es und las nach, wie Bulimiker es anstellten, nicht dick zu werden. Auch ich ging dazu über, mich zu erbrechen. Innerhalb von zwei Monaten hatte ich mein altes Gewicht wieder erreicht, bis Weihnachten war ich sogar schlanker geworden als zuvor. Ich ging zur Gymnastik und bereitete mich auf die Aufnahmeprüfung in Musikwissenschaft vor. Im Frühjahr wollte ich mich auch an der Musikschule bewerben. Ich würde Karri zeigen, wie gut ich ohne ihn zurechtkam.

Die Trinkgelage, die ich in der Zeit mit Karri gefeiert hatte, hatten mir Routine im Erbrechen verschafft. Daher dauerte die Phase, in der ich mir den Finger in den Hals stecken musste, nicht lange, schon nach wenigen Monaten übergab ich mich reflexartig, sobald ich eine Kloschüssel sah. Ich hatte einen enormen Verbrauch an Zahnpasta und Mundwasser. Während der Arbeitszeit aß ich nur leichte Suppen oder Salate, weil ich mich auf der Personaltoilette nicht ungestört übergeben konnte. Ich vermied es, bei meiner Mutter zu essen oder mit Freunden auszugehen, denn ich kam nicht mehr gegen den Brechreiz an. Nach jeder Mahlzeit forderte mein Körper unerbittlich nach Entleerung. In der winzigen Toilette in meiner Wohnung hallte jedes Geräusch, und die Abflussrohre gurgelten laut. Ich schaltete jedes Mal das Radio ein, damit die Nachbarn nicht mitbekamen, was ich tat. Einmal hörte ich Sirengeheul, als ich gerade fertig war, es kam näher und brach vor unserem Haus ab. Ich schloss mich auf der Toilette ein, weil ich glaubte, die Nachbarn hätten den Notarzt gerufen und der würde mich ins Krankenhaus einweisen.

Trotz meiner Ängste fand ich die Methode genial: Ich konnte so viel herunterschlingen, wie ich wollte, ohne zuzunehmen. Mein Bauch war ab und zu aufgebläht, und ohne Medikamente hatte ich keinen Stuhlgang mehr, meine Zähne waren stumpf, und ich hatte einen säuerlichen Geschmack im Mund, aber dick wurde ich nicht, das war die Hauptsache. Ich hütete mich, zu lächeln oder gar zu lachen, damit niemand meinen Atem roch oder meine Zähne sah. Grund zum Lächeln hatte ich ohnehin nicht. Meine Arbeit tat ich gewissenhaft. Die Kasse stimmte auf Heller und Pfennig, die Verkaufsregale waren immer ordentlich aufgeräumt, ich wusste, welche Klarsichthüllen oder Kalender dem Kunden zusagen würden, der jeweils vor mir stand. Statt Rockmusik zu hören, analysierte ich zur Vorbereitung auf die Aufnahmeprüfung eine Partitur nach der anderen. Für Freunde hatte ich keine Zeit. Es gab nur noch die heilige Dreieinigkeit: mich, das Essen und die Kloschüssel. Gelegentlich luden wir als Ehrengast den Alkohol ein. Ich liebte es, einen Kater zu haben, weil ich mich dann restlos entleerte, aber diese Exzesse konnte ich mir nur an freien Tagen erlauben.

Im Herbst bekam ich einen Studienplatz an der Universität und wurde zum Gesangsunterricht an der Musikschule in Käpylä zugelassen, Letzteres allerdings nur dank des Beruhigungsmittels, das Sara mir gegeben hatte. Meine Therapeutin meinte später, die Zulassung zum Studium habe meine Situation noch verschlimmert. An der Universität kannte ich niemanden. Alle anderen hatten das Sibelius-Gymnasium besucht oder spielten im Orchester des Konservatoriums. An der Musikschule musste ich den Theoriekurs für Anfänger absolvieren, in dem außer mir nur Zehnjährige saßen. Unsere Lehrerin schrieb mit quietschender Kreide Notenbeispiele an die Tafel, und ich, die ich an der Universität Kontrapunkte und Partituren analysierte, hatte selbst bei den einfachsten Solfeggio-Übungen Schwierigkeiten, weil ich jedes Mal so nervös wurde, dass mir die Stimme im Hals steckenblieb. Die Kinder lachten mich aus. Sie kamen alle aus Musikerfamilien und waren schon vor ihrer Geburt zum Musikunterricht angemeldet worden. Für sie war singen so natürlich wie sprechen.

Damals trug ich nur schwarze Kleidung. Sie ließ mich schlanker aussehen, und an der Universität stach ich damit nicht hervor. Ich musste mich stark schminken, um die blasse Haut, die spröden Lippen und die dunklen Schatten unter den Augen zu verbergen. Eigene Lieder schrieb ich nicht mehr, denn neben dem, was ich den ganzen Tag hörte, spielte und sang, kamen sie mir unzulänglich vor.

Schließlich kam der große Zusammenbruch, der mir keine andere Wahl ließ, als zu ergründen, warum es mir so ergangen war. Jetzt verstehe ich alle Gründe, das Gefühl der Schutzlosigkeit, das Vaters Weggehen verursacht hat, die Fehler, die Mutter in ihrer Unerfahrenheit gemacht hat, die Wankelmütigkeit meiner Großeltern und Saras Labilität, Ranes Selbstmord und all das andere, das mich angeblich zu dem gemacht hat, was ich bin. Man hat mich analysiert, zerlegt und anschließend wieder zusammengefügt. Nun bin ich fast wieder ganz, aber irgendwo fehlt ein Stück.

Wenn ich vollständig wäre, könnte ich trinken wie andere, ab und zu ein Glas. Mit dem Essen komme ich inzwischen zurecht, aber Alkohol ist ein Kapitel für sich. Ich darf ein für alle Mal nichts trinken. Seit zwei Wochen habe ich keinen Tropfen angerührt. Das letzte Mal habe ich es so lange ohne Alkohol ausgehalten, als ich in Therapie war. Ich weiß jetzt, warum ich trinke. Weshalb will ich es trotzdem tun? Was ich weiß, kann nicht die ganze Wahrheit sein. Der eigentliche Grund muss woanders liegen.

Es ist leicht, abstinent zu bleiben, wenn man keinen Alkohol im Haus hat und um jede Kneipe einen großen Bogen macht. Wirklich stark bin ich erst, wenn ich es schaffe, mit Bekannten in ein Lokal zu gehen und nach dem ersten Bier aufzuhören oder mir zu Hause einen Drink einzuschenken und den Rest in der Flasche zu lassen. Ich werde noch ein paar Wochen warten und mich dann auf die Probe stellen. Falls Kode Salama meinen Brief beantwortet, kaufe ich eine Flasche Schnaps. Schließlich ist es ein Grund zum Feiern, wenn ein Traum in Erfüllung geht. Ich weiß, dass ich mir keine großen Hoffnungen machen darf, denn Kode Salama bekommt wahrscheinlich immer noch täglich Fanpost. Was soll ihm da mein Brief bedeuten?

Meine Therapeutin an der Poliklinik für Studenten hatte mir geraten, nach dem Abschluss unserer Einzelsitzungen eine Gruppentherapie zu machen, wo ich mit anderen Betroffenen reden konnte. Das wollte ich auf keinen Fall. Ich hatte aufgehört, mich zu übergeben, und gelernt, die Fressattacken mit einem Speiseprotokoll im Griff zu halten. Folglich war ich gesund.

Noch eine Woche, dann würde mein Seminar beginnen, jeweils um fünf Uhr nachmittags, sodass ich mich vormittags noch vorbereiten konnte. Leider standen uns keine Instrumente zur Verfügung. Der Professor war dankbar für meine Bereitschaft, den Kurs zu übernehmen, und sprach mit mir fast wie mit seinesgleichen. Er riet mir, die Magisterarbeit spätestens im Frühjahr einzureichen, damit ich im Sommer mein Diplom bekam. Zu Beginn des nächsten Studienjahres wurde am Institut eine Assistentenstelle frei, für die es allem Anschein nach keinen anderen Bewerber mit dem Spezialgebiet Rockmusik gab. Wenn ich für meine Magisterarbeit eine halbwegs annehmbare Note bekam, hatte ich gute Chancen.

Bei diesen Gedanken geriet ich in Panik. Die Beklemmung trieb mich an den Kühlschrank. Ich aß drei Pflaumen und kämpfte gegen den Drang an, Bier zu kaufen oder mich in die nächste Kneipe zu setzen. Um mich abzulenken, ging ich auf den Balkon. Über dem Meer kreischten Möwen, und vom Gefängnis her war eine dumpfe Stimme zu hören, es klang wie eine Durchsage. Vor ein paar Nächten war ich von einem ähnlichen Geräusch geweckt worden.

Gefängnisgeräusche: hart, metallisch und hallend, Schritte, klirrende Schlüssel, aggressive Männerstimmen, Klopfsignale an den Heizungsrohren. Löffel klappern auf den Tischen. War das Geschirr wirklich aus Blech wie im Film? Hatte Rane seine Gitarre mitgenommen, hatte ihr Klang ihm die Haft erträglicher gemacht, oder hatten die verwitterten Wände die Töne erbarmungslos zurückgeworfen? Was hörte einer, der sich erhängte, als Letztes – den Stuhl, der polternd umkippt, oder das knackende Geräusch seiner Nackenwirbel?

Ranes angebliche Tat war der Schlüssel zu allem, dachte ich. Sara würde ich alles zutrauen, aber weshalb hätten Mutter, Großmutter und Veikko bereit sein sollen, sie zu decken? Und wieso hatte Rane sie nicht verraten? Vielleicht hatte er wirklich einen Filmriss gehabt, aber die anderen wussten, wer Großvater erschlagen hatte. Großmutter konnte es nicht gewesen sein, auch Sara nicht. Es musste jemand gewesen sein, der nicht nur für sein eigenes Leben die Verantwortung trug. Die Einzige, die in Frage kam, war Mutter.

Sara redet so viel, dass man hinter ihrem Geschwätz selten die Wahrheit erkennt, aber vielleicht stimmten ihre Inzestgeschichten ja doch. Womöglich hatte Mutter dasselbe durchgemacht wie sie. Ich kann mich nicht erinnern, was Großvater mit mir getan hat, und genau da liegt die Antwort. Schock und Schuldgefühl sitzen so tief, dass ein halbes Jahr Therapie nicht ausgereicht hat, um sie auszugraben. Meine Mutter hat meinen Großvater umgebracht, damit er mich nicht mehr anrührte.

Am liebsten hätte ich sie sofort angerufen, doch das war sinnlos, sie hätte alles abgestritten. Meine einzige Hoffnung war Sara, die sich jedoch weder am Festnetzanschluss noch am Handy meldete. Ich sah Ranes Bild an und hätte meinen Onkel gern um Verzeihung gebeten, wenn er es nur hätte hören können. Für mich hätte niemand zu töten oder zu sterben brauchen. Keiner konnte mich erlösen, keiner außer mir selbst.

Da ich es in der Wohnung nicht mehr aushielt, zog ich mich warm an und lief die Treppe hinunter. Zweimal umrundete ich das Gefängnis, sah zu den Fenstern hinauf und überlegte, wohin Rane gestarrt haben mochte. Dann ging ich die Hämeentie entlang in Richtung Hakaniemi. Grelle Lichter durchschnitten die Dunkelheit, meine Augen schmerzten. Eine Straßenbahn schlitterte über die Gleise, zwischen die sich nasses Laub geschoben hatte. Die Bremsen kreischten wirkungslos, der Fahrer brachte die Bahn erst ein gutes Stück hinter der Haltestelle zum Stehen. Eine Polizeisirene mischte sich unter den Lärm, die Autofahrer versuchten, dem Einsatzwagen Platz zu machen, und hupten sich gegenseitig an. Manchmal sang die Stadt für mich, doch heute brüllte sie nur.

Am Hakaniemi-Markt schrak ich auf, weil mich jemand an-hupte, obwohl ich die Straße ordnungsgemäß auf dem Zebra-streifen überquerte. Als ich genauer hinsah, merkte ich, dass es Kaitsu am Steuer seines Taxis war. Er winkte mir zu. Auf der Rückbank saß ein Fahrgast, und ich überlegte, ob mein Bruder ihm erzählen würde, wem er gewunken hatte.

Ich ging am Stadttheater vorbei zur Alppikatu. Es war schon dunkel, vereinzelte Regentropfen fielen vom schwarzen Himmel, eiskalt, fast schon Schneeregen. Vielleicht wäre es besser gewesen, mit dem gesunden Leben im Frühjahr anzu-fangen und nicht im Herbst. Als ich an Saras Haus vorbeikam, schaute ich zu ihrem Fenster auf. Es war hell erleuchtet. Ich klin-gelte zweimal an der Haustür, doch Sara öffnete nicht. Also ver-suchte ich es mit dem Handy und hatte Erfolg.

«An der Haustür klingeln alle möglichen Spinner», erklärte sie über die Sprechanlage und ließ mich ins Haus. Inzwischen hatte ich genug für meine Kondition getan, also fuhr ich mit dem Aufzug in den sechsten Stock.

Saras Wohnung war nicht viel größer als meine, aber voll von Bildern und Figürchen. In einer Ecke brannten Räucher-stäbchen, die einen intensiven Geruch verströmten. Sara-Musik schwebte durch das Zimmer, irgendetwas im New-Age-Stil, ohne Worte, nur mit Vokalen. Sara trank Wein und schenkte auch mir ein Glas ein, ohne mich zu fragen.

Ich hätte ablehnen sollen, das wusste ich. Sara hätte Ver-ständnis gehabt, sie hatte selbst einmal mit Alkoholproblemen gekämpft. Aber gerade das ließ mich schweigen. Ein Glas konnte ich wohl mittrinken, dann machte ich meinen Test eben ein paar Wochen früher als geplant.

«Was führt dich denn zu mir?», fragte Sara und warf sich auf das mit Kissen und Tüchern bedeckte Sofa. Diesmal trug sie türkisfarbenen Kajal um die Augen, passend zu den Strümpfen und dem klirrenden Halsschmuck. «Ich hatte gerade an dich gedacht. Unsere Volkshochschule sucht jemanden, der bei der Weihnachtsfeier der Kunstgruppen singt. Könntest du das machen?»

«Warum singst du nicht selbst?»

«Weil ich Malerin bin und keine Sängerin! Die Schule kann dir nichts dafür bezahlen, aber wir lassen einfach den Hut herumgehen. Es werden sicher hundert Leute da sein; wenn jeder einen Fünfer gibt, kommt schon ein ganz anständiges Honorar zusammen.»

«Was müsste ich denn da singen?», fragte ich zögernd. Mein letzter Auftritt lag Monate zurück, und ich wusste, dass ich auch beim nächsten Mal vor lauter Angst wieder tagelang vorher krank sein würde. Andererseits brauchte ich vor der Gesangsprüfung im nächsten Frühjahr Routine.

«Das Übliche, Folksongs und ein paar Weihnachtslieder, die alle mitsingen können. Du kannst auch ein, zwei eigene Lieder darunterschmuggeln», meinte Sara. Der Form halber behauptete ich, zu Hause im Kalender nachsehen zu müssen, obwohl meine Zusage bereits feststand – ich durfte kein Angebot ausschlagen.

Der Wein wärmte angenehm. Sara holte eine Tüte Erdnüsse dazu und erklärte, sie habe den ganzen Tag noch nichts gegessen, weil sie Aufnahmen für einen Dokumentarfilm über ihr Leben gehabt hatte. Es war bereits die dritte Aufzeichnung gewesen, denn die Filmemacher interessierten sich speziell für ihr Leben.

«Hast du auch über den Inzest gesprochen?», erkundigte ich mich und versuchte, nur mäßig interessiert zu wirken.

«Aber ja! Auf Mutter brauche ich ja jetzt keine Rücksicht mehr zu nehmen, gut, dass sie tot ist! Andauernd musste man aufpassen, um nur ja ihre Gefühle nicht zu verletzen, hässliche

Dinge wollte sie einfach nicht sehen. Zum Glück ist das jetzt vorbei!»

Auch ich hatte auf Großmutter Rücksicht genommen, hatte versucht, in ihrer Anwesenheit nicht zu fluchen, und ihr von bestimmten Ereignissen in meinem Leben gekürzte und bereinigte Versionen erzählt. Ich glaube, von meiner Bulimie hat sie nie erfahren. In der schlimmsten Phase war ich nicht nach Pielavesi gefahren, und da sie selten in die Hauptstadtregion kam, hatten wir uns in der ganzen Zeit nur einmal gesehen. In der Regel hatte ich sie einmal im Monat angerufen, aber irgendwann waren die Abstände größer geworden. Da hatte Mutter mich ermahnt, mich wieder bei ihr zu melden, damit sie sich keine Sorgen machte.

In unserer Familie war es nicht üblich, täglich miteinander zu telefonieren. Jeder führte sein eigenes Leben.

Sara schenkte uns beiden nach, ich hatte mein Glas geleert, ohne es zu merken.

«Das junge Mädchen, das ich zuerst angerufen habe, fand meine Geschichte überhaupt nicht interessant, aber Henrik, der Produzent, hält große Stücke auf mich. Er findet mich bezaubernd und tapfer. Ich habe mich jetzt doch für schwarze Kleidung entschieden, obwohl Schwarz mich furchtbar blass macht, aber ich bin ja noch in Trauer um meine Mutter.»

«Erinnerst du dich, ob Großvater mich jemals unsittlich berührt hat?»

«Dich hat er auch belästigt? Gütiger Gott! Mein Vater war wirklich ein Schwein!»

«Ich kann mich nicht erinnern. Hat er mich belästigt?»

«Du warst doch erst fünf, als er gestorben ist. Ein so kleines Kind? Mir wird richtig schlecht, wenn ich daran denke!» Sie trank einen großen Schluck Wein, der zwischen Nase und Oberlippe einen roten Streifen hinterließ.

Ich machte sie nicht darauf aufmerksam, dass sie selbst mir die Idee eingegeben hatte. Offenbar hatte Sara nichts gesehen, war aber bereit, es zu glauben. Sie war ja nicht immer zu Hause gewesen, und Mutter hatte Kaitsu und mich oft allein bei den Großeltern zurückgelassen. Vielleicht gab es keine Zeugen.

«Hat Rane uns eigentlich lieb gehabt, mich und Kaitsu und Mutter?»

«Rane? Der hat nur sich selbst geliebt. Natürlich hat er den Mädchen Liebe geschworen, um sie ins Bett zu kriegen. Warum fragst du überhaupt nach Vati und Rane? Die sind doch schon fast fünfundzwanzig Jahre tot. Aber wir leben, Katja! Prost!»

Sie stieß mit mir an, die Kristallgläser mit dem roten Tränenmuster klirrten. Vor einigen Jahren hatte sie diese Gläser unbedingt haben wollen und sich von Kaitsu, der bei Rockit damals mehrere Zehntausend im Monat verdiente, Geld dafür geliehen. Wahrscheinlich hatte sie erwartet, er würde ihr die Gläser schenken, aber er hatte das Darlehen zurückgefordert, sogar mit Zinsen.

Der Wein tat mir gut. Vielleicht hatte ich endlich die Antwort gefunden, die dem Schmerz ein Ende bereitete. Gleich am nächsten Tag würde ich in die Bibliothek gehen und alles über sexuellen Missbrauch in Erfahrung bringen. Ich war Sara dankbar, weil sie meine Theorie bestätigt hatte.

«Weißt du was, wir rufen Sirkka an und fragen sie», schlug sie vor, doch ich wehrte ab. Ich wollte selbst mit Mutter sprechen. Sara machte noch eine Weinflasche auf, während wir beide versuchten, uns zu erinnern. Großvaters heißer, stechender Atem und seine zitternden Hände, manchmal ein ungeduldiger Klaps, gelegentlich ein Kuss auf die Wange … Näherte ich mich der Erinnerung, die alles ändern würde?

Aber weiter als zu dem Kuss reichte meine Erinnerung nicht.

«Wo ist eigentlich Ranes alte Landola?», fragte ich, als ich merkte, dass ich nicht weiterkam.

«Was?»

«Ranes alte Gitarre. Die hast du doch noch. Darf ich mal darauf spielen?»

Sie lachte nervös.

«Ach die. Die hab ich ins Pfandhaus gebracht. Was einem Mörder gehört hatte, wollte ich nicht mehr in meiner Wohnung haben. Mir wurde jedes Mal schlecht, wenn ich sie sah.»

Die Enttäuschung stieg mir in die Kehle wie dünner, lauwarmer Kaffee. Ich hätte Ranes Gitarre gern in der Hand gehalten und seinen Fingern auf den Saiten nachgespürt. Sara redete weiter über sich selbst. Ich ging erst, nachdem wir auch die zweite Flasche Wein und einige Gläser Likör geleert hatten. Der Schneeregen war in der Zwischenzeit heftiger geworden, und meine Schuhe waren immer noch nass, daher nahm ich ein Taxi. Das konnte ich mir leisten, nachdem ich gerade kostenlos einen Rausch bekommen hatte und in den nächsten Tagen natürlich nichts trinken würde. Zu gern hätte ich noch einen kleinen Schnaps gekippt, denn allein schmeckte es mir noch immer am besten. Ich klinkte die Balkontür auf und stellte mich in den Schneeregen. Er fiel so dicht, dass vom Gefängnis nur noch einige Lichter zu sehen waren, die meinem leicht getrübten Blick die Umrisse des Gebäudes vorgaukelten. Ich war schuldig, deshalb musste ich bestraft werden. Rane hatte gelitten, damit mir Leid erspart blieb. Wie hatte Mutter die ganzen Jahre mit diesem Wissen leben können?

Man behauptet, Mütter wären zu allem fähig, um ihre Kinder zu schützen. Es gibt die unglaublichsten Geschichten über Frauen, die ein schweres Auto hochheben, um ihr Kind darunter hervorzuholen, oder sich nur von Salatblättern ernähren und dennoch ihre Babys stillen. Aber einen Mord zu begehen war krankhaft, es war falsche Liebe. Hatte Vater uns verlassen, weil Kaitsu und ich unserer Mutter wichtiger waren als er?

Warum hatte ich Sara nicht gebeten, mir etwas zu trinken mit auf den Weg zu geben? Der süße Likörgeschmack klebte mir am Gaumen, ich fuhr mit der Zunge darüber, um noch eine Spur Alkohol zu erhaschen. Rockmusiker sangen über Schnaps und Tod, nur von Frauen wollte man solche Lieder nicht hören, obwohl sie mittlerweile tranken wie die Männer. Vielleicht sollte ich ein Trinklied schreiben, ein Lied auf die Romantik des Verfalls.

Ich nahm die Gitarre und zupfte ein paar Akkorde. Draußen heulte der Wind, er trieb nasse Flocken herein, doch das passte zu meiner Stimmung. Die Pfützen konnte ich am nächsten Morgen immer noch aufwischen. Ein Trinklied forderte eine fröhliche Tonart, unbedingt Dur, statt Mollmodulationen könnte ich blueshafte Septakkorde verwenden. Nur Jallu verlässt mich nie, Jallu war ein Männername, aber so hieß auch mein Lieblingsschnaps, das war ein phantastischer Name für meinen Song. Wo zum Teufel waren Papier und Stift?

D-Dur erschien mir richtig, ich schrieb Harmonien und Worte auf, der Song entstand wie von selbst, der Text stellte sich fast gleichzeitig mit der Melodie ein. Zum Schluss sang ich mein Lied aus voller Kehle, bis die Nachbarn unter mir an die Decke klopften. Es war schon halb zwei. Ich brauchte unbedingt ein eigenes Studio, schallisoliert und mit vernünftiger Aufnahmetechnik.

Ich schlief glücklich ein und erwachte erst gegen elf vom Klingeln des Telefons. Mein Kopf tat entsetzlich weh. Ich tastete nach den Schmerztabletten, während ich mit der anderen Hand nach dem Handy griff.

«Mutter hier. Ist alles in Ordnung?»

«Ja, ja. Wieso?»

«Sara hat mich heute Morgen angerufen. Du sollst schreckliche Dinge über Großvater gesagt haben.»

Ich schaffte es, eine Tablette durch die Folie zu drücken, ging in die Küche, um Wasser zu holen, und wäre beinahe über meine Gitarre gestolpert. Warum hatte ich sie mitten im Zimmer liegengelassen? Durch die Balkontür zog es, ich hatte sie nicht richtig zugemacht. Draußen lagen etwa zwei Zentimeter Schnee, aber auf dem Asphalt war er schon geschmolzen. Schnee, Erde und Gras bildeten ein Gemisch, das aussah wie Erbrochenes.

«Ich kann jetzt nicht reden, ich muss los.»

«Du hörst mir erst mal zu, Katja! Ich habe mir Saras Geschichten jahrelang angehört, ich bin daran gewöhnt, aber wenn du auch noch anfängst, halte ich es nicht mehr aus. Ich dachte, die Dummheiten wären endlich vorbei.»

«Welche Dummheiten?»

«Der ganze Blödsinn mit dem Essen und dem Alkohol ...»

«Leck mich», sagte ich kraftlos und drückte die Schlusstaste. Ich legte mich wieder ins Bett, fand jedoch keinen Schlaf. Wenn ich einen richtig schlimmen Kater hatte, konnte ich den ganzen Tag schlafen, aber der bescheidene Hangover, den ich mir diesmal eingehandelt hatte, machte mich unruhig. Heute Abend würde ich auf keinen Fall etwas trinken.

Das Blatt mit meinem Trinklied lag zerknüllt im Bücherregal. Ich nahm es in die Hand und versuchte mich zu erinnern, wie ich mir die Melodie vorgestellt hatte. Der Text war kompletter Mist, bestimmt war die Musik auch nicht besser. Voller Abscheu dachte ich an das, worüber ich mit Sara geredet hatte. Warum hatte ich ihr von meinen Gedanken erzählt? Außer Mutter würde bald halb Helsinki davon erfahren, und Sara würde sich natürlich auf mich berufen, um ihre Hirngespinste glaubwürdiger zu machen.

Ich versuchte, die Zeitung zu lesen, doch die Buchstaben

liefen davon. Es kam mir vor, als wären die Schlagzeilen in einer Sprache geschrieben, von der ich nur eine vage Vorstellung hatte, auf Griechisch oder Esperanto. Ich wusste, dass ich mich am Abend nicht daran erinnern würde, was in der Zeitung gestanden hatte.

Der Nachbar unter mir hatte zum Schluss an die Decke geklopft … Oje. Ich musste ihm schreiben und mich entschuldigen. Bei ihm klingeln wollte ich auf keinen Fall. Alle Nachbarn in diesem Haus waren freundliche Leute. Ob auch das Rentnerpaar mit dem Staubsauger unter meinem Grölen gelitten hatte? In meiner vorigen Wohnung hatte ich mich zum Schluss nur noch frühmorgens und spätabends aus dem Haus gewagt, weil ich Angst hatte, die Nachbarn würden mit dem Finger auf mich zeigen und sich zuflüstern: «Das ist die, die sich immer übergibt.»

Das Handy klingelte wieder. Ein unbekannter Anrufer, ich überlegte, ob ich lieber nicht antworten sollte. Dann gab ich mir einen Ruck.

«Hallo, hier ist Kode Salama. Entschuldige, dass ich mich so spät melde, aber ich war verreist und habe deinen Brief erst gestern bekommen. Schreibst du wirklich eine Magisterarbeit über uns?»

Mein Mund war wie ausgetrocknet, mir zitterten die Beine, und ich hatte plötzlich Bauchschmerzen vor lauter Aufregung. Hilfe! Sollte ich Kode sagen, er wäre falsch verbunden?

«Ja … Über Salamasota, Ne Luumäet, Luonteri Surf und so weiter …»

«Hier in Helsinki an der Uni?» Seine Stimme klang so fröhlich und heiser, wie ich sie in Erinnerung hatte.

«Ja.»

«Wenn ich zu deinen Fragen alles aufschreibe, was mir einfällt, kommt ein ganzer Roman dabei heraus, oder jedenfalls so viel, dass dein E-Mail-Account zusammenbricht. Es macht irre Spaß, über seine eigene Musik zu reden. Meine Plattenfirma hat ein Studio in der Elimäenkatu, da könntest du doch einfach mal vorbeikommen. Wie eilig hast du's?»

«Im April müsste ich fertig werden …»

«Bei mir ist die nächste Woche ziemlich easy, hast du am Donnerstag Zeit? Am frühen Nachmittag?»

An dem Tag sollte mein Seminar beginnen. Aber nach dem Treffen mit Kode Salama wäre ich bestimmt stundenlang zu nichts mehr fähig.

«Das passt eigentlich nicht so …»

«Und am Freitag, gegen Mittag?»

Ich schrieb mir die Adresse des Studios auf und wusste, dass ich mich anhörte wie eine Idiotin. Kode verabschiedete sich fröhlich. Ich starrte das Handy an und wusste nicht, wie mir geschehen war.

Dann fing ich an zu schreien. Ich tanzte durch das Zimmer und kreischte vor Freude, ohne an die Nachbarn zu denken. Gleich würde ich platzen, gleich würde ich aufwachen und feststellen, dass ich nur geträumt hatte. Ich legte eine Platte von Salamasota auf und gab …

… Gas, war im Nu auf hundertdreißig und zeigte der lahmen Oma den Stinkefinger, als ich an ihr vorbeizog. Einfach die Überholspur zu blockieren! Sie konnte von Glück sagen, dass ich ein Berufsfahrer war und kein Stümper. Verdammt nochmal, die hatte mir vielleicht einen Schreck eingejagt! Jeder normale Mensch zieht auf der Überholspur mit vollem Tempo am Lkw vorbei, statt gemütlich mit achtzig dahinzuzockeln. Ich hätte mir das Kennzeichen merken sollen, dann hätte ich die Tante nachher anrufen und ihr ein bisschen Fahrunterricht geben können. Blöde Kuh!

Gestern habe ich Katja an einer Ampel gesehen. Als ich hupte, hat sie ganz komisch gezuckt, bis sie merkte, dass ich es war. Mein Fahrgast fragte, ob das meine Freundin sei. Ich gab ihm keine Antwort, mein Privatleben geht die Kunden nichts an. Der Kerl auf der Rückbank war gesprächig, auf dem Weg von Kaisaniemi nach Käpylä wollte er mir unbedingt Fotos von seinen Kindern und seiner Alten zeigen. Scheiße, ich wünschte, zwischen Vorder- und Rücksitz gäbe es eine schallisolierte, kugelfeste Glaswand. Dann könnte ich ungestört auf die Idioten fluchen, die ihren Führerschein im Lotto gewonnen haben, und bräuchte keine Angst zu haben, dass irgendein Araber ein

Messer unter seinem Kaftan hervorholt und mich ausraubt. Eine Gaspistole ist schön und gut, aber ich will eine richtige Waffe. Ich muss wohl ein paarmal auf den Schießstand gehen, damit ich den Waffenschein kriege.

Mich nervt unsere Gesellschaft mit ihren Vorschriften und Regeln. Ich kann dreißig Stunden am Stück arbeiten, kein Problem, aber die Taxikontrolle regt sich darüber auf. Vor der Arbeit braucht mich keiner zu schützen. Bei Rockit haben wir Tag und Nacht durchgearbeitet, zwischendurch ein paar Stunden auf dem Sofa gepennt und dann weitergemacht. Aber die Gesetze werden ja von sechzigjährigen Sozialwachteln gemacht, die schaffen natürlich nicht mehr so viel wie wir Jüngeren.

Von Drogen haben sie erst recht keine Ahnung. Roni, Yazu und ich haben mal eine Anzeige in der Zeitung gesehen, für eine Drogen-Info-Stelle. Roni und ich haben gewitzelt, wir könnten ja mal hingehen und fragen, wo es Stoff gibt. Yazu hat uns schweigend zugehört und plötzlich gesagt:

«Der Häuptling raucht das ganze Gras, verdammt nochmal!»

«He, das war doch nicht ernst gemeint», versuchte ich ihn zu beschwichtigen. So verdreht, wie Yazu ist, hätte er es fertiggebracht, wirklich da hinzugehen. Aber er redete einfach weiter: «Sto Sto Stoff, Sto Sto Stoff.» Vorsichtshalber habe ich ihn an dem Abend nochmal angerufen. Er war nämlich schon ein paarmal mit Hasch erwischt worden. Zum Glück ist er inzwischen auf Pillen umgestiegen, da kommen die Bullen nicht so schnell drauf. Hoffentlich findet er bald einen Job, denn wenn er bloß immer zu Hause hockt und sich die Zeit mit Ballerspielen vertreibt, dreht er noch komplett durch.

Ich hatte keine Lust, stempeln zu gehen, auch wenn die Maloche im Taxi nicht gerade Spaß macht. Bei Rockit war die Arbeit echt ein Vergnügen. Einmal habe ich ein Pornoportal fürs Wap gemacht. Gar nicht übel, wenn man sein Geld damit verdient, sich Sexbomben anzugucken und sie alles Mögliche tun zu lassen. Das heißt, die ersten zwei Wochen war's schön, dann war ich derart geil, dass ich es nicht mehr aushielt. Da hab ich Marja aufgegabelt, aber das ging total daneben. Das Problem beim Wap-Porno sind die winzigen Bilder. Eigentlich müsste man zum Handy gleich eine Lupe mitliefern.

Zwei Trutschen in Jackenkleidern wollten von dem neuen Viertel an der Mannerheimintie zum Parlament gefahren werden. Die eine kam mir bekannt vor, wahrscheinlich irgendeine Politikerin. Sie quasselten während der ganzen Fahrt über das Verbot von Tretminen, und obwohl ich versuchte, nicht hinzuhören, brachte mich ihr blödes Gerede allmählich auf hundert. Verdammt nochmal, sollen wir etwa mit Schneebällen werfen, wenn die Kameltreiber uns angreifen? Die eine behauptete, in Afghanistan lägen so viele Minen, dass man selbst in hundert Jahren nicht alle unschädlich machen kann. Na und? Sollen sich die Scheißterroristen doch in die Luft jagen, das geschieht ihnen ganz recht!

Ich musste unbedingt Kaffee tanken, in der Thermosflasche bleibt er nicht frisch genug. Nachdem ich mir im Forum einen dreifachen Espresso reingezogen hatte, ging es wieder. Meine Schicht dauerte bis sechs, danach wollte ich nach Matinkylä fahren und mich aufs Ohr hauen. Hoffentlich würde Mutter keinen Firlefanz veranstalten, weil ich ausnahmsweise am Abend zu Hause war. Sobald ich meine Schulden los bin, sehe ich zu, dass ich eine eigene Wohnung kriege.

Ich fuhr über den Westring in Richtung Espoo, als über Funk eine Bestellung aus Otaniemi einging. Die Typen, die dort wartend vor dem Nokia-Gebäude standen, kannte ich, sie hatten in der Rockit-Zeit bei der Konkurrenz gearbeitet. Zuerst wollte ich abdrehen, aber dann fiel mir wieder ein, wie es damals war, als ich selbst dauernd mit dem Taxi fuhr und mir nie Wechselgeld rausgeben ließ. Auf den Fahrer habe ich dabei gar nicht geachtet, außer wenn ein Nigger oder eine Frau am Steuer saß.

Die Typen wollten zurück in ihr Büro, offenbar hatten sie erfolgreich mit Nokia verhandelt. Der eine steckte sich eine schwanzdicke, zwanzig Zentimeter lange Zigarre in den Mund, an der er lutschte wie an einem Schnuller. Im Rückspiegel sah er echt lächerlich aus. Der Bursche war noch jünger als ich, und ich wusste, dass er das Geld verschleuderte, das sein Vater bei der Bankenkrise in den achtziger Jahren auf die Seite geschafft hatte. Der Alte war an Leberzirrhose gestorben und hatte seinem einzigen Sohn ein paar Dutzend Milliönchen hinterlassen. Bei Rockit war das anders gewesen. Außer Yazu hatte keiner von uns ererbtes Kapital mitgebracht, dafür aber umso mehr Begeisterung.

Am Ziel reichte mir der ohne Zigarre seine Visakarte, und als ich mich umdrehte, um sie ihm zurückzugeben, erkannte er mich.

«Schau mal an, der Tiainen. Verdienst du dir dein Geld jetzt als Taxifahrer?» Seine Miene schwankte zwischen Genugtuung und Angst.

«Wie du siehst.»

«Wie viel Miese habt ihr mit Rockit eigentlich gemacht?», erkundigte sich der Zigarrenmann neugierig. Ich gab ihm keine Antwort.

«Du hast es doch nicht nötig, Taxi zu fahren, Mann! Komm lieber zu uns», meinte er. Ich reckte mich nach hinten, machte die Tür auf und wünschte den beiden noch einen angenehmen Tag. Sie stiegen wortlos aus, doch als ich anfuhr, sah ich, wie sie lachten. Die Arschlöcher.

Ich hätte alle Risiken vorhersehen müssen, und das würde ich beim nächsten Mal auch tun. Im Business ist es wie beim Autofahren: Man weiß nie, ob hinter der nächsten Ecke ein Lkw, eine blinde Oma oder ein verrückter Hund hervorkommt. Roni und Yazu hatten das nicht begriffen und Kaikkonen erst recht nicht. Der hat sich abgesetzt und sonnt sich jetzt in Florida. Hoffentlich begräbt ihn beim nächsten Terroranschlag ein Flugzeug unter sich.

Um meine Schicht durchzuhalten, musste ich ein paar Pillen einwerfen. Ich nahm mir vor, ein paar Stunden zu schlafen und dann zum Bodybuilding zu gehen. Im Fitnessstudio war ich schon eine ganze Weile nicht mehr gewesen. Der Wetterbericht hatte für die nächste Woche den ersten Schnee in Lappland angekündigt, da könnten wir zum Snowboarden hinfliegen, falls Yazu seiner Mutter genug Geld abschwatzen konnte. Der Kerl macht auch auf dem Snowboard eine irre Figur. Er verschwendet keinen Gedanken daran, dass er sich was brechen könnte.

Das «Big Apple» schimmerte im Regen. Dieses Einkaufszentrum hat die Gegend total verändert, früher war an der Stelle nämlich ein Wald, wo wir als Kinder Krieg gespielt und später als Jugendliche gesoffen haben. Ausgerechnet da, wo wir früher unsere Pullen versteckt haben, steht jetzt das Alkoholgeschäft. Ich holte mir in der Pizzeria eine Salamipizza und im Laden zwei Flaschen Bier. Den «Playboy» ließ ich liegen, um mir nicht wieder Mutters Genörgel anhören zu müssen. Sie war leider zu Hause und legte sofort los, als sie die Pizza sah.

«Warum hast du nicht angerufen? Ich hab Nudelauflauf und Karelischen Fleischtopf in der Kühltruhe, davon hätte ich dir was aufwärmen können. Du musst doch auch mal was Richtiges in den Magen kriegen.»

Ich musste lachen, denn sie redete wie meine Oma. Als Kind habe ich mich jedes Mal geschämt, wenn ich Freunde zu Besuch hatte und Mutter am Telefon mit Oma Dialekt redete. Einmal habe ich einen Laptop nach Pielavesi mitgenommen. Oma hat sich das Ding von allen Seiten angeguckt und dann gefragt, ob das jetzt also das Internet wäre. Ich hab die Geschichte auf der Arbeit erzählt, allerdings nicht erwähnt, dass die senile Eselin meine eigene Großmutter war. Nicht mal Englisch konnte sie, und ins Ausland ist sie in ihrem ganzen Leben nicht gereist. Für sie war schon Kuopio eine Großstadt.

Mutter machte Salat zurecht und hielt mir einen Vortrag über Vitamine. Ich verkniff mir die Bemerkung, dass ich über Zusatzstoffe und ihre Verwendung besser informiert war als sie. Mutsch glaubt blindlings an alles, was die Zeitungen behaupten: Hasch wäre eine Droge und Energydrinks wären lebensgefährlich. Kein Wunder, dass unser Business den Bach runtergegangen ist, wenn die Hälfte der Bevölkerung noch in den achtziger Jahren lebt.

Mutters Augen sahen genau so aus wie früher, wenn ein Anruf von der Schule gekommen war, weil ich geschwänzt oder mich mit den Lehrern angelegt hatte. Sie hatte etwas auf dem Herzen, würde aber erst darüber sprechen, nachdem ich aufgegessen hatte. Beim Essen wurden in unserer Familie keine Probleme gewälzt. Als ich die Pizza vertilgt hatte, machte ich das zweite Bier auf und ging ins Schlafzimmer. Die Augen fielen mir schon fast von selbst zu. Mutter räumte in der Küche den Tisch ab und kam dann an die Schlafzimmertür.

«Hast du in letzter Zeit was von Katja gehört?»

Aha, diesmal war meine Schwester das Problem.

«Ich hab sie gestern im Vorbeifahren in der Stadt gesehen, wir haben uns zugewunken, aber gesprochen habe ich nicht mehr mit ihr, seit ich bei ihr war und ihren Computer repariert habe. Das ist mindestens einen Monat her.»

«Und wie hat sie da gewirkt?»

«Weiß nicht.»

Sie setzte sich auf mein Bett. Ihre Haare wirkten heller, als ich sie in Erinnerung hatte, fast, als hätte sie sie gefärbt. Ich sah genauer hin und merkte, dass sie grau wurden. Die Augenlider hingen herunter wie bei einem Hund. Zu blöd, dass ich kein Geld hatte, ihr ein Lifting zu spendieren. Sie streichelte mir flüchtig das Gesicht, und ich versuchte, nicht zu zeigen, wie unangenehm mir die Berührung war.

«Sara hat angerufen ... Sie hat Katja ganz merkwürdige Sachen eingeredet. Nun behaupten beide, Großvater hätte sie belästigt. Ausgerechnet jetzt, wo bei Katja alles so gut läuft mit der Magisterarbeit und den Vorlesungen an der Uni!»

Sie weinte fast, und das konnte ich absolut nicht ertragen. Eigentlich hätte sie auf die albernen Gänse wütend sein müssen.

«Katja spinnt irgendwie rum, das stimmt schon. Als ich bei ihr war, hatte sie ein Bild von Rane an der Wand hängen.»

«Von Rane? Wo hat sie das denn her?»

«Keine Ahnung.»

Ich verschwieg ihr, dass ich geglaubt hatte, es wäre ein Foto von mir. «Sie wundert sich, warum Rane den Mord an Opa nie gestanden hat.»

«Wie kommt sie denn ...»

«Wahrscheinlich bildet sie sich ein, Rane wäre unschuldig gewesen», murmelte ich schläfrig. Die Augenlider wurden immer schwerer, und meine Ohren konnten kein Geräusch mehr ertragen.

Als ich wach wurde, war es zwei Uhr nachts. Es regnete und war stockdunkel. Ich stand auf und ging ans Fenster. Draußen war niemand zu sehen.

Der November ist ein schwarzes Grab. So hieß das Buch, über das ich im Gymnasium ein Referat gehalten habe. Ich hatte es mir ausgesucht, weil es ein Krimi war. Ein schwarzes Grab. Vielleicht stürzte im nächsten Moment ein entführtes Flugzeug auf unsere Siedlung. Das «Big Apple» würde zwar nicht so spektakulär in sich zusammenfallen wie die Türme des WTC, aber einen Riesenknall gäbe es immerhin.

Mutter schlief auf der Wohnzimmercouch wie in all den Jahren, als ich klein war. Nach der Konfirmation zog Katja aus unserem gemeinsamen Zimmer ins Wohnzimmer um, und Mutter schlief auf einer Matratze in der Küche. Man hatte keine Chance, unbemerkt in die Wohnung zu schleichen, sie war immer zu Hause. Die Wohnzimmertür war geschlossen, nun schloss ich auch die Küchentür. Ich kochte Kaffee, schenkte mir eine große Tasse ein und goss den Rest in die Thermosflasche. Dann schlich ich mit dem Kaffee in mein Zimmer zurück und schaltete den Computer ein.

In der Zeit bei Rockit war ich jeden Tag im Netz, beinahe wäre ich süchtig geworden. In den Chatrooms waren hauptsächlich Spinner unterwegs, aber manchmal stieß ich auf Typen, mit denen man länger chatten konnte. Einmal hatte ich mich sogar mit einer Frau verabredet, aber ich bin dann doch nicht hingegangen und habe ihr auch nicht mehr geantwortet. Sie war garantiert fett und hatte strähnige Haare.

Der PC behauptete, keine Verbindung zum Server zu kriegen. Woran das liegen sollte, war mir schleierhaft. Ich probierte es mit einem anderen Server – dasselbe Resultat. Draußen herrschte noch immer völlige Stille. Hatte sich irgendeine Katastrophe ereignet, während ich schlief? War das weltweite Netz zusammengebrochen?

Ich lauschte. Nein, alles war wie immer, auf dem Westring rauschte der Verkehr, irgendwo rasselten die Wasserrohre, und als ich das Ohr an die Tür hielt, hörte ich Mutters leises «Ptuuh» beim Ausatmen. Ich schaltete das Handy ein. Roni hatte mir eine SMS geschickt: Freikarten für das Heimspiel von Espoo Blues am Sonntag. Dann das vertraute Knacken, gefolgt von einem surrenden Geräusch: Die Verbindung war wieder da.

Als Mutter klopfte, war es fast sieben. Ich hatte die Thermosflasche geleert, aber essen mochte ich noch nichts.

«Guten Morgen, Schatz. Möchtest du Rührei zum Frühstück?» Sie stand in Nachthemd und Bademantel vor mir, ohne BH, die hängenden Brüste sahen grotesk aus. Ich hatte gerade mit einem Australier über die Formel 1 und Räikkönens Chancen gechattet. Auf Rührei hatte ich zwar keine Lust, aber irgendwas musste ich essen, bevor ich wegfuhr. Mit der Arbeit wollte ich erst am Abend um acht wieder anfangen.

Ich duschte, wusch mir die Haare und kämmte sie zum Spaß nach hinten. In der Mittelstufe hatte ich mit einer Clique von Skins rumgehangen und mir den Kopf kahl geschoren, inzwischen lasse ich die Haare wieder wachsen. Ich spielte mit dem Gedanken, mir das Rasieren zu sparen, aber Bartstoppeln sind total out. Also schabte ich mir das Kinn glatt. So wirkte ich härter, und das ist in meinem Beruf nur gut. Ob Yazu mit mir zum Bodybuilding gehen oder eine Runde Squash spielen würde?

Als ich in die Küche kam, sah Mutter mich merkwürdig an.

«Was ist?»

«Deine Frisur ist irgendwie anders … Sie steht dir nicht.»

Plötzlich, fast aufgebracht, strich sie mir die Haare in die Stirn.

«Bei der Gerichtsverhandlung hatte Rane so eine Frisur. Ich hätte ihn beinahe nicht wiedererkannt, weil sie ihm im Gefängnis die Haare kurz geschnitten hatten. Seit du so mager geworden bist, siehst du ihm unglaublich ähnlich», sagte sie und stellte die Pfanne mit dem Rührei auf den Tisch. Sie hatte sogar Würstchen dazu gebraten.

Das Essen wollte mir nicht schmecken. Ein paar Wochen zuvor hatte ich zwei Burschen im Taxi gehabt, der eine auf Hafturlaub, der andere gerade entlassen. Sie waren auf dem

Weg zu einem Dritten, der die Beute aus ihrem gemeinsamen Coup versteckt hatte. Beim Anblick der beiden Typen hatte ich mir geschworen, von bestimmten Dingen die Finger zu lassen. Yazu hatte zwar mit seinen Pillen ganz gut Kohle gemacht, und bevor man in Finnland ins Gefängnis kam, musste man sich schon mehrmals erwischen lassen, aber Knast wollte ich um keinen Preis riskieren. Das war ein Ort für Loser wie meinen Onkel.

Nach dem Frühstück rief ich Yazu an und fragte, ob er mit mir ins Fitnessstudio käme.

«Sport ist affengeil», war die Antwort.

«Okay. Dann also gegen Mittag.»

Yazu sprach nicht gern am Telefon, sondern schickte lieber Kurznachrichten, wobei er es sogar fertigbrachte, statt Songtexten seine eigenen Worte zu verwenden. Mutter ging zur Arbeit und bat mich, meine Hemden selbst zu bügeln, weil sie es am Abend nicht mehr geschafft hatte. Aber sie waren glatt genug. Beim Weggehen nahm ich die alten Zeitungen mit nach unten, denn für Mutsch war das ziemlich anstrengend.

Nach dem Bodybuilding hatte ich noch Zeit für ein Nickerchen, bevor Mutter nach Hause kam. Der Abend ließ sich ruhig an, kurze, einfache Fahrten von Tapiola ins Zentrum und vom Zentrum nach Otaniemi. Auf der Leerfahrt von Otaniemi zum Taxistand in Olari drehte ich das Radio voll auf. Timo Rautiainen von der Band Niskalaukaus röhrte los: «Du lebst in Todesangst, ich weiß, bald schmorst du in der Hölle.» Teuflisch gut, der Song. Katja hat die fixe Idee, Computermusik wäre mein Ding, aber in letzter Zeit stehe ich voll auf Heavy. Wenn ich Fahrgäste habe, ist Heavy allerdings tabu, die wollen tagsüber Nostalgierock oder Börsenmeldungen hören und nachts die Schmusemusik von Radio Nova. Einmal musste ich früh um sechs eine stämmige Frau mittleren Alters zum Flughafen kutschieren, da brachte Radio Mafia plötzlich Rammstein. Ich wäre fast im Graben gelandet, als die Trudi mich bat, die Musik lauter zu stellen. Sie musste dienstlich nach Deutschland und meinte, es wäre ein gutes Omen, dass das Erste, was sie auf dem Weg dorthin hörte, Rammstein war.

Am Taxistand war es ziemlich dunkel, weil von den Straßenlampen einige kaputt waren. Außerdem fror ich erbärmlich. Zum Ausgleich stellte ich die Musik noch lauter. Ich hatte eine Viertelstunde gewartet, da sah ich drei Gestalten auf den Taxistand zulaufen. Eine Kopftuchfrau und zwei schwarze Blagen.

«Zum Frauenhaus», schnaufte die Ausländertussi, noch bevor sie die Tür ganz geöffnet hatte. Sie schob die Kinder auf die Rückbank und setzte sich nach vorn. So was machen nur Hinterwäldler.

«Wo ist das?»

«Schnell, Farid ist hinter uns her!» Sie zog einen Zettel aus den Rockfalten. «Jänismetsäntie», buchstabierte sie mühsam. «Mach schon, da kommt Farid!»

Ein fetter, bärtiger Mann kam angerannt, irgendein Taliban oder so was. Ich gab Gas und fragte die Frau:

«Hast du Geld für die Fahrt?»

«Nein, aber du kannst meinen Schmuck haben, echt Gold.» Sie klimperte mit ihren Armreifen. Ich hätte nicht sagen können, ob sie echt waren oder billiger Modeschmuck. Das eine der beiden Kinder hatte angefangen zu weinen.

Der bärtige Kameltreiber schlitterte im Schneeregen hinter uns her, dann riss er die Tür eines Toyota auf, der auf dem Parkplatz stand.

«Der verfolgt uns, nun fahr doch!»

Ich war stinksauer. Einen Fahrgast, der nicht zahlen konnte, wollte ich nicht. Ich wusste, dass die verdammten Alis ihre Frauen verprügeln, aber das war nicht mein Problem. Trotzdem beschloss ich, die Alte ins Frauenhaus zu bringen und bei den Leuten zu kassieren, die da arbeiten. Schließlich bin ich nicht das Sozialamt.

Ich war gerade auf die Schnellstraße abgebogen, als sich ein silberner Toyota Camry so knapp vor mich drängelte, dass ich voll auf die Bremse treten musste. Ich hupte wütend, aber der Fahrer versperrte mir unbeirrt den Weg. Die Muselmanenmama neben mir war bleich geworden und brabbelte irgendwas. Da sah ich den Turbanträger am Steuer des Toyota. Der Alte hatte seiner Familie also tatsächlich nachgesetzt.

An sich hatte ich keine Lust, für andere Leute mein Leben zu riskieren, aber verarschen ließ ich mich auch nicht. Ich zog links an der Reisschüssel vorbei und winkte zum Abschied.

«Weiß dein Alter, wohin du willst?», fragte ich.

«Bestimmt. Wir waren schon öfter da.»

Ich überlegte, ob ich die Polizei rufen sollte, aber andererseits wollte ich ohne Vernehmungen aus der Sache raus. Ich war mir nicht ganz sicher, wie viel Aufputschmittel ich im Blut hatte. Der Toyota setzte zum Überholen an, ich beschleunigte auf hundertdreißig, musste das Tempo aber drosseln, als wir zur Kreuzung in Kauniainen kamen. Ich nahm die Kurve so scharf wie möglich, die Blagen auf der Rückbank kreischten. Der Toyota folgte uns noch immer. Während ich mit überhöhter Geschwindigkeit durch Kauniainen raste, überlegte ich, wo genau die Jänismetsäntie war.

Als wir schließlich vor dem Frauenhaus hielten, fing auch die Kanakin an zu weinen. Dann rannte sie mit den Kindern zum Haus. Ich ging hinterher, weil ich Geld sehen wollte. Die Angestellte sagte, ich solle eine Rechnung schreiben, also ging ich wieder zum Wagen, um den Quittungsblock zu holen. In dem Moment raste der Toyota in die Einfahrt und prallte voll auf meinen Mercedes.

Ich lief auf den Taliban zu, der seinerseits auf mich losging. Er schlug als Erster zu. Aber ich hatte nicht umsonst Selbstverteidigungskurse besucht und Kickboxing gemacht, ich würde mit dem Kerl schon fertigwerden. Er biss und schlug um sich, sein Ring traf mich am Mundwinkel, und der Schmerz ließ mich ausrasten. Mit ein paar Tritten und Schlägen hatte ich den Burschen am Boden. Er quasselte irgendwas in einer unverständlichen Sprache und versuchte, sein Gesicht zu schützen. Ich hatte einen metallischen Geschmack im Mund und merkte, dass mir Blut übers Kinn lief.

«Jetzt werd ich langsam wütend, du Scheißkerl! Wie viel Geld hast du bei dir?», krächzte ich. Ich hatte keine Lust, den Blechschaden der Polizei, der Versicherung oder auch nur meinem Chef zu melden. Wenn der Kameltreiber ein paar Tausender springen ließ, konnte ich den Wagen schwarz reparieren lassen. Am liebsten hätte ich den Kerl so zuammengeschlagen, dass er sein eigenes Spiegelbild nicht wiedererkannt hätte. Mir fährt keiner hintendrauf!

Da hörte ich plötzlich das verdammte Tatütata, und der Muselman fing wieder an, Scherereien zu machen, sodass mir nichts anderes übrigblieb, als ihm die flache Hand auf den Hinterkopf zu klatschen. Der Toyota versperrte die Einfahrt, ich konnte also nicht einfach abhauen. Natürlich hatten die Sozialtanten nichts Besseres zu tun gehabt, als die Cops zu alarmieren. Verdammte Scheiße!

Es wurde zwei Uhr, ehe die Sache endlich geklärt war. Die Weiber vom Frauensilo machten mich zum Helden, der den Kameltreiber zu Boden gestreckt hatte, um sie zu schützen. Ich musste einen Antrag an die Versicherung ausfüllen, obwohl ich genau wusste, dass mir mein Chef deswegen die Hölle heiß machen würde. Die Polizisten verklickerten dem Taliban, dass er gar nicht erst zu versuchen brauche, mich zu beschuldigen; die

Schuld trage er ganz allein. Es gibt doch noch ein paar vernünftige Bullen.

«Die Scheißkerle sollte man dahin schicken, wo sie hergekommen sind. Da können sie von mir aus ihre Weiber verprügeln, wie sie wollen», brummte der eine Beamte, als der Taliban im Gitterwagen saß. «Zigarette?»

Ich bin Gelegenheitsraucher und nahm dankend an. Diesmal schmeckte die Zigarette besonders gut. Ich beschloss, von der Versicherung auch den Verdienstausfall für ein paar Stunden zu fordern. Das Blut am Mundwinkel war zu einem hässlichen schwarzen Klumpen getrocknet, hoffentlich blieb keine Narbe zurück. Fahrten zum Frauenhaus würde ich jedenfalls nicht mehr annehmen, und Moslems hatten in meinem Taxi schon gar nichts mehr verloren.

«Der Kerl wird unter Anklage gestellt, daher musst du wahrscheinlich nochmal als Zeuge aussagen», meinte der Polizist. «Ob die Sache letztlich vor Gericht kommt, ist fraglich, denn die Alte zieht ihre Anzeige garantiert wieder zurück. Mit den beiden haben wir es nicht zum ersten Mal zu tun.»

«Ja, die Straßen sind verdammt unsicher geworden», entgegnete ich. «Vielleicht sollte ich mir einen Waffenschein besorgen. Den Vorfall von heute Nacht kann ich doch sicher im Antrag erwähnen?»

Der Bulle nickte. «Ohne kugelsichere Weste fahre ich nachts nicht mehr Streife», erklärte er mit ernstem Gesicht.

Da ich mich für eine doppelte Schicht eingetragen hatte, musste ich bis vier Uhr nachmittags fahren. Der Schneeregen löste ein mittleres Verkehrschaos aus und bescherte mir so viele Fuhren, dass ich keine Zeit zum Kaffeetrinken hatte. Also schluckte ich Koffeintabletten und Taurin. In der letzten Stunde raste mein Puls wie verrückt, aber ich musste weiterfahren. Zum Glück war keiner meiner Fahrgäste besonders geschwätzig.

Bei einer Frau, die mit ihrer Katze zum Tierarzt wollte, wäre ich allerdings fast explodiert, denn die Mieze pinkelte in ihre Box. Zum Glück lief die Katzenpisse nur auf die Gummimatte, nicht auf den Sitz. Trotzdem zwang ich die Frau, die Pfütze mit ihrem teuren Wollschal aufzuwischen.

Zu Hause legte ich sämtliche Telefone still, aß den Fleischtopf, den Mutter mir angepriesen hatte, und versuchte zu schlafen. Für einen Augenblick kochte die Wut wieder hoch, und ich wünschte mir, ich hätte den Kerl noch übler zugerichtet. Mein Herz beschleunigte wie mein Mercedes auf der Autobahnauffahrt, und sekundenlang dachte ich, ich wäre …

… eine echte Musikwissenschaftlerin, eine international anerkannte Expertin, deren Plattenkritiken die Musiker mit angehaltenem Atem erwarten. Als ich bei schneidendem Frost über den Senatsplatz ging, war ich trotz meiner Aufregung glücklich. Ich war auf dem Weg zu meiner ersten Vorlesung. In der Nacht zuvor hatte ich eine Schlaftablette genommen, um überhaupt ein Auge zumachen zu können; ich hatte mir überlegt, das sei immer noch besser, als zur Beruhigung zu trinken.

Da für den Kurs keine Voranmeldung nötig war, hatte ich keine Ahnung, wie viele Studierende teilnehmen würden. Hoffentlich war niemand dabei, der mit mir im selben Seminar gesessen hatte. Aber von denen waren die meisten sicher längst mit dem Studium fertig, und für die Geschichte der Rockmusik würden sich ohnehin nicht viele interessieren.

Ich blieb eine Weile auf dem Senatsplatz stehen, der immer eine beruhigende Wirkung auf mich gehabt hatte. Die Sonne ging gerade unter, die Mondsichel lugte hinter dem Dom hervor. Der Wind summte leise. Schließlich ging ich weiter zum Institutsgebäude in der Vironkatu. Ich legte meine Unterlagen im kleinen Seminarraum bereit und setzte mich dann in den Pausenraum der Lehrkräfte. Es war ein seltsames Gefühl, sich dort aufzuhalten, denn bisher hatte ich nur ein paarmal hineingespäht, wenn ich mit einem Dozenten etwas zu besprechen hatte. Ich war allein. In der Kaffeemaschine stand muffig riechender Kaffee bereit, auf den ich jedoch verzichtete, da ich keine Milch im Kühlschrank fand und bei meiner ersten Vorlesung keinen schlechten Geschmack im Mund haben wollte. Als ich mich wieder auf den Weg zum Seminarraum machte, wollten die Beine mir nicht gehorchen. Meine Schritte klangen unsicher und einsam.

Ich hatte lange überlegt, was ich anziehen sollte, denn ich erinnerte mich, wie stark die Kleidung mein Urteil über die Lehrkräfte früher beeinflusst hatte. Mein Stil sollte einerseits zur Rockmusik passen, andererseits wollte ich wissenschaftlich und seriös wirken. Schließlich hatte ich mich für Jeans, einen schwarzen Rollkragenpulli und eine lange schwarze Jacke entschieden, die meine fehlende Taille überspielte.

Im Seminarraum hatten sich acht Teilnehmer eingefunden, auf mehr hatte ich auch nicht zu hoffen gewagt. Nur zwei kamen mir vage bekannt vor. Einer der Unbekannten war ein knapp fünfzigjähriger Mann in Lederhose. Männliche Studierende in seinem Alter hatten oft das Bedürfnis, ständig dazwischenzureden und zu demonstrieren, dass sie viel mehr wussten als die Lehrkräfte. Außer ihm bestand die Gruppe aus zwei weiteren Männern und fünf Frauen. Der Lederhosenmann war der Einzige, der wie ein Rockmusikfan aussah.

Ich nannte meinen Namen und bat die Studierenden, sich ebenfalls vorzustellen. Als ich die Namen hörte, erinnerte ich mich, dass einer der beiden, die mir von Anfang an bekannt vorgekommen waren, das gleiche Proseminar besucht hatte wie ich. Er zeigte sofort seinen Unmut:

«Sollte nicht Sundvist den Kurs halten? So steht es jedenfalls im Vorlesungsverzeichnis.»

«Er ist verhindert. Das wurde zu Semesterbeginn aber bekannt gegeben», antwortete ich und war mir sicher, dass der Frager zur nächsten Stunde nicht mehr erscheinen würde. Ich stellte das Programm meines Kurses vor und verteilte die Aufgaben. Jeder sollte zwei Songs eingehend analysieren und die Ergebnisse anschließend referieren. Ich wollte nämlich keine stundenlangen Monologe führen, sondern die Teilnehmer dazu bringen, über ihre Analysen zu diskutieren.

Einige wirkten sehr interessiert, doch der Lederhosenmann wollte auf keinen Fall Stücke von Eppu Normaali analysieren, weil er die Band für maßlos überschätzt hielt, zog aber erst recht ein Gesicht, als ich ihm boshafterweise Dingo vorschlug. Schließlich erklärte er sich bereit, die Songs von Kumma heppu & lopunajan voidellut zu übernehmen.

Anschließend gab ich eine kurze Einführung in die Situation der finnischen Rockmusik um die Wende von den 1970er zu den 1980er Jahren. Ich hatte dem Professor erklärt, die zeitliche Begrenzung auf die achtziger Jahre sei meiner Meinung nach unnatürlich, denn der Umbruch habe bereits 1977 mit dem Punk und den ersten Platten von Eppu Normaali und Pelle Miljoona begonnen. Der Professor, den das Thema nicht im Geringsten interessierte, hatte erklärt, ich könne das Material eingrenzen, wie ich wolle.

Meine Nervosität legte sich allmählich, ich hatte das Gefühl, mein Thema souverän zu beherrschen. Als ich ans Ende meiner Ausführungen kam, blieben noch zehn Minuten Zeit, also bat ich um Fragen oder Kommentare. Der Lederhosenmann meldete sich sofort:

«Wieso ist Dave Lindholm nicht zur Sprache gekommen? Seine Band Bluesounds war eine der wichtigsten in der finnischen Rockmusik der achtziger Jahre. Wie ist es möglich, dass er vollständig ignoriert wird?»

Ich merkte, dass ich rot wurde. Den betreffenden Abschnitt hatte ich in aller Eile vorbereitet und war anschließend mit Viivi ausgegangen. Beim Bier war mir eingefallen, dass ich Dave Lindholm und die Bluesounds noch einfügen musste, doch bis zum nächsten Morgen hatte ich es wieder vergessen.

«Du kannst ja Bluesounds statt Kumma Heppu analysieren», schlug ich rasch vor.

«Nein, ich halte mich an das, was die Kursleiterin mir aufträgt», sagte der Mann unwirsch.

Da keine weiteren Wortmeldungen kamen, machte ich Schluss. Ich kam mir inkompetent vor, weil ich die Unterrichtszeit nicht voll ausgefüllt hatte. Wahrscheinlich hatte ich in meiner Nervosität schneller gesprochen als bei der Probe zu Hause. Ich holte meine Sachen aus dem Lehrerzimmer und hoffte, keiner meiner Studentinnen auf der Toilette zu begegnen. Im Spiegel sah ich, dass meine Wimperntusche zerlaufen war – auch das noch! Als ich im Hinausgehen mein Handy einschaltete, fand ich eine Nachricht von Viivi vor: «Wie war's? Durstig vom Reden?»

Ich hatte Viivi im Chor der Musikschule kennengelernt, in dem alle Gesangsschüler mitwirken mussten. Sie war einige Jahre älter als ich, von Beruf Laborantin, und hatte zwei halbwüchsige Kinder. Nach ihrer Scheidung hatte sie beschlossen, frischen Wind in ihr Leben zu bringen und unter anderem Gesangsstunden zu nehmen. Die Kinder wohnten jeweils im Wechsel zwei Wochen bei ihr und bei ihrem Exmann. Falls Viivi gerade kinderlos war, würde sie sicher mit mir ausgehen. Ich brauchte jetzt einfach ein paar Drinks. Von meiner ersten Vorlesung war ich völlig überdreht, und die bevorstehende Begegnung mit Kode Salama würde mich ohnehin nicht schlafen lassen. In meinem Leben passierte zu viel auf einmal.

«Ja, ich kann mitkommen, ich habe morgen Spätschicht», antwortete Viivi. Wir verabredeten uns im Bahnhofsrestaurant, das dank seiner hohen Decke nie besonders verräuchert war, Viivi hasste nämlich Zigarettenqualm. Ich war vor ihr dort, holte mir an der Theke eine Cola mit Schuss und setzte mich an einen Fenstertisch mit Blick auf die hastenden Menschen in der Bahnhofshalle. Ein melodischer Klingelton kündigte eine Durchsage an, alle horchten auf, hörten, dass der Zug nach Turku eine Viertelstunde Verspätung hatte, und eilten weiter. Mitten im Restaurantsaal stand ein Flügel, auf dem niemand spielte. Ich hätte gern darauf geklimpert, wie immer, wenn ich ein Klavier sah.

Ich war bereits beim zweiten Drink angelangt, als Viivi kam. Sie war klein und blond und hatte einen hellen, hohen Sopran, der bei Werken von Mozart und Richard Strauss besonders gut zur Geltung kam. Wir hatten einige Duette miteinander geprobt, doch es war mir nicht gelungen, meiner Stimme den warmen Klang zu geben, den ihr Sopran von Natur aus hatte. Da sie nie unter Lampenfieber litt, würde sie auch in diesem Jahr im Weihnachtskonzert der Musikschule singen. Viivi wollte wie ich im Frühjahr den Einserkurs absolvieren, und ich wusste, dass ich dem Vergleich mit ihr nicht standhalten konnte. Sie war eine der wenigen, denen ich von meinen eigenen Liedern erzählt hatte, sie hatte welche hören wollen, aber nicht weiter darauf bestanden, als ich sagte, sie seien noch nicht ganz ausgefeilt.

Als ich mein drittes Glas zur Hälfte geleert hatte, schwärmte ich Viivi von Kode Salama vor wie ein verliebter Teenager, während sie mir von ihrer noch frischen Beziehung zu einem Kollegen erzählte, einem verheirateten Krankenpfleger, mit dem sie ein paarmal geschlafen hatte.

«Die böse Verführerin bin ich deswegen noch lange nicht. Ich habe ihn zu nichts gezwungen, er hat selbst vorgeschlagen, ein Bier trinken zu gehen. Ich bin nicht mit ihm in die Kneipe gegangen, um ihn ins Bett zu kriegen, sondern weil ich mal mit jemandem reden wollte.»

«Ob ich versuchen soll, Kode Salama zu verführen? Ach Quatsch, ich bin ja schon froh, wenn ich überhaupt ein Wort herausbringe. Kann ich in den Klamotten hier gehen, oder sind die zu öde?»

«Es ist zum Auswachsen, dass alle anständigen Männer in meinem Alter gebunden sind. Warum lerne ich nie einen frisch Geschiedenen kennen, der weder Frauen noch Probleme mit Alkohol hat? Die muss es doch geben!»

«Zum Glück hatte ich wenigstens keine Schwierigkeiten mit dem Overheadprojektor, das hätte mir gerade noch gefehlt! Nächste Woche kommt natürlich nur noch die Hälfte der Gruppe, die waren bestimmt alle enttäuscht, weil der Kurs nicht von Sundqvist gehalten wird.»

«Soll ich beim Weihnachtskonzert im Minikleid mit tiefem Dekolleté auftreten? Dann hätten die Väter wenigstens was zu gucken, wenn sie schon gegen ihren Willen mitgeschleift worden sind.»

«Wie konnte ich bloß die Bluesounds vergessen? Ich hab sogar eine Kritik über ihr erstes Album geschrieben, als es auf CD nochmal rauskam, und zwar sehr lobend. Verdammt, bin ich blöd …»

«Eigentlich sollte ich mir mein Leben nicht komplizierter machen, als es sowieso schon ist, aber ich bin eben nun mal so … Ich hol mir noch einen Cider, soll ich dir was mitbringen?»

«Bring mir Kode Salama ...»

Nach dem sechsten Drink merkte ich, dass es Zeit wurde zu gehen. Ich hatte fürchterlichen Hunger, und da ich nur Joghurt, Obst und Knäckebrot im Haus hatte, beschloss ich, mir beim Pizza-Imbiss in der Sturenkatu etwas zu holen. Per Handy bestellte ich eine Salamipizza und machte mich auf den Weg. Die Pizzeria verkaufte auch Bier, und ich ließ mir zwei Flaschen einpacken. So beladen ging ich nach Hause. Meine Schritte hallten auf dem eiskalten Asphalt wie im Film, wenn eine Frau vor ihrem Mörder herläuft. Das Hungergefühl war so unerträglich, dass ich nicht die Geduld aufbrachte, mit Messer und Gabel zu essen, sondern wie ein ausgehungertes Tier große Stücke von der Pizza abbiss. Vom Meer fuhr ein kalter Wind in die Straßenschlucht und rotierte dort wie ein Gefangener in seiner Zelle. Das Fenster zitterte jedes Mal, wenn es von einer Bö getroffen wurde. Um die Zugluft abzuhalten, zog ich die Vorhänge zu. Die Pizza schmiegte sich wie ein warmer Pelz um mein Herz. Ich wusste, dass meine Vorlesung miserabel gewesen war. Mir einzubilden, ich könnte als Lückenbüßerin ohne Abschluss an der Universität bestehen, war lächerlich.

Beim zweiten Bier versuchte ich, an Kode Salama zu denken. Das bevorstehende Treffen mit ihm machte mir Angst, bestimmt würde ich mich nur blamieren. Bevor ich ihm gegenübertrat, musste ich unbedingt richtig wach werden und mich zurechtmachen. Deshalb stellte ich den Wecker auf halb zehn, nahm eine Schlaftablette, eine Pille gegen die Übelkeit und zwei Kopfschmerztabletten und legte mich ins Bett.

Trotz der Medikamente wachte ich schon um fünf mit trockenem Mund und dröhnendem Schädel auf. Der Vorhang blähte sich, weil es durch das Fenster zog. Mein Körper schien über Nacht angeschwollen zu sein. Ich stand auf, trank ein

Glas Wasser und ging zur Toilette, dann legte ich mich wieder hin. Um neun Uhr wurde ich erneut wach. Regen prasselte ans Fenster. Mein Kopf war dreimal so groß wie sonst, und irgendwer hatte mir die Augen zugeklebt.

Mist, nun hatte ich es doch wieder getan! Mein Körper schien tonnenschwer, weil das Mittel gegen die Übelkeit den Stoffwechsel lähmte. Mit halb geschlossenen Augen stolperte ich ins Bad, stellte mich unter die Dusche und wusch mir die Haare, obwohl meine Kopfhaut gegen jede Berührung protestierte. Anschließend legte ich eine grüne Gesichtsmaske auf, gegen die Aufgedunsenheit. Vom Kaffeepulver landete die Hälfte neben dem Filter, der Geruch war mir widerlich. Als ich im Schrank nach den Entwässerungspillen suchte, fiel die Basilikumdose um. Wieso war sie nicht zugeschraubt? Der Pizzakarton stand aufgeklappt auf dem Spültisch und roch beißend nach verbranntem Mehl. Endlich fand ich die Entwässerungspillen, schluckte drei Stück und nahm gleich noch zwei Schmerztabletten hinterher. Die Gesichtsmaske spannte. Ich fühlte mich aufgequollen und leer zugleich, ich hätte schon wieder eine Pizza verschlingen können. Doch es gab nur Joghurt und Knäckebrot.

«Ach, Rane, warum hab ich schon wieder Mist gebaut?», wandte ich mich an das Foto meines Onkels. Er war inzwischen mein Verbündeter geworden, ich sprach oft mit ihm, wenn die Gedanken nicht mehr in meinem Kopf bleiben wollten. Er verstand bestimmt, warum ich mich gestern betrinken musste.

Die Klamotten, die ich am Abend getragen hatte, stanken nach Qualm, also hängte ich die Jacke zum Auslüften auf den Balkon. Die Jeans schien über Nacht eingelaufen zu sein. Während ich mir die Haare föhnte, überlegte ich, ob ich das T-Shirt mit der Aufschrift «Salamasota» anziehen sollte. Nein, das wäre zu kindisch, der schwarze Rolli war gut genug. Abgesehen von den dunklen Schatten unter den Augen war mein Gesicht wachsbleich. Ich schminkte mich stärker als sonst, obwohl es mir schwerfiel, gerade Linien zu ziehen. Zweimal rutschte ich mit der Wimperntusche ab und musste von vorn anfangen. Als ich endlich fertig war, schaute mich eine Fremde aus dem Spiegel an.

Der Briefschlitz klapperte: Handyrechnung, Zahlschein für die Fernsehgebühr, aber auch zwei kleine, dicke Briefe. Von den Bands Pojat und Luonteri Surf! Öffnen konnte ich sie jetzt nicht, ich musste mich ganz auf Salamasota konzentrieren. Ich packte einen kleinen Recorder und zwei Reservekassetten in meine Tasche. Da ich zu Fuß durch den Schneeregen zum Studio gehen musste, band ich die Kapuze zu und hoffte, mein Make-up würde unterwegs nicht verlaufen.

In der Sturenkatu fiel mir plötzlich ein, dass ich meinen Fragebogen zu Hause gelassen hatte. Es blieb mir nichts anderes übrig, als kehrtzumachen, denn in meiner derzeitigen Verfassung würde ich mich nicht mal an die Hälfte meiner Fragen erinnern. Ich rannte bei Rot über die Straße, nahm die Treppe zum zweiten Stock im Laufschritt und spürte, wie mir der Schweiß über Stirn und Rücken lief. Mein Vorhaben, kühl und elegant zu wirken, konnte ich endgültig vergessen.

Eine Minute nach zwölf stand ich vor Kode Salamas Studio Blitz. Ich drückte auf den Klingelknopf, und die glatte Eisentür sprang auf. Der Flur, der dahinter lag, hätte sich in jedem beliebigen Industriegebäude befinden können, meine Schritte hallten laut von den Betonwänden und Metalltreppen wider. Mir liefen Schweißperlen übers Gesicht. Ich knöpfte die Jacke auf und schob mir die Ponyfransen aus der Stirn.

Die Tür zum Studio stand offen, irgendwo summte ein Computer. Es schien mir unmöglich, einfach hineinzugehen, vor lauter Nervosität taten mir alle Glieder weh. Während ich noch unschlüssig dastand, trat aus einer Nebentür ein kleiner, breitschultriger Mann auf den Flur. Seine viereckige Brille saß schief.

«Tag! Suchst du jemanden?»

«Ja, Kode Salama. Ich bin angemeldet», brachte ich heraus. Der Mann hatte einen großen, breiten Mund und dichtbewimperte Augen, die mich nachdenklich ansahen.

«Katja Tiainen!», sagte er plötzlich. «Erinnerst du dich noch an mich? Ich bin Pekka Kalmanlehto.»

Am liebsten hätte ich abweisend den Kopf geschüttelt, obwohl ich mich natürlich an ihn erinnerte. Was hatte der im Studio Blitz zu suchen? Er lächelte, als wäre er überglücklich, mich zu sehen, und hielt mir sogar die Hand hin, die ich widerstrebend schüttelte.

«Willst du Kode deine Songs zeigen?»

«Was? Nein ...»

«Du bist doch Liedermacherin. Marjukka ... meine Schwester, weißt du noch ... hat dich auf einer Studentenfete gehört. Du hast eine schöne Stimme, sagt sie.»

«Hör bloß auf», gab ich peinlich berührt zurück. Ich war zweimal auf Fachschaftspartys als Sängerin in der Band der Musikstudenten eingesprungen, beide Male höllisch betrunken. Das wenige, was mir davon in Erinnerung geblieben war, hätte ich am liebsten auch vergessen. «Ich schreibe meine Magisterarbeit in Musikwissenschaft über die Ramobands, du weißt schon, über all die finnischen Bands, die Einflüsse von Ramones aufgenommen haben. Deshalb will ich Kode Salama interviewen.»

«Wow! Ich bin Tontechniker. Wer weiß, vielleicht kann ich deine erste Platte abmischen.» Sein Lächeln musste spöttisch gemeint sein, etwas anderes konnte ich mir nicht vorstellen.

«Ich bin schon zu spät dran. Wo finde ich Kode Salama?», fragte ich hastig, denn Pekka erinnerte mich an vieles, woran ich nicht denken wollte. Er zeigte auf eine Tür am Ende des Flurs.

Der Weg dorthin war entsetzlich lang und doch viel zu kurz. Mit zitternder Hand klopfte ich an.

«Herein!», rief eine bekannte Stimme.

Ich drückte die Klinke herunter und kam in einen Raum, der voller Verstärker, Aufnahmegeräte und CD-Player war. Kode Salama saß an einem breiten Schreibtisch. Im Licht der Tischlampe leuchtete das schwarze, lockige Haar um sein schmales Gesicht wie ein Strahlenkranz auf einem Negativ. Um die Augen hatte er Fältchen, doch der große, schmallippige Mund sah genau so aus, wie ich ihn in Erinnerung hatte, ebenso die ganze Gestalt mit den langen Beinen und dem leicht gekrümmten Rücken.

«Hallo, ich bin Katja Tiainen. Sorry, ich hab mich ein bisschen verspätet.»

«Tag, Katja. Macht gar nichts, ich hatte vorher noch was zu erledigen, und das hat auch länger gedauert, als ich dachte.»

«Hoffentlich hab ich dich nicht unterbrochen?»

«Überhaupt nicht, ich war gerade fertig.» Kode stand auf, ein fast zwei Meter großer und immer noch spindeldürrer Mann, der früher die extremste Ramones-Pose in ganz Finnland hingelegt hatte. «Setz dich doch. Kann ich dir was anbieten – Kaffee, Limonade?»

«Limonade», murmelte ich. Bei meinen trockenen Lippen war mir das Angebot sehr willkommen. Ich setzte mich an die andere Seite des Schreibtischs und nahm Recorder und Mikrofon aus der Tasche. Mein Fragebogen hätte nicht unwissenschaftlicher aussehen können, er war zerknittert und mit Lidschatten beschmiert.

«Vor ein paar Tagen hab ich Ari Haarala getroffen und ihm erzählt, dass du eine Magisterarbeit über uns schreibst. Er war schwer beeindruckt und lässt dir ausrichten, du könntest ihn auch interviewen, wenn du willst. Wie bist du auf das Thema gekommen?»

«Ich wollte über etwas schreiben, was mir Spaß macht», erwiderte ich. Das war nur die halbe Wahrheit. Wenn ich ganz ehrlich gewesen wäre, hätte ich antworten müssen: Ich bete dich seit fünfzehn Jahren an, deine Songs und die der anderen Bands haben mir wer weiß wie oft das Leben gerettet. Das Thema meiner Arbeit interessierte mich zwar brennend, doch eigentlich war es viel zu persönlich.

«Ein guter Grundsatz», lachte Kode, öffnete eine Limonadenflasche und reichte sie mir. Ich bat um seine Einwilligung, unser Gespräch aufzunehmen, und begann zu fragen. Meine eigene Stimme kam mir fremd vor. Ich versuchte, sie tief zu halten, piepste und kicherte jedoch immer wieder wie ein alberner Backfisch. Kode antwortete ruhig und humorvoll. Ich wusste nicht, ob ich ihn ansehen sollte oder nicht. Es war unglaublich, dass er mir gegenübersaß, fast zum Greifen nahe, und mit mir redete wie mit einer alten Bekannten. Die erste halbe Stunde verging wie im Flug, ich drehte die Kassette um, und gleich darauf, so schien es mir, war auch die zweite Seite abgelaufen. Ich legte eine neue ein und stellte die nächste Frage:

«In euren Songs und auch bei den anderen Ramobands wimmelt es von durchgedrehten und sterbenden Freundinnen. Sheena, Mari, Leena und so weiter. Woher kommt das?»

«In unseren Songs sterben weniger Frauen als bei den anderen, ausgenommen Luonteri Surf», lachte Kode. «Die bösesten Sheena-Songs sind aus meinen eigenen Problemen hervorgegangen. Damals hatte ich mein Privatleben gründlich vermurkst und war überzeugt, alle Frauen wären Schlangen.

Dieser eine Song, ‹Verdammte Sheena›, ist ja komplett in Moll gehalten, das hatten wir bis dahin noch nie gemacht. Heute würde ich mich schämen, derart von Selbstmitleid triefende Songs zu schreiben.»

«Verdammte Sheena, du hängst mir nach, dein Schal liegt noch bei mir, hol ihn dir, und ich erwürge dich.» Nachdem Karri mich verlassen hatte, hatte ich den Song tausendmal gehört und mir eingebildet, niemand könne sich so elend fühlen wie ich.

«Geht es in deinen Texten oft um persönliche Erfahrungen?» Diese Frage stand zwar nicht auf meiner Liste, aber ich musste sie einfach stellen.

«Halb und halb. Manche handeln auch von Freunden, zum Beispiel ‹Timo und Niina› oder ‹Mikko geht nach Kalifornien›. Ein Bekannter aus dem Zivildienst, Mikko Rusanen, ist wegen einer Frau nach Kalifornien gezogen, und da ist dann natürlich alles schiefgelaufen. Er war ziemlich sauer, als er nach Finnland zurückkam und den Song im Radio hörte.»

Kodes Grinsen wirkte ansteckend.

«Du hattest ihn nicht um Erlaubnis gebeten?»

«Das hätte ich wahrscheinlich tun sollen! Mikko ist ausgesprochen friedfertig, aber damals hätte ich beinahe Prügel von ihm bezogen.»

Ich spürte die Wärme, die Kodes Lachen in meinem Innern auslöste. Er schien es nicht eilig zu haben. Wortreich erzählte er von der Geschichte seiner Band, von der Entstehung seiner Songs und von gemeinsamen Auftritten mit anderen Ramo-Gruppen.

«Hast du die anderen auch befragt?»

«Ich hab allen geschrieben, heute sind die ersten Antworten gekommen. Aber ich kann nicht ohne weiteres für ein Interview nach Tampere oder gar nach Juva fahren.»

«Ich werde dafür sorgen, dass alle antworten, damit ich in deiner Arbeit nicht ganz allein zu Wort komme. In einer E-Mail oder einem Brief hätte ich gar nicht alles untergebracht, das habe ich dir ja gleich gesagt. Bei unseren Konzerten haben die Leute manchmal gerufen, ich soll nicht so viel quatschen, sondern singen!»

«Ist Salamasota endgültig aufgelöst?»

«Ja. Ari hat jetzt seine eigene Technoband. Jussi ist in England, und ich arbeite hauptsächlich als Produzent. Ab und zu spiele ich mit dem Gedanken, ein Soloprojekt zu machen, bei dem ich alle Instrumente selbst spiele. Was dabei herauskommt, weiß ich noch nicht, jedenfalls keine Surfmusik. Was spielst du eigentlich?»

Seine Frage brachte mich aus dem Konzept, es war so einfach gewesen, nur zuzuhören. Ich stammelte, meine Instrumente seien Gitarre und Klavier, aber hauptsächlich würde ich singen. Inzwischen hatte ich schon mehr als anderthalb Stunden bei Kode gesessen, sicher hatte er Besseres zu tun, als mit mir zu plaudern. Eigentlich mochte ich noch nicht gehen, ich hätte den schönsten Moment in meinem Leben gern noch ein wenig ausgedehnt. Trotzdem sagte ich:

«Ich glaube, das reicht. Danke für deine Geduld.»

«Wer spricht nicht gern über sich? Als Nächstes solltest du eine Dissertation über uns schreiben, dann rufen wir bei der öffentlichen Doktordisputation Bravo und sorgen bei der Promotionsfeier für die Musik», lachte Kode, und ich spürte, dass ich rot wurde. Natürlich träumte ich davon, zu promovieren, aber ich tat mich ja schon mit der Magisterarbeit schwer genug.

«Falls du Interesse hast, schicke ich dir die Arbeit, wenn sie fertig ist», versprach ich.

«Natürlich interessiert sie mich! Hast du übrigens unsere Platten?»

«Alle, bis auf die Weihnachtssingle. Die ist nirgendwo aufzutreiben.»

«Davon wurden nur tausend Exemplare gepresst, aber wir haben bestimmt noch ein paar im Lager. Komm mal mit!»

Vollkommen überwältigt folgte ich ihm auf den Flur. Ich hatte die Vinylsingle einmal auf einer Plattenbörse entdeckt, aber der Verkäufer wollte 250 Mark dafür haben, und ich hatte damals höchstens noch zwanzig. Ich wartete auf dem Flur, während Kode sich im Lager umsah.

«Hast du einen Stift dabei?», fragte er, als er mit einer Platte in leuchtend rotem Cover zurückkam. Ich kramte einen Kugelschreiber aus der Tasche, und er kritzelte verschmitzt lächelnd etwas auf die Hülle. Im selben Moment ging eine Tür, und Pekka Kalmanlehto stand neben uns.

«Na, Katja, hat der Meister dir eine Chance gegeben, deine Fragen zu stellen?», fragte er und knuffte Kode in die Rippen. «Wer behauptet, finnische Männer brächten den Mund nicht auf, der kennt Kode nicht. Katja und ich waren früher mal Nachbarn. Hat sie dir erzählt, dass sie selber Songs schreibt?»

Am liebsten hätte ich ihn in die nächste Toilette gestopft und abgezogen.

«Nein. Was denn für welche?», erkundigte sich Kode höflich.

«Ach, nur so Balladen, nichts Besonderes. Danke für alles, ich muss jetzt los!»

«Wenn du noch Fragen hast, ruf an oder schick eine Mail!», rief Kode mir nach.

Ich ging hinaus, ohne recht zu wissen, wer ich war und wohin ich wollte. Mein Hals war wie zugeschnürt, mir war heiß und kalt zugleich, und ich spürte ein schmerzhaftes, aber wundervolles Prickeln. Da sah ich mein Gesicht im Seitenspiegel eines Autos: plattgedrückte Haare, verschmierter Lidschatten, zerlaufener Lippenstift. Ich marschierte in den nächsten Supermarkt und kaufte drei Flaschen Cider und eine Packung Fleischpasteten.

Zu Hause holte ich die Platte aus der Tasche. «Für Katja als Untersuchungsmaterial und verfrühtes Weihnachtsgeschenk. In Freundschaft, Kode Salama» stand in großen, festen Buchstaben darauf. Ich küsste die Platte und merkte im selben Moment, dass ich mich benahm wie eine Vierzehnjährige.

Meine Therapeutin hatte in ihrem abschließenden Gutachten geschrieben, ich sei emotional unreif und sexuell gehemmt. Das hätte ich auch ohne Gutachten gewusst. Staunend beobachtete ich, wie meine Bekannten feste Beziehungen eingingen und sich entschlossen, Kinder zu bekommen: Das würde ich nie wagen. Zumindest war meine Zeit noch nicht gekommen. Ich wollte keine Schmerzen mehr.

Der Cider schmeckte künstlich und bitter, denn das Mittel gegen die Übelkeit verfälschte den Geschmackssinn. Ich war glücklich, weil ich das gesamte Interview auf Band hatte; so konnte ich Kodes Stimme immer wieder hören, bis ich seine Worte auswendig wusste. Er hatte keinen Ring getragen und bei all seiner Redewut nichts über eine Familie gesagt. Im Telefonbuch stand hinter seinem Familiennamen nur Konsta, sonst niemand.

Ich schraubte die Ciderflasche zu und stellte sie in den Kühlschrank. Im Moment hatte ich kein Bedürfnis, mehr zu trinken. Stattdessen öffnete ich die Briefe der anderen Bands und machte es mir im Sessel bequem. Beim Lesen der Antworten musste ich immer wieder lachen und wusste am Ende nicht mehr, ob ich über die witzigen Formulierungen lachte oder über die Musikwissenschaft, die im Grunde keine Erklärung dafür liefern konnte, weshalb irgendein Song einem durch Mark und Bein ging und einen zwang, im Takt zu hüpfen, selbst wenn man die ganze Welt satthatte. Ich aß eine halbe Fleischpastete, warf den

Rest in den Mülleimer, schaltete den Computer ein und schrieb an meiner Magisterarbeit.

Plötzlich merkte ich, dass mir der Rücken wehtat und dass ich entsetzlichen Durst hatte, gleichzeitig aber auch dringend auf die Toilette musste. Ich hatte fünf Stunden ununterbrochen geschrieben und fast fünfzehn Seiten zustande gebracht. Dennoch fühlte ich mich noch immer voller Energie, wie ein Katzenjunges, das seinem eigenen Schwanz nachjagt. Ich legte die Weihnachtsplatte auf und dehnte die verkrampften Schultern. Am Wochenende hatte ich nichts vor, ich würde also die ganze Zeit weiterschreiben können. In der kommenden Woche musste ich einen Stapel Platten besprechen, die letzten Neuerscheinungen für das Weihnachtsgeschäft. Zum Saufen hatte ich definitiv keine Zeit. In zwei Wochen fand der Auftritt statt, den Sara mir zugeschanzt hatte, gleich danach das Weihnachtskonzert der Musikschule. Dort sollte ich nur im Chor mitsingen, doch da die tieferen Stimmlagen schwach besetzt waren, wurde ich wirklich gebraucht.

Ich duschte und stellte mich dann eine Weile auf den Balkon. Warum fraß und soff ich eigentlich, obwohl ich eine wunderschöne Aussicht und ein Regal voll guter Musik hatte? Dass ich das Interview mit Kode Salama trotz meines Brummschädels gemeistert hatte, war zwar toll, aber wenn ich eine zweite Chance bekam, wollte ich nicht wieder verkatert sein. Kode hatte gesagt, ich solle mich melden, wenn ich noch Fragen hätte. Die Gelegenheit würde ich mir nicht entgehen lassen. Ich musste mir nur ein paar intelligente Fragen einfallen lassen.

Rane sah mich böse an, als ob er mir Vorwürfe machte, weil ich ihn vergessen und seine Unschuld noch immer nicht nachgewiesen hatte. Ich nahm das Bild von der Wand. In Gedanken sah ich stattdessen Kode Salamas fröhliches Grinsen.

In der Nacht kam der Traum wieder, aber anders als sonst.

Zuerst war alles wie immer, die Oper begann, doch dann hielt mir jemand eine Gitarre hin und forderte mich auf, «Sheena is a punk rocker» von den Ramones zu singen. Ich erinnerte mich nicht an die Griffe, aber ein breiter, höhnisch lachender Mund rief mir zu, ich müsse spielen. Es war der Mund von Pekka Kalmanlehto.

«Du vergisst alles, weil du dauernd besoffen bist!», brüllte der Mund, und nun gehörte er Karri. Ich war von boshaft lachenden Menschen umringt und wusste nicht einmal, wie man die Gitarre hielt. Jemand stieß mich von der Bühne. Ich erwachte mit dem entsetzlichen Gefühl, ins Leere zu fallen, und mit der Beklemmung, die mir …

… überallhin folgte. Nicht einmal auf der Toilette hatte ich meine Ruhe. Das Leben mit den Kindern war nicht viel anders als die Jahre in Pielavesi unter Vaters Kontrolle, in der ständigen Angst, ihn wieder wütend zu machen. Dort hatte ich unter seiner Knute gestanden, aber bei meinen Kindern war ich die höchste Gewalt. Ich sah, wie sie zusammenzuckten und weinerlich das Gesicht verzogen, wenn ich sie anschrie. Manchmal versetzte ich ihnen einen Klaps, weil ich einfach nicht anders konnte. Damit hörte ich allerdings auf, als ich einmal sah, wie Kaitsu sich schon ängstlich duckte, obwohl ich ihm nur den Hemdkragen zurechtrücken wollte. Ich gab mir Mühe, daran zu denken, dass Kinder dazu da sind, geliebt zu werden, aber manchmal waren sie das einzige Ventil für meinen Hass.

Zwei Jahre nachdem Eero uns verlassen hatte, meldete er sich aus Schweden und bot an, Unterhalt zu zahlen. Ich schrieb zurück, ich wolle nichts mehr mit ihm zu tun haben, außerdem wüsste ich nicht mit Sicherheit, ob Kaitsu überhaupt sein Sohn sei. Natürlich ist er von Eero. Als ich endlich mit einem anderen Mann geschlafen habe, war ich schon über dreißig.

Fernsehsendungen über wirkliche Ereignisse mag ich nicht. Die Wirklichkeit ist wie erkalteter Haferbrei, der einen pelzigen

Geschmack auf der Zunge hinterlässt. Manche Kolleginnen lesen am liebsten Biografien, Memoiren und Enthüllungsbücher, aber ich ziehe fiktive Geschichten vor. Es ist ein tröstlicher Gedanke, dass der Schriftsteller entscheiden kann, was er seinen Figuren widerfahren lässt, oder dass die Schauspieler sich nach den Dreharbeiten die Schminke abwischen und nach Hause oder zum Angeln gehen. Mette-Marit, Diana und all die anderen aus den Königshäusern gehören zur selben Kategorie wie Romanfiguren und Serienhelden. Sie sind keine alltäglichen Menschen, denen ich auf der Straße begegnen könnte, und die überraschenden Dinge, die ihnen passieren, klingen wie die Erfindungen eines Drehbuchautors, sie stammen nicht aus dem wahren Leben.

An dem Abend, als der Dokumentarfilm über Sara kam, musste Kaitsu arbeiten. Ich hatte aber auch gar kein Bedürfnis nach Gesellschaft. Um nicht gestört zu werden, stöpselte ich das Telefon aus. Irgendwer in Pielavesi hielt es womöglich für seine Pflicht, mir mitzuteilen, dass meine Schwester im Fernsehen war. Im Schlafanzug und mit warmen Socken an den Füßen saß ich vor dem Gerät, diesmal ohne mein Häkelzeug. Die Ansagerin, eine ehemalige Schönheitskönigin mit strahlendem Lächeln, nannte nur den Namen des Regisseurs, die Mitwirkenden erwähnte sie nicht.

Während des Vorspanns erschien Saras Gesicht auf dem Bildschirm. Da ich sie seit Wochen nicht mehr gesehen hatte, wusste ich nicht, dass sie mittlerweile blond war und sich lange goldene Zöpfe hatte einflechten lassen. So eine Frisur kostete einen Haufen Geld. Hatten die Dokumentarfilmer ihr den Friseur bezahlt?

Außer Sara waren während des Vorspanns eine Frau mit streichholzkurzen Haaren und ein Mann zu sehen, dem man beide Beine amputiert hatte. Sara trug mit kräftigen Pinselstrichen grelle Farben auf eine Leinwand auf, Orange, Himmelblau, flammendes Gelb. Dann wurde der Hintergrund schwarz und düster, die Frau mit der Stoppelfrisur begann zu sprechen. Ihre Lebensgeschichte war niederschmetternd. Ihr jüngstes Kind war mit zwei Jahren an Krebs gestorben, einen Monat später waren ihr Mann, ihr ältestes Kind und ihre Schwiegermutter bei einem Verkehrsunfall ums Leben gekommen, und ein Jahr danach war bei ihr Brustkrebs diagnostiziert worden. Sie hatte die Krankheit besiegt und lebte nun mit ihrem sechsjährigen mittleren Kind und zwei Hunden irgendwo auf dem Land. An dieser Stelle wurde der Hintergrund hell, die Frau spazierte mit dem Kind und den Hunden lachend über ein Feld.

Dann war Sara an der Reihe. Auch sie saß in einem kargen Raum vor schwarzem Hintergrund, das Gesicht sorgfältig geschminkt und ernst.

«Meine Kindheit war die reine Hölle», sagte sie mit bebender Stimme. Ihre Augen glänzten, als wäre sie den Tränen nahe. «Mein Vater war Trinker und hat meine ältere Schwester und mich sexuell missbraucht. Meine Schwester streitet alles ab, sie ist noch nicht reif genug, der Wahrheit ins Gesicht zu sehen. Das ist eine typische Reaktion. Auch ich war erst als Erwachsene stark genug, mich der Erinnerung zu stellen.»

Sie strich die Zöpfe zurück. «Unter diesen Umständen fiel es mir in der Schule schwer, mich auf den Unterricht zu konzentrieren. Trotzdem kam ich aufs Gymnasium, denn meine Lehrer hielten mich für begabt. Drei Jahre vor meinem Abitur hat mein Bruder Rane unseren Vater umgebracht.»

Sara schwieg eine Weile und wischte sich über die Augen. «Mein Bruder wurde zu zehn Jahren Gefängnis verurteilt, doch unmittelbar vor meiner Abiturprüfung nahm er sich das Leben.»

Was redete sie da? Rane hatte im Frühjahr 1978 Selbstmord begangen, fast ein Jahr vor ihrem Examen. «Infolge des Schocks konnte ich mich kaum auf die schriftliche Prüfung konzentrieren, ich musste mich aufs äußerste anstrengen, um das Abitur überhaupt zu schaffen. Rane hat seine Tat nie zugegeben, und mir ist oft der Verdacht gekommen, dass er zu Unrecht verurteilt wurde. Vielleicht läuft der wahre Mörder heute noch frei herum.»

Ich warf das Sofakissen auf den Boden. Das war es also, was Sara und Katja ausgekocht hatten? Meine Schwester erzählte weiter von ihren Depressionen und ihren häufig wechselnden Männerbekanntschaften. «Dann wurde ich schwanger. Ich musste natürlich abtreiben, weil ich nicht wusste, wer der Vater war. Mit Hilfe einer Frauengruppe fand ich wieder Boden unter den Füßen und suchte weiter nach der Liebe.»

Aber du hast deine große Liebe doch gefunden! Warum sprichst du nicht über Reetta?, fragte ich Sara in Gedanken und merkte plötzlich, dass ich laut gesprochen hatte. Saras lesbische Phase hatte Mutter schwer erschüttert und ihr höllische Angst eingejagt, die Nachbarn in Pielavesi könnten davon erfahren. Nach knapp einem Jahr war es aber auch schon vorüber, wie fast jede Phase in Saras Leben.

«Dann lernte ich Mauri kennen. Er war mein Seelenverwandter, das erkannte ich auf den ersten Blick. Doch unser Glück hatte keine Chance. Ein anderer Mensch, zu allem Überfluss jemand, der mir sehr nahestand, trat zwischen uns und zerstörte unsere Beziehung. Das brach mir das Herz. Ich wurde Alkoholikerin, litt unter Panikattacken, Anorexie und Bulimie. Die Anonymen Alkoholiker haben mir eine Zeitlang geholfen, dann Psychotherapie, Homöopathie und jetzt die Healing-Gruppe. Durch Malen und Meditation fand ich den Weg zu meinem inneren Kind und zu meiner Kreativität.

Damit begann der Genesungsprozess. Ich hoffe auf die Liebe und möchte eine Familie gründen. Dafür ist es noch nicht zu spät.»

Die letzten Aufnahmen zeigten Sara am Meer, Sonnenlicht tanzte auf dem Wasser und brachte ihre Haare zum Leuchten. Sie lächelte träumerisch.

Die darauffolgende Geschichte des Rollstuhlfahrers rauschte an mir vorüber, ich hörte nur die Worte Scheidung, Konkurs und Selbstmordversuch. Am liebsten hätte ich ein Taxi gerufen und wäre zu Sara gefahren, und zwar mit dem schweren Kartoffelstampfer aus Marmor. Wie konnte ich mich je wieder an meinem Arbeitsplatz blicken lassen? Was fiel Sara ein, derartige Lügen über mich und unseren Vater zu verbreiten?

Im Abspann wurden die Namen der Menschen genannt, die ihre Geschichte erzählt hatten. Ich versuchte mich zu beruhigen. Nur wer uns beide kannte, wusste, dass Sara meine Schwester war. Ansonsten konnte niemand diese Sara Selin mit Sirkka Tiainen in Verbindung bringen, wir sahen uns nicht einmal ähnlich.

Sara anzurufen, wagte ich vorläufig nicht, aus Angst, mich zu Äußerungen hinreißen zu lassen, die ich später bereuen würde. Ich stöpselte das Telefon trotzdem ein und wählte Katjas Nummer. Sie meldete sich erst beim dritten Versuch.

«Na, hast du jetzt gesehen, wohin dein Gerede von Ranes angeblicher Unschuld geführt hat?»

«Was?» Im Hintergrund hörte man Lärm: Gläserklirren, Lachen und Musik. Katja war schon wieder in einem Lokal.

«Die Sendung über Sara, hast du sie dir nicht angesehen?»

«Ich hab's aufgenommen. Jetzt kann ich nicht weiterreden, die Verbindung ist so schlecht. Wenn ich die Sendung gesehen habe, ruf ich dich an. Ciao!»

Katja trank zu viel. Ich hatte jetzt allerdings auch eine Stärkung nötig. Zum Muttertag hatten Katja und Kaitsu mir eine Flasche guten Kognak geschenkt, von dem ich seither keinen Tropfen mehr getrunken hatte. Ich schenkte ein Schnapsglas voll, denn Kognakschwenker besaß ich nicht. Das Getränk war stark und scharf, es roch schlimmer als der Hustensaft in meiner Kindheit, aber vielleicht half es. Als das Telefon klingelte, zögerte ich, den Hörer abzunehmen. Aber wenn Sara die Stirn hatte, mich nach alldem anzurufen, hatte sie sich die Folgen selbst zuzuschreiben.

Doch es war Veikko.

«Na, Schwesterherz, hat dir die Fernsehunterhaltung gefallen?»

«Es war entsetzlich!»

«Sara ist eine blendende Schauspielerin. Für ihr Talent, sich zur Heldin großer Tragödien zu stilisieren, hätte sie einen Oscar verdient», lachte er.

«Sie hat die ganze Zeit gelogen, über mich und Vater und Mauri …»

«Ich weiß. Deshalb rufe ich ja an. Du darfst dir nichts daraus machen, hörst du?»

«Natürlich mache ich mir etwas daraus! Sara hat mich in aller Öffentlichkeit bloßgestellt!» Ich merkte, dass mir die Tränen kamen. Seit Jahren hatte mich außer Büchern und Filmen nichts mehr zum Weinen gebracht, selbst auf Mutters Beerdigung waren meine Augen trocken geblieben.

«Hast du dir eigentlich nie Gedanken darüber gemacht, weshalb Rane kein Geständnis abgelegt hat?»

«Fang du nicht auch noch an!»

«Wieso ich auch?»

«Sara und Katja sind schon schlimm genug!»

«Kennst du Sara noch immer nicht? Bei ihr ist es wie bei der amerikanischen Polizei: Alles, was du sagst, kann gegen dich verwendet werden. Du solltest aufpassen, wenn du mit ihr sprichst.»

Damit legte er auf. Ich dachte an Sara, die in jener schrecklichen Nacht an mir vorbeigerannt war. Wie war das Blut an ihr Nachthemd gekommen?

Der Kognak entfachte eine brennende, widerliche Hitze in meinem Innern. Ich goss den Rest aus dem Glas in die Flasche zurück. Es war längst Schlafenszeit, doch ich fühlte mich nicht schläfrig. Also kochte ich mir Kakao und schlug das neueste Buch von Enni Mustonen auf. Bald fühlte ich mich besser. Ich putzte mir die Zähne, machte mir auf dem Sofa das Bett zurecht, legte mich hin und las weiter. Als ich das Licht ausknipste, wollte der Schlaf sich nicht einstellen. Saras Gesicht und ihre Worte gingen mir im Kopf herum, und auch an Mauri musste ich denken, den gebeugten, hilflosen Mauri, der vor der endgültigen Auseinandersetzung davongelaufen war.

«Jemand, der mir sehr nahestand, trat zwischen uns und zerstörte unsere Beziehung …»

Als Mauri immer wieder in der Buchhandlung erschien, begriff ich zuerst nicht, dass er meinetwegen kam. Nach Eero hatte ich ein paar unverbindliche Beziehungen gehabt, doch keinem dieser Männer wollte ich einen bleibenden Platz in meinem Leben einräumen. In den Büchern, die ich las, rochen die Männer angenehm und hatten genau das richtige Lächeln, in den Filmen hatten sie sanfte Stimmen, und ihre Hände sahen aus, als könne man sich von ihnen berühren lassen, doch in der Wirklichkeit hatten Männer klobige Hände und redeten ungehobeltes Zeug. Beim dritten oder vierten Mal begann ich den Sex mit einem realen Mann zu genießen, aber in diesem Stadium war ich für sie bereits ein erlegtes und abgehäutetes Wild, mit dem sie vor ihren Jagdfreunden nicht mehr prahlen konnten.

Mauri war anders. Er war eine Mischung aus Romanheld

und Realität. Er hatte es nicht eilig, erst nach zwei Monaten schliefen wir zum ersten Mal miteinander. Da begehrte ich ihn bereits und hatte mich gefragt, weshalb er kein Interesse zeigte. Im Bett war er sensibler und nervöser als viele andere, er beobachtete meine Reaktionen und ging erstaunlich aufmerksam auf meine Bedürfnisse ein. Sein Rasierwasser roch weder süßlich noch muffig, sondern nach Wald.

Ich gestand mir nie ein, dass ich mich verliebt hatte, und verbot mir, von einer gemeinsamen Zukunft zu träumen. Nach einer Weile kam mir der Verdacht, auch Mauri wolle sich nicht endgültig binden. Er wirkte mitunter abwesend, und dann wieder hatte er keine Zeit, sich mit mir zu treffen. Ich dachte, er habe seine Scheidung und die Trennung von den Kindern noch nicht überwunden. Über seinen Vorschlag, mit mir nach Pielavesi zu fahren und meine Mutter zu besuchen, war ich überrascht, aber auch unendlich dankbar, denn ich nahm seinen Wunsch als Zeichen, dass er es doch ernst meinte. Als wir in Pielavesi an der Kirche vorbeifuhren, überlegte ich unwillkürlich, ob die Trauung dort stattfinden sollte und ob wir anschließend im Hotel Resident feiern würden. Eero und ich hatten ebenfalls in der Kirche von Pielavesi geheiratet, aber das Fest hatte bei uns zu Hause stattgefunden, weil wir uns nichts anderes leisten konnten.

Später versuchte Mauri, seine Verfehlung damit zu erklären, dass er Sara nicht habe vor den Kopf stoßen wollen. Sie habe ihm nämlich mit Selbstmord gedroht. Das glaubte ich unbesehen. Er bat mich, ihm noch eine Chance zu geben, doch ich lehnte ab. Sara wollte ich nie wiedersehen. Hätte ich mich doch nur daran gehalten! Doch als Mutter krank wurde, flehte sie um Versöhnung. Seitdem verhielt sie sich, als hätte Mauri nie existiert.

Ich war es leid, die ganze Nacht mit meinem ohnmächtigen

Hass zu ringen. Da hörte ich plötzlich Katjas Stimme aus weiter Vergangenheit:

«Immer muss ich aufräumen! Warum nicht Kaitsu? Er hat genauso viel Unordnung gemacht wie ich. Aber unser Kaitsu braucht ja nie einen Finger zu rühren, unser Kaitsu ist Mamas kleiner Liebling …»

«Du räumst sofort auf, du faule Kuh!», hatte ich sie damals angebrüllt. An diese Worte musste ich später denken, als Katja mir von ihrer Krankheit erzählte. Vielleicht hätte ich sie besser für mich behalten. Und was war mit all den Worten, die Katja mir an den Kopf geworfen hatte? Würde ich sie ihr vorhalten, wenn ich krank wurde, so wie Mutter krank geworden ist?

Ich wollte so nicht denken. Stattdessen versuchte ich, mich an die Zeit zu erinnern, als Katja und Kaitsu kleine hilflose, nach Milch riechende Bündel gewesen waren, an die flüchtigen Glücksmomente, wenn sie an meiner Brust lagen und mich mit weit aufgerissenen Augen ansahen. Vater war zufrieden gewesen, einen Enkelsohn bekommen zu haben, auch wenn er nicht den Namen seiner Familie trug. Voller Eifer behauptete er, Kaitsu sehe ihm ähnlich, und damit hatte er nicht unrecht. Kaitsu hat dünnes blondes Haar und ein schmales Kinn wie Vater und Rane.

Irgendwann schlief ich endlich ein, und als mich der Wecker um viertel nach sieben weckte, erinnerte ich mich anfangs nicht, was am Abend passiert war. Die Sonne schien, und das Thermometer zeigte sieben Grad minus. Kaitsus Schuhe standen im Flur, er war sicher gerade erst eingeschlafen. Vielleicht würde ich ihn am Nachmittag anrufen und fragen, wann wir wieder einmal gemeinsam essen konnten. Sollte ich auch Katja dazu einladen, damit sie sah, dass ich als Mutter kein völliger Fehlschlag war?

Falls auf der Arbeit über den Dokumentarfilm gesprochen

wurde, wollte ich so tun, als hätte ich ihn nicht gesehen. Ich würde behaupten, Sara habe mir nichts davon gesagt. In der Programmvorschau waren die Beteiligten nur mit dem Vornamen genannt worden. Plötzlich fiel mir ein, dass ich Veikko und Sara für Weihnachten zum Essen eingeladen hatte. Die Einladung würde ich rückgängig machen, so viel stand fest. Vielleicht konnte Katja es Sara ausrichten, ich wollte nie mehr mit ihr reden. Mutter war tot, auf ihre Wünsche brauchte ich keine Rücksicht mehr zu nehmen. Dieser Gedanke löste eine Freude in mir aus, die mich erschreckte.

Der kalte Wind kündigte den Winter an. Ich zog die Mütze über die Ohren und überlegte, dass ich mir endlich einen ordentlichen Winterhut leisten konnte, einen warmen mit Pelzbesatz. Am besten schaute ich mich nach der Arbeit bei Stockmann oder im «Big Apple» um. Im Bus ertappte ich mich bei der Überlegung, ob die Mitfahrenden den Dokumentarfilm gesehen hatten. Was hatten sie wohl von Sara gedacht? «Die arme Frau, sie hat es wirklich nicht leicht gehabt. Ihre Schwester muss verrückt sein, den Inzest zu leugnen.»

Am Vormittag ging alles gut. Meine Kollegin Airi war gleich nach «Emergency Room» schlafen gegangen, und Jukka hatte den Abend mit Freunden in einer Kneipe verbracht. Ich riet ihm, Pfefferminzdrops zu lutschen, damit die Kunden seine Fahne nicht rochen. Da es im Geschäft ruhig war, packte ich Bücherkisten aus. Für die Mittagspause nahm ich mir die Boulevardzeitung mit, denn sie brachte ein Interview mit dem Schauspieler, der in «Verheimlichtes Leben» den Ismo darstellt. Er hatte auch im wirklichen Leben zwei Kinder und angelte gern. Bei einem Fernsehquiz hatte ich ihn einmal mit seiner Frau gesehen, sie war schön und hatte ein freundliches Lächeln. Ich vergaß immer wieder, dass er nicht Ismo war, sondern eben ein Schauspieler, der auch ganz andere Rollen übernehmen konnte, zum Beispiel die eines Polizisten oder eines Kriegshelden. Wäre mir der richtige Mensch so sympathisch wie die Figur, die er darstellte?

Als Leila zur Abendschicht kam, las ich ihr vom Gesicht ab, dass sie die Sendung gesehen hatte.

«Der Dokumentarfilm gestern Abend war ja erschütternd», flüsterte sie mir zu, als sie für einen Kunden ein Buch holte. «Ich wusste gar nicht, dass du es so schwer gehabt hast.»

Anfangs hatte ich Leila gemocht. Sie hatte Interesse für mich gezeigt und gefragt, wie ich als Alleinerziehende zurechtkam. Immer wieder hatte sie erklärt, wir Frauen müssten zusammenhalten. Allmählich war mir jedoch klargeworden, dass sie nach dem Motto «Wissen ist Macht» handelte. Durch ihre Fragen, ihre Besorgnis, ihr Verständnis verschaffte sie sich Macht. Je schlechter es jemandem ging, desto zufriedener war sie. Ich hatte gelernt, ihr nur kleine Häppchen aus meinem Lebens hinzuwerfen, ihr die äußere Schicht der Zwiebel zu geben, die sie zufrieden annahm, ohne zu merken, dass sie nie zum eigentlichen Kern vordrang. Es war auch Leila gewesen, die mir von Katjas verpatztem Auftritt erzählt hatte.

«Das war die Version meiner Schwester», erwiderte ich, als sie das nächste Mal in meiner Nähe war. «Was sie über meine Kindheit gesagt hat, stimmt nicht.»

Leila sah mich mitleidig an und wollte gerade etwas sagen, als ein Kunde sich nach den Kalendern für das nächste Jahr erkundigte. Ich zeigte sie ihm, obwohl Büromaterial eigentlich nicht zu meinem Aufgabenbereich gehörte. Aus Angst vor Mithörern verzichtete ich darauf, Kaitsu in der Nachmittagspause anzurufen. Ich erinnerte mich nicht an seinen Schichtplan, aber vielleicht schaffte ich es ja, nach Hause zu kommen, bevor er losfuhr.

Auf dem Handy fand ich eine Kurznachricht von Katja vor:

«Mutter, sag mir die Wahrheit, ist an der Inzestsache etwas dran?» Ich löschte den ekelhaften Satz und versuchte, Kaffee zu trinken. Nach einer Weile schickte ich ihr meine Antwort. Sie bestand aus einem einzigen Wort: «Nein.»

Leila flüsterte der Reihe nach mit allen Kollegen, offenbar erzählte sie ihnen von der Sendung. Hoffentlich wurde sie nicht auch noch im Vormittagsprogramm wiederholt! Auf dem Heimweg stieg ich zwei Haltestellen zu früh aus, denn ich hatte nichts zu tragen und wollte frische Luft schnappen. Außerdem war ich noch nicht fähig, Kaitsu gegenüberzutreten.

Als ich damals im Mordprozess aussagen musste, hatte ich mir brennend gewünscht, dass meine Kinder krank würden. Ich hatte sogar überlegt, ob Kaitsu sich erkälten würde, wenn ich ihn in nassen Sachen schlafen legte, oder ob Katja Bauchschmerzen bekäme, wenn ich Wasser aus einer Pfütze unter ihren Saft mischte. Es war Sommer, im Winter wäre es leichter gewesen, ihnen eine Erkältung zu verschaffen. Andererseits begannen Wunden in der Hitze schnell zu eitern, war das die Lösung?

Doch ich brachte es nicht über mich, meinen Kindern Schaden zuzufügen. Ich gab sie bei Maija Kalmanlehto in Obhut und fuhr nach Kuopio. Mutter kam ganz in Schwarz, Veikko trug seine Uniform. Sara brauchte nicht auszusagen, weil sie minderjährig war und der Arzt ihr ein Attest geschrieben hatte.

Ich hätte Rane beinahe nicht erkannt, obwohl er zum Glück keine Häftlingskleidung trug. Man hatte ihm die schönen Locken abgeschnitten, die Haare waren streng nach hinten gekämmt. Das Schlimmste waren die Augen in seinem verhärmten Gesicht. Ich konnte den Anblick nicht ertragen.

Mutter und ich brauchten nur wenige Fragen zu beantworten, während Veikko genau erklären musste, wo er sich zur fraglichen Zeit aufgehalten hatte. Ich wusste, dass er unterwegs gewesen war, um Schwarzgebrannten zu besorgen, doch das verschwieg er. Wenn er will, kann er so gut lügen wie Sara.

Ich erzählte alles so, wie ich es mir zurechtgelegt hatte. Man hat mich schon immer für gefühllos und hart gehalten. Im Zeugenstand sprach ich mit fester Stimme, log, wenn es nötig war, und gab mir Mühe, Mutter zu unterstützen. Rane erklärte, sie solle ihn nicht im Gefängnis besuchen. Mutter tat es trotzdem, aber nur einmal. Auch bei Ranes Beerdigung habe ich nicht geweint. Vermutlich wusste er diesmal, was er tat.

Die Wohnung war leer, als ich nach Hause kam. Kaitsu hatte einen Zettel auf den Tisch gelegt, er sei nach Lauttasaari gefahren, um eine Einzimmerwohnung zu besichtigen. Ich öffnete die Tür zu seinem Zimmer. Seine Trainingshose lag auf dem Fußboden – sollte ich sie aufheben? Doch dann würde er merken, dass ich in seinem Zimmer gewesen war. Also ließ ich sie liegen. Warum sollte er eigentlich nicht wissen, dass ich sein Zimmer betreten hatte? Immerhin legte ich ihm regelmäßig die gewaschenen und gebügelten Sachen in den Schrank. Außerdem war es meine Wohnung. Einerseits hoffte ich, Kaitsu würde bald ausziehen, andererseits schämte ich mich für meinen Wunsch.

Bevor ich zum Einkaufen ging, machte ich mir ein Butterbrot. Plötzlich erinnerte ich mich an den Geschmack von Mutters Roggenbrot. Wir hatten einen Backofen zwischen Küche und Schlafkammer, der das ganze Haus bis hinauf in die Bodenkammer heizte. Mutter hatte immer zehn Brote auf einmal gebacken, meist samstags. Anschließend hatte sie dann noch das Hefegebäck für die ganze Woche in den Ofen geschoben. Ein solches Brot konnte man nirgends kaufen, es schmeckte genau richtig, nicht zu sauer und nicht zu salzig, war innen weich und außen knusprig. Ich hatte schon mit acht Jahren gelernt, Roggenbrot zu backen, so wie meine Mutter es von ihrer Mutter gelernt hatte. Großmutter hatte in den letzten Jahren ihres Lebens keine Zähne mehr gehabt und mir und meinen Brüdern die Kruste gegeben.

Woher kamen diese friedvollen, glücklichen Erinnerungen? Ich erinnerte mich auch daran, wie Vater mir das Schwimmen beigebracht hatte. Er hatte mich gut festgehalten, aber dann seinen Griff so behutsam gelockert, dass ich es gar nicht merkte, als das Wasser mich trug und ich allein schwimmen konnte. Es war, als kämen die Erinnerungen hoch, um gegen Saras Geschichte zu protestieren, als wollte Vaters fröhliche, lachende Seite das Bild ausradieren, das Sara von ihm gezeichnet hatte. Einmal hatten wir «Peyton Place» im Fernsehen angeschaut, und Vater hatte mit betrunkener Zärtlichkeit gesagt:

«Die Betty is schön, aber unsere Mutti is noch viel schöner.» Dann hatte er Mutters Brust getätschelt, und sie hatte seine Hand nicht weggeschoben.

Das waren zwar seltene Momente gewesen, doch waren sie deshalb nicht weniger wahr. Der Gedanke gab mir Kraft, die Einkaufsliste zu schreiben und mich anzuziehen. Ich hatte mir eine Einkaufstasche mit Rädern gekauft, obwohl ich mir damit vorkam wie eine Oma. Dabei war ich noch nicht einmal fünfzig. Großmutter könnte ich allerdings schon sein, denn Katja wurde im nächsten Februar dreißig. Als ich so alt war, hatte ich ihr schon den ersten BH gekauft.

Ich ging zum «Big Apple», weil ich dort auch nach dem Winterhut gucken konnte, den ich nach der Arbeit vergessen hatte. Die Umgebung des Einkaufszentrums war noch halb im Rohzustand: in den Vorgärten war nichts angepflanzt, viele der Neubauwohnungen standen noch leer. Als ich Anfang der siebziger Jahre nach Matinkylä gezogen war, hatte die Siedlung mitten im Wald gelegen, weitab vom städtischen Leben, doch inzwischen war die Stadt gewachsen und hatte mir eine Warenvielfalt vor die Haustür gebracht, von der ich in Pielavesi nur hatte träumen können. Vielleicht zog Kaitsu tatsächlich bald aus, dann bekam ich mein bequemes Bett zurück, und in der Küche würde außer mir niemand krümeln. Veikko konnte meinetwegen zum Weihnachtsessen kommen, aber Sara würde ich nicht einladen. Sie sollte aus meinem Leben verschwinden, so wie Eero und Mauri.

Nachdem ich «Verheimlichtes Leben» und die Nachrichten gesehen hatte, war ich bettreif, denn die letzte Nacht steckte mir noch in den Knochen. Ich habe nicht mehr so viel Energie wie in jüngeren Jahren, als ich …

VIERZEHN   *Veikko*

... zehn Stunden am Tag Holz hacken konnte. Inzwischen musste ich schon nach einer Stunde eine Pause einlegen.

Meine Lektorin hatte behauptet, das neue Buch sei mein bestes, sie hatte sogar versprochen, der Verlag werde Werbung dafür machen. Die Korrekturen, die sie verlangte, hatte ich innerhalb von drei Wochen ausgeführt. Sie schlug vor, den Roman ausnahmsweise schon im Frühjahr zu veröffentlichen, weil er dann mehr Aufmerksamkeit wecken würde als in der herbstlichen Flut der Neuerscheinungen. Ich ärgerte mich darüber, denn ich hatte gehofft, im Frühjahr meine Ruhe zu haben. Zum Glück fand die Marketingabteilung die Idee miserabel, weil sich im Frühjahr nur Sprüchesammlungen für die frischgebackenen Abiturienten und Muttertagsschmöker verkauften. Wir einigten uns schließlich auf den August.

Saras Dokumentarfilm bescherte mir eine Übellaunigkeit, die nicht weichen wollte. Um mich aufzumuntern, betrachtete ich die Landschaft, die sich vor meinem Fenster ausbreitete. Krähen über dem Feld. Verdammter van Gogh, dessen Bilder man nicht mögen durfte, weil das als banal galt. Trotzdem zogen mich seine irrwitzigen Farben und schizophrenen Pinselstriche immer wieder an. Als Student hatte ich zweimal

Interrail-Urlaub gemacht und war bei der zweiten Reise wieder über Amsterdam gefahren, nur um mir die Bilder von Neuem anzusehen. Meinen Freunden hatte ich gesagt, ich führe wegen der Nuttenviertel hin. Ich hatte stundenlang vor «Krähen über dem Feld» und den anderen Gemälden gestanden und mich geschämt, weil mir die Tränen kamen. Das ist sonst nicht meine Art.

Ich kann nur beim Schreiben lügen, Sara dagegen hat in ihrer selbstgeschriebenen Rolle einen glänzenden Auftritt vor der Kamera hingelegt. Wahrscheinlich glaubt sie alles, was sie sagt. Sie hat nicht die Geduld, einen Roman zu schreiben, denn sie springt von einem Projekt zum anderen, fängt ein neues an, bevor das alte auch nur halb fertig ist, lässt Gedichte aus sich herauspurzeln und malt am laufenden Meter, wenn ihr danach ist. Sie spricht von Schaffenszwang. Wenn ich das Wort höre, entsichere ich jedes Mal meine geistige Pistole, mit der ich nicht zu schießen wage. Ich schweige und schreibe meine wütenden Gedanken auf, um später auf sie zurückzukommen.

Sara verwendet viele Wörter, gegen die ich allergisch bin. Klischees. Mutters Art zu reden, habe ich immer zu ertragen versucht, sie konnte nichts für ihre Sprache. Und in meinem dritten Roman habe ich einer Nebenfigur Vaters Sprechweise gegeben. Allerdings wurde nur eine verwässerte Kopie daraus, was nicht nur daran lag, dass man in einem gedruckten Text nicht so viele Flüche unterbringen kann, sondern vor allem daran, dass die Schrift weder Vaters breite Diphthonge wiedergeben kann noch den Geruch, der seinem Mund entströmte.

Es gibt Tage, an denen ich mit keinem Menschen ein Wort wechsle. Das sind klare, schöne Tage. Manchmal spreche ich wochenlang nur am Telefon Finnisch. Dann schalte ich das Radio ein und erwische versehentlich einen Werbesender, wo irgendeine junge Unperson schnattert und verzweifelt zu verbergen versucht, dass sie aus der Provinz stammt. Diese Amöben genieren sich für ihre Eltern, die Ende der sechziger Jahre aus Hintertupfingen in die Hauptstadtregion gezogen sind. Man bewundert den Urgroßvater, der in Summa oder Ihantala gegen die Russen gekämpft hat, aber selbst zieht man so schnell wie möglich in eine winzige Bude in der Innenstadt von Helsinki, für die man viertausend Mark im Monat hinblättern muss. Vom restlichen Geld reisen sie nach Paris oder Goa, wo sie die richtige Sprache mit genau der richtigen Betonung sprechen, während sie in ihrer eigenen Sprache Wörter wie Stoppelacker oder Heureuter nicht mehr kennen. Diese Menschen wagen es nicht einmal, sich fortzupflanzen, weil sie befürchten, in ihren eigenen Kindern käme das alte Hintertupfingen zum Vorschein, das sie sich selbst mit so viel Aufwand an Spinning und Fasten ausgetrieben haben. Mag sein, dass sie Europäer sind, aber alles, was sie wissen, haben sie aus Büchern gelernt. Sie selbst erleben nichts mehr, weil sie sich sämtliche Erlebnisse vom Fernsehen und von Musikvideos vorgaukeln lassen. Sie haben eine Vorstellung davon, wie Verliebtheit oder ein Orgasmus sich anzufühlen hat, und wenn die Realität dieser Vorstellung nicht entspricht, verwerfen sie die Wirklichkeit. Einerseits wollen sie ihre Wurzeln und ihre Bindung an einen Ort aufgeben, andererseits suchen sie verzweifelt in ihrer Kindheit nach Gründen für ihre Unzufriedenheit oder Krankheit. Wenn sie außerhalb ihres Ichs keinen Grund entdecken, erfinden sie einen. Selbst unter meinen Altersgenossen gibt es mittlerweile solche ewigen Kinder.

Ständig muss etwas passieren, notfalls eine Beziehungskrise, wenn das Leben sonst nicht bunt genug ist. Für meinen Großvater war es ein ganz besonderes Ereignis, sich einmal den Bauch mit Fleisch vollschlagen zu können, und die Sternstunde im Leben meiner Großmutter schlug, als der Propst sich nach dem Gottesdienst erkundigte, wie es ihr gehe. Ich glaube, der Geist kann nur in der Ereignislosigkeit etwas hervorbringen.

Mir ist es wichtig, einfach nur zu sein und zu sehen. Mir genügt tagaus, tagein dieselbe Landschaft, der Schatten der Bäume auf dem Feld, der Sonnenuntergang, der sich im Saunafenster spiegelt. Ich sitze stundenlang am Ufer und beobachte, wie das Licht wechselt. Wenn das Meer zugefroren ist, gleicht der Horizont einem Gemälde, das sich in jeder Minute fast unmerklich verändert. Nur wenn man lange genug hinschaut, nimmt man die Veränderung wahr.

Wahrscheinlich müsste ich Sara dankbar sein, denn ihre TV-Show hat mir geholfen, klarer zu denken. Nachträglich habe ich bereut, was ich zu Sirkka gesagt habe. Die Andeutung, auch ich hätte über Ranes Schuld oder Unschuld nachgedacht, hätte ich ihr ersparen sollen. Sie tut mir beinahe leid, weil Sara in aller Öffentlichkeit Lügen über sie erzählt. Ich habe Sirkka immer für einen Menschen gehalten, der alles erträgt, wie unsere Mutter. Ihren Mauri habe ich nie kennengelernt, aber allem Anschein nach ist er ein Feigling.

Aber wer bin ich, über Feigheit zu reden? Ich habe mir als Kind von Vater und Rane anhören müssen, ich sei ein Feigling, später von einigen Frauen. Sie betrachteten es als Feigheit, dass ich nicht mit ihnen zusammenleben wollte. Zu einer habe ich gesagt, ich zöge es vor, allein zu masturbieren als in ihr. Ich drückte mich absichtlich verletzend aus, sodass sie den Feigling auch noch zum Schwein erklären konnte. So war es besser für sie.

Ich weiß nicht, was Mutter getan hat, um keine Kinder mehr zu bekommen, aber irgendeinen Weg muss sie gefunden haben. Als kleiner Junge bin ich ein paarmal ins Schlafzimmer geplatzt, während meine Eltern zugange waren. Ein freudianischer Filmemacher hätte daraus ein lebenslanges Trauma konstruiert.

In meinem zweiten Roman habe ich eine dieser Szenen beschrieben und versucht, meine Erinnerung so genau wie möglich wiederzugeben. Auf den Gedanken, Mutter, die alle meine Bücher gewissenhaft las, auch wenn sie nie ein Wort darüber verlor, könnte davon beleidigt gewesen sein, kam ich nicht. Es war meine Erinnerung, nicht ihre.

Sie sahen mich beide, denn das Bett stand gegenüber der Tür. Die gehäkelte Tagesdecke lag auf dem Boden, die Bettdecke hatte Vater halb über sich gezogen. Es roch nach Schweiß, Schnaps und dem Maiglöckchenparfüm, das Sirkka und ich Mutter zu Weihnachten geschenkt hatten. Rane hatte sich an unserem Geschenk beteiligen wollen, doch das hatten wir abgelehnt, weil er seinen Anteil nicht bezahlen wollte. Daraufhin hatte er einen Bratenwender geschnitzt. An diesem Morgen, einem Schultag, war ich mit Kopfschmerzen und Bauchweh aufgewacht. Sirkka hatte mich nach unten geschickt, damit ich es Mutter sagte.

Mutter sah mich als Erste, Vater hatte über seinem Keuchen nicht gehört, dass die Tür aufging. Als er mich sah, rief er: «Raus, verdammt nochmal!» Ich verzog mich. Im Buch begann ich an dieser Stelle zu lügen, ich ließ meinen Protagonisten barfuß aus dem Haus laufen und hohes Fieber bekommen. In Wahrheit ging ich zurück in die Dachkammer, wo wir damals alle schliefen, und sagte, Sirkka solle selbst hinuntergehen. Etwas später kam Mutter herauf und erklärte, da ich offensichtlich Fieber hätte, bräuchte ich nicht zur Schule.

Vielleicht hat Mutter den Vorfall bald vergessen. Ich dagegen sehe immer noch ihre Augen vor mir, in denen der gleiche Ausdruck lag wie in den Augen einer Kuh beim Melken: Das passiert nicht zum ersten Mal, und es wird wieder geschehen. Es war Mutter, mit der Vater gevögelt hat, nicht Sirkka oder Sara.

Ich war vierzehn, als wir von Sirkkas Schwangerschaft erfuhren. Rane war damals siebzehn und behauptete, es schon mit einer getrieben zu haben. Auch er konnte so überzeugend lügen, dass er selbst an seine Geschichten glaubte. Heute würde ich es natürlich vorziehen, seine Bettgeschichten für erlogen zu halten, aber ich kann die Möglichkeit nicht ausschließen, dass er doch die Wahrheit gesagt hat. Auf meine Einstellung zu meinem Bruder hatte das keinen Einfluss. Ich weiß nicht, ob es anders gekommen wäre, wenn ich geredet hätte, statt zu schweigen. Es ist ein Luxus, seine Fehler selbst gemacht zu haben, man kann sie keinem anderen vorwerfen.

Mittlerweile herrscht bereits ständiger Frost, mein Morgenspaziergang führt mich über gefrorene Äcker. Die Stoppeln knirschen unter meinen Stiefeln, doch an geschützten Stellen ist der Boden noch so weich, dass ich einsinke. Ich mache mir einen Spaß daraus, das Eis auf den Pfützen zu zertreten. Das Herbstlaub war in diesem Jahr vorwiegend gelb, und da die Vogelbeerbäume auch keine Früchte trugen, hatte ich schon geglaubt, das bekannte Blutrot bliebe in diesem Herbst ganz aus. Heute kam es endlich, beim Sonnenaufgang. Ich sehe das Spiegelbild der roten Wolken früher als die Wolken selbst, betrachte beide abwechselnd und verwünsche Plato, wie so oft. Dass Paulus von Abbildern sprach und davon, sich von Angesicht zu Angesicht zu sehen, verstehe ich ja noch, denn Paulus glaubte an den einen Gott und daran, dass die Menschen nach seinem Bild geschaffen seien. Nach dem Sonnenaufgang bewölkte sich der Himmel und nahm die graue Farbe an, die Schnee ankündigt. Doch es schneite nicht.

Am nächsten Tag kam per Post die Nachricht, auf mein Konto seien hunderttausendfünf Mark und dreißig überwiesen worden, mein Anteil an Mutters Erbe. Auf meinem Haus liegen noch dreiundsechzigtausend Mark Schulden. Als ich es 1992 kaufte, bezahlte ich hundertfünfzigtausend dafür. Das war mitten in der Rezession, ich hatte von meinem ersten Stipendium fünfundzwanzigtausend gespart und war überzeugt, keinen Bankkredit zu bekommen. Doch die Bank hatte das Haus als Sicherheit akzeptiert.

Ich erkundigte mich, was zu tun sei, um die restliche Kreditsumme auf einmal zurückzuzahlen, und erfuhr, ich müsse in der nächsten Filiale vorsprechen, die sich in Kirkkonummi befand. Wie ein braves Bäuerlein bereitete ich mich auf den Bankbesuch vor, indem ich meine sauberste Hose, ein passendes Jackett und ein Hemd mit steifem Kragen aus dem Schrank holte. Eine Krawatte wäre zu viel des Guten gewesen. Bevor ich Hemd und Hose bügelte, bestellte ich ein Taxi.

Ich hatte nie zuvor so viel Geld besessen, meine Stimmung besserte sich merklich. Sie sank allerdings wieder, als ich fast eine Stunde warten musste, bis die Kreditberaterin Zeit für mich hatte, und dann erfuhr, dass ich die Angelegenheit auch per Internet hätte regeln können. Die Kreditberaterin wollte sich auch gleich um die verbleibenden vierzigtausend kümmern und empfahl mir verschiedene Anlagemöglichkeiten. Ich hatte keine Lust, ihr darzulegen, welche realistischen Investitionen ich im Auge hatte: einen neuen Außenbordmotor, eine Flasche vom besten Kognak und eine ordentliche Fahrradlampe.

Anschließend aß ich im «Rosso» Rindfleisch mit Knoblauch und trank ein Glas Rotwein dazu. Gegen meine Gewohnheit bestellte ich mir sogar ein Eis als Dessert. Als Großmutter sterbend im Krankenhaus lag, nahm Mutter Rane und mich zu einem Besuch mit. Sirkka blieb zu Hause, um Sara zu hüten, die damals noch ein Baby war. An das Krankenhaus habe ich keinerlei Erinnerung, aber bevor wir nach Pielavesi zurückfuhren, spendierte Mutter uns ein Eis: eine Kugel Erdbeer, eine Kugel Schokolade, Schokoladensoße und Schlagsahne. Der Eisbecher im «Rosso» schmeckte ähnlich. Eigentlich hatte den ja auch Mutter spendiert.

Ich bestellte ein Taxi, fuhr zum Alkoholgeschäft und von dort zum Supermarkt. Der Taxifahrer war aus Kirkkonummi, ich kannte ihn nicht, aber er half mir, meine Einkäufe bis an die Haustür zu tragen. Ich gab ihm ein großzügiges Trinkgeld. Während ich meine Vorräte auspackte, dachte ich über die Anschaffung eines Hundes nach. Oder sollte ich mir Hund und Katze zulegen?

Der Gedanke war so überwältigend, dass ich mich umzog und zu einem Spaziergang aufbrach. Als ich aus dem Haus trat, wurde mir bewusst, dass ich nun auf eigenem Grund und Boden stand, dreieinhalbtausend Quadratmeter Land, das mir allein gehörte. Auf der Straße kam mir Clasu mit seinem Traktor entgegen. Ich lud ihn für den Abend zu einem Kognak ein, und er versprach zu kommen. Dann schlug ich den Weg zum Ufer ein, die Felder strahlten in warmem Braun, und auch der nackte Wald klagte nicht über Kälte. Auf der Stromleitung hockten Elstern.

Der Wind kam von Süden und türmte hohe Wellen auf. Am Horizont war ein Schleppkahn zu sehen, zwei Schwanenpaare zogen einige hundert Meter vom Ufer vorbei. Ich hatte Lust zu schwimmen, zog mich aus und watete ins Wasser. Es war höllisch kalt, doch ich machte trotzdem einige Schwimmzüge. Der Sand unter meinen Füßen war geriffelt, die Algen, die sich am Ufer angehäuft hatten, fühlten sich warm an. Ich hüpfte auf und ab, bis ich trocken war, zog mich an und betrachtete den Horizont und den Himmel mit den dicken Wolken, die die Farbe von Blaubeermilch hatten. Der Anblick war so schön, dass mir fast die Tränen gekommen wären. Meine Landschaft! Mein Zuhause!

Haimakainen und seine Frau waren ebenfalls unterwegs, ich

überholte sie auf dem Rückweg. Die Frau schlenkerte heftig mit ihren Stöcken, die Haimakainen peinlich zu sein schienen. Wir lächelten und grüßten uns, die Frau meinte ebenfalls, es sei ein schöner Tag. Ich hatte das Gefühl, hierher zu gehören.

Clasu und ich tranken genau die richtige Menge Kognak. Er erzählte, die Hündin von Görans Schwester habe Junge geworfen. Ich fragte, ob sie die Mutter eines dieser verrückten Viecher sei, die winselnd am Ufer stehen, wenn ihr Herrchen schwimmt, doch das wusste er nicht. Die Mutter sei jedenfalls eine Finnische Spitzhündin und der Vater aller Wahrscheinlichkeit nach die eigensinnige Samojede des Nachbarn. Ich versprach, mich zu melden.

Clasu verabschiedete sich gegen zehn. Es hatte aufgeklart, vom Stubenfenster aus war der Große Wagen zu sehen, und ganz oben prangte der Polarstern. Ich ging auf den Hof, um zu pinkeln und die Sterne zu betrachten. Es roch nach Frost.

Ich war vierundvierzig und besaß ein schuldenfreies Haus. Bisher hatte ich einen Band mit Erzählungen und vier Romane veröffentlicht, im nächsten Jahr würde der fünfte erscheinen. Im Lauf meines Lebens war ich mit elf Frauen zusammen gewesen, keine große Zahl, schien mir. Die längste Beziehung hatte ein Jahr gedauert. Ich hatte sie beendet, als die Frau sich im Kaufhaus die Kinderwagen ansah.

Sara hatte in dem Dokumentarfilm gesagt, es sei noch nicht zu spät für sie, Kinder zu bekommen. Sie war einundvierzig. Auch für mich war es nicht zu spät, Männer hatten ihr Leben lang Zeit. Wer keine Kinder will, ist in meinen Augen ein Feigling. Ich gestehe freiwillig, dass auch ich zu dieser Kategorie gehöre. Neugierigen gegenüber begründe ich meine Entscheidung mit der Überbevölkerung der Erde. Frauen halten mich daraufhin für edelmütig. Wenn ich einer Frau sagen würde, dass ich meine Verrücktheit nicht ins dritte und vierte Glied weitervererben will, würde sie behaupten, das könne sie verhindern. Nach Ansicht der Frauen ist nämlich nichts so allmächtig wie ihre Liebe. Eine hat sogar erklärt, sie könne aus mir einen offenen, mutigen Menschen machen.

Es war schon zwei Jahre her, seit ich zuletzt bei einer Frau war. Jetzt hatte ich plötzlich Lust. Es blieb mir keine andere Wahl, als es allein zu erledigen. Bilder von ehemaligen Freundinnen und von fiktiven Frauen zogen an mir vorüber, keine von ihnen hätte ich wirklich an meiner Seite haben wollen. Auch die Idee mit dem jungen Hund kam mir plötzlich idiotisch vor. Sicher würde ich ihm nicht einmal beibringen können, den Fußboden nicht als Toilette zu benutzen. Ich las bis spät in die Nacht in einem gleichgültigen Buch. Am nächsten Vormittag weckte mich ein Anruf von Görans Schwester.

«Wie ich höre, interessierst du dich für einen unserer Welpen.»

Es hatte sich in weniger als vierundzwanzig Stunden herumgesprochen. Im Halbschlaf hatte ich nicht die Kraft, ihr zu widersprechen, also versprach ich, gegen Abend vorbeizukommen und mir die Jungen anzusehen. Immerhin ging es nur um einen Hund, nicht um ein Kind.

Das Postauto hielt am Wegrand, wieder wurde etwas in meinen Briefkasten geworfen. Ich zog mich an, schaltete die Kaffeemaschine ein und ging meine Post holen. Das Mitgliederbulletin des Schriftstellerverbandes und eine Kunstpostkarte, van Goghs Schwertlilien. Wer schickte mir so etwas? Ich drehte die Karte um. Sie war tatsächlich an mich adressiert.

«Lieber Veikko, ich habe gerade deinen Roman ‹Braunes Licht› gelesen, er hat mir sehr gut gefallen. Die Art, wie du durch karge, exakte Naturschilderungen Gemütsbewegungen skizzierst, hat mich besonders beeindruckt. Hoffentlich sehen wir uns einmal wieder. Genieße den beginnenden Winter!»

Die Absenderin war die Autorin mit dem großen Busen, mit der ich bei der Matinee in Häme gewesen war. Die Kulturreferentin hatte uns nach der Veranstaltung zum Essen eingeladen. Der Dichterjüngling lebte gerade alkoholfrei, weil seine Frau schwanger war, und versprach, uns beide nach Hause zu bringen. Er wohnte in Espoo, die Autorin in Vihti.

Die Kulturreferentin und die Schriftstellerin schienen den Dichterjüngling anzubeten, der offenbar einer der bei Frauen so beliebten Neuen Väter war, da er wegen eines Ungeborenen auf Alkohol verzichtete. Er hatte einen langen blonden Pferdeschwanz und ein einstudiert wirkendes, sanftes Lächeln. Ich aß und trank und hörte den anderen zu. Plötzlich wandte sich die Großbusige an mich:

«Sehr interessant, deine Auffassung, ein Schriftsteller müsse nicht sensibel sein. Ich habe immer das Gefühl, die Menschen zu enttäuschen, wenn ich ihnen sage, dass ich eine glückliche Kindheit hatte. Als könnte man sich nur durch schlimme Kindheitserlebnisse zum Künstler qualifizieren.»

Ich wollte weder über meine Kindheit reden noch über irgendetwas anderes, aber höflichkeitshalber sprach ich eine Weile mit ihr. Ich trank eine Menge Wein und einen Kognak und war auf der Rückfahrt vermutlich viel zu gesprächig und freundlich. Ich schäme mich noch immer. Zum Glück hatte ich auf eigenen Wunsch hinten gesessen, aber selbst das hatte mich nicht davor bewahrt, in das Gespräch zwischen dem Dichterjüngling und der Großbusigen hineingezogen zu werden. Als wir die Frau vor ihrem Haus abgesetzt hatten, hatte sie mich umarmt.

Soweit ich mich erinnerte, hatte sie einen Mann und drei Kinder, also war ihre Postkarte wohl nicht als erotische Annäherung zu verstehen. Dann fiel mir ein, dass sie von den Musen gesprochen hatte, die sie brauchte, wenn sie in ihren Beziehungsromanen über Männer schrieb. Sollte ich für so etwas geeignet sein? Ich beschloss, ihr nicht zu antworten, und dachte über «Braunes Licht» nach. Wenn es der Großbusigen gefiel, musste es ein schlechtes Buch sein.

Den Rest des Tages verbrachte ich mit Putzen und Waschen. Dabei dachte ich an den Hund. Als ich klein war, hatten wir einen Karelischen Bärenhund namens Topi. Er durfte selbst bei strengstem Frost nicht ins Haus, sosehr wir Kinder auch bettelten. Im Alter wurde er reizbar und musste schließlich getötet werden. Vater erschoss ihn hinter dem alten Kuhstall und griff anschließend zur Schnapsflasche. Ein neuer Hund wurde nicht angeschafft. Auf dem Hof liefen Katzen umher. Ab und zu warfen sie Junge, die Vater ertränkte, wenn die Mädchen nicht da waren. Später musste Rane diese Aufgabe übernehmen. Ich hätte es wohl auch tun können, wenn Vater mir den Auftrag gegeben hätte, doch das geschah zum Glück nicht.

Als Präsident Kekkonen, der aus Pielavesi stammte, siebzig wurde, war ich in der Abiturklasse. Der ganze Ort feierte, man rechnete fest damit, dass Kekkonen für seine Verdienste um die KSZE den Friedensnobelpreis erhalten würde. Im Rathausfenster hing ein großes Foto des Präsidenten. Esko Muona und ich klauten im Laden schwarze Farbe und einen Pinsel, tranken uns zwei Tage nach den Geburtstagsfeierlichkeiten mit Bier Mut an und malten Kekkonen eine Hippiefrisur. Die Aktion löste einen ziemlichen Skandal aus, selbst die Provinzzeitung fahndete nach den Vandalen. Wir hätten zu gern vor unseren Freunden mit der Tat geprahlt, hatten aber Angst, geschnappt zu werden. Auch meinen Schwestern habe ich die Geschichte erst vor ein paar Jahren erzählt, und natürlich hatte Sara nichts Eiligeres zu tun, als bei Mutter zu petzen. Sie wurde sehr böse, obwohl das Ganze fast fünfundzwanzig Jahre zurücklag. Für Mutter war Kekkonen nach wie vor ein Held.

Da ich mit dem Rad zu Görans Schwester und ihren Welpen fahren wollte, holte ich eine lange Unterhose aus dem Schrank. Ich war gerade mit einem Bein drin, als das Telefon klingelte. Halbnackt, die Hose hinter mir herziehend, hüpfte ich zum Apparat. Es war Sara.

«Na, wie geht es meinem einzigen Bruder?»

«Ganz gut.»

«Du hast mir noch nicht gesagt, wie dir meine Sendung gefallen hat.»

«Ich hab sie nicht gesehen», log ich. Sara schwieg.

«Ich war blau, deshalb hab ich es vergessen», log ich weiter. Ich hatte ihr vor Zeiten schon weisgemacht, ich wäre ein starker Trinker.

«Du solltest unbedingt etwas gegen deine Sauferei tun!»

«Hab ich schon. Der Schnaps ist alle.»

«Lass die Witze! Denk dir nur, Sirkka ist wütend auf mich, sie will mich zu Weihnachten nicht einladen. Dabei ist es mein erstes Christfest ohne Mutter, das kann ich auf keinen Fall bei fremden Menschen verbringen. Soll Sirkka mit ihren Kindern feiern, ich komme zu dir.»

Ich verzichtete darauf, sie an all die Weihnachten zu erinnern, an denen sie anderweitig beschäftigt war, in ihrer Lesbengemeinschaft oder mit einem kurz vor der Scheidung stehenden Geiger in Wien. Damals war ihr Mutters Weihnachten egal gewesen.

«Ich habe vor, bei Sirkka zu feiern, um mir den Weihnachtsputz zu ersparen. Einen Tannenbaum aus Clasus Wald habe ich ihr auch schon versprochen.»

«Ich kann es gar nicht fassen, dass Sirkka sich so aufregt! Ich bringe es einfach nicht mehr fertig, die Wahrheit zu vertuschen und für andere zu lügen. Könntest du ihr das nicht sagen?»

«Nein.»

Ich hätte gern hinzugefügt, sie müsse sich bei Sirkka entschuldigen, aber damit hätte ich bereits Partei ergriffen, was ich grundsätzlich vermied. Mutter hatte es immer wieder getan, aber ich war nicht der Vater meiner Schwestern, sondern ihr Bruder. Es wäre eine enorme Leistung von Sirkka, wenn sie Sara endlich aus ihrem Leben ausschließen würde. Allerdings glaubte ich nicht, dass sie es schaffte.

Ich sagte Sara, ich müsse gehen, verriet ihr aber nichts von dem Hund. Bevor ich auflegen konnte, fragte sie, ob ich mir das Video ihrer Sendung ausleihen wolle. Ich versprach, es mir zu überlegen.

Es war dunkel geworden, und meine alte Fahrradlampe gab wenig Licht. Zum Glück war der Mond schon halb voll. Ich versuchte, eine Geschwindigkeit zu halten, bei der ich warm blieb, aber nicht ins Schwitzen kam. Der Mittelwert war einigermaßen richtig: Bergauf wurde mir heiß, bergab fror ich.

Das Haus, in dem Görans Schwester wohnte, war von Ackerland umgeben. Auf dem Hof bellte ein Spitz, offenbar das Muttertier. Ich klingelte. Aus dem Haus drangen Kinderstimmen und ein seltsames Piepen. Der kleine Junge, der mir öffnete, hielt ein piependes Spielzeuggewehr in der Hand.

«Hallo, ist deine Mama oder dein Papa zu Hause?», fragte ich vorsichtshalber auf Schwedisch, weil ich nicht wusste, ob der Junge Finnisch verstand.

Görans Schwester war rundlich und rothaarig wie ihr Bruder und bestand darauf, mir Kaffee zu kochen. Frisches Gebäck hatte sie auch. Die Kinder, es waren vier oder fünf, zogen mich zu den Welpen. Davon gab es drei. Einer war gelbbraun wie die Mutter, einer fast weiß und einer merkwürdig gescheckt. Der weiße war bereits reserviert. Die beiden anderen waren Weibchen.

Die kleinen Wesen winselten und balgten sich, ihr Bellen war noch unsicher und scheu. Ich nahm das gescheckte Junge auf den Arm. Dabei erinnerte ich mich, wie Elina Hujanen einmal bei uns gewesen war, um sich ein Katzenjunges auszusuchen. Sirkka und ich hatten gespannt darauf gewartet, welches der Tiere dem Tod entgehen würde. Allerdings würde wohl niemand Hundejunge töten, selbst wenn es Mischlinge waren.

Der Gescheckte war neugierig, er kaute zuerst an meinem Hemdkragen und dann an meinem Finger. Görans Schwester versprach, dass ich ihn zu Weihnachten holen könne. Ich sagte, am Heiligabend sei ich nicht zu Hause, aber am ersten Feiertag würde ich vorbeikommen. Die Kinder hatten den Gescheckten Growlithe getauft, nach irgendeinem Pokemon, aber ich konnte ihm natürlich einen neuen Namen geben. Görans Schwester verlangte zweihundert Mark für den Welpen.

Wir begossen den Handel mit Kaffee. Das Hefegebäck schmeckte herrlich, ich aß drei Stück. Görans Schwester bestand darauf, mir drei weitere einzupacken, und lächelte breit. Der Weg war glatt, ich nahm mir vor, am nächsten Tag die Winterreifen aufzuziehen. Nun war ich Hausbesitzer und beinahe Hundebesitzer. Ich hatte noch nie für ein Lebewesen gesorgt, die Verantwortung erschien mir groß. In Gedanken stellte ich eine Liste des Zubehörs auf, das ich für den Hund besorgen musste.

Der Kirchturm leuchtete, als wolle er daran erinnern, dass es noch andere Lichter gab als die roten Augen der Handymasten, die überall aufragten. Mutter hatte bis zuletzt an Gott geglaubt, und als sie mich einmal besuchte, wollte sie unbedingt in die Kirche von Degerby, wo zufällig gerade ein finnischsprachiger Gottesdienst stattfinden sollte. Sie versuchte, mich zum Mitkommen zu überreden, doch ich berief mich darauf, dass wir nur ein Fahrrad zur Verfügung hatten. Als sie zurückkam, sagte sie, sie habe für mich gebetet. Jedem anderen hätte ich das übelgenommen.

In der Nacht träumte ich von einem Kreuz, das ich einen staubigen Hügel hinaufschleppen musste. Ich hatte das Gefühl, es nie im Leben zu schaffen. Dann rief mir eine unbekannte Stimme zu, ich selbst sei mein Kreuz. Davon wurde ich wach. Mich verstörte vor allem, dass ich im Traum ein Leinengewand und Sandalen getragen hatte wie auf einem Jesusbild. Ich hatte mich nie als Christus gesehen, denn ich konnte mich nicht ...

… mit den Frauen identifizieren, von denen die Lieder der Bands handelten. Ich war keine Femme fatale wie Sheena, aber auch nicht das brave Mädchen von nebenan. Leena, die Klebstoff schnüffelte, wäre ich nicht gern gewesen, doch von allen Frauengestalten war sie mir am ähnlichsten. Am ehesten fühlte ich mich wie einer der jungen Männer, die lieber Musik machten, als im Haushalt zu helfen, und deshalb verlassen wurden.

Mit der Magisterarbeit kam ich gut voran, was ich vor allem den interessanten Antworten von Kode Salama und den anderen Bands zu verdanken hatte. Auf der Homepage der Luumäet fand ich einen Aufsatz von einem Forscher namens Mikko Aho über das Frauenbild in den Songs der Gruppe und beschloss, seine Gliederung zu übernehmen, wenn ich die Texte anderer finnischer Bands und die der Ramones analysierte. Ich musste mir immer wieder bewusstmachen, dass ich meine Arbeit in Musik- und nicht in Literaturwissenschaft schrieb, aber wie kann man Lieder analysieren, ohne Text und Musik miteinander zu verbinden?

Die Wichtigkeit der Textanalyse betonte auch meine Gesangslehrerin.

«‹Dunkle Kräuter› ist ein finnisches Lied, nach einem Gedicht von L. Onerva. Du verstehst also jedes Wort. Warum höre ich das nicht, wenn du singst? Es ist ein tragisches Lied, kein fröhliches Tralala. Warst du jemals unglücklich verliebt?»

Ich wusste, dass Riitta mit vielen Schülern über Privatangelegenheiten sprach. Für Viivi, die ihr regelmäßig von ihren Männergeschichten erzählte, suchte sie jeweils die zu ihrer Stimmung passende Musik aus. Ich hatte über mein Privatleben immer geschwiegen.

«Wer wäre das nicht gewesen?», antwortete ich lahm.

«Genau! Dann denk jetzt daran zurück. Aber mit dem Gefühl, nicht mit dem Verstand! Probieren wir es noch einmal.»

Ich begann wieder zu singen. Rastlose Klaviertriolen kräuselten sich wie ein Wasserlauf irgendwo im Süden, wo die Nacht schwarz und warm war. Ich versuchte, mit kontrollierter und doch warmer räsonierender Kraft zu singen, dann wurde mir klar, dass ich mich einfach der Musik hingeben musste. Wenn ich zu Hause Platten hörte oder eigene Lieder sang, konnte ich es ja auch.

«Schon besser», sagte Riitta nach dem zweiten Durchgang. «Nochmal.»

Beim dritten Versuch schaffte ich es, mich von der Musik mitreißen zu lassen. Danach war Verdi an der Reihe, die entsetzliche Arie der Zigeunerin aus dem «Troubadour». Die Geschichte des ins Feuer geworfenen Kindes bedrückte mich so sehr, dass ich bisher nicht gewagt hatte, mich auf die Musik einzulassen, doch nun zwang ich mich, an Entsetzen und Tod zu denken. Es war ganz leicht: Ich brauchte mir nur die Muttertagsnacht vor mehr als zwanzig Jahren auszumalen, das Blut und die Kälte.

«Gut, gut!», rief Riitta, als mir sogar die fürchterlichen Koloraturen gelangen, obwohl meiner Stimme die nötige Geschmeidigkeit fehlte. Nach der Stunde war ich so erledigt, dass ich es kaum noch schaffte, mich in den kleinen Laden an der Ecke zu schleppen. Doch es musste sein, ich hatte weder Obst noch Reis oder Nudeln im Haus. Ich fühlte mich wie nach einem Dauerlauf.

«Hallo, Katja», sagte jemand hinter mir. Ich drehte mich um und sah Pekka Kalmanlehto mit seinem breiten Grinsen.

«Tag», sagte ich müde und nahm hastig ein Paket Reis-Gersten-Mischung aus dem Regal.

«Wohnst du auch hier in der Nähe?»

«In der Orioninkatu.»

«Aha. Ich habe mir eine Einzimmerwohnung in der Sturenkatu gekauft, bin gerade dabei, sie zu renovieren.»

Natürlich, er hatte reiche Eltern und konnte sich eine eigene Wohnung leisten.

«Ich musste ziemlich viel Kredit aufnehmen, aber zum Glück hab ich bei Blitz einen guten Job.»

«Was war es noch gleich, was du da machst?», fragte ich, obwohl es mich eigentlich gar nicht interessierte. Aber da er ein Kollege von Kode Salama war, musste ich mich um ein gutes Verhältnis zu ihm bemühen.

«Ich arbeite als Tontechniker und teils auch als Mixer. Kode ist der Produzent.»

«Aha.» Mein Handy klingelte, ich sah, dass Viivi anrief. Das war eine gute Gelegenheit, Pekka loszuwerden. Ich machte eine entschuldigende Geste und nahm das Gespräch an. Pekka ging zur Kasse. Als er mir zum Abschied zuwinkte, setzte er wieder sein strahlendes Lächeln auf, das man einfach erwidern musste.

Das Leben ging weiter wie in dem Lied von Luonteri Surf, in dem die Stimmung hundertmal am Tag wechselt. Mal war ich fröhlich und voller Ideen, dann wieder betrachtete ich die

Welt durch ein Schnapsglas und sah nur noch schwarz. Viel zu oft träumte ich von Kode Salama. Wenn die vertraute Stimme aus den Lautsprechern kam, setzte ich den Mann skrupellos mit seinen Liedern gleich. Ich hatte seine Nummer auf meinem Handy gespeichert, um immer wieder den Namen Kode zu sehen, wenn ich die Liste durchsah. Ich wusste genau, dass ich für den Rest meines Lebens ein Teenager bleiben würde.

Im Kurs über die Rockmusik der 1980er Jahre herrschte eine gute Stimmung, obwohl die Teilnehmerzahl auf sechs gesunken war. Für die drei letzten Doppelstunden ergatterte ich sogar das Musikzimmer des Instituts, wo wir begeistert drauflosjammten. Das jüngste der Mädchen, das selbst in drei sehr unterschiedlichen Bands spielte, hielt ein hervorragendes Referat über die Musik der Gruppe Yö und ihre Strukturen. Ich bat sie, ihre Ausführungen in meiner Magisterarbeit zitieren zu dürfen, obwohl ich wusste, dass das Referat einer Studentin im dritten Semester keine wissenschaftliche Quelle ist. Ich hatte mit mir selbst abgemacht, dass ich nach jeder Vorlesung drei Cola mit Schuss trinken durfte. Ein paarmal hielt ich mich sogar daran. Solche Abkommen hatte ich mein ganzes Leben lang geschlossen. Meist hatten sie mit Essen oder Alkohol zu tun: Wenn ich drei Stunden für die Prüfung lerne, bekomme ich zur Belohnung ein Softeis. Wenn ich bei der Semesterprüfung wenigstens eine Drei schaffe, darf ich mir eine Flasche Schnaps kaufen. Oft setzte ich einen regelrechten Vertrag auf und unterschrieb ihn, zerriss ihn aber meist schon am nächsten Tag.

Eines Vormittags, als ich gerade an meiner Magisterarbeit schrieb, klingelte das Handy. Der Name auf der Nummernanzeige jagte mir Adrenalin durch die Adern: Kode.

«Katja», meldete ich mich zögernd, als wüsste ich nicht, wer der Anrufer war.

«Kode Salama, hallo. Wie kommst du mit deiner Arbeit voran?»

«Gut», stotterte ich. Mein Herz pochte heftiger als der Bass in den Songs von Pojat.

«Mir fiel neulich ein, dass ich irgendwann mal Joey Ramone für Radio Mafia interviewt hab, in der gleichen Sendung habe ich dann auch noch Heko Luumäki und Pekka Kerminen ans Mikrofon geholt. Ich habe den Mitschnitt inzwischen auf CD gebrannt, möchtest du eine Kopie?»

«Au ja!»

«Ich weiß nicht, ob sie dir was nützt, aber ich habe mit Joey über die Prinzipien des Songschreibens gesprochen und versucht, Heko und Pekka dieselben Fragen zu stellen. Hast du die Ramones jemals live erlebt?» Kode kam ins Erzählen, ich hörte ihm zu und stieß zwischendurch ein nervöses Lachen aus, das meinen ganzen Körper zu wärmen schien. Wir sprachen fast eine halbe Stunde lang, zwischendurch schweiften wir von der Musik zur Weltpolitik ab und zu Kodes liebstem Verkehrsmittel, der Straßenbahn. Als das Gespräch vorbei war, umarmte ich mich selbst. Ich dachte an das junge Mädchen, das beim Auftritt von Salamasota im Park gekreischt und sich müde getanzt hatte, und wünschte mir, ich könnte ihm in die Vergangenheit hinein zurufen, was sie erwartete. Wären die letzten Schuljahre und die Trennung von Karri leichter gewesen, wenn ich gewusst hätte, was die Zukunft mir bringen würde?

Es war nicht der richtige Tag, um melancholische Lieder zu üben. Draußen schneite es heftig, aber in meinem Inneren schien die Sonne, ein sanfter Wind verbreitete Birkenduft. «Warum singe ich» von Merikanto war für meine dunkle Stimme ziemlich schwierig, doch diesmal fiel es mir leicht, mich in den Jubel einzuleben, den das Lied ausdrückte. Nach dem Üben stellte ich einen Gemüseeintopf in die Backröhre und ging hinaus in den Sturm. Ich lief beinahe, der Wind schob mich vorwärts, und die Erinnerung an Kodes Lachen machte meine Beine leicht. Der Schnee dämpfte die Geräusche der Stadt und machte sie freundlicher.

Die CD kam bereits am nächsten Tag. Kodes leicht nasale Stimme brachte mich zum Lächeln. In meinem Seminar ging es an diesem Abend um die Bands, über die ich meine Arbeit schrieb; ich änderte das Manuskript ein wenig ab, sodass ich Proben aus dem Interview einspielen konnte. Schon beim ersten Hören hatte ich zudem mindestens drei Stellen gefunden, die ich in meiner Untersuchung zitieren konnte. In Gedanken entwarf ich bereits das Vorwort samt Danksagungen. Einer derjenigen, dem ich danken würde, war natürlich Kode Salama.

Wir hatten vereinbart, dass die Kursteilnehmer keine Noten bekamen, sondern nur einen Schein, unter der Voraussetzung, dass sie mindestens an vier Fünfteln der Stunden teilgenommen und ihre Referate gehalten hatten. Nun einigten wir uns darauf, in der letzten Stunde Musik zu hören: Jeder Teilnehmer sollte einen finnischen Song aus den achtziger Jahren wählen, der seiner Meinung nach der bedeutendste war.

«Die Lehrerin natürlich auch», meinte Inkeri, die Begabte aus dem dritten Semester. Ich musste lächeln. Welches Stück von Salamasota sollte ich nehmen?

Am nächsten Tag zerstörte Mutter meine gute Laune. Ich war in der letzten Zeit so beschäftigt gewesen, dass ich kaum an Saras Dokumentarfilm gedacht hatte. Nur manchmal, nach drei oder vier Drinks, beschäftigte ich mich mit der Frage, wer Großvater umgebracht hatte, Sara oder Mutter. Bei Tageslicht sagte mir mein vernünftiges Ich, dass diese Überlegungen sinnlos waren. Das Gericht hatte sicher gewusst, was es tat.

«Hast du in letzter Zeit mit Sara gesprochen?»

«Nur kurz.» Sie hatte natürlich angerufen und gefragt, was

ich von ihrem Fernsehauftritt hielt. Dieses eine Mal hatte ich das Wort gefunden, das meine Gefühle genau ausdrückte: Ich war erschüttert gewesen. Diese Bemerkung hatte ihr ganz offensichtlich gefallen. Auch über meinen Auftritt auf der Adventsfeier hatten wir gesprochen. Ich hätte wesentlich weniger Lampenfieber gehabt, wenn Sara nicht so viel Aufhebens darum gemacht hätte.

«Siehst du sie ab und zu?»

Ich berichtete von der Adventsfeier.

«Dann mach ihr bitte klar, dass sie bei uns zu Weihnachten nicht erwünscht ist.»

«Das ist doch nicht meine Sache!»

«Dieses eine Mal kannst du deiner Mutter ja wohl einen Gefallen tun. Immerhin verlange ich nicht, dass du dich von Sara fernhältst, du bist ein erwachsener Mensch und musst deine eigenen Entscheidungen treffen.»

«Du doch auch. Schreib ihr einen Brief, wenn du nicht mit ihr reden willst.»

Am selben Tag brachte die Post die Weihnachtsplatten der beiden größten Plattenfirmen, über die ich innerhalb einer Woche Besprechungen schreiben musste. Eigentlich mochte ich Weihnachtsmusik, vor allem geistliche, doch die meisten Aufnahmen waren so pompös und süßlich, dass ich mich fühlte, als hätte ich eine Überdosis Karamellbonbons gegessen. Obwohl es dafür noch weniger Honorar gab als für Einzelbesprechungen, entschied ich mich für eine Sammelrezension, denn ich hätte über keine der Platten mehr als zwei Sätze zu sagen gewusst. Wieder kam mir der Verdacht, nicht das Zeug zur Musikkritikerin zu haben.

Natürlich rief ich Sara nicht an. Ich wünschte, ich hätte an Weihnachten etwas anderes vor, denn ich fand es keineswegs verlockend, Mutters saures Gesicht und Veikkos Spott zu erleben. Es war mir ein Rätsel, weshalb Veikko jedes Jahr zu uns oder zu Großmutter kam, obwohl er sowohl das christliche wie das kommerzielle Weihnachtsfest hasste. Wenn Großmutter am Heiligen Abend das Weihnachtsevangelium vorlas, hatte er meist die Augen zugemacht und höhnisch gelächelt. Geschenke brachte er immerhin mit, jedes Mal Bücher. Gedichte für mich, Ratgeber über Lebenskunst für Sara, Schmöker für Mutter und Krimis für Kaitsu.

Am Wochenende hatte ich zum ersten Mal seit langer Zeit einen Auftrag als Konzertkritikerin, gespielt wurde Bachs Weihnachtsoratorium. In der Woche darauf hörte ich es mir noch einmal an, ohne Verpflichtungen, nur zum eigenen Vergnügen. Ich hielt die Partitur in der Hand und gab mich kühl, obwohl ich in Wahrheit die Solisten, vor allem die Altistin Monica Groop, glühend beneidete. Nie würde ich lernen, so zu singen. Ich versuchte, mich mit dem Gedanken zu trösten, dass ich mich am Gesang der anderen erfreuen konnte, doch das war ein magerer Trost.

Am Montag quälten Viivi und ich uns durch die Chorprobe an der Musikschule. Da es an der ganzen Schule nur einen einzigen männlichen Gesangsschüler gab, der noch dazu Tenor sang, waren wir ein reiner Frauenchor. Die unteren Altstimmen waren sterbenslangweilig, es ärgerte mich, dass die Arrangements von unserem Chorleiter stammten und nicht von Bach, bei dessen Chorwerken ich mir immer wünschte, ein Bass zu sein. Nach der Probe schlug ich Viivi vor, zusammen ein Bier zu trinken, aber sie musste auf dem schnellsten Weg nach Hause, um Glöckchen ans Eislaufkostüm ihrer Tochter zu nähen. Also beschloss ich, ebenfalls nach Hause zu gehen und mir ein Video anzusehen, irgendeinen lustigen Film. Doch als ich an der Eckkneipe vorbeikam, wurde ich schwach. Es war nicht viel Betrieb, und ich hatte ein Buch über die Band Popeda dabei, hinter dem ich mich verschanzen konnte, um nicht dumm angequatscht zu werden. Einen Schnaps konnte ich mir wohl gönnen. Aber nur einen.

Ich trank in aller Ruhe meinen Schnaps und gab mir Mühe, über die Seltsamkeiten des finnischen Rock 'n' Roll wenigstens nicht laut zu lachen. Da merkte ich, dass sich jemand meinem Tisch näherte.

«Hier ist kein Platz frei», knurrte ich, ohne aufzusehen.

«Wirklich nicht, Katja?» Ich hob den Blick gerade so weit, dass ich Pekka Kalmanlehto sah, der mit dem Schal seine Brille polierte.

«Ach, du bist es. Na, dann setz dich.»

Pekka hatte ein Bierglas in der Hand. Er erzählte, er habe seine Platten eingeräumt und dabei Durst bekommen, aber kein Bier mehr im Haus gehabt.

«In letzter Zeit trinke ich ziemlich wenig. Ist das deine Stammkneipe?»

«Ich hab keine Stammkneipe.»

«Im ‹Pik fünf› gibt es einen Billardtisch, wollen wir da irgendwann mal hingehen?»

«Ich kann nicht Billard spielen.»

«Das bring ich dir bei. Kode ist total begeistert von deiner Magisterarbeit. Musikwissenschaft muss spannend sein. Erzähl mir was darüber.»

Ich lieferte ihm einen Intensivkurs über die Grundlagen der Musikwissenschaft. Zu meiner Überraschung wirkte er ernsthaft interessiert. Ich versuchte mich zu erinnern, wie er als Kind gewesen war, doch das Einzige, was mir einfiel, war sein breites Lächeln, das sich in all den Jahren nicht verändert hatte. Wie er als Kind gesprochen hatte, war mir nicht im Gedächtnis geblieben, jetzt, als Erwachsener, hatte er eine helle, weiche Stimme. Offenbar war er damals keiner der schlimmsten Quälgeister gewesen, sonst hätte ich mich genauer an ihn erinnert. Er schien seine Arbeit im Studio Blitz sehr zu mögen. Das weckte nun mein Interesse, denn er sprach über Kode Salama.

«Kode ist echt gut in seinem Job. Er hat einen guten Riecher und respektiert den persönlichen Stil seiner Künstler. Er produziert keine Dutzendware.»

«Ihr kommt gut miteinander aus, oder?»

«Wir sind Kollegen und Freunde.»

Nach einigem Zögern wagte ich die Frage zu stellen, die mir auf der Zunge lag: «Ist Kode eigentlich verheiratet?»

«Nein, verheiratet ist er nicht», antwortete Pekka. Vielleicht sah er das freudige Flackern in meinen Augen, denn er fügte hastig hinzu: «Aber er lebt seit Jahren mit Sanna zusammen, sie haben zwei Kinder. Riina geht in die zweite Klasse, Riku in die Vorschule.»

«Aha.» Mehr brachte ich nicht heraus.

«Bist du jetzt enttäuscht?»

«Warum? Ist doch schön, dass Kode sein Surfgirl gefunden hat», sagte ich leichthin. Ich wollte aufstehen, irgendwohin gehen, wo ich niemanden kannte, und mich betrinken.

«Hast du einen festen Freund?» Pekka sah mir in die Augen, doch ich wich seinem Blick aus.

«Geht dich das was an?»

«Nein, aber es interessiert mich trotzdem.»

«Na gut, ich bin Single.»

Er trank sein Bier aus und sah mich fragend an. Ich nickte. Als er mit einem Bier und einer Rum-Cola zurückkam, brach es förmlich aus ihm heraus:

«Ich war bereit zu heiraten, aber Ursula wollte nicht. Deshalb bin ich umgezogen. Wir haben uns vor kurzem getrennt.»

«Tut mir leid», sagte ich unverbindlich. Ich nippte an meinem Drink und suchte nach einem harmlosen Gesprächsthema. Wie dumm von mir, zu glauben, Kode wäre noch frei. Natürlich war ein solches Prachtstück längst vergeben.

«Ursula ist fünf Jahre jünger als ich, sie hat an der Handelshochschule studiert. Wir haben uns vor drei Jahren auf einer Party kennengelernt. Anfangs fand sie es interessant, dass ich ganz andere Interessen habe als sie, aber auf lange Sicht passe ich wohl nicht in ihre Karrierepläne. Als künftige Bankdirektorin braucht sie einen repräsentativen Gatten.»

«Aha», murmelte ich peinlich berührt. Was ging mich Pekkas Privatleben an?

«Ist dein Vater eigentlich zurückgekommen?», fragte er nach einer langen Pause.

«Was?»

«Dass dein Vater euch verlassen hat, war eines der schrecklichsten Erlebnisse meiner Kindheit. Mutter hat tagelang geweint, sie hatte solches Mitleid mit euch und eurer Mutter. Marjukka und ich lebten in ständiger Angst, unser Vater würde auch einfach weggehen. Erst als Erwachsener habe ich erfahren, dass unser Vater damals eine Affäre hatte und Mutter deshalb so heftig reagiert hat. Du erinnerst dich sicher nicht mehr daran, wie wir uns einmal beim Auftritt von Salamasota im Park über den Weg gelaufen sind. Damals war unser Vater gerade zu seiner Flamme gezogen, und ich wünschte mir verzweifelt, dass er wieder zurückkäme. Ich war am Boden zerstört. Deswegen hab ich dich damals nach deinem Vater gefragt.»

Ich starrte ihn verwundert an. Ich hatte die Kalmanlehtos immer als ideale Familie angesehen, die alles hatte, was uns fehlte. Pekkas Fragen nach meinem Vater hatte ich für boshafte Sticheleien gehalten.

«Er ist nicht zurückgekommen, er wohnt jetzt in Göteborg. Ich würde ihn nicht erkennen, wenn er mir auf der Straße entgegenkäme.»

«Wahnsinn! Ich hab inzwischen ein ganz gutes Verhältnis zu meinem Vater. Möchtest du noch eins?»

Ohne darauf zu achten, hatte ich mein Glas ausgetrunken. Ein drittes hätte mir zwar geschmeckt, aber ich wollte nicht länger mit Pekka reden. Er hatte mir ohnehin schon zu viel zu denken gegeben. Also lehnte ich ab und sagte, ich müsse nach Hause.

«Gib mir deine Telefonnummer, dann verabreden wir uns irgendwann mal zum Billard», bat er. Ich tat es, obwohl ich hoffte, er würde mich nicht anrufen, und speicherte auch seine Nummer auf meinem Handy.

Kode Salama war nicht mehr frei, und Pekka Kalmanlehto hatte mich damals vor fast zwanzig Jahren gar nicht verhöhnt. Über beides dachte ich nach, während ich im eisigen Wind auf meinem Balkon saß. Ich musste mir sowohl von der Vergangenheit als auch von der Gegenwart ein neues Bild machen, doch das wollte mir nicht gelingen.

Wieder kam der Traum. Ich stand hinter dem Vorhang und wartete auf meinen Auftritt, vor mir schimmerte der Spiegel, durch den ich bald hindurchgehen musste. Auf der Bühne sang neben Jorma Hynninen als König auch Kode Salama, der überraschenderweise einen dunklen Bass hatte. Vor lauter Panik verstand ich die Worte nicht, sah aber den Dirigenten auf dem Monitor und wusste, dass ich beim nächsten Takt auf die Bühne musste. Meine Haare hingen bis auf die Erde herab, und beim ersten Schritt verheddert ich mich in ihnen und fiel hin. Davon wachte ich auf.

Als ich am Samstagabend mit der Straßenbahn zur Oper fuhr, gratulierte ich mir zu der guten Idee, mir einen angenehmen Zeitvertreib verschafft zu haben, denn an einsamen Wochenenden fiel es mir besonders schwer, nicht zur Flasche zu greifen. In der Pause würde ich mir ein Glas Sekt gönnen wie all die anderen, für die Alkohol kein Problem darstellte. Ich trug meinen besten Rock und eine tief ausgeschnittene dunkelrote Bluse, in der meine Brüste wie Melonen aussahen. Die Fingernägel hatte ich rot lackiert, obwohl ich wusste, dass Nagellack bei Gitaristinnen nur einen Abend hält. Ich war zwar der Meinung, dass man auch in Alltagskleidung in die Oper gehen konnte, doch es machte mir Spaß, mich in Schale zu werfen. Ich hatte Kleidung für die Oper und andere für Rockkonzerte, denn ich wollte mich nicht von den anderen unterscheiden. Klassische Stücke und Rockmusik gaben mir ganz ähnliche Erlebnisse, ich war fähig, sie zu analysieren und gleichzeitig einfach nur aufzunehmen und zu genießen. «Tosca» hatte ich bereits zweimal gesehen, außerdem besaß ich drei verschiedene Aufnahmen davon. Ich kannte lange Partien auswendig, doch die Musik bewegte mich noch immer. Wäre ich ein Tenor gewesen, hätte ich «E luce fan le stelle» nicht singen können, ohne in Tränen auszubrechen.

Ich kaufte mir ein Programmheft und setzte mich auf meinen Platz in der Mitte des zweiten Rangs. Diesmal hatte ich Pech, denn vor mir saß eine Frau, die eine halbe Flasche Parfüm über sich ausgeschüttet hatte. Ich war nicht so unverschämt wie Veikko, der sich in entsprechenden Situationen demonstrativ die Nase zuhielt, fächelte aber heftig mit dem Programmheft.

Auch Veikko, der sonst nur karge und schlichte Dinge mochte, hatte eine Schwäche für Opern. Wir hatten uns gelegentlich gemeinsam eine Aufführung angesehen, und obwohl er sich offensichtlich über meine heftige Reaktion auf die Musik amüsierte, hatte er mich nie kritisiert. Plötzlich wünschte ich mir, ihn oder jemand anderen neben mir zu haben, mit dem ich die Musik und die Stimmung teilen konnte.

In der ersten Pause blieb ich auf meinem Platz, obwohl ich schon Lust auf einen Drink hatte. Die Arie «Vissi d'arte» im zweiten Akt trieb mir Tränen in die Augen, doch gleichzeitig spottete ich über mich selbst: Wollte ich mich etwa mit Floria Tosca vergleichen, die ihr Leben der Kunst und der Liebe widmete? Derartige Ausdrücke konnte man nur in Opern verwenden, für das wirkliche Leben waren sie zu bombastisch. Gewiss, ich hatte Karri geliebt, ich hätte einen Arm für ihn hergegeben, aber solche Gefühle wollte ich nie mehr haben. Außerdem wusste ich genau, wie es Tosca in der Oper ergehen würde.

In der zweiten Pause lief ich hinunter an die Bar und holte mir ein Glas Sekt. Als ich wieder auf die Treppe zum zweiten Rang zuging, sah ich sie die Treppe herunterkommen.

Der eine war Karri. Er war groß und dunkelhaarig, wie ich ihn in Erinnerung hatte, aber kräftiger. Zum eleganten Anzug mit Weste trug er eine rote Fliege. Statt der runden Brille hatte er nun ein kantiges, schweres Gestell nach der neuesten Mode auf. Die vertrauten braunen Augen schweiften suchend über die Menge. Als er mich sah, lächelte er vorsichtig und streifte dann den Arm seines Begleiters.

Der andere Mann war ähnlich gekleidet wie Karri, bis hin zur Brille. Wie gelähmt blieb ich stehen, während die beiden auf mich zukamen. Ich hörte nur noch ihre Schritte; das Stimmengewirr und das Klirren der Gläser nahm ich nicht mehr wahr.

«Hallo, Katja! Wir haben uns ewig nicht gesehen!»

Karri fasste mich an den Schultern und sah mir in die Augen, als spielte er eine Opernszene. Ich hatte ihn nicht mehr gesehen, seit er zum Zivildienst gegangen war. Ein paar Jahre später hatte er mir eine Karte geschickt: Er sei nach Turku gezogen, um sein Studium dort fortzusetzen. Ich war erleichtert gewesen, weil ich nicht länger zu fürchten brauchte, ihm in Helsinki an der Universität zu begegnen.

«Das ist Samuli. Ich habe ihm viel von dir erzählt.»

Samuli gab mir die Hand und lächelte höflich.

«Wie geht es dir?»

«Danke, gut. Ich schließe im Frühjahr mein Studium ab, die Magisterarbeit ist fast fertig. Und dir?»

«Ich schreibe an meiner Dissertation, ich werde sie in Stockholm einreichen. Dort wohnen wir inzwischen, wir sind nur kurz in Finnland, weil Samulis Mutter sechzig wird. Samuli singt in Stockholm im Chor der Königlichen Oper.»

Hundertmal hatte ich mir die Szene ausgemalt: Karri und ich, nach all den Jahren. In meinen Phantasien war ich allerdings schlanker, elegant frisiert und gut gekleidet. Das Opernfoyer hätte durchaus als Hintergrund gepasst. Und in meinen Tagträumen war ich diejenige, die den Mann ihres Lebens an der Seite hatte, nicht Karri. Nur das Sektglas stimmte.

«Wie geht es Sirkka und Kaitsu?»

«Mutter arbeitet noch immer in der Buchhandlung, und Kaitsu fährt zurzeit Taxi, nachdem sein voriger Arbeitgeber Konkurs gemacht hat. Und ihr wohnt also in Stockholm?»

«Ja. Du musst uns unbedingt besuchen! Wir haben eine wunderschöne Wohnung in Norrmalm.»

Das Klingeln zum dritten Akt hörte sich in meinen Ohren an wie ein Alarm. Karri fasste mich am Arm.

«Ich wollte dich schon in der ersten Pause ansprechen, hatte aber nicht den Mut dazu. Ich weiß, dass ich mich damals beschissen verhalten hab. Lauf mir nach der Vorstellung nicht weg, Katja, komm mit uns zum Essen. Wir haben im Gran Sasso einen Tisch bestellt.»

«Ich glaube nicht …»

«Ich lade dich ein, das ist das Mindeste, was ich dir schuldig bin. Immerhin hast du mich zwei Jahre über Wasser gehalten.»

Das zweite Klingeln riss mich aus meiner Erstarrung. Ich leerte mein Sektglas in einem Zug.

«Wir sitzen zwei Reihen hinter dir, du kannst uns also nicht entkommen», sagte Karri. Sein Lächeln war offener als früher, fast ein wenig dreist, er wirkte wie ein Mann, der mit sich im Reinen war.

Als das Licht im Zuschauerraum erlosch, ließ ich den Tränen freien Lauf. Die Musik übertönte mein Schluchzen, außerdem war es ganz normal, zu weinen, als Cavaradossi sang, er habe das Leben nie zuvor so sehr geliebt. Um mich herum wischten sich viele die Augen. Ein Teil meines Ichs überlegte die ganze Zeit, was ich tun sollte. Ich konnte nicht mit Karri und Samuli ins Restaurant gehen. Ich wollte nichts essen, ich brauchte einen Eimer Schnaps.

Dass mein Make-up völlig zerlaufen war, war meine geringste Sorge. Als der Applaus einsetzte, stand ich auf, doch da ich in der Mitte der Reihe gesessen hatte, kam ich nicht gleich hinaus, und als ich es endlich geschafft hatte, standen Karri und Samuli wartend an der Tür. Wir gingen gemeinsam ins Foyer.

«Ich komme nicht mit», sagte ich so fest, wie ich konnte. «Ich muss morgen früh aufstehen.»

«Schreibst du auch sonntags an deiner Magisterarbeit?»

«Ja.»

«Okay. Dann erlaube mir wenigstens, dich zu begleiten – wo wohnst du?»

«In Vallila. Meine Straßenbahn fährt gleich da vorne ab.»

«Wenigstens bis zur Haltestelle, Katja. Samuli, sei so lieb und geh schon mal vor. Bestell einen Dry Martini für mich und such das Essen aus, du weißt ja, was ich mag. Ich kann Katja nicht einfach gehen lassen.»

Samuli gehorchte, wie ich es früher getan hatte. Draußen wehte ein eisiger Wind, die Haare flogen mir ins Gesicht und wickelten sich um die Mantelknöpfe. Als Samuli die Straße überquerte, fasste Karri mich an den Schultern.

«Gehen wir zur nächsten Haltestelle, da sind nicht so viele Leute.»

Bei seiner Geste erstarrte ich. Wie selten hatte er mich angefasst, als wir zusammenlebten, was hätte ich damals für eine noch so kleine Berührung gegeben! Ich hätte dankbar den Arm um ihn gelegt, doch selbst das war nun unmöglich.

«Ist bei dir alles in Ordnung?»

«Ja. Ich habe sogar Kode Salama kennengelernt», trumpfte ich auf.

«Wow! Hast du beruflich mit Rockmusik zu tun?»

«Ich unterrichte am musikwissenschaftlichen Institut.»

«Toll! Wir fliegen morgen Abend schon zurück, aber lass uns die Adressen tauschen. Du hast doch sicher E-Mail?»

Die Gründe für das Scheitern meines Lebens. Grund Nummer eins: Karri. Wollte ich wirklich zurückblicken? Würde mir das helfen?

«Nur eins, Katja: Ich hab's versucht. Auf meine Weise habe ich dich geliebt, deshalb habe ich versucht, ein normaler Hetero zu sein, aber es ging einfach nicht. Sosehr ich es gewollt hätte. Es lag nicht an dir. Ich war für unsere Beziehung nicht der Richtige.»

Ich fing wieder an zu weinen. Da sah ich die Straßenbahn kommen, riss mich von Karri los und rannte über die Fahrbahn, ohne mich um die hupenden Autos zu kümmern. Karri setzte mir nach, musste aber stehenbleiben, um nicht von einem Taxi überfahren zu werden. Ich erreichte die Straßenbahn in letzter Sekunde.

Karri würde mich ausfindig machen, wenn er es wirklich wollte, ich stand im Telefonbuch, und die E-Mail-Adresse konnte er beim musikwissenschaftlichen Institut erfragen. Er hätte mich schon vor ewigen Zeiten aufspüren können.

In meinem Kopf drehte sich ein und dieselbe Platte, «Es ist

wieder Sheena» von Ne Luumäet. «Gerade als du dachtest, du hättest sie vergessen, liegt ein Fax vor dir, aus Kalifornien, sie schreibt, sie kommt zurück.» Ich wurde den Song nicht mehr los. Zum Glück war die Kneipe an der Ecke noch geöffnet. Ich bestellte eine Cola mit der doppelten Portion Schnaps und leerte das Glas in einem Zug. Als ich gleich noch einmal dasselbe verlangte, sah mich der Kellner misstrauisch an, sagte aber nichts. Da mein Geld nur für zwei Drinks reichte, bestand keine Gefahr, zu versacken, sagte ich mir, während ich darauf wartete, dass der Alkohol zu wirken begann und den Schmerz dämpfte. Schade, dass die Erinnerung an Dinge, die man nüchtern erlebt hatte, durch Trinken nicht auszulöschen war. Endlich spürte ich das vertraute Wärmegefühl, als hockte tief in meinem Bauch jemand, der mir versicherte, er habe mich gern und wolle dafür sorgen, dass ich mich wohlfühlte. Ich trank langsamer und sah mich in dem fast leeren Lokal um. Am Ecktisch saß ein Mann in meinem Alter, ein halbvolles Bierglas vor sich, und las. Er sah ganz passabel aus. Als er meinen Blick auffing, lächelte er.

Er hieß Janne und spendierte mir noch eine Cola mit Schuss. Irgendwann kam ich auf die Idee, mich an Karri zu rächen, indem ich mir bewies, dass ich einen Mann haben konnte, wenn mir danach war. Außerdem war Janne nett. Er wohnte ebenfalls in der Nähe, und so beschlossen wir, in seine Wohnung zu gehen, eine Platte von Popeda zu hören und weiterzutrinken.

Am nächsten Morgen erwachte ich in einer fremden Wohnung. Mir war speiübel. Durch das Fenster sah ich den Turm der Pauluskirche, also war ich nicht weit von zu Hause weg. Eine Straßenbahn rumpelte vorbei. Ich hatte keinen Faden am Leib, doch das Kleiderbündel auf dem Fußboden kam mir bekannt vor. Meine rote Bluse und meine beste Strumpfhose.

Ich zog mich an. Da kam Janne von der Toilette.

«Na, auch schon wach?», sagte er mit rauer Stimme. «Möchtest du ein Bier gegen den Kater?»

«Nein ...», stieß ich hervor. Dann rannte ich aufs Klo und erbrach mich. Ich wusste, dass ich auch diesmal nicht sterben würde, dabei wäre es ...

… eine Tragödie sondergleichen. Mein Leben ist ein fortwährendes Drama, ich lebe in der Götterschaukel, über die Eino Leino geschrieben hat. So ergeht es allen wirklich schöpferischen und sensiblen Menschen. Das ist der Preis, den wir für unsere Begabung zahlen müssen. Auch Katja sollte endlich begreifen, dass jedes Leid seinen Sinn hat. Was einen nicht umbringt, macht einen stärker.

Als ich Katja anrief, um den Ablauf der Adventsfeier zu besprechen, erzählte sie mir von ihrer Begegnung mit Karri. Ich hatte natürlich seit langem gewusst, dass er schwul ist, denn ich hatte Karri und diesen anderen Mann einmal händchenhaltend in einem Lokal gesehen. Eigentlich hatte ich vorgehabt, es Katja bei passender Gelegenheit zu erzählen, doch nun ist mir das Schicksal zuvorgekommen. Schade. Die kleine Katja wäre mit der Situation besser fertig geworden, wenn ich sie vorgewarnt hätte.

Ich war enttäuscht über die laue Reaktion auf meine Sendung. Sirkka wurde wütend, aber das war nicht anders zu erwarten. Sie ist nun einmal nicht fähig, ihren Problemen ins Auge zu sehen, sondern weicht ihnen aus. Auf dem Pfad des geistigen Wachstums hat sie noch nicht einmal den Wegweiser erreicht. Katja bemüht sich wenigstens, macht aber immer wieder kehrt.

Ich habe mit einigen Verlagen über meine Memoiren verhandelt, doch niemand will einen Vertrag schließen, ohne vorher das Manuskript gesehen zu haben. Und das nur, weil ich unbekannt bin. Ich werde ihnen noch zeigen, was Bekanntheit bedeutet! Wenn Politikergattinnen und Skiläufer über ihre seelischen Qualen schreiben dürfen, warum nicht auch ich?

Katja sagte, sie habe mir von Karri erzählt, weil ich sicher mehr über Homosexuelle wisse als sie, immerhin hätte ich doch früher eine lesbische Beziehung gehabt. Ich habe ihr erklärt, dass ich selbstverständlich viel über alle Arten von Menschen weiß, ich habe jede Menge Lebenserfahrung, obwohl ich mich noch jung fühle. Aber das mit der lesbischen Beziehung war ein Irrtum gewesen. Da war ich einer Gehirnwäsche unterzogen worden.

Ich hatte davor reihenweise Enttäuschungen mit Männern hinter mir. Zuerst Mauri, dann Anton, dann Oskari, Oskari Niemand, Oskari Null. Nullen waren auch die anderen, denn sie wussten nicht, was gut für sie war, und verkannten meinen Wert vollkommen. Deshalb beschloss ich, als Frau bewusst zu leben und eine feministische Radikaltherapie anzufangen. Alle meine Probleme hatten ihre Wurzel in der patriarchalischen Unterdrückung. Damals war ich noch nicht fähig, zu erkennen, dass ich als Kind sexuell missbraucht worden war, zu tief hatte sich die Scham in die dunkelsten Winkel meiner Seele hineingefressen.

In der Radikaltherapiegruppe habe ich dann Reetta kennengelernt. Sie war dunkelhaarig und geheimnisvoll, stark und sensibel zugleich. Schon bei unserer ersten Begegnung spürte ich, dass unsere Herzen auf einer Wellenlänge lagen. Natürlich waren Liebesbeziehungen zwischen den Teilnehmerinnen nicht im Sinn der Therapie, doch gegen sein Herz ist der Mensch machtlos.

Meine offene, empfängliche Seele machte mich zur leichten Beute. Reetta überzeugte mich, dass ich von den heterosexuellen Normen durchdrungen sei, die man mir eingeimpft hatte, dass ich aber mit ihr die Lesbe finden könne, die in mir steckte. Mich dürstete nach Liebe, deshalb glaubte ich ihr.

Es war anders als mit Männern, langsamer, zarter und … Ich will nicht mehr daran denken. Das war nicht ich, sondern ein manipulierter Teil von mir. Ich war natürlich nicht wirklich lesbisch, ich wollte es nur einmal ausprobieren. Nachdem ich vier Monate mit Reetta zusammen gewesen war, traf ich Tommi. Da wurde mir klar, dass ich dazu geschaffen war, Männer zu lieben.

Reetta machte mir wüste Vorwürfe, obwohl sie selbst mich verführt hatte. Ich bin selten so übel beschimpft worden. Aber sie war eben ein kalter Mensch. Später habe ich eine Frau aus der Aslan-Bewegung kennengelernt, die mich davon überzeugt hat, dass ich fehlgeleitet worden war. Reetta und ihre Freundinnen waren hässliche Mannweiber in karierten Flanellhemden, Lesben von der Sorte, die Bodybuilding betreiben und Motorrad fahren. In ihrem Kreis war ich der fragile, exotische Engel, um den sie wetteiferten. Reetta hat mit mir geprahlt wie ein älterer Mann mit einem jungen Model.

Ich sprach noch immer nicht gern über diese Zeit, doch um ein heiler Mensch zu werden, muss man sich öffnen und sich seine Fehler eingestehen. Damals war ich so zerbrochen, dass ich nicht wusste, was gut für mich war. Mehr als einmal erwachte ich im falschen Bett. Ich habe nun mal eine ungeheure Sehnsucht nach Zärtlichkeit, und die nimmt manchmal verzerrte Formen an.

«Ich fand Reetta nett», sagte Katja am Telefon. Wir hatten damals Sirkkas ganze Familie und Veikko zu uns eingeladen, aber

Kaitsu war nicht mitgekommen. Später leuchtete mir ein, dass das Selbstbewusstsein eines Jungen im empfindlichsten Alter keine Lesben verkraftet. Veikko war gemein wie immer und sprach mit Reetta über Wanderungen in Lappland, als wollte er mich aus der Unterhaltung ausschließen. Mutter war natürlich schockiert, als ich ihr von meiner Beziehung erzählte, doch ich wollte allen gegenüber aufrichtig sein, denn meine Gefühle und mein wahres Ich habe ich noch nie verbergen können. Als ich Mutter später sagte, alles sei ein Irrtum gewesen, weinte sie vor Erleichterung.

Natürlich fand Katja Reetta nett, denn Reetta lobte ihre Stimme und lud sie ein, auf irgendeiner Lesbenparty zu singen. Zum Glück wurde nichts daraus. Jetzt schien Katja enormes Lampenfieber vor ihrem Auftritt bei der Adventsfeier der Kunstzirkel unserer Volkshochschule zu haben. Ich fragte, ob sie ein Beruhigungsmittel wollte.

«Ich weiß nicht ... Nach der Katastrophe bin ich nicht mehr aufgetreten ...»

Sirkka hatte mir von dieser Katastrophe erzählt. Katja hatte ein tolles Angebot bekommen. Sie sollte am Abend vor dem Ersten Mai in einem kleinen Restaurant in Helsinki Beatles-Songs und andere Popklassiker singen. Da unaufdringliche Hintergrundmusik gewünscht war, hatte man kein Mikrophon bereitgestellt, sodass Katjas Stimme kaum zu hören war. Sie hatte vor ihrem Auftritt zur Entspannung zwei Glas Wein getrunken, und als der Restaurantchef ihr zur Entschädigung für das fehlende Mikrophon weiteren Wein bringen ließ, hatte sie sich so gründlich betrunken, dass sie kaum noch die Saiten traf. Ein Bruder von Sirkkas Kollegin war dort gewesen und hatte später lachend von der schwer angeheiterten Sängerin erzählt. Und Sirkka hatte sich wieder einmal für ihre Kinder schämen müssen.

Für Sirkka muss immer alles ordentlich und glatt sein wie ein frisch gemangeltes Laken. Ich habe damals natürlich versucht, Katja zu helfen, statt leere Predigten zu halten. Ich riet ihr, zu den Anonymen Alkoholikern zu gehen, doch als sie das hörte, machte sie ein eisiges Gesicht, wie so viele Menschen, die der Wahrheit nicht ins Auge zu sehen wagen.

«Ich bin keine Alkoholikerin», zischte sie und ging.

Sirkka will mich an Weihnachten von der Familie ausschließen, aber ich werde trotzdem hingehen. Wenn sie der Wahrheit ausweicht und alles abstreitet, ist das ihr Problem, ich will der Sache jedenfalls auf den Grund gehen.

«Du schreibst doch selbst in all deinen Büchern über unser Leben! Wieso sind deine Romane etwas anderes als mein Dokumentarfilm?», hatte ich Veikko am Telefon gefragt, aber keine Antwort bekommen. Er ist ein elender, einsamer Neurotiker, der sich vor Frauen und Sex fürchtet. So einer wird nie ein guter Schriftsteller.

Mutters Erbe ist endlich überwiesen worden. Davon konnte ich die Stühle bezahlen, die ich bei Stockmann gekauft hatte. Für die Überziehung meines Verbraucherkredits haben sie mir unverschämt hohe Zinsen berechnet. Trotzdem blieben mir noch achtzigtausend, also holte ich im Reisebüro einige Kataloge. Ich hatte einen Urlaub unter südlicher Sonne verdient, auch wenn ich nicht wusste, wohin ich mich wagen konnte, bei dieser schrecklichen Weltlage, an die ich gar nicht denken mochte. Vielleicht konnte ich Sirkka mit einem teuren Weihnachtsgeschenk besänftigen, mit Sisley's Antifaltencreme zum Beispiel.

Im Indien-Basar entdeckte ich ein wundervolles Festkleid für die Weihnachtszeit, tiefrot und golden, mit Fransen und kleinen Spiegeln, herrlich feminin und wallend. Genau mein Stil, und nicht einmal teuer. Am liebsten hätte ich gleich zehn gekauft.

Veikko riet mir, einen Teil des Geldes auf ein hochverzinsliches Konto zu legen und einige Monatsmieten im Voraus zu zahlen. Diese Beamtenseele! Ein echter Künstler würde seine Freunde einladen und sie großzügig bewirten, aber unser Veikko zahlt von der Erbschaft seine Schulden ab. Allerdings hat er auch keine Freunde, mit denen er feiern könnte. Wer will sich schon mit einem so säuerlichen Kerl abgeben!

Ein phantastisches Parfüm habe ich auch noch gekauft. Düfte sind lebenswichtig für mich, sie inspirieren mich. Ohne Räucherstäbchen und Duftkerzen kann ich nicht leben. Sirkka, die zu ihrem geistigen Ich keinerlei Bezug hat, behauptet, sie bekäme davon Kopfschmerzen.

Wegen Katjalein war ich tagelang ganz aufgeregt, immerhin hatte ich ihr den Auftritt verschafft. Hoffentlich ging alles gut! Ich rief sie jeden Tag an und versuchte, ihr Mut zuzusprechen.

«Die Leute nehmen es nicht so genau, und wenn sie erst mal was getrunken haben, sind sowieso alle zufrieden. Gemeinsames Singen wäre auch nicht schlecht, du kannst doch die Leute sicher anleiten.»

«Davon war keine Rede.» Sie klang plötzlich abweisend, fast, als wolle sie ihren Auftritt absagen.

«Aber wir reden doch gerade darüber! Ich könnte als Vorspiel ein Wichtelspiel bieten.» Ich musste plötzlich über meine Worte lachen. «Als Vorspiel, ist das nicht ein hübscher Witz? Darüber lachen die Leute bestimmt. Ich kenne ein Spiel für Erwachsene zur Melodie von ‹Die Kerzen erlöschen›, bring die Noten mit!»

Sie klang immer noch nicht begeistert. Dass ein junger Mensch so konventionell sein kann! Natürlich kennt sie die Leute aus den Kunstzirkeln nicht. Darunter sind alle möglichen Typen vertreten. Ich gehe neuerdings auch zur Keramikgruppe, weil die inneren Energien so herrlich freigesetzt werden, wenn man auf den feuchten Ton einschlägt. Die anderen Teilnehmer sind allerdings ausgesprochen vorsichtig und pedantisch, anders als bei der Ölmalerei.

Hoffentlich kommt Juhani zur Adventsfeier. Allerdings fürchte ich, seine verklemmte Frau wird es ihm nicht erlauben. Hinter der Maske des Geschichtslehrers steckt bei Juhani eine echte Künstlerseele. Er hätte an der Kunsthochschule studieren sollen. Anfangs war er sehr verschlossen, doch ich habe ihn dazu gebracht, sich zu öffnen, und nun haben seine Gemälde ganz neue, kräftige Farben. Er bezeichnet mich als seine Muse. Seine Frau unterrichtet auch Geschichte, sie ist ein vertrocknetes Wesen und beschäftigt sich mit Porzellanmalerei. Eine pingelige Fleißarbeit, die genau zu ihr passt! Sie ist religiös und geht nie auf irgendwelche Feste. Juhani hat sich nicht direkt dazu geäußert, doch ich kann mir vorstellen, dass ihre sexuelle Beziehung zum Gähnen langweilig ist.

Die Feier fand in der Cafeteria der Volkshochschule statt. Ich hatte die Dekoration mit großem Einsatz entworfen: Chiffon und Gaze in weihnachtlichem Rot, dazwischen Kerzen, die wie rote Herzen leuchten. Sie sollten nach Apfel, Zimt und Vanille riechen. Es war mir unbegreiflich, wie jemand gegen natürliche Aromen allergisch sein konnte. Das mussten Menschen sein, die sich vor den geistigen Reaktionen auf eine Aromatherapie fürchteten.

Ich zog mein wundervolles neues Kleid an, in dem ich aussah wie fünfundzwanzig, schminkte mir die Augen geheimnisvoll dunkel und machte mich auf den Weg. Da ich keine Zeit gehabt hatte, durch die Stadt zu laufen und Dekorationsstoff zu besorgen, hatte ich Jutta damit beauftragt. Als ich nun in die Cafeteria kam, sah ich, dass sie völlig falschen Stoff gekauft hatte, steifes, klobiges Netzgewebe. Sie ist selbst ziemlich klobig, und ihre Gemälde sind miserabel, nichts als ängstliche graue Farben mit einem Schimmer von schlierigem Blau. Sie arbeitet wochenlang an einem Bild und macht genaue Entwürfe, bevor sie es wagt, den Pinsel in die Hand zu nehmen. Sie hat keinerlei Spontaneität oder schöpferische Kühnheit.

Ich schickte sie zum nächsten Stoffgeschäft und begann zu dekorieren. Ich hatte eine Höhle voller erotischer Wärme schaffen wollen, doch die starren Stoffe gaben einem das Gefühl, in einer riesigen Tomate zu sitzen. Gegen den Verdruss brauchte ich ein Glas Rotwein. Jutta kam mit dem neuen Stoff zurück und fragte, wer ihn bezahlen würde. Ich riet ihr, die Rechnung dem Kunstlehrer zu geben, doch sie stotterte, sie brauche das Geld sofort. Hätte sie eben gleich den richtigen Stoff kaufen sollen.

Katja war pünktlich. Sie trug wieder einmal Schwarz, eine Hose mit weiten Beinen und eine schmale Jacke, die ihre unverhältnismäßig großen Brüste und ihre männlich breiten Schultern betonte. Vom Körperbau her hätte man sie für eine Schwimmerin halten können. Mir schien, dass sie ein wenig zugenommen hatte, doch ich verzichtete darauf, es ihr zu sagen. Ich habe es zum Glück seit langem nicht mehr nötig, auf meine Linie zu achten. Katja war offensichtlich nervös, sie ließ ihre Noten fallen und hatte Schwierigkeiten, den Notenständer aufzubauen.

«Willst du nicht doch ein Beruhigungsmittel?», fragte ich besorgt, denn wenn sie ihren Auftritt verpatzte, würde es auf mich zurückfallen.

«Nein danke. Ich muss lernen, ohne zurechtzukommen.»

Vor der roten Dekoration wirkte sie blass, auch ihr Lippenstift war fast farblos. Das war gerade in. Ich kümmere mich nicht um irgendwelche Trends, ich habe meinen Stil gefunden und bleibe ihm treu. So halten es alle starken Frauen.

«Dann trink einen Schluck Wein, das entspannt», schlug ich vor.

Ihre Augen funkelten unheilverkündend. Beinahe bereute ich mein Angebot, doch sie lehnte auch den Wein ab. Ich schenkte mir nach und zupfte den Dekorationsstoff zurecht. Da fragte Katja auf einmal, wo sie sich einsingen könne. Warum hatte sie das nicht zu Hause getan? Immerhin brauchte sie mit der Straßenbahn keine zehn Minuten zur Volkshochschule. Zum Glück fand ich ein kleines Klassenzimmer, wo sie üben konnte, ohne vom Publikum gehört zu werden.

Natürlich hatten nicht alle Kursteilnehmer Zeit für die Adventsfeier, insgesamt kamen etwa sechzig. Wir hatten vereinbart, eine Art Bottle-Party zu veranstalten, zu der jeder mitbrachte, was er wollte: Wein, Käse, Weihnachtsplätzchen. Außer Katjas Auftritt stand der Besuch des Weihnachtsmanns auf dem Programm, und zum Schluss sollten zum Tanzen Platten aufgelegt werden. Für eine Band reichte das knappe Budget nicht.

Mitte der achtziger Jahre hatte ich auch eine eigene Band, natürlich mit mir als Sängerin. Wir hatten keinen Erfolg, weil der Gitarrist ein Säufer war und der Keyboarder noch bei drei weiteren Combos mitspielte. Für meine Songtexte hatten die beiden auch kein Verständnis, dabei versuchte ich, in der finnischen Popmusik eine ähnliche sexuelle Revolution anzuzetteln wie Madonna auf der internationalen Bühne. Wahrscheinlich war ich meiner Zeit voraus, wie so oft. Katjas Lieder sind viel zu prüde. Man sollte die Dinge beim Namen nennen, finde ich.

Nachdem die Gäste ein wenig Wein getrunken hatten, lockerte sich die Stimmung allmählich. Auch Juhani war gekommen, allerdings in Begleitung seiner zänkischen Frau, die es tatsächlich über sich gebracht hatte, ihre Kinder einem Babysitter anzuvertrauen. Obwohl Juhani viel begabter ist als dieses Weibsstück, kann er nicht jeden Tag malen, denn die Dame braucht einen freien Abend in der Woche, um auf ihrem Porzellan herumzutupfen. Bei diesem Gedanken kam mir eine komische Assoziation, über die ich so lachen musste, dass ich mich beinahe an meinem Wein verschluckt hätte. Zu dumm, dass ich niemandem erzählen konnte, was mich so erheiterte.

Vielleicht würde mein Einfall Katja aufmuntern, dachte ich und ging zu ihr. Für alle Fälle nahm ich eine Weinflasche und Gläser mit. Katja stimmte gerade mit mürrischem Gesicht ihre Gitarre.

«Bei dieser feuchten Luft muss ich das verdammte Ding alle zehn Minuten nachstimmen», klagte sie. «Wenn ich mir doch endlich eine neue Gitarre leisten könnte!»

«Lass dir von deiner Mutter eine zu Weihnachten schenken, sie hat ja jetzt Geld genug», schlug ich vor. Sirkka mit ihrem krankhaften Geiz gab Katja und Kaitsu natürlich keinen Pfennig ab. Wenn ich Kinder hätte, würde ich dafür sorgen, dass ihnen nie etwas fehlt. Ich hatte als Kind genug entbehren müssen.

«Ich bin inzwischen erwachsen und will mir meine Gitarre selbst kaufen», fauchte Katja.

«Es gibt gleich Milchreis, möchtest du vor deinem Auftritt auch eine Portion?»

«Nein!», fuhr sie mich an. Dann setzte sie ruhiger hinzu: «Davon wird die Kehle so klebrig, dass ich nicht singen kann. Bitte, Sara, lass mich noch einen Augenblick allein! Hol mich, wenn ihr gegessen habt.»

Wie nervös sie war! Die Leute schlangen ihren Brei herunter, als hätten sie seit Wochen nichts gegessen. Dann war der Weihnachtsmann an der Reihe. Über den Festvorbereitungen, die ganz allein auf meinen Schultern gelastet hatten, hatte ich vergessen, ein Geschenk mitzubringen, fand aber, dass ich mir trotzdem ein Päckchen nehmen konnte. Sollte sich doch eins der Ehepaare ein Geschenk teilen. Ich wählte ein kleines quadratisches Paket, das aussah, als enthalte es etwas Schönes, vielleicht ein hübsches Schmuckstück. Es war in rotes, hochwertiges Glanzpapier eingeschlagen, doch das war nur Blendwerk, denn was ich schließlich in der Hand hielt, war ein ganz gewöhnlicher, billiger Flaschenöffner. Jutta hatte dagegen eine niedliche Weihnachtsdekoration bekommen. Ich schlug ihr vor, zu tauschen, doch die gemeine Egoistin weigerte sich.

Dann war Katja an der Reihe. Ich hatte ihr geraten, mit einem sicheren Hit anzufangen, und das tat sie auch, sie sang als erstes «Yesterday» von den Beatles, doch dann ging sie zu Bob Dylans «Blowin' in the Wind» über, weil dieses Lied bei der heutigen Weltlage angeblich hochaktuell war. Auf einer Adventsfeier soll man nun wirklich nicht an Kriege denken, finde ich! Als Nächstes sang sie eins ihrer eigenen Lieder, eine Ballade, in der es um moderndes Laub ging. Die Stimmung sank bedrohlich, die Leute sahen geistesabwesend aus. Auch Juhani gähnte.

Ich trank noch etwas Wein und stellte mich dann neben Katja.

«Und jetzt spielen wir gemeinsam ‹Die Kerzen erlöschen›, ich bringe euch die Erwachsenenversion bei», kündigte ich beschwingt an.

«Jetzt schon?», flüsterte Katja. Ich winkte ab und bat sie, die Noten herauszusuchen. Bei der Version für Erwachsene wird derselbe Text gesungen wie sonst auch, aber man macht dazu allerlei neckische Bewegungen, berührt sich gegenseitig an der Brust und so weiter. Die meisten kicherten fröhlich, nur einige zogen ein säuerliches Gesicht, darunter natürlich Jutta und Juhanis Frau. Ich schlug vor, noch einige andere Weihnachtslieder gemeinsam zu singen, dann wäre Katja wieder an der Reihe. Irgendwer moserte, weil die Texte für das gemeinsame Singen nicht kopiert und verteilt worden waren, aber ich brachte ihn mit der Bemerkung zum Schweigen, es gehöre zur Allgemeinbildung, Weihnachtslieder auswendig zu können.

Katja stimmte ihre Gitarre für das weitere Programm. Wieder einmal stellte ich fest, dass ihr das nötige Charisma fehlt. Vielleicht sollte ich mir überlegen, selbst wieder als Sängerin aufzutreten. Die Popstars und Tangokönige von heute sind doch die reinen Schaufensterpuppen, sie singen ohne Glut.

Ich ging zur Toilette, um mein Make-up aufzufrischen, und als ich zurückkam, sang Katja gerade «Memory» aus dem Musical «Cats». Nach wie vor schienen alle wie erstarrt, nur die Weingläser leerten sich rasch. Vielleicht war es das Beste, bald mit dem Tanz zu beginnen, obwohl Katja sich auf einen längeren Auftritt eingestellt hatte. Als sie wieder mit einem ihrer eigenen Lieder anfing, hätte ich sie am liebsten sofort unterbrochen. Die Melodie war viel zu kompliziert, überhaupt nicht zum Mitsingen geeignet. Ich holte in der Küche ein Glas, ging zu Juhani und schenkte ihm Wein ein. Seine Frau schüttelte den Kopf, aber er selbst schien sich zu freuen. Ich setzte mich neben ihn und kam zu dem Schluss, dass Katja unbedingt aufhören musste. Die Leute klatschten höflich, einige sogar richtig laut, doch das war bestimmt ironisch gemeint. Dann begann Katja, «Pfauenauge» von Hector zu singen. Es klang anämisch. Ich lief zu ihr und stimmte ein, denn meiner Meinung nach muss dieses Lied dramatisch gesungen werden.

«Ich verbannte meine Erinnerung und ließ sie wieder ein. Wie ein Pfauenauge fing ich dich, ans Fenster schlug ein Zweig, was war, wird nie mehr sein.» Ich musste eine Oktave höher singen als Katja, denn ihre Stimme ist furchtbar tief, während ich eine glasklare Sopranstimme habe. Ich hätte durchaus das Zeug zur Opernsängerin gehabt.

«Möchtest du weitersingen?», fragte Katja, als das Lied zu Ende war. «Sing ruhig allein, ich kann dich begleiten.»

«Ich glaube, wir tanzen jetzt», sagte ich, doch einer der Männer rief:

«He, Kleine, kannst du Eino Leinos ‹Nocturne›?»

«Die Vertonung von Sarmanto oder die andere?», fragte Katja, und als der Mann um die bekanntere Fassung bat, fing sie wieder an zu singen, obwohl ganz offensichtlich niemand mehr zuhören wollte. Ich setzte mich zu Juhani und unterhielt mich mit ihm. Katja sang noch eine Menge Lieder, bevor sie endlich Schluss machte. Sie merkte offenbar nicht, dass die Leute tanzen wollten und nur aus Höflichkeit applaudierten und Wünsche äußerten.

Ich legte dann eine Platte von Mariah Carey auf und holte Juhani zum Tanzen. Zuerst wollte er nicht so recht, aber dann kam er doch mit. Über seine Schulter hinweg sah ich, wie Katja ihre Gitarre einpackte, und dachte erst jetzt daran, dass ich ihr versprochen hatte, für sie den Hut herumgehen zu lassen. Aber vielleicht war es besser so, es wäre peinlich gewesen, wenn jeder nur Kleingeld gegeben hätte. Das Wichtigste für sie war wohl, dass sie überhaupt auftreten durfte.

Juhanis Alte zerrte ihren Mann schon nach dem ersten Tanz von mir weg, angeblich, weil der Babysitter nicht länger bleiben konnte. Das war natürlich ein Vorwand. Sie war eifersüchtig, und dazu hatte sie allen Grund. Der jüngere der beiden Männer aus der Keramikgruppe versuchte Katja auf die Tanzfläche zu ziehen. Ich eilte meiner Nichte zu Hilfe.

«Du kannst ruhig schon gehen, es wird sowieso nur noch getanzt. Vielen Dank. Schade, dass niemand recht zugehört hat.»

«Wir waren doch alle begeistert», wandte der Keramikbursche ein. Seine Brille war zu breit, und er hatte einen hässlichen Mund. «Wir hätten dir gern länger zugehört. Du hast eine tolle Stimme!»

Offenbar war der Typ auf einen Adventsfick aus. Ich sagte zu Katja, ich würde sie zum Ausgang begleiten, doch sie fragte, ob sie jetzt ein Glas Wein bekommen könne, denn vom Singen sei sie durstig geworden. Der Keramikbursche bot ihr Glühwein an, und Katja, die dem Alkohol nie widerstehen kann, nahm dankend an. Ich mochte gar nicht hinsehen, denn sie würde im Handumdrehen betrunken sein und sich blamieren. Obendrein kam auch noch Jutta an und redete aufgeregt über die Breitöpfe, die gespült werden müssten. Wir hatten die Küche nämlich nur unter der Bedingung benutzen dürfen, dass wir sie blitzblank hinterließen.

«Ich kann das auf keinen Fall machen, ich habe eine Spülmittelallergie», sagte ich resolut und ging daran, die heruntergebrannten Kerzen auszuwechseln. Das ganze Fest war mir verleidet, nicht einmal gedankt hatte man mir, obwohl ich mein Bestes getan hatte, um den anderen einen schönen Abend zu bereiten. Die tanzenden Paare sahen albern aus, alte Weiber wackelten mit dem Hintern wie junge Mädchen, obwohl ihnen die schlaffen Brüste fast um die Ohren flogen. Ich spielte mit dem Gedanken, irgendwo anders weiterzufeiern, da sah ich Katja auf mich zukommen.

«Du, Sara, hast du eine Sekunde Zeit?», fragte sie in merkwürdigem Ton.

«Ist es dringend? Ich muss mich auch noch um das Putzen kümmern, das tut ja sonst …»

«Es geht um Großvater.» Sie zog mich aus dem Saal. «Sag mir ehrlich, ist Rane ins Gefängnis gegangen, um jemanden zu decken … Zum Beispiel meine Mutter oder …»

«Oder mich? Das wolltest du doch sagen, nicht wahr?»

«Na ja, weil du über den Missbrauch gesprochen hast», stammelte sie.

«Glaubst du etwa, Rane, Mutter und die anderen hätten mich vor einer Anklage bewahrt? Von wegen! Rane war ein egoistisches Arschloch, er hätte keinen gedeckt, höchstens ein vollkommen wehrloses Wesen … Zum Beispiel ein Kind.»

Katja wurde kreidebleich und rannte hinaus. Tja. Man erntet, was man gesät hat. Was fiel ihr ein, den Mord an Vati zur Sprache zu bringen. Schlafende Hunde soll man nicht wecken. Überhaupt finde ich es unerträglich, sich in der Vergangenheit zu suhlen, man muss mit offenen Augen in die Zukunft blicken und ...

… das Leben leichtnehmen. Mutter sah merkwürdig aus, als ich ihr sagte, ich würde am Neujahrstag ausziehen. Jyki, der für ein Jahr nach Brüssel ging, wollte mir seine Wohnung billig überlassen, unter der Bedingung, dass ich mich um seine Orchideen kümmerte. Jyki ist Yazus Vetter und genauso verrückt. Ich habe noch nie von einem erwachsenen Mann gehört, der Orchideen züchtet. Mutter meinte allerdings, irgendein Detektiv aus einem Buch hätte dasselbe Hobby.

Die Weihnachtssaison war in vollem Gang. In sämtlichen Firmen wurde gefeiert, Schneetreiben brachte den Verkehr durcheinander, viele Kollegen holten sich die Grippe, und ich fuhr eine Schicht nach der anderen. Dabei hatte ich die ganze Zeit Angst, die Polizei oder der Taxikontrolleur würden mich dabei erwischen, wie ich viel zu lange am Steuer saß.

Eine Woche vor Weihnachten rief Veikko an.

«Ich hab vor, meinem Nachbarn eine Fichte zu klauen. Hast du Zeit, mich und den Baum an Heiligabend abzuholen?»

«Klar», sagte ich. Gut, dass Veikko auch kam. Mutter hatte aus irgendeinem Grund einen Rückzieher gemacht und Sara erlaubt, an Weihnachten doch zu uns zu kommen. Das ärgerte mich gewaltig, denn ich hatte mich schon auf ein ruhiges Fest gefreut. Es wäre so schön gewesen, nur zu essen und Fernsehen zu gucken, statt mir die ganze Zeit anzuhören, wie die Frauen die Vergangenheit oder die Zukunft bekakeln.

«Ich kann Mutters Logik einfach nicht begreifen», sagte ich zu Veikko. «Warum hat sie Sara eingeladen?»

«Neben Sara fühlt sie sich erwachsen und ausgeglichen. Das genießt sie eben», lachte Veikko. Vielleicht hatte er recht. Manchmal kommt es mir vor, als wäre Sara Mutters Kind, nicht Katja oder ich.

«Für deine Mutter war die Jugend vorbei, bevor sie richtig begonnen hatte», fügte Veikko hinzu. Über Mutters Jugend wusste ich nur, dass sie achtzehn war, als Katja geboren wurde. Es fiel mir schwer, sie mir als Jugendliche vorzustellen, sie war eben meine Mutter, sonst nichts. Einmal hatte sie Katja und mich gezwungen, uns Fotos anzusehen, die sie als junges Mädchen zeigten. Sie hatte damals eine gute Figur gehabt, aber ihre Kleider waren unglaublich omahaft gewesen.

Ich fuhr wieder los, die Nachtschicht fing an. Der Kaffee brannte mir im Magen. Weihnachtseinkäufe musste ich auch noch machen. Für Veikko ein Geschenk zu finden war nicht schwer, über eine Flasche Kognak freute er sich immer. Mutter hatte sich ein Buch gewünscht, Katja eine CD. Nur was ich Sara schenken sollte, wusste ich nicht. Ein neues Gehirn gibt es leider nirgends zu kaufen.

Nach Mitternacht wurde ich nach Tapiola bestellt. Ich rechnete mit besoffenen Partygästen, doch der Fahrgast wirkte nüchtern. Es war ein ziemlich kleiner Mann, der mich kurz ansah und dann vorne einstieg.

«Du bist Kaitsu Tiainen, stimmt's?», fragte er. «Ich bin Pekka Kalmanlehto, wir waren früher Nachbarn. In letzter Zeit habe ich ein paarmal deine Schwester gesehen, ich wohne ganz in ihrer Nähe. Sturenkatu siebenunddreißig. Fährst du ganztätig, oder ist das ein Nebenjob?»

«Im Hauptberuf.»

Ich erinnerte mich an ihn, seine Familie hatte eine Zeitlang im selben Haus gewohnt wie wir, und seine Mutter hatte manchmal auf Katja und mich aufgepasst. Pekka war nett gewesen, er hatte uns jüngere Kinder nicht geärgert, sondern sogar mit uns gespielt. Trotzdem ärgerte ich mich über seine neugierige Frage. Was ging ihn mein Leben an?

Ich fuhr auf den Westring und beschleunigte. Kalmanlehto trommelte mit den Fingern auf die Knie. Ich überlegte, ob ich das Radio lauter stellen sollte.

«Wohnst du noch in Matinkylä?», setzte er die Befragung fort.

«Im Moment wieder, aber ich ziehe bald nach Ruoholahti.»

«Die Gegend hat sich ziemlich verändert, seit das Einkaufszentrum gebaut worden ist.»

Ich brummte zustimmend. Kalmanlehto sah merkwürdigerweise genauso aus wie als kleiner Junge, er hatte runde Backen und einen breiten Mund. Seine Schultern verrieten, dass er regelmäßig zum Krafttraining ging. Das tun viele kleine Männer, die etwas zu kompensieren haben.

«Und was machst du so?», fragte ich unwillkürlich.

«Ich bin Tontechniker und Mixer im Studio Blitz. Kennst du die Gruppe Salamasota, über die Katja ihre Arbeit schreibt? Das Studio gehört Kode Salama. Katja ist mir dort über den Weg gelaufen.»

«Ja, sie hat mir erzählt, dass sie da war und diesen Kode getroffen hat. In den war sie früher total verknallt.»

«Ich glaub, das ist sie noch immer», lachte Kalmanlehto, und ich lachte mit. Katjas Männergeschichten interessierten mich nicht, nach Karri war wohl auch nichts Ernstes mehr gewesen. Kalmanlehto fragte mich weiter nach Katja aus, doch ich konnte ihm nichts sagen. Was wusste ich schon vom Sexleben meiner Schwester?

Auf der Lapinrinne konnte ich gerade noch einem Betrunkenen ausweichen, der mir partout vor den Wagen laufen wollte. Kalmanlehto erkundigte sich, ob ich schon viele Unfälle gehabt hätte. Er schien ziemlich gesprächig zu sein. Ich setzte ihn vor seinem Haus ab, er zahlte mit der Kreditkarte und bat um eine Quittung.

«Grüß Katja von mir, wenn du sie siehst.»

«Wird gemacht.»

Allem Anschein nach interessierte er sich für meine Schwester. Ich vergaß ihn allerdings schnell und dachte erst am Heiligen Abend wieder an ihn, als wir Veikkos geklauten Weihnachtsbaum aufstellten. Jeder wusste, dass er den Baum nicht gestohlen, sondern mit Erlaubnis seines Nachbarn Clasu aus dem Wald geholt hatte, aber wir taten, als glaubten wir seine Geschichte. Es herrschte eine entspannte Stimmung, denn Sara war noch nicht gekommen. Sie schaffte es jedes Jahr, erst dann zu erscheinen, wenn alles fertig war und sie nicht mehr mitzuhelfen brauchte. Als der Baum stand, machten Veikko und ich uns ein Bier auf.

«Ach ja, schöne Grüße von Pekka Kalmanlehto», sagte ich zu Katja, die auf der Küchenleiter stand und den Christstern befestigte.

«Wo hast du den denn getroffen?»

«Er war vor ein paar Tagen mein Fahrgast. Hat sich eingehend nach deinen Männern erkundigt.»

Katja kam ins Schwanken und fluchte, weil sie sich in die Finger gestochen hatte. Um ihre Hände ist sie immer sehr besorgt. Gleich darauf klingelte es, und Mutter ging an die Tür. Saras Geschnatter ging sofort los.

«Ach Gottchen, ich hab den letzten Bus nach Matinkylä verpasst, ich musste ein Taxi nehmen! Hat einer von euch vielleicht zwanzig Mark, ich hab überhaupt kein Bargeld dabei ...»

«Zahl mit der Kreditkarte», rief Veikko, doch Sara schnatterte unbeirrt weiter, bis Mutter ihr schließlich zwei Zehner in die Hand drückte. Sara hat nie Bargeld dabei. Das ist ihre Methode, andere anzuschnorren.

Weihnachten verlief bei uns immer nach dem gleichen Schema: Zuerst aßen wir lange und hingebungsvoll, dann wurden die Geschenke ausgepackt. Wir schenkten uns zwar nicht mehr viel, aber Mutter versuchte, das Auspacken so spannend zu machen wie früher, als Katja und ich klein waren. Mutter und Katja bereiteten das Essen zu, während ich dafür sorgte, dass genügend Bier und Rotwein auf den Tisch kam. Sara hatte ihren eigenen Christbaumschmuck mitgebracht, blinkende rote Herzen, die sie an den Baum und an die Fenster hängte. Ich kam mir vor wie in der Disco. Zwischendurch verschwand ich und warf eine Beruhigungspille ein, um nicht die ganze Zeit auf Hochtouren zu laufen. Es fiel mir schwer, mit so vielen Menschen in der kleinen Wohnung zu sitzen.

Ich erinnere mich an das Weihnachtsfest, bei dem Katja zwischendurch kotzen ging. Wir waren bei Großmutter, und Katja hatte behauptet, sie fühle sich nicht wohl und brauche frische Luft. In Wahrheit war sie hinter den Zaun gegangen und hatte in eine Grube gekotzt, die sie schon im Voraus in den Schnee gegraben hatte. Veikko, der zum Rauchen nach draußen gegangen war, hatte es gesehen. Mutter und Oma wollten damals nicht glauben, dass etwas Ernstes dahintersteckte, sie dachten, Katja hätte den Weihnachtsschinken nicht vertragen.

Jetzt standen Schinken, Aufläufe, saurer Hering und Kartoffeln auf dem Tisch. Mutters selbstgemachter Senf trieb einem das Wasser in die Augen. Ich holte noch zwei Flaschen Bier für

Veikko und mich, die Frauen tranken Rotwein. Bei Großmutter durfte beim Weihnachtsessen kein Alkohol getrunken werden, dafür wurde ein Tischgebet gesprochen. Diesmal war es anders, alle fingen gleichzeitig an zu essen, und eine Weile war es ganz still. Ich hätte eine Wette darauf abschließen können, wer als Erster reden würde, und ich hätte die Wette gewonnen.

«Sirkka, hast du vergessen, dass ich keinen Schinken esse? Schweinefleisch ist für spirituelle Menschen unbekömmlich. Ich hatte dich doch gebeten, Tofu zu besorgen.»

Mutter gab keine Antwort. Sara war jedes zweite Weihnachten Vegetarierin, in den Jahren dazwischen erklärte sie, erst der Geruch des gebackenen Schinkens zaubere echte Weihnachtsstimmung herbei. Ich schnitt mir ein großes Stück Fleisch ab, Veikko tat es mir nach.

«Katja, du hast sicher allen erzählt, dass du Karri getroffen hast, nicht wahr?», fragte Sara.

Katjas Gesicht lief rot an, sie ist immer schon beim kleinsten Anlass rot geworden. Karri war der Typ, der meine Schwester um den Verstand gebracht hat. Es wäre besser für sie gewesen, ihn nie wiederzusehen.

«Nein», sagte sie in einem Ton, der Sara zum Schweigen bringen sollte.

«Sie ist ihm in der Oper begegnet, und wisst ihr was? Er war mit seinem Lover da!»

Mutter sah die beiden abwechselnd an und machte ein beleidigtes Gesicht: Warum hatte Katja Sara etwas erzählt, wovon sie nichts wusste?

«Ist Karri denn neuerdings …», fing Mutter an, brachte das verbotene Wort aber nicht über die Lippen.

«Schwul!», rief Sara fröhlich. «Allerdings, das ist er. Da hättet ihr auch früher drauf kommen können. Ich hab es ihm damals sofort angesehen.»

Katja hatte die Gabel auf den Teller gelegt und trank einen großen Schluck Wein, Mutter ebenfalls. Veikko machte ein komisches Gesicht.

«Also, Katja, jetzt brauchst du Karri nicht mehr nachzutrauern. Such dir endlich einen anständigen Mann!», quasselte Sara weiter und prostete Katja zu. «Ich habe übrigens beschlossen, ein Kind zu bekommen. Das ist mein Projekt für nächstes Jahr: Sara wird schwanger. Ich suche mir einen Mann mit den passenden Genen und schreite zur Tat. Das solltest du auch tun, Katja, immerhin wirst du nächstes Jahr schon dreißig.»

«Lieber nicht ...», sagte Katja hastig.

«Ganz ohne Vater?», fragte Mutter. Sara lachte.

«Aber liebe Sirkka, du weißt doch wohl, dass man dafür einen Mann braucht! Oder hast du schon vergessen, wie es geht? Wenn der Mann kein Kind will, ziehe ich es alleine groß. Die vollkommene Liebe einer Mutter ist besser als ein gleichgültiger Vater, meint ihr nicht auch, Katja und Kaitsu?»

«Ich wünsche mir zwar Enkelkinder, aber nicht um jeden Preis», fuhr Mutter auf.

«Und wo willst du deinen Zuchthengst auftreiben?», erkundigte sich Veikko, stand auf und fragte: «Noch ein Bier, Kaitsu?»

Ich nickte, obwohl ich das vorige erst zur Hälfte getrunken hatte. Die Pille war stärker, als ich erwartet hatte, meine Glieder waren angenehm müde, und ich hatte keinen Appetit. Trotzdem nahm ich eine Portion Steckrübenauflauf zum Schinken.

«Samenspender bleiben ja auch anonym!», kreischte Sara. «An gesunden, intelligenten und willigen Männern herrscht kein Mangel.»

«Mutter war traurig, weil sie nur zwei Enkelkinder hatte, und sie hätte zu gern ihre Urenkel noch gesehen», sagte Mutter leise. Veikko setzte sich wieder an den Tisch und schnitt eine Scheibe vom Schinken ab.

«Ich will jedenfalls keine Kinder!», giftete Katja. «Nicht mit meinen Genen!»

«Was ist denn an deinen Genen auszusetzen?», fragte Veikko sanft.

Katja starrte ihn wortlos an, und Mutter hatte ihre kälteste Miene aufgesetzt. Ihrer Meinung nach trug Eero Tiainen die Schuld an Katjas Problemen. Für mich war dieser Mann kein Vater, und von seinen Genen wollte ich erst recht nichts wissen.

«Katja, du hast zu viel über diesen Mord gegrübelt», erklärte Sara. Da begann Katja zu schreien:

«Was heißt hier zu viel! Du machst doch dauernd irgendwelche Andeutungen, mal über den, mal über jenen. Warum sagt ihr mir nicht endlich, wer Großvater wirklich ermordet hat!»

Eine Weile war es ganz still, dann redeten alle durcheinander.

«Das Gericht hat Rane schuldig gesprochen, so was passiert doch nicht ohne Grund!», rief Mutter.

«Katja, eine Therapie würde dir bestimmt guttun, und außerdem ...», fing Sara an, doch Veikko fiel ihr ins Wort:

«Den Schinken hast du prima hingekriegt, Sirkka. Bei Mutter war er nie so saftig.»

Katja stieß ihren Stuhl zurück und rannte aufs Klo. Ich lauschte, hörte aber keine Würgegeräusche.

«Ja, der Schinken ist wirklich gut», stimmte ich Veikko zu. «Der Senf ist allerdings sauscharf, der verbrennt einem fast die Schleimhäute.»

Mutter sah mich lächelnd an, doch gleich darauf legte sich ein seltsamer Nebel über ihr Gesicht. Die Toilette rauschte, dann kam Katja zurück. Ihre Wangen waren rot, doch sie roch nicht nach Erbrochenem, sondern nach Wacholder. Meine Schwester hatte einen Flachmann in der Handtasche!

«Wie war denn dein Auftritt bei Saras Adventsfeier?», erkundigte sich Veikko bei Katja, die Kartoffeln und Heringe in sich hineinstopfte.

«Ganz ...», fing sie an, doch Sara unterbrach sie.

«Die borniterten Hobbykünstler hatten anscheinend kein Verständnis für gute Musik.»

«Ach. Ich fand eigentlich, es lief gut», sagte Katja verwundert. «Viele haben sich hinterher noch persönlich bedankt. Denkt daran, dass ich gern noch mehr Auftritte übernehme. Vor der Abschlussprüfung im Einserkurs muss ich unbedingt Routine gewinnen.»

«Ist das eine öffentliche Veranstaltung?», wollte Veikko wissen.

«Ja. Ich würde mich freuen, neben der widerwärtigen Jury ein paar freundliche Gesichter im Publikum zu sehen.»

Der heimliche Drink hatte Katja offenbar gestärkt, jedenfalls kam sie nicht mehr auf den Mord zurück. Veikko fragte Mutter nach den Herbstbestsellern, und Katja aß. Sara starrte mich so lange an, dass es mir ungemütlich wurde. Mit ihrem leeren Blick und den unablässig mahlenden Kiefern erinnerte sie an eine Kuh.

«Also, ich muss schon sagen, Kaitsu sieht genauso aus wie unser Rane. Komisch, dass du gar keine Ähnlichkeit mit Eero hast. Du könntest glatt Ranes Sohn sein.»

«Aha, eine neue Inzesttheorie», murmelte Veikko halblaut. Ich lachte auf, obwohl ich größte Lust hatte, Sara den Mund zu verbieten.

«Wenn ich einen passenden Erzeuger für mein Baby finde, kann ich ihn dir ja weiterreichen, Katja. Wir haben sowieso zu einem Viertel identische Gene, und wenn unsere Kinder denselben Vater hätten, wären sie beinahe Geschwister. Wir könnten sie gemeinsam aufziehen und uns bei der Pflege abwechseln, wäre das nicht praktisch? Oder weinst du etwa immer noch diesem Karri nach?»

«Garantiert nicht, aber Babypläne habe ich auch nicht! Lass mich endlich mit dem Thema in Ruhe!»

«Ach so, entschuldige, daran hatte ich gar nicht gedacht…» Sara machte ein entsetztes Gesicht und schlug die Hand vor den Mund. «Natürlich, die Bulimie…Womöglich kannst du gar keine Kinder kriegen. Wie furchtbar…»

«Wer nimmt den Rest vom Steckrübenauflauf, damit ich die zweite Form aus dem Ofen holen kann?», fragte Mutter. Da niemand antwortete, klatschte sie mir das Zeug auf den Teller. Ich trank mein Bier aus und setzte gleich die nächste Flasche an. Das Gefühl, locker über allem zu schweben, verstärkte sich, obwohl mir das Essen bereits schwer im Magen lag. Auch Sara war endlich still und konzentrierte sich aufs Essen. Ich brauchte erst am nächsten Morgen um acht wieder Taxi zu fahren, hatte also Zeit, mich zu entspannen.

Als alle pappsatt waren, erklärte Katja, sie würde mit mir den Tisch abräumen und Kaffee kochen. Wahrscheinlich wollte sie Mutter das liebe Töchterlein vorspielen. Die anderen gingen ins Wohnzimmer, wo der Kaffee serviert werden sollte. Wir stellten das Geschirr zusammen, Veikko ging mit seiner Pfeife auf den Balkon, und Sara wollte unbedingt ein paar Minuten Fernsehen gucken. Katja machte die Küchentür zu und öffnete ihre Handtasche.

«Magst du?», fragte sie und hielt mir den Flachmann hin. Ich nahm einen Schluck und stellte fest, dass ich richtig getippt hatte: Es war billiger Gin.

«Du hast Karri also wiedergesehen?», fragte ich.

«Ja, in der Oper. Er hat mich an die Haltestelle begleitet, und vor ein paar Tagen hat er mir eine Mail geschickt», flüsterte Katja und goss sich Gin in den Hals. «Er möchte sich nochmal in Ruhe mit mir treffen.»

«Geh dem Schwuli bloß aus dem Weg!»

Ich wusste selbst nicht, warum ich so wütend war. Ich hatte nur daran denken müssen, wie Katja damals kaputtgegangen war und niemand ihr helfen konnte. Daran war nur dieser Scheißkerl schuld gewesen. Es ist erschreckend, wenn ein Mensch, den man sein Leben lang gekannt hat, sich plötzlich total verändert, offiziell für verrückt erklärt und in Therapie geschickt wird. Bei meiner Abiturfeier machte Katja einen großen Bogen um alle Kuchen und Torten. Sie behauptete, wenn sie einmal anfinge, etwas Süßes zu essen, könne sie nicht mehr aufhören. Zum Glück war sie mittlerweile schon seit längerem wieder normal.

Katjas damalige Therapeutin wollte auch mich kennenlernen, und Mutter zwang mich, hinzugehen. Das war echt die Hölle. Statt über meine Schwester zu reden, fragte die Seelenklempnerin mich nach meinen Privatangelegenheiten aus, nach Freundinnen und so weiter. Ich log das Blaue vom Himmel runter. Dass ich Katja ins Gesicht gesagt hatte, sie wäre ekelhaft fett geworden, verschwieg ich. Kann so eine Bemerkung Bulimie auslösen?

Das angenehme Gefühl war verschwunden, hoffentlich brachten Kaffee und Schokoladentorte es zurück. Mutter hatte unbedingt eine Torte zu Weihnachten backen wollen, obwohl eigentlich alle zu satt waren, um davon zu essen. Ich stellte die Kaffeetassen auf ein Tablett und brachte sie ins Wohnzimmer. An Mutters Stimme erkannte ich, dass die Unterhaltung einen unangenehmen Verlauf genommen hatte.

«Kein Wort war gelogen, ich habe nur erzählt, was ich empfunden habe!», rief Sara mit schriller Stimme. «Bei jeder

Therapie wird man aufgefordert, seinen Gefühlen offen zu begegnen, und ich hatte damals das Gefühl, Mauri und ich wären füreinander geschaffen. Wir standen doch völlig im Bann unserer Leidenschaft ...»

«Müsst ihr uns allen das Weihnachtsfest verderben?», hörte ich Veikkos Stimme.

«Verderben, verderben! Du wirst allmählich genauso heuchlerisch wie unsere Mutter! Warum sollen wir die Dinge nicht endlich mal beim Namen nennen?»

«Du meinst wohl, bei den Namen, die du ihnen gibst!», fuhr Mutter sie an. «Von mir aus kannst du über Mauri sagen, was du willst, aber hör auf, Katja mit deinem Gerede über Rane durcheinanderzubringen.»

«Sie fragt doch die ganze Zeit nach ihm.»

«Dann gib ihr keine Antwort!»

Ich trug das Tablett zum Tisch, Katja brachte den Kaffee. Ob sie das Gespräch mitbekommen hatte, wusste ich nicht. Wie gern hätte ich jetzt allein im Auto gesessen, auf einer dunklen Straße, auf der man nichts sah als meine Scheinwerfer. Ich goss den Kaffee ein und schnitt mir ein großes Stück Torte ab. Hunger hatte ich zwar nicht mehr, aber ich wollte Mutter eine Freude machen.

«Woran arbeitest du gerade?», wandte sich Veikko an Sara und setzte sich zu mir aufs Sofa. Sara tat zuerst geheimnisvoll, erzählte dann aber, sie würde eventuell in irgendeinem Künstlerrestaurant, von dem ich nie gehört hatte, ihre Bilder ausstellen können.

«Ihr gewöhnlichen Menschen habt natürlich andere Normen», fuhr sie mit vollem Mund fort, «aber für Künstler ist Ehrlichkeit das Wichtigste. Ohne sie entsteht keine große Kunst, meinst du nicht auch, Veikko?»

«Kunst und Ehrlichkeit haben nichts miteinander zu tun.»

Veikko grinste mich an. «Man darf stehlen, lügen und betrügen, soviel man will. Was sagst du dazu, Katja? Spielt es für dich eine Rolle, ob die Songs deiner Lieblingsgruppen der Wahrheit entsprechen, ob sie von wirklichen Erlebnissen erzählen?»

«Ich spreche nicht von Wahrheit, sondern von Ehrlichkeit!», rief Sara so heftig, dass die Schokokrümel bis aufs Sofa flogen. «Davon, dass man authentisch ist!»

Ich nahm meine Tasse, ging in mein Zimmer und schaltete den Computer ein. Yazu hatte mir gemailt.

«Die ganze Familie ist besoffen von Tante Aulikkis selbstgemachtem Wein. ‹I'm dreaming of a White Christmas.›»

Ich war in der gleichen Stimmung und schrieb zurück, auch ich hätte gern Schnee in den Nasenlöchern und der Titelsong meines Weihnachtsabends sei «Silent night, lonely night». Dann warf ich noch eine gelbe Pille ein und wartete darauf, dass die Wirkung einsetzte. Bald darauf stand Mutter an der Tür.

«Kaitsu, mein Schatz, jetzt gibt es Geschenke.»

Als wir klein waren und in Pielavesi Weihnachten feierten, kam jedes Jahr der Weihnachtsmann. Erst als Oma im Krankenhaus lag und wir zum ersten Mal ohne sie in Matinkylä feierten, war Mutter bereit, die Tradition aufzugeben. Jetzt wurden die Geschenke einfach aus Schränken und Taschen hervorgeholt und in den großen Wäschekorb gelegt, aus dem Veikko sie dann wieder herausnahm und verteilte. Besonders viele waren es nicht mehr. Von Mutter bekam ich wieder Socken und einen Schlafanzug, von Veikko einen Krimi und von Sara Rasierwasser. Katja hatte mir die einzige Vinylplatte von Black Sabbath gekauft, die in meiner Sammlung noch fehlte. Ich wusste, dass sie dafür mehrere Hunderter hingeblättert hatte. Im Allgemeinen gab Mutter Katja und mir neben Kleidungsstücken irgendein größeres Geschenk, aber diesmal war die Bilanz mager. Das störte mich nicht weiter, die Wirkung der gelben Pille hatte endlich eingesetzt. Als alle Päckchen ausgepackt waren, holte Mutter ihre Handtasche und nahm zwei Briefumschläge heraus. Den einen gab sie Katja, den anderen mir.

«Vorsichtig öffnen», sagte sie mit bebender Stimme.

Ich riss den Umschlag behutsam auf. Er enthielt nur ein Stück Papier, einen Scheck. Fünfundzwanzigtausend Mark. Nach ihrem Aufschrei zu schließen, hatte Katja dasselbe bekommen. Sie umarmte Mutter, ich klopfte ihr lediglich auf die Schulter.

«Eigentlich ist das von Oma», sagte Mutter verlegen.

«Ist denn für dich überhaupt noch was übrig geblieben?», fragte Katja nach einer Weile.

«Ungefähr vierzigtausend. Ich werde einen Teil in Rentenfonds anlegen und im Februar in den Süden fahren, nach Kreta. Wir sind immer so arm gewesen … Nie habe ich euch etwas Größeres schenken können … Ich konnte ja nicht einmal Kaitsu beim Konkurs unter die Arme greifen …» Sie fing an zu weinen.

Katja nahm sie wieder in die Arme, während Veikko seine Kognakflasche entkorkte und uns fragend ansah. Lange würde der Inhalt sicher nicht vorhalten.

«Ach, Mutter, jetzt kann ich mir endlich eine ordentliche Gitarre kaufen», jubelte Katja. Ob ich das Geld wohl schwarz verbuchen konnte? Wenn ich es offiziell angab, musste ich davon meine Konkursschulden bezahlen.

«Geld ist etwas Wundervolles», murmelte Veikko dicht an meinem Ohr. «Ich habe Sirkka geraten, dir einen Scheck zu geben, statt die Summe zu überweisen. Sonst stellt noch jemand dumme Fragen. Am besten tust du es nicht auf dein Konto. Möchtest du einen Kognak?»

«Danke», sagte ich und meinte nicht nur den Kognak. Mutter war hoffnungslos gesetzestreu, Veikko hatte sicher lange auf sie einreden müssen, bevor sie bereit war, uns das Geld unter der Hand zu geben. Nach dem ersten Schluck Kognak fühlte ich mich endgültig wohl. Sogar Sara erschien mir ganz nett, solange sie den Mund hielt.

Plötzlich ertappte ich mich bei dem Gedanken, wie es wohl sein mochte, Weihnachten im Gefängnis zu verbringen. Wahrscheinlich bekamen die meisten über die Feiertage Hafturlaub, in Finnland wurden Gefangene viel zu sanft behandelt. Mein Onkel Rane hatte vor seinem Selbstmord einmal Weihnachten im Knast erlebt. Als ich die Augen schloss, sah ich sein stumpfsinniges Gesicht vor mir, das meinem so ähnlich sah. Dabei wollte ich gar nichts von ihm wissen. Ich dachte an meinen Vater. Ich konnte mir gut vorstellen, einen Hammer auf seinen Schädel sausen zu lassen, wenn er die Frechheit haben sollte, mir unter die Augen zu treten. Mein Puls raste, ich atmete tief durch und versuchte, mich zu entspannen.

«Was kommt denn im Fernsehen?», fragte ich, und Katja schaltete die Glotze ein. Beim Gucken brauchte man wenigstens nicht zu reden. Gegen Mitternacht wollte Sara nach Hause.

«Wir können uns das Taxi teilen, Katja», meinte sie.

«Katja bleibt hier, immerhin ist Weihnachten», sagte Mutter bestimmt. Katja nickte. Sie hatte ungefähr die Hälfte von der Schokoladentorte gegessen und wirkte schläfrig.

Sara versuchte eine halbe Stunde lang vergeblich, ein Taxi zu bekommen. An Weihnachten fuhr niemand gern.

«Ich muss unbedingt nach Hause!» Ihre Stimme klang derart hysterisch, dass mir der Verdacht kam, sie habe vergessen, ihre Tabletten mitzubringen.

«Du kannst dir ja Sirkkas Fahrrad leihen», schlug Veikko vor.

«Kaitsu, wo ist dein Wagen?», fragte Sara.

«Im Einsatz», log Mutter. Sie wusste genau, dass ich den Wagen vor dem Haus abgestellt hatte, nachdem ich Veikko und den Baum geholt hatte.

«Für dreihundert Mark fahr ich dich.»

«Kaitsu, du hast getrunken!», rief Mutter.

«Aber nur ganz wenig. Davon schlägt der Zeiger kaum aus.» Ich hatte nur zwei Flaschen Bier und ein Glas Kognak getrunken und fühlte mich blendend.

«Dreihundert?», fragte Sara.

«Ja. Im Voraus.» Ich streckte die Hand aus.

«Ich hab kein Geld dabei.»

«Dann halten wir am Automaten beim ‹Big Apple›.»

Sara starrte mich eine Weile an, als sei ich eine Schlange, die sie beschwören musste, dann nickte sie. Mutter versuchte vergebens, uns aufzuhalten.

Draußen war es neblig und ruhig. Ich nahm das Taxischild ab. Beim ‹Big Apple› war niemand zu sehen. Nachdem Sara mir mein Geld gegeben hatte, lenkte ich den Wagen auf den Westring.

Ich mochte die nächtliche Stadt, so wie sie jetzt war, dunkel und ruhig. Sara quasselte pausenlos, aber im Auto fiel es mir leichter, ihre Stimme an mir vorbeirauschen zu lassen. Sie war nur ein Fahrgast, eine der verzweifelten Frauen, die weder den Barkeeper noch den Türsteher rumgekriegt haben und es zum Schluss noch beim Taxifahrer probieren. Ob sie auch beim Vögeln die ganze Zeit redete? Perverse gab es genug, warum nicht auch solche, die sich an einer unaufhörlich redenden Verrückten aufgeilten.

Ich fuhr absichtlich langsam, um nicht von der Polizei angehalten zu werden. Als ich Sara vor ihrem Haus absetzte, küsste sie mich zu meinem Entsetzen auf den Mund. Zum Glück hatte ich Kaugummi im Handschuhfach.

In Hakaniemi sah ich zwei Weihnachtsmänner in enger Umarmung. Ich fragte mich, ob sie schwul waren, und musste wieder an Karri denken, der Katja nach seiner Pfeife hatte tanzen lassen. So wie Katja in ihn war ich noch nie verliebt gewesen, und ich legte auch keinen Wert darauf. Das ganze Wort war Schwindel.

Auf dem Rückweg war es noch nebliger geworden, und der Schnee wirbelte über die Brücken, sodass man das Meer kaum sah. Ich wäre gern einfach weitergefahren, aber zu viele Kilometer ohne Uhr waren problematisch. Als ich zurückkam, war Veikko schon im Schlafanzug, und Katja schlief auf der Wohnzimmercouch.

«Gott sei Dank!», seufzte Mutter.

«War doch nichts Besonderes. Gehen wir schlafen», sagte ich barsch. Mutters Getue ging mir auf die Nerven. Ich wusste genau, wann ich mich ans Steuer setzen konnte.

Ich hatte Veikko mein Bett abgetreten und schlief auf dem Fußboden. Allerdings konnte ich nicht sofort einschlafen, nach einer Weile stand ich noch einmal auf und tappte aufs Klo. In der Küche brannte Licht, vielleicht las Mutter in dem Buch, das sie zu Weihnachten bekommen hatte. Als ich auf dem Rückweg an der schlafenden Katja vorbeikam, flüsterte ich:

«Es lag nicht an dir. Karri war schwul.»

Danach fühlte ich mich besser. Vielleicht würde Katja jetzt begreifen …

… dass tatsächlich nicht alles so war, wie ich es mir vorgestellt hatte. Die Gedanken waren riesengroß, sie schrien geradezu. Vergeblich versuchte ich, sie durch Musik zum Schweigen zu bringen. Es ging alles viel zu schnell. Karri hatte angefangen, mir lange E-Mails zu schicken, mal voller Entschuldigungen, dann wieder fröhlich. Zu Weihnachten gab Mutter mir die fünfundzwanzigtausend, von denen ich mir eine neue Gitarre kaufen und ein Demoband von meinen Liedern machen lassen konnte, wenn ich den Mut dazu fand. Kurz danach gewann Viivi eine Kreuzfahrt nach Stockholm für zwei Personen und lud mich ein, mitzufahren. Zu Silvester betrank ich mich auf Elisas und Arttus Neujahrsparty mit voller Absicht, um wenigstens einen Tag lang nicht über all das nachdenken zu müssen, was um mich herum geschah. Zu meiner Enttäuschung bekam ich nur einen leichten Kater, der mich nicht daran hinderte, abwechselnd Karris Mails und meine alten Tagebücher zu lesen, um meine Vergangenheit zu verstehen. Kaitsus Worte vom Weihnachtsabend hallten in meinem Kopf wider. Er hatte sie geflüstert, doch nun klangen sie wie ein Schrei:

«Es lag nicht an dir. Karri war schwul.»

Seine Worte waren ein Schock für mich gewesen, beinahe als hätte er gesagt, er habe mich lieb. Ich überlegte, warum er sie mir zugeflüstert hatte.

Karris erste Mail war bereits drei Tage nach unserer Begegnung in der Oper gekommen. Er hatte meine Adresse über die Universität ausfindig gemacht.

«Gut, dass wir uns zufällig begegnet sind. Ich wollte mich schon oft bei dir melden, habe es aber nicht gewagt. Obwohl ich heute längst nicht mehr so feige bin wie damals, fällt es mir schwer, mit dir zu sprechen.

Schon bevor ich zum Zivildienst ging, wusste ich, was mit mir los war, und dort konnte ich der Wahrheit nicht mehr ausweichen. Ich habe Jussi kennengelernt und mich in ihn verliebt. Seinetwegen bin ich nach Turku gezogen. Jussi hat mich bald verlassen, aber in Turku traf ich dann Samuli. Damals habe ich es meinen Eltern erzählt. Mein Vater hat danach drei Jahre nicht mehr mit mir gesprochen. Er hat sich erst wieder gemeldet, als er im vorletzten Winter zur Bypassoperation musste. Nach den Erfahrungen mit meinen Eltern glaubte ich erst recht, jeder würde mich verurteilen. Erst hier in Stockholm ist mir klargeworden, dass ich das Recht habe, ich selbst zu sein und zu lieben, wen ich will.

Ich habe wirklich versucht, mit dir zu leben, Katja. Auf meine Weise habe ich dich geliebt, ich liebe dich noch immer. Ohne dich wäre mein Leben unerträglich gewesen. Ich habe von Elisa gehört, dass du schwer krank warst, und mich schuldig gefühlt.

Ich komme erst im Februar wieder nach Finnland, wir wollen Weihnachten hier verbringen. Solltest du vorher nach Stockholm kommen, melde dich. Es wäre schön, dich wiederzusehen, aber das Mailen ist immerhin ein Anfang. Das hoffe ich jedenfalls.»

Ich antwortete nur kurz, erzählte von meinem Studium und

gab vor, glücklich und zufrieden zu sein. Am zweiten Feiertag ging ich mit Viivi ein Bier trinken, und sie berichtete von der gewonnenen Kreuzfahrt. Wir einigten uns darauf, sie am Wochenende nach Dreikönige zu machen, weil Viivis Kinder dann wieder beim Vater waren.

Noch am Neujahrstag überlegte ich, ob ich es wagen sollte, mich mit Karri zu treffen. Womöglich würden der Schmerz und das Gefühl, die Kontrolle zu verlieren, zurückkehren. Seine Mails klangen viel zu vertraut, ich erkannte in ihnen den Karri, den ich mehr geliebt hatte als mich selbst. Warum hatte er es mir nicht gesagt? Dass er kein Vertrauen zu mir gehabt hatte, verletzte mich, und das schrieb ich ihm auch.

«Ich hatte Angst, dich zu verlieren. Es fiel mir leichter, selbst Schluss zu machen. Ich weiß, das war falsch, aber ich konnte nicht anders», antwortete er.

«Natürlich besuchst du ihn», rief Viivi, als wir per Telefon unsere Reise besprachen. «Dann kommst du von ihm los und siehst endlich auch mal andere Männer an, zum Beispiel diesen Kode Salama.»

«Der ist schon vergeben.»

«Das verlangsamt die Sache höchstens…», trällerte Viivi. Die Affäre mit ihrem Kollegen war vorbei, und auf der Fete nach dem Weihnachtskonzert hatte sie heftig mit dem Posaunenlehrer geflirtet. Das Konzert war ein Erfolg gewesen, obwohl alles auf eine Katastrophe hingedeutet hatte. Der tiefste Alt war nur mit drei Sängerinnen besetzt, von denen zwei ausgerechnet am Tag des Konzerts krank geworden waren. Daher hatte ich meine Stimme allein singen müssen, so laut ich konnte. Obwohl ich mir vorgekommen war wie eine Tuba, hatte ich nicht gepatzt. Ich wunderte mich selbst über den metallischen, kräftigen und mutigen Klang meiner Stimme.

Auch mit meinem Auftritt bei der Adventsfeier der Kunstgruppen war ich zufrieden, trotz Saras Störaktionen. Ich war stolz darauf, dass ich mich nicht betrunken hatte, obwohl ich so nervös gewesen war. Trotzdem musste ich mir gründlich überlegen, ob ich wirklich ein Demoband machen wollte. Was dann, wenn sich niemand dafür interessierte? Seit Jahren hatte ich von einer eigenen Single geträumt, aber jetzt, wo es möglich schien, den ersten Schritt zur Verwirklichung meines Traums zu tun, hatte ich entsetzliche Angst. Vielleicht hatte ich mich damals in Karri verliebt, weil ich in ihm meine eigene Feigheit wiederfand.

Am Abend des Neujahrstages beschloss ich zum wer weiß wievielten Mal, ein neues Leben anzufangen, ein Leben ohne Feigheit. Ich schrieb Karri eine Mail.

«Ich komme am zwölften Januar nach Stockholm. Ich bin nur neun Stunden in der Stadt, aber wenn du Zeit hast, können wir vielleicht zusammen Kaffee trinken. Meine Freundin Viivi kommt mit, sie will in der Zwischenzeit shoppen gehen.»

Als ich am nächsten Tag den Computer anschaltete, war Karris Antwort bereits da:

«Toll! Treffen wir uns um elf an der Treppe zum Sergeltorg? Von da ist es nicht weit zu uns.»

Ich trug den Treffpunkt in meinen Kalender ein und suchte ihn anschließend auf dem Stadtplan. In Stockholm kannte ich mich kaum aus. Für Reisen hatte ich nie Geld gehabt. Ich war bisher zweimal in Tallinn gewesen und einmal mit unserer Fachschaft in London. Als ich zwölf und Kaitsu neun war, waren Veikko und Mutter mit uns auf die Kanarischen Inseln geflogen. Für alle außer Veikko war es der erste Flug gewesen, und wir hatten entsetzliche Angst gehabt, auch wenn Kaitsu es natürlich nicht zeigen wollte. Veikko hatte sich Mühe gegeben, unsere Launen zu ertragen, aber schon am zweiten Tag war ihm der Kragen geplatzt, und er war von da an seine eigenen Wege gegangen. Mutter und ich hatten uns auf dieser Reise einen schlimmen Sonnenbrand geholt.

Während der Weihnachtsferien saß ich ganz allein im musikwissenschaftlichen Institut und feilte an meiner Magisterarbeit. Helsinki schien unter seiner dicken Schneedecke zu schlafen, alle Geräusche waren gedämpft. Nur der Wind gab keine Ruhe, er blies über den Senatsplatz und stäubte mir Schnee ins Gesicht. Nachts brachte er meine Fenster zum Klingen und übertönte alle anderen Geräusche, die Staubsauger der Nachbarn ebenso wie laute Stereoanlagen.

Das Studentenfeedback zu meinem Seminar wagte ich kaum anzuschauen, denn ich rechnete mit harter Kritik. Doch solange der Umschlag ungeöffnet vor mir lag, konnte ich mich nicht auf das letzte Kapitel konzentrieren, das ich noch überarbeiten musste. Also zwang ich mich, die Fragebogen zu lesen. Sechs Teilnehmer hatten eine Beurteilung abgegeben, davon hielt einer das Seminar für schwach und meine Sachkenntnis für mangelhaft. Dagegen hatten zwei «durchschnittlich» und drei sogar «gut» angekreuzt. Anhand der Handschrift konnte ich die Antworten zuordnen und stellte überrascht fest, dass auch der arrogante Kommilitone aus dem Proseminar meinen Kurs für gelungen hielt. Das freute mich besonders.

Ich gab meine Magisterarbeit an dem Tag ab, an dem Viivi und ich zu unserer Kreuzfahrt aufbrachen. Wir brachten unser Gepäck in die Kabine, gingen in die Bar und bestellten Sekt. Ich hatte mich entschlossen, mir mit Mutters Geld ein wenig Luxus zu leisten. Statt am kalten Buffet würden wir à la carte speisen, wie wohlhabende Frauen.

Viivi hielt nach Männern Ausschau und meldete mir jedes interessante Exemplar. Ich nippte an meinem Sekt und versuchte mich mit dem Gedanken vertraut zu machen, dass ich tatsächlich meine Magisterarbeit abgeschlossen hatte. Fast drei Jahre hatte ich daran gearbeitet, mal das Thema, mal den Blickwinkel gewechselt, dann wieder alles hingeschmissen, neue Theorien aufgestellt und schließlich noch die Interviews eingeschoben. Mein Professor wollte die Arbeit lesen, bevor ich sie offiziell einreichte. Offenbar konnte auch er nicht glauben, dass sie kein halbfertiges Machwerk mehr war.

Draußen war es fast dunkel, man sah nur vereinzelte Lichter am Ufer. Der Wind heulte, das Schiff schaukelte, und ich musste an den Film «Titanic» und an den Untergang der «Estonia» denken. Ich trank Sekt, sehnte mich aber nach Hochprozentigem. Alles machte mir Angst.

Ich hatte mich bemüht zu vergessen, was Sara nach der Adventsfeier gesagt hatte: «... vielleicht ein schutzloses Wesen. Zum Beispiel ein Kind.» Dennoch drangen die Worte aus der Dunkelheit an mein Ohr, und nun tauchte auch Ranes Gesicht aus den Wellen auf.

War es möglich, dass ich ... Der Gedanke war so erschreckend, dass ich mich nicht auf ihn einlassen konnte. In der Therapie hatte ich mich geweigert, über schlimme Dinge wie Vaters Weggang und Opas Tod zu sprechen. Aber warum hätte man ein kleines Kind decken müssen, Vierjährige kamen doch nicht ins Gefängnis. Oder hatte ich mit dem Hammer auf Großvater eingeschlagen, weil Saras Inzestgeschichten der Wahrheit entsprachen?

«Guck dir die beiden an!» Viivis Kichern riss mich aus meinen Gedanken. Sie zeigte auf zwei etwa dreißigjährige kurzhaarige Muskelprotze, die absolut nicht mein Typ waren. Viivi zog mich oft damit auf, dass ich nur auf dünnbeinige, lockige Rockmusiker stand.

Die Männer holten sich an der Theke etwas zu trinken und sahen sich dann nach einem freien Tisch um. Viivi warf ihnen feurige Blicke zu. Ich hatte ihre Technik immer bewundert, und auch diesmal verfehlte sie ihre Wirkung nicht. Die beiden setzten sich an den Nebentisch und fingen schon bald ein Gespräch an. Sie waren Programmierer, kamen aus Lahti, und der eine der beiden hatte die Kreuzfahrt ebenfalls gewonnen. Obendrein lag ihre Kabine neben unserer.

Besonderes Interesse hatte ich nicht, denn bei beiden sah man noch, wo vor der Abfahrt der Ehering gesessen hatte, und für Gespräche über Eishockey hatte ich auch nicht viel übrig. Ich trank mein Glas leer und sagte zu Viivi, ich wolle ins Taxfree gehen und auch gleich einen Tisch im Restaurant reservieren. Sie kam nicht mit.

Ich kaufte Salmiak, eine Flasche trockenen Weißwein als Mitbringsel für Karri und zwei Miniflaschen Kognak für mich. Im Restaurant war erst um halb zehn ein Tisch frei. Ich holte meinen Mantel und ging an Deck, so hoch hinauf wie möglich. Es war ein paar Grad unter null, nach Westen hin klarte der Himmel auf. Ich trank einen Schluck Kognak und versuchte, an nichts zu denken als an den Wind, der mir ins Gesicht peitschte.

Es wurde ein netter Abend, obwohl die Männer aus Lahti uns nicht von der Seite wichen. Es tat mir gut, weder an die Vergangenheit noch an den morgigen Tag zu denken. Ich tanzte ein paarmal mit dem kleineren der beiden Männer und hielt mich beim Trinken zurück, um ihn nicht plötzlich in einem allzu vorteilhaften Licht zu sehen. Ich war erleichtert und zugleich beleidigt, als er keine Annäherungsversuche machte. Kurz nach eins ging ich schlafen. Viivi schlüpfte viel später und zum Glück ohne Begleitung in die Kabine.

Am nächsten Morgen verschliefen wir und wurden erst von der Durchsage wach, das Schiff habe soeben in Stockholm angelegt. Es war halb zehn, wir hatten reichlich Verspätung.

«Ich komm noch nicht hoch», stöhnte Viivi. «Geh schon

mal vor, ich ruf dich an, wenn ich in der Stadt bin. Hoffentlich gibt's im Terminal Kaffee!»

Ich hatte keinen Kater, war aber innerlich ganz leer und fühlte eine Panik aufsteigen, die durch die Menschenmenge um mich herum noch verstärkt wurde. Um Zeit zu sparen, frühstückte ich gleich im Terminal. Der nächste Shuttle-Bus ins Zentrum fuhr um halb elf, sodass ich pünktlich am Sergeltorg eintreffen würde. Im Bus klappte ich die Puderdose auf und betrachtete mein Gesicht in dem kleinen Spiegel. Es war blass, unter den Augen lagen dunkle Schatten. Ich versuchte, sie mit Puder abzudecken, der sich jedoch in den Fältchen absetzte.

Auf der Treppe am Sergeltorg saßen Ausländer, Junkies und Punker. Früher, als ich noch mit Karri zusammenlebte, hätte ich sie interessant gefunden. Jetzt aber ging ich ans obere Ende der Treppe, weit weg von allen anderen. Der Wind wehte mir die Haare ins Gesicht, ich zog den Mantel enger zusammen. Als mir jemand eine Antidrogenzeitung verkaufen wollte, gab ich vor, kein Schwedisch zu verstehen.

Es wurde elf, dann zehn nach elf. Karri hatte also immer noch die Angewohnheit, sich zu verspäten. Ich hatte nicht einmal seine Telefonnummer. Vielleicht hatte er sich im Datum geirrt. Bei dem Gedanken fühlte ich mich erleichtert. Wenn er nicht bald auftauchte, konnte ich mir irgendwo einen Drink genehmigen. Da tippte mir jemand auf den Rücken. Karri.

Es fiel mir schwer, seine freundschaftliche Umarmung zu erwidern.

«Entschuldige die Verspätung, hoffentlich bist du nicht erfroren», sagte er fürsorglich. «Komm, wir gehen zu Fuß, es ist nur ein Kilometer bis zu uns. Ich freue mich so, dich zu sehen!»

Wir gingen in Richtung Norden, durch Straßen, deren Namen mir nichts sagten. Ich sah unser Spiegelbild in jedem Schaufenster: Karri im langen, eleganten Wintermantel, die

Haare geföhnt, mit modischem Bart. Ich trug Jeans und einen Kurzmantel, alles an mir war billig und verbraucht.

«Samuli hat Probe, kommt aber sicher zum Mittagessen. Wann geht dein Schiff?»

«Um sechs.» Ich dachte an Viivi, die sich vorgenommen hatte, in den Boutiquen nach Dingen zu stöbern, die man in Finnland nicht bekam. Vielleicht gab es so etwas gar nicht mehr.

«Ich habe gestern meine Magisterarbeit abgegeben», sagte ich, da mir sonst nichts einfiel. Karri machte lange, schnelle Schritte, wie früher. Schließlich blieb er vor einer Haustür stehen, an der geschnitzte Elchköpfe prangten, und schloss auf. Wir fuhren mit dem Aufzug in den fünften Stock.

«Das Opernhaus hat uns eine Dienstwohnung zur Verfügung gestellt. Schade, dass du nicht über Nacht bleiben kannst, heute Abend wird ‹Figaros Hochzeit› gegeben. Na, vielleicht ein andermal.»

Als wir vor vielen Jahren gemeinsam durch die Möbelhäuser gezogen waren, hatte Karri von Chrom und schwarzem Leder, von großen Vasen und harmonischen Bildern geträumt, und in dieser Wohnung hatte er sich seinen Traum verwirklicht. Überall war es auffällig sauber. Entweder war Samuli bereit, hinter Karri aufzuräumen, oder die beiden hatten eine Putzhilfe.

Als Karri mir den Mantel abnahm, wunderte ich mich, wie natürlich mir die kleine Berührung fast schon erschien. Ich gab ihm die Weinflasche, obwohl ich überzeugt war, dass er inzwischen an kostspieligere Weine gewöhnt war. Der Ledersessel, in den ich mich setzte, war bequem, ich konnte sogar die Beine hochlegen, doch ich war alles andere als entspannt. Karri erkundigte sich nach gemeinsamen Bekannten und erzählte mir von seiner Arbeit. Im Frühjahr würde er seine Dissertation verteidigen.

«Deine schwere Krankheit damals …», begann er schließlich, nachdem er uns ein Glas Wein als Aperitif eingeschenkt hatte. «War das eine Anorexie oder …»

«Bulimie. Verbunden mit einer Depression.»

«Mein Gott! Wegen mir?»

«Für so etwas gibt es nie nur einen einzigen Grund», antwortete ich, wie es im Lehrbuch stand. Es amüsierte mich beinahe, dass Karri glaubte, er habe so viel Macht über mich gehabt und ganz allein meine Krankheit ausgelöst. «Es war nicht deine Schuld. Du bist, wie du bist, und deshalb war ich die Falsche für dich.»

«Du warst die Richtige für mich, doch ich der Falsche für dich», deklamierte Karri. «Das ist von Eeva Kilpi.»

Ich prustete unwillkürlich los. Karri sah mich verwundert an.

«Okay, das klingt simpel, aber banal ist es nicht», bemerkte er.

«Das meinte ich auch nicht. Mir ist nur gerade ein Freund von Kaitsu eingefallen, Yazu. Der bringt kein eigenes Wort heraus, nur Zitate aus Songs.»

Nun lachte auch Karri. «Unglaublich! Schreibst du eigentlich noch Lieder?»

«Ja. Im Frühjahr schließe ich den Einserkurs ab. Das schaffe ich also nicht vor meinem dreißigsten Geburtstag.»

«Der ist am vierundzwanzigsten Februar. Da sind wir wahrscheinlich in Finnland. Gibst du eine Party?»

Die Entscheidung darüber hatte ich vor mir hergeschoben, denn der dreißigste Geburtstag schien mir eher ein Anlass zur Verzweiflung zu sein. Ich war noch immer nicht mit dem Studium fertig, hatte keinen Mann und keine Kinder, das Einzige, was ich vorweisen konnte, waren falsch gelebte Jahre.

«Samuli würde gern hören, wie du singst. Ich habe ihm von

deiner wunderschönen Stimme vorgeschwärmt. Für Musikalität hatte ich schon immer eine Schwäche.»

Diesen neuen, flirtenden Karri kannte ich nicht. Ich brachte es nicht fertig, mich auf den Flirt einzulassen.

«Welche Stimmlage hat Samuli denn?»

«Er ist Tenor! So ein leichter, vom englischen Typ.»

«Wie Peter Grimes?»

«Frag ihn selbst, wenn er kommt. Soll ich dir die Wohnung zeigen?»

Die Küche war modern und kühl, alles war säuberlich in Glas- und Stahlschränken verstaut. Das Doppelbett im Schlafzimmer bewies, dass es sich hier nicht um eine harmlose Wohngemeinschaft handelte. Samuli hatte ein schallisoliertes Musikzimmer mit einem kleinen Flügel, auf dem ich ein paar Töne anschlug. Das Instrument war perfekt gestimmt, die Tasten reagierten auf die leichteste Berührung. Ich riss mich von den interessanten Notenstapeln los und folgte Karri in sein Studierzimmer, das voller Bücher, Papiere und Kunstplakate war. Karri schrieb seine Dissertation über die Verbindungen der finnischen Lyrikergruppe Quosego zu schwedischen Dichtern der 1920er Jahre, ein Thema, über das ich so gut wie nichts wusste.

Auf dem Schreibtisch standen einige gerahmte Fotos. Karris Eltern, ein Hochzeitsbild seiner Schwester Elina, Samuli im Rokokokostüm, mit Perücke und roten Lippen und …

Karri und ich in Mutters Küche, Tee trinkend und uns anlachend. Ein glückliches Bild voller Wärme. Es war in dem Frühjahr entstanden, als wir Abitur machten. Ich besaß das Bild auch, es lag zuunterst in einer Schachtel, ich hatte es oft zerreißen wollen. Karris Abzug steckte in dem gleichen schmalen Rahmen wie die anderen Bilder.

«Du hast das alte Foto noch», sagte ich mit heiserer Stimme.

«Natürlich! Nach dem Foto hat Samuli dich in der Oper erkannt, er hat dich nämlich als Erster gesehen. Die Bilderrahmen habe ich vor vier Jahren gekauft, als wir hier eingezogen sind. Ich wollte die gleichen Rahmen für die wichtigsten Menschen in meinem Leben.»

Das war zu viel für mich. Ich brach in Tränen aus. Karri kam zu mir, zog mich in seine Arme und streichelte mir den Rücken. Auch diese Szene hatte ich mir immer wieder ausgemalt. Doch jetzt wusste ich, dass sie anders ausging als in meinen Träumen. Erst jetzt hatte ich ausgeträumt.

Als die Wohnungstür ging, löste ich mich von Karri.

«Huhu!» Samulis Stimme klang wie ein tiefer Flötenton.

«Wir sind hier», rief Karri. Ich wischte mir mit den Händen die Tränen ab, die immer weiter liefen. Samuli kam herein. Er sah jenem Karri, den ich früher gekannt hatte, so ähnlich, dass mir gleichzeitig zum Lachen und zum Kotzen war. Auch er umarmte mich wie eine alte Bekannte.

«Hast du Salat gemacht?», fragte er und küsste Karri auf den Mund. Der Anblick tat mir weh.

«Ich bin noch nicht dazu gekommen …»

«Aber die Lasagne ist im Ofen, oder hast du auch das vergessen?»

«Nein.»

«Karri vergisst eines Tages noch seinen Kopf, wenn ich nicht aufpasse. War er schon so, als ihr zusammen wart?», fragte Samuli und grinste mich an.

«Ja. Du hast mein ganzes Mitgefühl», antwortete ich. So redete man in Salonkomödien, locker und witzig. Ich ging zurück ins Wohnzimmer und trank ein wenig Wein, der mir tröstend den leeren Magen streichelte. Karri und Samuli bereiteten in der Küche den Salat zu, wobei sie sich spielerisch zankten, wie es glückliche Paare wohl zu tun pflegen. Es roch nach Nudeln und Artischocken.

«Komm, Katja, das Essen ist fertig», rief Samuli. Der runde Küchentisch war für drei gedeckt. Samuli trank keinen Wein, weil er am Abend singen musste. Die beiden erzählten, sie seien Laktovegetarier. Dann fragte Samuli mich nach meiner Singerei. Karri hatte ihm offenbar ein viel zu schmeichelhaftes Bild von meinem Talent gegeben.

«Über Salamasota also», lachte er, als ich ihm vom Thema meiner Magisterarbeit berichtete. «Karri hat im letzten Sommer eine Platte von denen gekauft, weil ihre Musik ihn an dich erinnert. Ich habe ihm schon damals gesagt, er müsse dich anrufen.»

«Du hast Kode kennengelernt?», unterbrach ihn Karri. «Ist er noch immer ein Rockidol?»

«Er ist richtig nett.»

Mein Handy klingelte, Viivi meldete sich. Ich ging ins Wohnzimmer, um ungestört reden zu können.

«Ich bin jetzt endlich in der Stadt. Dauert es bei dir lange?»

«Mindestens bis vier.» Ich wollte einen Moment allein sein, bevor ich mich mit ihr traf.

«Wollen wir uns um vier bei NK in der Kosmetikabteilung treffen? Dann können wir zusammen mit dem Bus zurückfahren. Ich hatte einen derartigen Kater, dass ich erst mal ein Bier trinken musste. Der Typ von gestern Abend war ziemlich mittelmäßig ... Für heute Nacht such ich mir was Besseres.»

«Come on», stöhnte ich. Im Moment gingen mir Viivis Männergeschichten auf die Nerven.

«Na, was ist los?», fragte Karri neugierig. Offenbar kannte er mein Gesicht gut genug, um zu erkennen, dass mir das Telefonat keine Freude gemacht hatte.

«Meine Reisegefährtin will heute Abend einen Mann aufreißen», seufzte ich und setzte mich wieder an den Tisch. Die

Lasagne schmeckte hervorragend. Samuli war zu allem anderen auch noch ein guter Koch.

«Das solltest du auch tun», meinte Karri. «Man kann nie wissen, wo man den Mann seines Lebens entdeckt.»

«Wo habt ihr euch eigentlich kennengelernt?» Ich bemühte mich um einen gleichgültigen Tonfall. Karri und Samuli prusteten los.

«In einer Schwulenbar, auf dem Fleischmarkt.»

«Ich hab Karri sofort gesehen, und danach hab ich keinen anderen mehr angeguckt.»

«Die Wirkung hat er», nickte ich. Karri sah mich lange an, dann schenkte er uns Wein nach. Ich fühlte mich angenehm beschwipst, nicht zu sehr, gerade genug, um die Situation zu ertragen.

Samuli brachte das Gespräch wieder auf die Musik, ein unverfängliches Thema, bei dem Karri allerdings ein wenig an den Rand gedrängt wurde. Es war unmöglich, Samuli nicht zu mögen, obwohl ich mich darüber ärgerte, dass es für ihn viel leichter war, nett zu mir zu sein, weil er keinen Grund zur Eifersucht hatte. Nach dem Kaffee sagte er, er brauche vor der Aufführung einen Schönheitsschlaf.

«Am besten verabschieden wir uns jetzt gleich, falls ich noch schlafe, wenn du gehen musst. Komm uns mal wieder besuchen und bleib über Nacht, dann führe ich dich durch die Oper.» Er umarmte mich und küsste mich leicht auf beide Wangen. Diese mitteleuropäischen Sitten waren mir fremd.

Karri und ich blieben in der Küche sitzen. Es hatte angefangen zu schneien, die Welt hüllte sich in grauweißes Zwielicht. Karri zeigte mir auf dem Stadtplan, wie ich zum Kaufhaus NK kam, denn ich hatte ihm gesagt, er brauche mich nicht zu begleiten. Wenn ich mit ihm reden wollte, musste es jetzt geschehen. Doch eigentlich wollte ich ihm gar nichts sagen, lieber hörte ich mir seine Ansichten über Literatur an. Er behauptete, die Ironie in Veikkos Büchern gefalle ihm.

«Dein Onkel hat den gleichen schrägen Humor wie du. Weißt du noch, wie oft wir miteinander gelacht haben?»

«Ja. Obwohl ich mich eine Zeitlang bemüht habe, es zu vergessen.»

«Aber inzwischen geht es dir doch wieder besser, oder?»

«Ja», antwortete ich, und das war eigentlich nicht gelogen. Ich hatte seit Jahren nur noch gelegentlich Fressanfälle gehabt, ich trank nicht mehr jeden Abend und landete nur selten in fremden Betten.

«Kannst du mir verzeihen?»

«Es gibt nichts zu verzeihen.»

Ich wagte ihn nicht anzusehen. Stattdessen starrte ich in die leere hellblaue Kaffeetasse, die innen mit zwei goldenen Streifen verziert war. Mir selbst zu vergeben, das war das Schwierige. Wie hatte ich mich so täuschen können?

«Wenn mir damals jemand gesagt hätte, dass ich in acht Jahren zu dir komme und unser Foto auf deinem Schreibtisch sehe …» Die Tränen begannen wieder zu fließen, doch ich bemühte mich, weiterzureden. «Ich dachte die ganze Zeit, ich hätte dir nichts bedeutet. Du hättest mich vergessen.»

«Ich werde dich nie vergessen.»

Als ich ging, war ich völlig durcheinander. Wir hatten ausgemacht, per E-Mail in Kontakt zu bleiben, und ich zweifelte nicht, dass wir uns daran halten würden. Allerdings war ich nicht sicher, ob ich bereit war, das, was ich jahrelang gedacht hatte, einfach umzudrehen. Ich setzte mich ins nächste Lokal, legte achtzig Kronen für einen Kognak hin und trank ihn in einem Zug aus. Zu der Verabredung mit Viivi kam ich nur fünf Minuten zu spät. Ich kaufte mir einen schokobraunen Lippenstift, denn in den Illustrierten hieß es immer, Shopping helfe gegen Traurigkeit. Doch das tat es nicht. Trotzdem half ich Viivi, einen neuen BH auszusuchen, froh darüber, mich mit Spitzen und Blütenmustern ablenken zu können.

Zum Glück war auch Viivi zum Trinken aufgelegt. Auf dem Schiff kauften wir die Höchstmenge zollfreien Wein und ließen uns in derselben Bar nieder, in der wir den vorigen Abend verbracht hatten. Als das Schiff durch die heulende Finsternis stampfte und fürchterlich schaukelte, fiel es mir leichter, meine Niedergeschlagenheit und das Chaos in meinem Kopf zu ertragen. Viivi zuliebe begutachtete ich die anwesenden Männer und versuchte mir vorzustellen, einer von ihnen stünde lachend in meiner Kochnische. Es war leichter, sie in Gedanken im Bett zu sehen.

Was war ich eigentlich für ein Mensch? Wieder versuchte ich, meine dunklen Seiten auf andere abzuwälzen. Sicher hätte ich mich nicht in einen Schwulen verliebt, wenn ich selbst nicht irgendeinen Fehler gehabt hätte, zum Beispiel den, dass ich es nicht wagte, mich wirklich zu verlieben. Wenn mir Schwule und Rockstars auch mit dreißig noch genügten, würden sie mir wohl auch für den Rest meines Lebens reichen. Wofür bestrafte ich mich eigentlich? Dafür, dass ich versucht hatte, Großvater umzubringen?

«Vielleicht solltest du noch eine Therapie anfangen, um über Karri zu reden», meinte Viivi, die von meiner finsteren Miene allmählich genug hatte. «Es gibt doch alle möglichen Selbsthilfegruppen, bestimmt auch eine für Leute, die sich aus Versehen in einen Schwulen verliebt haben. Nimm es nicht so schwer! Jeder fällt mal auf den Falschen rein!»

«Aber in diesen Therapiegruppen glaubt ja im Grunde keiner, dass Menschen sich verändern können! Ein Alkoholiker ist und bleibt ein Alkoholiker, und wer einmal Essstörungen hatte, behält sie auch sein Leben lang. Ich will nicht in alle Ewigkeit als krank abgestempelt werden, ich will gesund sein.»

«Wie definierst du gesund?»

«Gesund ist jemand, der nicht die ganze Zeit Angst hat.»

Viivi lachte und steckte mich damit an. Auch ihr Lachen war ein Lockmittel: Als ich an der Theke Cider für uns beide holte, sprachen mich zwei Männer an und folgten mir an unseren Tisch.

Sie hießen Jukka und Sami, wohnten in Hämeenlinna und kamen vom Skilaufen in Åre. Jukka trug einen Ring, Sami nicht, daher konzentrierte ich mich auf Jukka. Wir gingen zu viert essen und anschließend in den Nachtclub. Jukka und ich arbeiteten uns bis zum Küss- und Streichelstadium vor, mehr wollte ich nicht. Wir tauschten weder Handynummern noch E-Mail-Adressen aus.

Mein merkwürdiges Befinden hielt danach tagelang an, einerseits fühlte ich mich leer, seit ich meine Magisterarbeit abgegeben hatte, andererseits war mein Kopf voller Gedanken an Karri und Samuli. Nach zwei Tagen kam eine Mail von Karri. Bis dahin hatte ich bereits unser altes Foto hervorgekramt und unter Ranes Bild an die Wand gelehnt. Vielleicht sollte ich für beide die gleichen Rahmen besorgen.

An einem Tag, an dem ich nichts anderes zu tun hatte, ging ich ins Musikgeschäft. Die rote zwölfsaitige Gitarre, von der ich so lange geträumt hatte, war noch immer zu verkaufen. Ich nahm sie in die Hand, strich über die Saiten und spannte sie ein wenig nach, bevor ich anfing zu spielen. Die Gitarre klang gleichzeitig weich und metallisch, sie würde sicher zu meiner Stimme passen. Ich spielte ein paar kleine Sololäufe, wagte aber nicht, zu singen, obwohl ich Lust dazu gehabt hätte. Dann legte ich das Instrument beiseite, um mir die anderen anzusehen. Die schwarze Halbakustische mit sechs Saiten sah toll aus, würde aber die Hälfte der Summe verschlingen, die ich von Mutter bekommen hatte. Wenn ich sie schon nicht kaufen kann, will ich sie wenigstens berühren, dachte ich und umfasste vorsichtig den Gitarrenhals.

«Die können Sie mit und ohne Verstärker spielen», sagte der Verkäufer, der offenbar gekommen war, um mich im Auge zu behalten.

«Ich weiß.» Ich setzte mich mit der schwarzen Gitarre hin. Sie war vorzüglich gestimmt. Die Saiten unter meinen Fingern waren mir vertraut, als hätten sie auf mich gewartet. Der Klang hatte noch mehr Nuancen als bei der Zwölfsaitigen, die oberen Töne klangen nach Flöten und Gold, die unteren hatten fast die Tiefe einer Bassgeige. Ich spielte und spielte, zwischendurch sang ich halblaut und lauschte, wie die Gitarre auf meine Stimme antwortete. Sie antwortete, sie sei meine Gitarre, die ich immer gesucht habe.

«Ist achtzehnhundert Euro der endgültige Preis? Immerhin ist ja schon darauf gespielt worden», fragte ich schüchtern. Feilschen hatte ich immer als demütigend empfunden.

«Sagen wir sechzehnhundert, ein paar Saiten und einen Satz Plektren lege ich noch dazu», erwiderte der Verkäufer bereitwillig.

Ich wollte die Gitarre gleich mitnehmen, hatte aber meinen Gitarrenkasten nicht dabei, und in einer Plastiktüte konnte man ein solches Prachtstück nicht durch die Stadt tragen. Ich zögerte nur kurz, bevor ich Kaitsu anrief. Zum Glück war er gerade in der Nähe und hatte Zeit, mich nach Hause zu fahren.

Ich hatte ihn seit Weihnachten nicht mehr gesehen. An dem Wochenende, als ich mit Viivi in Stockholm war, war er nach Ruoholahti gezogen. Er sah abgemagert und müde aus und hatte mehr Ähnlichkeit mit Ranes Bild als je zuvor.

«Hab ein paar Nächte durchgearbeitet», sagte er wegwerfend, als ich ihn auf die dunklen Augenringe ansprach.

Die Beziehung zu Mister Black, wie ich die Gitarre nannte, entwickelte sich rasch. Die Barrégriffe fielen mir leichter als auf meiner alten Gitarre, als wären meine Finger geschmeidiger geworden. Nun konnte ich ein paar meiner alten Songs bassartiger unterlegen, denn Mister Black klang beinahe wie eine Kombination von Gitarre und Bass. Ich überlegte, welche Lieder ich auf meinem Demoband singen sollte.

Mein Professor teilte mir mit, an meiner Magisterarbeit seien nur ein paar Kleinigkeiten zu überarbeiten, und erinnerte mich daran, dass die Promotionsstipendien der Emil-Aaltonen-Stiftung bis Ende Januar beantragt werden konnten. Er schreibe mir gern eine Empfehlung. An eine Dissertation wagte ich allerdings noch nicht zu denken, vorläufig genügte mir der Magistertitel.

«Und eines Tages traf ich dich, ich sah niemanden mehr, nur noch dich», sang Salamasota auf meinem CD-Player. Da klingelte das Telefon. Ich war gerade vom Begleiterunterricht an der Musikschule zurückgekommen, den ich bis zur Prüfung jede Woche besuchen wollte, denn nun hatte ich Zeit. Die Prüfung sollte am dreiundzwanzigsten April stattfinden. Eine Woche vorher musste ich beim Studentenkonzert eine meiner beiden Prüfungsarien und ein Lied singen. Zum ersten Mal seit langem hatte ich Lust, die fröhlichsten Songs von Salamasota zu hören. Vielleicht lag es daran, dass ich seit der Reise nach Stockholm kein einziges Mal betrunken gewesen war.

Ich tastete nach meinem Handy und vergaß in der Eile nachzusehen, wer der Anrufer war.

«Pekka Kalmanlehto hier, hallo. Ein gutes neues Jahr!»

«Danke gleichfalls. Wie geht's?»

«Gut, ich mach gerade Feierabend. Kode und ich wollten dich fragen, ob du ins ‹Pik fünf› mitkommst, zum Billard.»

«Mit Kode und dir?»

«Ja. Ungefähr in einer Stunde.»

«Ich hab erst ein paarmal gespielt.»

«Kode auch, aber ich bring es euch bei.»

«Na gut.»

«Ich hör doch, welche Platte bei dir läuft …»

Ich wurde rot, dann lachte ich vor mich hin und drehte die Musik lauter: «Mitten im Frost sahst du mich lächelnd an. Ich bin nicht mehr allein, nein. Du bist mein Surfgirl», sang ich mit und drehte Ranes aufgebrachtes Gesicht zur Wand. Der Kirschholzrahmen stieß gegen die Kommode. Im zweiten Rahmen lachte Karri mit mir. Ich warf einen Blick in den Spiegel. Meine Haare waren frisch gewaschen, umzuziehen brauchte ich mich auch nicht. Jeans und Pullover waren gut genug, es sollte nicht so aussehen, als ob ich mich wegen Kode Salama aufdonnerte. Ich tuschte mir leicht die Wimpern, zog die Lippen nach und versuchte, an nichts zu denken.

Kode und Pekka standen bereits am Billardtisch und winkten mir fröhlich zu. Ich holte mir einen Cider und ging zu ihnen. Kode erkundigte sich nach meiner Magisterarbeit. Als er vom Kommentar meines Professors hörte, gratulierte er mir.

«Wann ist die Abschlussfeier? Dir zu Ehren könnten wir die Band zusammentrommeln.»

«Zu viel der Ehre», lachte ich geschmeichelt.

Kode war ein lausiger Billardspieler, ich lernte schneller. Pekka erwies sich als geduldiger Lehrmeister, und wir hatten alle drei wahnsinnigen Spaß. Ich vergaß zu trinken oder nervös zu werden, denn auch Kode war plötzlich wie ein alter Bekannter für mich. Im Lauf des Abends besiegte ich ihn dreimal und verlor zweimal gegen Pekka. Es war mindestens so lustig, den beiden Männern beim Spiel zuzusehen, wie selbst zu spielen. Sie flachsten wie Menschen, die sich wirklich gut leiden können.

«Pekkas Mund ist so breit, dass fünf Bierflaschen auf einmal reinpassen. Auf die Weise kann er sich extrem schnell besaufen», erklärte Kode.

«Hast du es schon mal probiert?»

«Seit über zehn Jahren nicht mehr. Manche Mädchen hab ich damit schwer beeindruckt.»

«Bei mir wirkt der Trick nicht», sagte ich und setzte mich an einen Ecktisch. Es war Zeit, den Billardtisch anderen Gästen zu überlassen.

«Kommst du gelegentlich mal ins Studio und spielst uns deine Songs vor?», fragte Kode aus heiterem Himmel. «Versprechen kann ich dir nichts, aber ich höre mir gern alles an.»

Ich zögerte mit der Antwort, um meine Begeisterung nicht allzu offensichtlich zu zeigen. So etwas konnte mir doch nicht passieren, für mich war doch ein beklemmendes, trübes Leben vorgesehen!

«Na gut», sagte ich schließlich kühl. «Machen wir einen Termin aus.»

Vor lauter Herzklopfen hätte ich das Klingeln meines Handys fast überhört. Ich schaute auf die Nummernanzeige: Mutter. Wenn sie so spät noch anrief, musste es etwas Wichtiges sein. Also meldete ich mich.

«Katja.» Ihre Stimme klang viel älter als sonst. «Kaitsu liegt im Sterben. Er hat einen Unfall gehabt und ist …»

«... auf der Intensivstation. Sein Zustand ist kritisch, aber stabil.»

Nachdem ich diese Worte herausgebracht hatte, konnte ich nicht mehr weiterreden. Ich hatte schon geschlafen, als die Polizei um halb zwölf anrief. Wütend war ich ans Telefon gerannt, ich glaubte, es wäre Sara.

Der Polizeibeamte erklärte, aus ermittlungstechnischen Gründen könne er mir nicht mehr sagen, als dass Kaitsu auf der Hankoer Landstraße, gleich hinter der Brücke über die Espooer Bucht, frontal mit einem anderen Pkw zusammengestoßen war. Man habe ihn auf die Intensivstation gebracht. Ich rief in der Klinik an und hörte, sein Zustand sei kritisch, aber stabil. Gleich darauf wählte ich Katjas Nummer.

«Mutter?», hörte ich ihre erschrockene Stimme. «Bist du im Krankenhaus? Wohin haben sie Kaitsu gebracht?»

Ich hörte Stimmengewirr im Hintergrund. Ich begriff, dass der Lärm aus einem Lokal kam und dass es draußen schneite und dass Katja mir aufgeregt Fragen stellte. Doch mein Mund war wie zugeklebt, die Lippen schienen dick wie Bockwurst zu sein, die Schleimhäute waren geschwollen.

«Katja ...», brachte ich schließlich mit größter Anstrengung hervor. «Kaitsu ist in der Klinik ... in Jorvi.»

«Bist du auch dort?»

«Nein. Ich fahr gleich los.»

«Ich komm auch hin, treffen wir uns da!»

Katja legte auf. Ich starrte den Hörer an, als wüsste ich nicht, wozu man ihn benutzte. Ein schrilles Tuten drang an mein Ohr, immer hektischer, wie das Warnsignal vor einer Sprengung. Kritisch, aber stabil. Ich setzte mich auf den Fußboden und wartete.

Ich weiß nicht, wie lange es dauerte, bis das Schweregefühl verging. Plötzlich wurde mir klar, dass ich mich anziehen, ein Taxi rufen und in die Klinik fahren musste. Und zwar schnell, wenn ich meinen Sohn noch einmal lebend sehen wollte. Mir war kalt, ich zog eine Strickjacke über den Pullover.

Der Taxifahrer war ein übergewichtiger älterer Mann mit rotem Gesicht. Er trug keinen Ehering. Warum war der Unfall nicht ihm zugestoßen statt meinem Sohn, der sein Leben noch vor sich hatte? Als ich ihn bat, mich zur Klinik zu fahren, warf er mir einen misstrauischen Blick zu, als hätte ich eine ansteckende Krankheit. Ich wusste nicht, ob er Kaitsu kannte, und wollte ihn auch nicht fragen. Im Radio kamen nichtssagende englischsprachige Schlager, das irritierte mich. Als die Kinder Teenager waren, hatten sie die ganze Wohnung mit ihrer Musik gefüllt, je weniger mir ein Stück gefiel, desto öfter hatten sie es gespielt. Jetzt wünschte ich, Kaitsu wäre zu Hause und ließe seine dröhnende Rockmusik laufen.

Ich gab dem Taxifahrer kein Trinkgeld und verlangte keine Quittung. Katja wartete bereits in der Aufnahme der Intensivstation.

«Wo warst du denn so lange, Mutter?», fragte sie und fasste mich am Arm. «Kaitsu wird gerade operiert, ein paar Rippen sind gebrochen und das Rückgrat …»

Sie roch nach Alkohol und Zigaretten.

«Der Arzt war vor einer Weile hier, aber er musste wieder weg ... Sicher kommt gleich jemand ...»

Plötzlich tauchte ein junger Mann hinter Katja auf. Er kam mir bekannt vor, doch ich konnte mich nicht erinnern, wer er war.

«Pekka Kalmanlehto, wir waren früher Nachbarn in Matinkylä», sagte er und hielt mir die Hand hin. Ich sah sie an, ohne zu wissen, was ich damit tun sollte, bis ich auf die Idee kam, sie zu ergreifen. «Kaitsu kommt bestimmt durch, sein Wagen hatte ja einen Airbag.»

Auch der junge Kalmanlehto roch nach Bier, er hatte natürlich mit Katja in der Kneipe gehockt. An der Tasche von Katjas Jeans hing ein orangegelber Faden, sie hatte Wimperntusche auf der Wange. Ich setzte mich auf einen Stuhl, der einsam mitten im Flur stand. Der junge Kalmanlehto machte sich auf die Suche nach einem Arzt, während Katja hin und her ging. Meine Füße waren eiskalt. Dann ging eine Tür auf, und eine junge Ärztin, jünger als Katja, kam mit langen Schritten auf mich zu und stellte sich vor. Ihr Händedruck war scheu und kurz. Von dem, was sie sagte, verstand ich nur, dass die Operation noch mehrere Stunden dauern würde, aber dass Kaitsu höchstwahrscheinlich am Leben blieb.

«Die inneren Verletzungen sind nicht allzu schwer, wir können mindestens eine Niere retten. Was uns Sorgen macht, ist vor allem die Rückgratverletzung. Es besteht die Gefahr einer Querschnittslähmung.»

«Darf ich zu ihm?», fragte ich. In den Krankenhausserien stehen die Mütter oft schluchzend an der Glastür zum OP.

«Sie können hier warten, aber am besten wäre es, nach Hause zu fahren, wir melden uns, wenn es Neuigkeiten gibt. Name und Telefonnummer haben Sie sicher bei der Anmeldung hinterlassen, nicht wahr?»

Ich hatte nicht vor, zu gehen. Ich würde mich nicht vom Fleck rühren, bis ein richtiger Arzt kam und mir sagte, Kaitsu sei außer Gefahr. Der junge Kalmanlehto murmelte, er müsse telefonieren, und ging hinaus. Marja, seine Mutter, war eine perfekte Hausfrau gewesen. Ihre Wohnung war jederzeit aufgeräumt, ihre Kinder hatten immer saubere Kleidung an. Manchmal, wenn Katja und Kaitsu bei ihr waren, flickte sie auch Kaitsus Strümpfe und Hosen, obwohl ich sagte, das sei nicht nötig. Sie behauptete, Stopfen mache ihr Spaß. Dann starb ihr Vater, sie erbte, und die Kalmanlehtos zogen nach Tapiola, wo die besseren Leute wohnen. Marja hatte mich beim Umzug beschworen, mit ihr in Verbindung zu bleiben, doch sie selbst hatte nicht einmal eine Karte zu Weihnachten geschickt. Als sie vor einigen Jahren in die Buchhandlung kam, versteckte ich mich zwischen den Regalen. Eine Vielleserin schien sie nicht zu sein, denn ich hatte sie nur dieses eine Mal gesehen.

Katjas Augen glitzerten. Pekka Kalmanlehto kam zurück und sprach von irgendeinem Code, einem Grußcode oder so ähnlich. Katja nickte und brachte es sogar fertig, zu lächeln. Ihr Lächeln machte mich wütend. Ein großer Mann in einem eleganten braunen Mantel kam herein. Am rechten Arm hatte er einen Gipsverband. Irgendein Politiker, ich hatte ihn schon mal im Fernsehen gesehen. Eine Krankenschwester eilte ihm nach, dann auch die junge Ärztin.

«Hier sind die Angehörigen von Kaitsu Tiainen», sagte die Ärztin, und der Mann stellte sich vor:

«Timo Sarvimäki, Parlamentsabgeordneter. Ihr Sohn hat mich gefahren, als … als … es zu dem bedauerlichen Unfall kam. Wie geht es ihm?»

«Wie ist das eigentlich passiert?», fragte Katja. Ich selbst brachte kein Wort heraus.

«Der andere Wagen kam direkt auf uns zu … Er überholte

einen Lkw, obwohl die Straße zu schmal war. Der Taxifahrer konnte so weit ausweichen, dass beim Aufprall nur die linke Seite getroffen wurde. Meine Frau und meine Tochter saßen hinten, ich vorn. Wenn der Fahrer nicht so schnell reagiert hätte, wären wir alle tot. Er ist der einzige Schwerverletzte, meine Frau und meine Tochter haben nur kleine Kratzer davongetragen», berichtete der Mann. Es hörte sich an, als schildere er einen seltsamen Traum. «Wie geht es Ihrem Sohn?»

Er legte seine gesunde Hand auf meine Schulter, das Gewicht war mir unangenehm.

«Er wird noch operiert», antwortete Katja. «Was ist mit den Leuten in dem anderen Wagen?»

«Ich weiß es nicht, danach müssen wir die Ärzte fragen.» Sarvimäki sah die Ärztin und die Krankenschwester an, doch beide schüttelten den Kopf, als wüssten sie nichts. Dabei wollten sie mir nur nicht sagen, dass Kaitsu der Einzige war, der in Gefahr schwebte.

«Alle anderen sind also ohne ernsthafte Verletzungen davongekommen?», hörte ich mich fragen. Meine Stimme klang merkwürdig, schrill und brüchig wie die einer alten Frau. Wie die Stimme meiner Mutter. Mutters Stimme in der Morgendämmerung: «Kalevi, was ist mit dir?» Vater lag in der Stube auf dem Fußboden, aus seinem Kopf quoll es rot und grau. Meine Wut war nur rot, ich wollte auf Sarvimäki einschlagen. Mit welchem Recht kam er fast unverletzt davon, während mein Sohn im Sterben lag?

«Mutter, lass uns nach Hause fahren. Ich bleibe über Nacht bei dir», schlug Katja vor. «Hier können wir doch nichts ausrichten. Sie rufen uns bestimmt an, wenn es etwas Neues gibt.»

«Das ist sicher das Klügste», mischte sich der junge Kalmanlehto ein, den unsere Angelegenheiten wahrhaftig nichts angingen. «Soll ich euch ein Taxi bestellen?»

«Das kann ich bezahlen», erklärte Sarvimäki. Wütend funkelte ich ihn an. Ich wollte weder Almosen noch eine Belohnung dafür, dass mein Sohn seinetwegen sein Leben riskiert hatte.

Während Katja noch einmal nachfragte, wie es um Kaitsu stand, erkundigte sich Sarvimäki nach meiner Telefonnummer, doch ich gab sie ihm nicht. Der junge Kalmanlehto wartete neben dem Taxi.

«Wie kommst du jetzt nach Hause?», fragte Katja besorgt.

«Mein Bus kommt bald.» Er umarmte sie, was merkwürdig aussah, weil beide gleich groß waren. Dann gab er mir die Hand.

«Es wird alles gut», sagte er. Ich fragte mich, ob er nicht merkte, wie hohl seine Worte klangen.

«Was hatte der hier zu suchen?», wandte ich mich an Katja, als wir im Taxi saßen.

«Wir waren zusammen Billard spielen, Pekka, Kode Salama und ich. Kode ist einer von denen, über die ich meine Magisterarbeit geschrieben habe …», erklärte sie in dem Tonfall, den auch Sara an sich hatte, wenn sie mir unbedingt etwas erzählen musste. Aber ich wollte nichts hören.

Zu Hause legte sich Katja in Kaitsus altem Zimmer ins Bett. Ich verstand nicht, wie sie in dieser Situation schlafen konnte. Ich selbst blieb auf dem Sofa sitzen und betrachtete den Schnee, der am Fenster haften blieb. Ob die Straßen glatt waren?

Gegen halb fünf kam ein Anruf aus der Klinik.

«Ihr Sohn ist nicht mehr in Lebensgefahr. Beide Nieren konnten gerettet werden. Das einzige Problem ist sein Rückenmark … Vorläufig sind seine Beine gelähmt», berichtete eine Frau, deren mitleidiger Ton mich aufbrachte.

«Was heißt vorläufig?»

«Wir wissen noch nicht, ob es sich um einen bleibenden

Schaden handelt. Am Vormittag werden weitere Untersuchungen angestellt. Ihr Sohn ist noch in Narkose, er wird voraussichtlich gegen acht Uhr aufwachen.»

«Kann ich ihn dann sehen?»

«Sofern der Arzt es erlaubt.»

Ich setzte Kaffee auf. Kaitsu würde nicht sterben, war aber möglicherweise für immer gelähmt. Wir würden in eine rollstuhlgerechte Wohnung ziehen müssen, dieses Haus hatte nur einen kleinen Aufzug und zu hohe Schwellen.

Ich brach in lautes Heulen aus. Die Kaffeedose fiel mir aus der Hand und verstreute ihren Inhalt über den Küchenboden.

«Was ist passiert?» Katja kam verschlafen angerannt. Sie hatte Tränensäcke unter den Augen, wie ein junges Mädchen sah sie nicht mehr aus. «Ist Kaitsu …»

«Nein. Er kommt durch», schluchzte ich.

Katja fasste mich an den Schultern. Umarmungen waren bei uns nicht üblich. Nur Sara stürzte sich bei jeder Gelegenheit auf mich, es war geradezu peinlich. Ich löste mich aus Katjas Griff und holte Kehrblech und Besen aus der Putzkammer im Flur. Das Kaffeepulver roch unangenehm. Ich beschloss, doch lieber Tee zu kochen.

«Hast du geschlafen?», fragte Katja.

«Nein.» Ich fegte die Küche und setzte Teewasser auf, während Katja sich mit der Kaffeemaschine abmühte. Ihre zitternden Hände erinnerten mich daran, wie unsicher Vaters Hände jeden Sonntag gewesen waren. Beim Mittagessen hatte er immer Soße verkleckert. Sonntags musste auch hausgebrautes Bier auf dem Tisch stehen, weil es das beste Mittel gegen seinen Nachdurst war. Als Kind dachte ich, Vater hätte einen Samstagsdurst und einen Sonntagsdurst. Der Samstagsdurst war klar und laut, zuerst fröhlich und dann hasserfüllt, der Sonntagsdurst dagegen trüb, still und gereizt.

Der Tee hatte dieselbe Farbe wie Hausbier, ich goss Milch dazu. Katja saß zusammengekauert auf dem Küchenhocker, in einer Haltung, die zu einem Kind gepasst hätte, aber nicht zu einer erwachsenen Frau. Sie hatte aus irgendeinem Schrank ein altes T-Shirt hervorgekramt und als Nachthemd benutzt. Im Vergleich zu ihren mageren Knöcheln und Waden wirkten ihre Füße riesig. Bisher war mir nicht aufgefallen, wie schlank ihre Waden neuerdings waren. Geradezu schön.

«Holst du mir bitte das Telefonbuch?», bat ich. Katja wälzte sich vom Hocker wie ein missmutiger Teenager.

«Wen willst du denn anrufen?»

«Die Auslandsauskunft. Um nach der Nummer deines Vaters zu fragen. Wahrscheinlich wohnt er ja noch in Göteborg.»

«Du weißt, wo er wohnt?» Sie warf ihre Mähne zurück wie ein Pferd. «Hast du seine Adresse?»

«Nicht mehr, ich hab sie weggeworfen. Holst du nun das Telefonbuch?»

Katja holte das Buch aus dem Flur und warf es wütend auf den Tisch. Ich suchte die Nummer der Auskunft heraus und rief dort an. In Göteborg gab es tatsächlich eine Eintragung für Tiainen, Eero und Angela. Ich notierte mir die Telefonnummer und die Adresse: Wasagatan.

«Jetzt kannst du aber noch nicht anrufen, da ist es noch eine Stunde früher als hier», sagte Katja aufgebracht.

«Misch dich nicht in meine Angelegenheiten ein!» Ich holte tief Luft und wählte die Göteborger Nummer.

In dem Frühjahr, als Katja Abitur machte, hatte sich Eero wieder gemeldet. Er erzählte, er sei in Finnland gewesen, habe in der Zeitung Katjas Namen auf der Liste der Abiturienten gesehen und wolle seiner Tochter etwas schenken. Es ging um eine beträchtliche Geldsumme, doch ich sagte, weder Katja noch irgendwer sonst wolle je wieder etwas von ihm hören. Eero glaubte mir, weil er mir glauben wollte. So war er schon immer. Auch als ich damals angedeutet hatte, Kaitsu sei vielleicht nicht von ihm, hatte er die Behauptung akzeptiert, denn so war es am einfachsten.

Es dauerte lange, bis sich eine Frauenstimme meldete.

«Kann ich mit Eero Tiainen sprechen?», fragte ich mit strenger Stimme auf Schwedisch. «Sein Sohn liegt halbtot im Krankenhaus.»

Die Frau schrie auf und stammelte etwas von einem Örjan. Offenbar hatte Eero auch mit dieser Angela einen Sohn. «Es geht um Kaitsu, seinen Sohn in Finnland», fügte ich hinzu. Bald darauf hörte ich Eeros Stimme:

«Sirkka?»

Ich berichtete ihm kurz, was passiert war. Er schien langsam wach zu werden.

«Es besteht also keine Lebensgefahr mehr?», fragte er schließlich.

«Nein, aber möglicherweise wird dein Sohn nie mehr laufen können.»

«Soll ich nach Finnland kommen?»

«Das musst du selbst entscheiden. Er liegt in Espoo in der Klinik.»

«Wohnt ihr noch in Matinkylä?»

«Ich ja.»

Eero versprach nichts, aber Versprechungen hatte ich auch nicht erwartet. Als ich auflegte, hatte Katja ihren Kaffee halb ausgetrunken und starrte mich an, als wäre ich der Fahrer, der Kaitsus Unfall verursacht hatte.

«Das ist doch nicht zu fassen! Du hast die ganzen Jahre gewusst, wo Vater wohnt, und uns nichts davon gesagt?»

«Was hättet ihr davon gehabt? Er hat euch sitzenlassen.»

«Die Entscheidung, ob ich mit ihm etwas zu tun haben will

oder nicht, hätte ich gern selbst getroffen! Und was hast du über Kaitsu gesagt? Besteht die Gefahr, dass er gelähmt ist?»

«Ja.»

Katja fing wieder an zu weinen, in Krisensituationen heulte sie immer, genau wie Sara, Mutter und Rane. Veikko hatte bei Vaters Tod immerhin die Nerven behalten und die Polizei alarmiert, aber um alles Übrige hatte ich mich kümmern müssen.

Ich trank noch etwas Tee, wusch mir das Gesicht und rief ein Taxi. Katja wollte mitkommen, doch ich sagte ihr, sie solle bleiben und noch eine Weile schlafen. Den Zettel mit Eeros Telefonnummer ließ ich absichtlich auf dem Tisch liegen. Sollte sie ihn ruhig anrufen, wenn sie es für richtig hielt.

Im Krankenhaus passierte stundenlang gar nichts. Ich saß im Wartezimmer und las die Plakate, auf denen Anleitungen für Nordic Walking und Informationen über Herzkrankheiten standen. Die Zeit hatte keine Bedeutung, sie war wie eine Spirale, in der sich Gegenwart und Vergangenheit vermischten. Ich erinnerte mich an andere Wartezimmer, zum Beispiel an das des Arztes in Kuopio, wo ich auf die Bestätigung gewartet hatte, dass ich ein uneheliches Kind bekam, und an das Polizeirevier, wo ich noch einmal zu Vaters Tod vernommen worden war. Ebenso deutlich erinnerte ich mich auch, wie es im Gerichtsgebäude gerochen hatte, als ich darauf wartete, als Zeugin aufgerufen zu werden. Ich hätte so gern etwas gesagt, was Rane entlastet hätte.

Ich konzentrierte mich auf ein einziges Wort. Geh! Kaitsu hatte es früh gelernt, schon mit zehn Monaten. Von da an war er ständig herumgelaufen, auch wenn er immer wieder hingefallen war und sich blaue Flecken geholt hatte. Marja Kalmanlehto hatte mir geraten, ihm einen Helm zu kaufen. Sprechen lernte er viel später, erst mit knapp zwei Jahren. Bei Katja war die Entwicklung umgekehrt verlaufen, sie lernte zuerst singen, dann sprechen und als Letztes gehen. Geh! Geh!

Eine junge schwarzhaarige Krankenschwester kam zu mir. Sie war zu stark geschminkt.

«Guten Tag. Kaitsu ist aufgewacht, aber der Arzt muss ihn noch untersuchen, und dann will die Polizei mit ihm sprechen. Soll ich den Arzt bitten, zu dir zu kommen, wenn er fertig ist?»

«Tun Sie das», antwortete ich. Ich hatte niemandem das Du angeboten. In der Buchhandlung siezte ich auch jeden über dreißig, obwohl sich manche darüber wunderten und Sara über meine Steifheit lachte.

Die Schwester ging, ihre weichen Schuhsohlen machten leise Geräusche auf dem blankgebohnerten Fußboden, als wollten sie um Entschuldigung bitten. Nach einer Weile kam sie mit einer Zeitung zurück.

«Haben Sie die schon gesehen?», fragte sie. «Hier steht etwas über Ihren Sohn.»

Kaitsu wurde gleich auf der ersten Seite erwähnt. «Abgeordneter in tödlichen Unfall verwickelt: ‹Autodiebstähle müssen verhindert werden›» lautete die Schlagzeile. Darunter waren zwei kleine Fotos abgedruckt, von Kaitsus schwer zerdelltem Taxi und von einem anderen Wagen, der gegen einen Laternenpfahl geprallt war. Der eigentliche Bericht folgte auf der nächsten Seite, wo sich auch ein Foto von Sarvimäki fand. «Der sozialdemokratische Abgeordnete Timo Sarvimäki aus Siuntio war unter den Opfern des Unfalls, der sich in der vergangenen Nacht auf der Hankoer Landstraße ereignete. Bei dem Zusammenstoß starben zwei 16-jährige Jungen, die in einem widerrechtlich angeeigneten Pkw unterwegs waren.

‹Wenn der Taxifahrer nicht blitzschnell reagiert hätte, wären auch wir nicht mehr am Leben›, versichert Sarvimäki, der mit seiner Frau Anna und der gemeinsamen Tochter Johanna, 16, im Taxi gesessen hatte. Die Familie war auf dem Heimweg von einem Urlaub auf Madeira.

Der Wagen der beiden Jungen prallte gegen einen Lichtmast, sie waren sofort tot. Der Taxifahrer erlitt schwere Verletzungen an der Halswirbelsäule und an den inneren Organen. Nach Angabe der Polizei war er nicht angeschnallt gewesen.»

Der letzte Satz brachte mich auf. Was sollte die Bemerkung? Taxifahrer waren von der Gurtpflicht ausgenommen! Ob Kaitsu den Gurt angelegt hatte oder nicht, war nebensächlich, die Schuld an dem Unfall trugen die betrunkenen Raser.

Im selben Moment kam der Arzt. Er war in meinem Alter und sah genau so aus, wie ein Arzt aussehen soll.

«Der Zustand Ihres Sohnes ist stabil, es besteht keine Lebensgefahr mehr. Er ist bei Bewusstsein und kann sprechen. Wir haben die inneren Verletzungen unter Kontrolle bekommen, aber es ist noch eine weitere Operation an der Halswirbelsäule nötig. Wir fangen an, sobald ein OP frei wird.»

«Wird die Operation erfolgreich sein?»

«Die Chancen stehen etwa fünfzig zu fünfzig. Wir tun unser Bestes. Sie können zu ihm, sobald die Polizisten mit ihm gesprochen haben.»

«Was will die Polizei von ihm? Die anderen hatten doch Schuld.»

«Ja. Machen Sie sich darüber keine Sorgen. Ich habe den Beamten nur zehn Minuten zugestanden.»

Nun kam mir die Zeit vor wie ein endloser Flur, über den die Beine mich kaum tragen wollten. Endlich holte mich die Schwester. Auf dem Gang kamen uns zwei uniformierte Polizisten entgegen, von denen der eine sein Mobiltelefon benutzte, obwohl das im Krankenhaus doch verboten war. Ich schnappte die Worte «Tiainen» und «Anklage» auf und blieb vor dem anderen Beamten stehen.

«Haben Sie gerade meinen Sohn vernommen? Was wollen Sie denn von ihm?»

Der Polizist war groß, hatte schlechte Haut und roch nach Zigaretten.

«Fragen Sie ihn selbst», sagte er verächtlich grinsend.

Als ich Mutter zum letzten Mal sah, hing sie an Schläuchen und wurde künstlich beatmet. Kaitsu sah genauso aus: Ein Gerät maß die Herztätigkeit, ein anderes pumpte Kochsalzlösung in die Vene, das dritte war wohl ein Katheter. Zum Glück brauchte er wenigstens kein Atemgerät. Er hatte ein Pflaster auf der Stirn und eine Art Gips um den Hals.

«Höchstens eine Viertelstunde», mahnte die Krankenschwester. «Er braucht Ruhe.» Ich trat ans Bett und versuchte Kaitsus Blick einzufangen. Er sah mir nicht in die Augen.

«Kaitsu! Hast du große Schmerzen?»

«Ich wünschte, ich würde überhaupt was spüren! Hat man dir nicht gesagt, dass ich von der Taille abwärts gelähmt bin?»

«Aber das bringt doch die Operation in Ordnung.» Warum hatten die Krankenschwestern ihn ins Bild gesetzt? Das hätten sie nicht tun dürfen.

«Vielleicht.»

«Kaitsu, du bist ein Held, heute stand sogar in der Zeitung, dass dieser Abgeordnete und seine Familie nicht mehr am Leben wären, wenn du nicht so besonnen gehandelt hättest, trotz deiner Verletzung hast du …»

Er verzog das Gesicht. Plötzlich sah er aus wie ein verstockter kleiner Junge.

«Aber die beiden Jungen sind tot.»

«Selber schuld, sie hätten eben nicht …»

«Du weißt noch nicht alles. Man hat Spuren von Drogen in meinem Blut gefunden. Ich werde angeklagt, im schlimmsten Fall wegen fahrlässiger Tötung.»

«Auf Rauschgift steht Gefängnis! Wie konntest du nur?»

Er gab keine Antwort. Ich überlegte mir, dass man einen Gelähmten wohl nicht ins Gefängnis stecken würde. Wie sollte er denn auf den Treppen und hinter Gittern mit dem Rollstuhl zurechtkommen?

«Lass uns nicht mehr reden, ich bin so müde», bat Kaitsu, dem irgendetwas aus dem Augenwinkel lief. Er hatte nie geweint, selbst als Kind nicht.

Der Abgeordnete verdankte Kaitsu sein Leben und das seiner Familie. Vielleicht konnte er dafür sorgen, dass mein Sohn nicht angeklagt wurde. Sollte ich ihn sofort anrufen? Wo war ein Telefon? Als ich den Flur entlangging, kam mir Katja mit langen Schritten entgegen.

«Wie geht es Kaitsu?»

«Er wird noch einmal operiert.»

«Mutter, dieser Eero Tiainen hat angerufen. Er kommt heute Abend. Muss ich ihn treffen?»

«Nur, wenn du willst.»

«Ich weiß es nicht, sag du mir, was ich tun soll.»

«Hör auf, so zu reden wie Sara!», schrie ich sie an. Ich musste Veikko anrufen. Er sollte sich um Eero kümmern, und um den Abgeordneten auch. «Gib mir dein Handy!», forderte ich Katja auf. Sie starrte mich an und sagte:

«Mutter! Ich kenne dich ja überhaupt nicht …»

... und es ist eine alberne Illusion, zu glauben, dass man irgendwen kennen könnte. Die Vorstellung, jemand wüsste jederzeit, was ich gerade denke und wie ich reagiere, ist äußerst unangenehm. Vielleicht empfindet Sara ähnlich und wechselt deshalb pausenlos ihre Meinung und ihre Neurose.

Ich hätte nicht erwartet, dass Sirkka sich so dramatisch aufführt und Eero anruft. Nach fünfundzwanzig Jahren! Sie sagte, er habe sich ab und zu gemeldet, doch sie habe sein Geld und die Weihnachtsgeschenke für die Kinder postwendend zurückgeschickt. Dann bat sie mich, in die Klinik zu kommen, um Eero in Empfang zu nehmen. Sie wollte ihn nicht sehen. Auf die emotionalen Szenen, die zu erwarten waren, hätte ich auch lieber verzichtet.

«Hast du Sara schon angerufen?», fragte ich.

«Nein. Zum Glück stand Kaitsus Name noch nicht in der Zeitung. Vielleicht bringe ich es morgen ...» Ihre Stimme begann zu zittern. «Als Nächstes schreiben sie natürlich, der Taxifahrer war gar kein Held, sondern ein Drogenkurier. Warum habe ich nicht rechtzeitig ...»

Sirkka war normalerweise keine Heulsuse. Ich versprach ihr, am frühen Abend in die Klinik zu kommen. Dann hob ich die winselnde Ulla hoch. Die Hündin war schon seit einem Monat bei mir, aber ich hatte sie noch kein einziges Mal angebrüllt. Ich machte ihr die Tür auf und ging auch gleich die Post holen. Das Postauto hatte seit langem wieder einmal an meinem Briefkasten gehalten.

Außer Werbesendungen lag nur ein kleiner hellblauer Briefumschlag mit handschriftlicher Adresse im Kasten. Der Absender war jemand namens A. Hatakka. Völlig unbekannt. Im Lauf meiner Karriere hatte ich gelegentlich Verehrerbriefe bekommen, aber vielleicht wollte mich diesmal jemand kritisieren.

Ich setzte mich an den Stubentisch, bevor ich den Umschlag aufriss. Als ich den Brief las, musste ich lächeln. Situationen wie diese gab es sonst nur in amerikanischen Filmen und in John Irvings Romanen.

«Sehr geehrter Herr Liimatainen, ich studiere Literaturwissenschaft an der Universität Oulu und schreibe meine Magisterarbeit über Ihr literarisches Schaffen. Dabei verwende ich eine biographisch-soziologische Methode. Als Studentin bin ich ein Spätzünder, ich bin nämlich schon 41. Ich habe mein Studium unterbrochen, als meine Kinder geboren wurden, doch da das jüngste inzwischen schon 14 ist, habe ich Zeit, mein Studium fortzusetzen.

Ich wage kaum zu fragen, ob es möglich ist, Sie zu treffen. Da ich eine partiell biographische Methode anwende, habe ich eine Reihe von Fragen zu Ihrem Leben, die sich am leichtesten im Gespräch klären ließen. Ich werde am zweiten Februar zum 70. Geburtstag meiner Tante nach Kirkkonummi kommen. Wäre es möglich, am selben Tag ein Interview mit Ihnen zu führen?»

Das Leben war tatsächlich keine Nachahmung der Kunst. In Romanen und Filmen waren Magisterstudentinnen zwanzigjährige, betörende Musen und keine Mütter aus Oulu. Der Hinweis auf die biographische Methode bereitete mir Unbehagen: Wollte Auli Hatakka etwa wissenschaftlich beweisen, dass der gewaltsame Tod meines Vaters mich traumatisiert hatte und ich ihn deshalb in jedem meiner Bücher verarbeitete? Der Verstand riet mir, nicht zu antworten, doch meine angeborene Schwäche für Schmeichelei veranlasste mich, einen Stift zur Hand zu nehmen und Auli Hatakka mitzuteilen, dass ich Anfang Februar nichts Besonderes vorhatte. Sie wohnte in Iisalmi. Sollte sie schwierig sein, würde ich mich einfach so widerwärtig benehmen, dass sie die Lust verlor, eine Abhandlung über meine Werke zu verfassen.

Dann fiel mir ein, wie Katja von ihren Forschungsobjekten geschwärmt hatte. Vor rund fünfzehn Jahren war ich mit ihr beim Opernfestival in Savonlinna gewesen, wo sie eines ihrer Idole im Publikum gesehen hatte. Ihre Magisterarbeit hatte die Musik dieses Mannes zum Thema, und an Weihnachten hatte sie zu verstehen gegeben, dass sie ihn kennengelernt hatte und dass es eine angenehme Begegnung gewesen war. Ich lachte über meine Eitelkeit. Auli Hatakka bewunderte mich sicher nicht auf dieselbe Weise, wie Katja ihren Rockstar anschwärmte.

Ulla kam hereingetapst, sprang auf den Tisch und leckte mir das Gesicht. Allmählich hatte ich mich an ihre überraschenden Zärtlichkeitsbezeugungen gewöhnt. Ein junger Hund war ein guter Vorwand, nirgendwo lange bleiben zu können. Meine Lektorin hatte mir geraten, einen zuverlässigen Hundesitter zu suchen, damit ich im Herbst mit meinem neuen Buch auf Lesereise gehen könne. Bisher hatte ich noch nie durchs Land zu tingeln brauchen.

Kurz vor fünf war ich in der Klinik. Kaitsu schlief in einem Bett mit Eisenstangen, umgeben von Schläuchen und Instrumenten. Es sah aus, als hielte man ihn gefangen.

Hätte Eero mich nicht angesprochen, ich hätte ihn nicht erkannt. Er war doppelt so dick wie 1976, als ich ihn zuletzt gesehen hatte. Seine Haare waren grau geworden, und der ganze Mann wackelte und bebte. Seine Backen glänzten, seine Augen blickten verstört.

«Veikko! Die Zeit hat dich gnädig behandelt», stellte er fest. «Ich bin ein anderer Mensch als damals, innerlich und äußerlich. Vor fünfzehn Jahren habe ich zu Gott gefunden, dem Alkohol abgeschworen und die Auftritte in Kneipen aufgegeben.»

«So, so», murmelte ich, weil ich nicht wusste, was man auf eine solche Erklärung zu erwidern hatte. Eero war also einer von denen geworden. Und dabei war er als junger Mann so witzig und schlagfertig gewesen.

«Wo ist Sirkka? Und Kaitsu? Sirkka war am Telefon ... ehrlich gesagt ... etwas konfus. Sie hat von einem sterbenden Sohn geredet, und Angela hat sich fürchterlich erschrocken, weil sie glaubte, es ginge um unseren Örjan!»

Ich hatte dem Dickerchen keineswegs erlaubt, sich negativ über meine Schwester zu äußern. «Warum hast du keinen Kontakt zu deinen Kindern gehalten?», fragte ich streng.

«Ich habe es ja versucht, aber Sirkka hat es nicht zugelassen. Sie hat sogar behauptet, nicht zu wissen, ob Kaitsu von mir ist. Weißt du es?»

«Ich habe nie von einem anderen Mann gehört.»

Eero seufzte. Sirkka erzählte mir bei weitem nicht alles, und Kaitsu hatte immer Rane am ähnlichsten gesehen.

«Wo wirst du übernachten?», fragte ich, weil mir nichts anderes einfiel.

«Bei einem Glaubensbruder. Wie ist es eigentlich zu dem Unfall gekommen?»

Ich fragte, ob er im Flugzeug keins der Abendblätter gelesen habe, worauf er erklärte, derartigen Schund fasse er nicht an.

Als ich erwähnte, dass in Kaitsus Blut Rauschmittel festgestellt worden waren, runzelte Eero die Stirn. Ich erinnerte mich, dass Kaitsu als Baby genau denselben Gesichtsausdruck hatte, wenn er seine Windel vollmachte. Nachdem Eero sich abgesetzt hatte, war ich oft als Babysitter eingesprungen, weil Sirkka Arbeit suchte.

Ich wusste nicht, was Sirkka von Eero erwartete, ich jedenfalls hatte nicht damit gerechnet, dass er sich derart verändert hatte. Er hätte Sirkka und Kaitsu vermutlich nicht mehr zu bieten als den Segen seines Herrn, und meiner Erfahrung nach kam man damit nicht weit. Um die Rückkehr des verlorenen Vaters nicht zu verderben, begleitete ich Eero nur bis vor Kaitsus Zimmer und blieb draußen auf dem Gang. Ich hatte es noch nicht übers Herz gebracht, Sirkka zu erklären, dass es unsinnig war, den Abgeordneten Sarvimäki in Kaitsus Angelegenheit um Intervention zu bitten. Sarvimäki hatte im Parlament Brandreden über die Drogengefahr gehalten und sich in den Lokalzeitungen über die Pflegestätte für Rauschgiftsüchtige aufgeregt, die in Siuntio eingerichtet werden sollte. Auf das Fahren unter Einfluss von Rauschmitteln stand sicher nur eine Geldstrafe, aber der Anwalt des minderjährigen anderen Fahrers würde natürlich versuchen, Kaitsu als Mitschuldigen hinzustellen.

An sich hatte ich vorgehabt, Eero zum Essen auszuführen und ihm Nachtquartier bei mir anzubieten. Aber ob seine Religion von der barmherzigen Sorte war? Erlaubte sie ihm ein oder zwei Glas Bier zum Essen? Seine Wortwahl versprach nichts Gutes. Auch Clasu war im Kirchenchor und behauptete zu glauben, was er dort sang, aber er ließ sich das Leben dadurch nicht vermiesen. Ich spöttelte gelegentlich, ich hätte mir nie träumen lassen, mit einem guten Menschen und aufrechten Christen befreundet zu sein, doch Clasu lächelte irritierend gleichmütig und meinte, da ich an keinen Gott glaube, dürfe mich das eigentlich nicht stören.

Ich war erleichtert, als ich hörte, dass Kaitsu unmittelbar vor meiner Ankunft eingeschlafen war. Die Krankenschwester berichtete, er habe sich sehr gequält und verzweifelt versucht, seine Beine zu bewegen. Schon als Kind hatte Kaitsu keine Minute still sitzen können. Schnelles Fahren war sein Lebenselixier, Computersimulatoren würden ihm den Geschwindigkeitsrausch sicher nicht ersetzen. Natürlich hatte ich Geschichten von Gehbehinderten gelesen, die ein glückliches und erfülltes Leben führten, und der Film «Mein linker Fuß» hatte mir im Grunde sogar gefallen. Aber Kaitsu würde es kaum als befriedigend empfinden, mit dem großen Zeh ein paar Worte zu schreiben.

Ich fragte die ältliche Schwester, wie es um Kaitsus Sexualleben bestellt sein würde.

«Wenn die Lähmung anhält, tut sich in der Hinsicht nichts mehr.»

Den Männern unserer Familie war es offenbar nicht vergönnt, sich fortzupflanzen. Und Katja wurde auch schon bald dreißig. Ich hasste das Gerede von der biologischen Uhr, und für uns Männer tickte sie ja auch nicht so schnell wie bei den Frauen. Im Grunde meines Herzens hegte ich wohl doch den Wunsch, irgendwann einmal Vater zu werden. Im Sommer stand mein fünfundvierzigster Geburtstag an. Viele Männer ließen sich viel länger Zeit. Jedenfalls hatte ich mein Schicksal selbst gewählt, während Kaitsu die Entscheidung womöglich abgenommen wurde.

Mir war nicht ganz klar, warum ich auf Eero wartete. Vielleicht wünschte ich mir insgeheim, dass es doch noch zu einer Begegnung zwischen ihm und Sirkka kam. Es wäre interessant zu sehen, ob sich daraus eine Komödie oder ein Trauerspiel entwickelte.

In heftigem Stakkato klapperten Absätze über den Flur. Sie gehörten einer zierlichen, verängstigten Krankenschwester.

«Könnten Sie vielleicht ... Es gibt Streit um ein Gebet. Sie sind doch ein Angehöriger von Kaitsu Tiainen?»

«Sein Onkel.» Ich folgte der jungen Frau, deren kleiner Hintern vor mir herwackelte. Ihre Absätze waren höher, als ich sie je bei einer Krankenschwester gesehen hatte.

Eero kniete auf allen vieren neben dem Bett, er blutete an der Lippe. Kaitsu hatte ihm den Tropf samt Schläuchen an den Kopf geworfen. In den Armen hatte der Junge jedenfalls Kraft genug.

«Der Kerl betet nicht für mich, der nicht!», brüllte Kaitsu. Er blutete am Arm, wo die Kanüle beim Herausziehen eine Ader aufgerissen hatte. Auf seinem blassen Gesicht hatten sich rote Flecken gebildet.

«Komm, Eero, wir gehen auf den Flur.» Ich versuchte, meinem Exschwager aufzuhelfen, doch er fasste sich stöhnend an den Rücken.

«Ein Hexenschuss ... Den bekomme ich manchmal.»

Letzten Endes musste Eero auf eine Trage gelegt und zum Bereitschaftsarzt gebracht werden, der ihm ein Schmerzmittel injizieren sollte. Die Situation amüsierte mich, doch in Kaitsus Beisein durfte ich nicht lachen. Also ging ich zur Toilette und prustete los. Nachdem ich mich beruhigt hatte, kehrte ich in Kaitsus Zimmer zurück. Auf seinem Arm klebte ein frisches Pflaster, aber seine Miene war so grimmig wie zuvor.

«So ein ...», sagte er. «Ich hatte überhaupt keine Erinnerung an meinen Vater. Dass er so einer ... Als er bei uns gelebt hat, war er doch nicht religiös, oder?»

«Damals war er jung und sorglos. Denk einfach nicht mehr an ihn.»

«Morgen werde ich operiert, sie bringen mich mit dem Krankenwagen in die Uniklinik. Da arbeitet irgendein Mikrochirurg. Versprechen können sie mir nichts.»

«Hast du gemerkt, was für einen niedlichen Po die junge Schwester hat?»

«Hab nicht hingeguckt.»

Wir saßen mehr oder weniger schweigend da, bis Sirkka kam. Katja hatte erklärt, sie wolle ihren Vater nicht sehen, hatte ihm aber ihre Telefonnummer aufgeschrieben. Ich erklärte mich bereit, ihm den Zettel zu bringen, und fand Eero in einem Bett auf dem Gang. Er hatte die Hände gefaltet und bewegte lautlos die Lippen. In seinem Zustand würde er sicher nicht am nächsten Tag nach Göteborg zurückfliegen können.

«Der Herr straft mich, weil ich meine Frau verlassen habe», stammelte er. Wenn er sich das einreden will, bitte schön, dachte ich und ging hinaus. Es war wieder kälter geworden, der angetaute und erneut gefrorene Schnee knirschte unter meinen Stiefeln. Die schmale Mondsichel war scharf genug, um Getreide damit zu schneiden. Ich hatte vergessen, Kaitsu Glück für die Operation zu wünschen, aber er wusste sicher ohnehin, dass ich das Beste für ihn hoffte.

Ich nahm den Bus nach Kirkkonummi, trank ein paar Bier und fuhr dann mit dem Taxi nach Hause. Ulla hatte auf den Fußboden gepinkelt. Sie konnte nichts dafür, ihre Blase war noch ziemlich klein. Ich wischte die Pfütze auf und ging schlafen. Gegen zehn Uhr weckte mich das Telefon. Da ich aus dem wilden Klingeln schloss, dass nur Sara die Anruferin sein konnte, ging ich nicht dran. Kaitsus Operation dauerte bis zum Nachmittag, vorher waren also keine wichtigen Neuigkeiten zu erwarten. Um die Mittagszeit stand ich auf und heizte die Sauna. Ein Feldhase und ein Marderhund hatten auf dem Hof ihre Spuren hinterlassen, Ulla nahm ihre Witterung auf und stürmte zum Waldrand.

Als das Telefon gegen zwei Uhr wieder klingelte, wagte ich es, mich zu melden. Es war Katja. Kaitsu lag im Aufwachraum, aber die Ärzte konnten immer noch nicht sagen, ob die Operation erfolgreich gewesen war.

«Sind Sirkka und Eero dort?»

«Mutter ist hier. Eero Tiainen hat immer noch so starke Rückenschmerzen, dass er nicht nach Hause fliegen kann. Er ist jetzt bei einem Bekannten in Helsinki. Ich bin gestern Abend in die Klinik gegangen, um ihn zu sehen und um Mutter abzuholen, weil sie mich in der Nacht vor der Operation bei sich haben wollte, und …» Katja fing an zu weinen. Ich hielt den Hörer ein Stück vom Ohr weg und nahm einen Schluck aus der Bierflasche.

«Er ist ein Fremder für mich. An diesen Mann will ich mich nicht erinnern, ich will den jungen, schlanken Vater im Gedächtnis behalten, der immer gelacht und gesungen hat», schluchzte Katja. «Mutter hat ihn nicht mal angeguckt, als er sie um Entschuldigung bitten wollte … Es war alles so peinlich …»

Die Heimkehr des verlorenen Vaters war offensichtlich nach dem falschen Drehbuch verlaufen. Hätte die Familie Tiainen ihren Eero gnädiger aufgenommen, wenn er ein verantwortungsloser, abgerissener Säufer gewesen wäre? Die Frauen bestimmt, weibliche Logik ist merkwürdig. Wenn Eero keine Reue gezeigt hätte, wäre er begehrenswerter gewesen.

«Hast du die Boulevardblätter gesehen?»

«Die kommen nicht von allein ins Haus.»

«Der Bericht ist in beiden nicht groß ausgefallen, aber beide erwähnen, dass der Taxifahrer Drogen genommen hat. Zum Glück wird Kaitsus Name nicht genannt. Hast du den Abgeordneten schon angerufen?»

«Bin noch nicht dazu gekommen. Wann erfahrt ihr denn, ob die Operation erfolgreich war?»

«Wenn Kaitsu aus der Narkose erwacht. Soll ich dich dann wieder anrufen?»

«Ja, tu das.»

Ich ging in die Sauna, wackelte mit den Zehen und betrachtete das seit langem untätige Glied zwischen meinen Beinen und den Bauch, auf dem bereits ein zentimeterdickes, schlaffes Polster lag. In den letzten Wochen hatte ich mich nicht rasiert, obwohl es mich störte, wie grau mein Bart geworden war. Als ich meine linke Gesichtshälfte im Spiegel sah, erkannte ich darin das Gesicht meines Vaters. Meine Züge würde später niemand in seinem eigenen Gesicht suchen, weder hasserfüllt noch liebevoll. Andererseits war es noch nicht zu spät. Ich musste mir nur ein sportliches junges Mädchen mit roten Wangen suchen, eins, das höchstens in Katjas Alter war.

Ich saß müßig auf der Saunabank und wendete den Gedanken hin und her. Erst als ich vollkommen leer und ausgedürstet war, ging ich ins Haus hinüber. Das Telefon klingelte, als ich den Kühlschrank aufmachte, um mir ein Bier zu nehmen.

«Seine Beine bewegen sich noch immer nicht!», schrie Sirkka. «Das heißt, das linke bewegt sich ein paar Zentimeter, aber das rechte ist ganz schlaff.»

«Schade.»

«Mehr fällt dir dazu nicht ein? Und so was nennt sich Schriftsteller!»

«Ich bin halt ein schlechter Schriftsteller. Soll ich kommen?»

«Sie haben Kaitsu mit Medikamenten vollgepumpt, weil er so getobt hat, als er von dem Ergebnis erfuhr. Morgen schicken sie ihm einen Psychologen oder so was … Und Eero ist auch hier. Er ist ein fader Wackelpudding geworden. Warum in aller Welt hab ich ihn bloß angerufen?»

«Das war sicher die Sara in dir», meinte ich, woraufhin Sirkka den Hörer aufknallte.

Ich rief nicht zurück. Einige Tage später hörte ich, dass Eero nach Schweden zurückgekehrt und an Kaitsus Beinen keine Veränderung eingetreten war. Kaitsu würde unter Anklage gestellt werden, berichtete die Lokalzeitung von Kirkkonummi und veröffentlichte dazu ein Interview mit dem Abgeordneten Sarvimäki. Er wies darauf hin, dass sowohl Autodiebstähle als auch Drogen eine eminente Gefahr für das ganze finnische Volk darstellten. So viele Bedrohungen in einem einzigen Satz!

Im Organismus der beiden Jungen, die bei dem Unfall umgekommen waren, hatte man Alkohol und Aufputschmittel nachgewiesen. Ich hoffte, dass Kaitsu nicht zu oft an die Toten dachte, und war doch sicher, dass er genau das tat. Wir Liimatainens haben die Angewohnheit, uns auch für Dinge schuldig zu fühlen, für die wir nichts können. Immer wenn Vater anfing zu saufen, hatten Sirkka und ich uns bemüht, besonders nett zu Mutter zu sein, wir hatten Feuerholz hereingetragen und geputzt. Ab und zu hatte Mutter mir zum Dank über den Kopf gestrichen, Umarmungen hatte es bei uns nicht gegeben. Es war schon eine großartige Geste von meinem Vater gewesen, als er mir bei meinem ersten Urlaub von der Armee einen Schnaps angeboten hatte.

Ulla wuchs unglaublich schnell und kaute auf allem herum, was sie zwischen die Zähne bekam: Bücher, Schuhe und Kabel. Ich schimpfte nur der Form halber mit ihr. Bei Hunden ging die hirnlose Welpenzeit bald vorüber, anders als bei manchen Menschen, bei denen sie lebenslang anhielt.

Ende Januar wurde Kaitsu ins Reha-Zentrum nach Helsinki verlegt, das etwas außerhalb im Stadtteil Käpylä lag. Ich fuhr hin, um ihn das erste Mal nach seiner Operation zu besuchen. Insgeheim hatte ich ein schlechtes Gewissen, denn ich fühlte mich fit, nachdem ich in den letzten Wochen täglich Ski gelaufen war. Die restliche Zeit hatte ich damit verbracht, Clasu bei der Forstarbeit zu helfen und über den Stoff für meinen nächsten Roman nachzudenken. Diesmal wollte ich über einen Mann schreiben, der den Tod seines Kindes verschuldet hat. So konnte wenigstens niemand behaupten, ich würde immer wieder dieselbe Geschichte erzählen.

In Helsinki sah der Schnee aus, als sei er seiner Existenz überdrüssig. Ich fuhr mit der Straßenbahn nach Käpylä. Unterwegs sah ich Katja, die mit ihrem Gitarrenkasten die Straße entlangging. Selbst auf die Entfernung strahlte sie Wärme aus.

Kaitsu saß im Rollstuhl am Tisch und tippte auf einem Laptop herum. Ich hatte ihm ein paar neue Krimis mitgebracht und für alle Fälle auch eine Flasche Schnaps eingesteckt, obwohl ich nicht wusste, ob man in der Reha etwas trinken durfte. Es war leichter gewesen, Kaitsu im Krankenhaus mit seinen Schläuchen zu sehen als jetzt im Rollstuhl. Der Stuhl war zu endgültig.

«Wie geht's?», fragte ich und zog den Mantel aus.

«Zum Kotzen. Sie sagen, ich müsse Geduld haben, die Prognose wäre nicht schlecht. Natürlich lügen sie, ist doch klar.»

Wir redeten über dies und jenes. Zwischendurch schob ich Kaitsu nach draußen, wo er die Alkoholiker des Viertels beobachten konnte. Er erzählte, seine Freunde hätten ihm den Laptop gebracht und ein Modem installiert. Alkohol war natürlich strikt verboten, aber er nahm die Flasche trotzdem an. Da die Krankenschwestern sie sowieso bald finden würden, trank er den größten Teil sofort und war bald ziemlich angeheitert.

«Veikko, alter Knabe, du hilfst mir doch, wenn …»

«Wenn was?»

«Wenn meine Beine so bleiben.»

«Klar. Vielleicht mach ich auf meine alten Tage noch den Führerschein, damit ich dich durch die Gegend kutschieren kann.»

«So hab ich das nicht gemeint. Du sollst mir eine Knarre

besorgen oder genug Pillen, damit ich es hinter mich bringen kann.»

«An so etwas darfst du nicht einmal denken», mahnte ich, obwohl ich wusste, dass ich an seiner Stelle genauso geredet hätte.

Gerade weil ich auf eigenen Füßen in eine Kneipe gehen konnte, tat ich es nicht, sondern fuhr nach Hause. Ich überlegte, was die größere Feigheit war: Kaitsu beim Selbstmord zu helfen oder ihm die Hilfe zu verweigern. Zu einer Entscheidung kam ich nicht. Einige Tage später rief Sirkka an und erzählte, sie habe einen Brief von Eero bekommen, in dem er noch einmal um Verzeihung bat und finanzielle Unterstützung versprach, falls Kaitsu sie brauchte. Sirkka war fest entschlossen, ihm nicht zu antworten.

Der zweite Februar, der Tag, an dem ich Auli Hatakka treffen sollte, nahte viel zu schnell. Ein paar Tage vorher wurde ich wütend auf mich selbst, weil ich mich bereit erklärt hatte, eine Unbekannte in mein Haus zu lassen. Ich räumte ein wenig auf und besorgte im Laden Hefeteilchen und ein Brot vom Bäcker aus Inkoo. Kaffee würde ich der guten Frau wohl anbieten müssen, immerhin hatte sie von Iisalmi mehrere Stunden zu fahren. Zum Glück war es ein zwar kalter, aber sonniger Tag. Über dem Meer zogen allerdings bereits pflaumenfarbene Wolken auf.

Wir waren für zwei Uhr verabredet. Um fünf vor zwei hielt ein kleines rotes Auto vor meinem Haus. Ulla kläffte fröhlich und rannte so schnell an die Tür, dass sie über ihre eigenen Pfoten stolperte. Ihr Fell war inzwischen gelblich wie Schilf an einem Sommerabend. Ich wartete, bis die Frau anklopfte, bevor ich zur Tür ging.

Für eine Vierzigjährige war sie fast mädchenhaft. Die aschblonden Locken waren zu einer Art Pferdeschwanz zusammengebunden, der ihr bis auf den Rücken hing, sie hatte dichte Augenbrauen und einen breiten Mund, ihr Körper war genau

an den richtigen Stellen gerundet und sonst schlank. Ihr Händedruck war fest. Ich wurde nervös.

«Sehr freundlich von Ihnen, dass Sie mich zu Hause empfangen. Hier ist ein kleines Mitbringsel. Sie trinken doch hoffentlich Wein?»

Sie hielt mir eine Rotweinflasche hin. Das Siezen, das im
Brief korrekt gewirkt hatte, kam mir plötzlich albern vor. Unbe-
holfen bot ich ihr das Du an und bat sie, Platz zu nehmen. Sie
sagte, eine Tasse Kaffee trinke sie gern. Sie sei schon vor sieben
losgefahren und habe ihre Kinder rasch bei den Verwandten in
Kirkkonummi abgesetzt. Ulla schnüffelte an ihren Sachen.

«Meine jüngste Tochter heißt auch Ulla», lächelte Auli Hatakka. «Sie ist fünfzehn und fängt endlich an, Jungen interessanter zu finden als Pferde und Hunde. Meine Zwillinge sind
sechzehn. Darf ich unser Gespräch aufnehmen? Ich werde das
Band natürlich nur für meine Untersuchung verwenden.»

Ich gab meine Zustimmung und überlegte, ob ich die Rotweinflasche öffnen sollte. Allerdings war Auli, wie ich die Frau
in Gedanken zu nennen versuchte, mit dem Auto unterwegs.
Ulla kaute auf dem Kabel des Recorders herum. Sollte ich sie
ins Schlafzimmer sperren? Nein, der Hund war hier zu Hause,
die Frau nicht.

«Wir hatten auch einen Hund, aber er ist mit meinem
Mann und meinem Schwiegervater bei einem Autounfall umgekommen, und einen neuen wollte ich mir nicht anschaffen»,
sagte die Frau, als ich Ulla von den Kabeln wegscheuchte. «Die
Kinder haben zwar gebettelt, aber sie würden im Zweifelsfall
ja doch nicht mit ihm Gassi gehen. Hier auf dem Land ist es
natürlich etwas anderes, da kann man den Hund einfach nach
draußen lassen.»

Auli legte die Beine auf die Bank. In meiner Stube stand ein
altmodischer Esstisch mit Sitzbänken, wie in meinem Eltern-

haus in Pielavesi. An diesem Tisch hätten zehn Personen Platz gefunden, aber mehr als vier hatten nie daran gesessen.

«Ich war so nervös, dass ich letzte Nacht kaum schlafen konnte, also habe ich unterwegs literweise Kaffee getrunken», erklärte Auli. Obwohl sie nicht direkt Dialekt sprach, hörte ich den vertrauten nordkarelischen Tonfall heraus.

«Für mich ist das auch nicht alltäglich», hörte ich mich sagen. Ich stellte das Hefegebäck auf den Tisch und goss Kaffee ein. Auli aß mit gutem Appetit; sie hatte kleine weiße Zähne. Ich tat Zucker in meinen Kaffee.

Zu Beginn erkundigte sich Auli nach den normalen Lebensdaten und nach meinem Weg zum Schriftsteller; sie klagte, es sei nicht leicht, Informationen über mich zu finden. Selbst auf der Internetseite meines Verlags habe sie nur zwei Sätze entdeckt. Aber was gab es über mich auch zu berichten: ein abgebrochenes Studium, ein paar Stipendien, keine Familie, keine Hobbys. Natürlich könnte man jetzt den Hund hinzufügen.

«Warum heißt er eigentlich Ulla?», fragte Auli. Die Antwort musste ich ihr schuldig bleiben. Der Hund hatte von Anfang an nach einem runden Namen ausgesehen, und «Ulla» war wie ein Streicheln, das den ganzen Rücken hinablief. Der Name Auli dagegen öffnete sich und schloss sich dann wieder, wie Schenkel, die sich um mich legten. Ich musste schlucken.

«Vielleicht sprechen wir als Nächstes über deine Stoffe», sagte Auli, als wir die Kaffeekanne geleert hatten. «Du kannst nicht abstreiten, dass das übergreifende Thema deiner Werke der Vatermord ist. Als damals die Tragödie in deiner Familie geschah, habe ich schon in Iisalmi gewohnt. Meine große Schwester kannte euren Rane. Stimmt es, dass er die Tat nie zugegeben hat?»

«Ist das im Hinblick auf meine Bücher wirklich relevant?»

Ich wandte mich ab und schaute zum Fenster hinaus. Es dämmerte bereits. Was vom Himmel noch zu sehen war, färbte sich dunkelgrau, als kündige sich ein Schneesturm an. Stürme hatte es in diesem Winter genug gegeben.

«In deinen Büchern bleibt der Vatermord oft ungesühnt oder wird dem Falschen angelastet», sagte Auli und schob mit der Zunge einen Krümel vom linken Eckzahn, der plötzlich auffällig spitz wirkte. «Ich habe die Verhandlungsprotokolle gelesen und mich gefragt, ob die Beweislage wirklich so eindeutig war. Du musst wissen, dass ich zwischendurch einige Jahre bei der Polizei gearbeitet habe.»

Hastig stand ich auf, damit Auli Hatakka die Angst in meinen Augen nicht sah. Ich musste die Frau loswerden, bevor …

… ich total zusammenbrach. Ich hatte viel zu viel zu tun und zu bedenken. Der Februar brachte Helligkeit, doch auch sie befreite mich nicht von dem Gefühl, den Aufgaben, die vor mir lagen, nicht gewachsen zu sein.

Vieles war positiv. Ich feilte an der Korrektur meiner Magisterarbeit und machte sogar schon ein Konzept für meine Dissertation. Außerdem hatte ich versprochen, für die Zeitschrift des musikwissenschaftlichen Instituts einen Aufsatz über die finnische Rockmusik der 8oer und 9oer Jahre zu schreiben – der erste respektable Titel in meinem Publikationsverzeichnis. Mein Professor hatte mir zugeredet, mich um die freie Assistentenstelle zu bewerben. Auch die Gesangsstunden verliefen einigermaßen zufriedenstellend. Ich würde die Gesangsprüfung ablegen und mir wegen der Note keinen Stress machen. Danach konnte ich mir noch immer überlegen, ob ich an der Musikschule bleiben wollte.

Beim nächsten Billardabend war Kode Salama wieder auf meine Songs zurückgekommen. Kaitsu war an dem Tag ins Reha-Zentrum verlegt worden, und Pekka hatte mich zum Billard eingeladen, damit ich auf andere Gedanken kam.

«Lasst mir Zeit, mich geistig darauf einzustellen, im Moment

schaffe ich gerade mal die Sachen, die jetzt vereinbart sind»,
seufzte ich und stieß die rosa Kugel ins Loch. Wenn ich bei der
Präsentation meiner Songs nicht in der optimalen Verfassung war,
würde ich meinen Traum womöglich gleich zunichtemachen. In
zwei Wochen würde die Magisterarbeit endgültig fertig sein, bis
Ostern musste der Aufsatz abgeliefert werden, kurz danach war
die Gesangsprüfung. Woher sollte ich die Zeit nehmen, meine
Lieder so aufzupolieren, dass ich sie Kode vorspielen konnte?

«Was für Musik mag Kaitsu eigentlich?», fragte Pekka. Er pau-
sierte gerade und sah uns beim Spiel zu. Nach Kaitsus Unfall
hatte er mich fast täglich angerufen. Auch seine Mutter hatte
Grüße geschickt.

«Heavy Metal. Wieso?»

«Mal sehen, was wir ihm aus dem Programm unserer Firma
schicken können. Er hat doch sicher einen Walkman?»

«Ja. Aber ihr braucht euch nicht …»

«Wir wollen aber. Scheiße!», fluchte Kode, als der Queue ab-
rutschte und im Loch landete. Ich lachte. In letzter Zeit lachte
und lächelte ich so oft wie seit langem nicht mehr, obwohl ich
manchmal das Gefühl hatte, solange es Kaitsu schlechtging,
dürfte ich nicht fröhlich sein.

Eero Tiainen hatte mir einen langen Brief geschickt. Ihn
Vater zu nennen gelang mir nicht einmal in Gedanken. Mein
Vater, an den ich nur einzelne kleine Erinnerungen hatte, war
ganz anders als dieser Eero Tiainen, Verkäufer in einem Möbel-
geschäft, Vater von drei Kindern – oder von fünf, wenn man
Kaitsu und mich mitrechnete – und ein frommer Mann. Von
den Smithianern, zu denen er sich bekannte, hatte ich nie gehört, aber Veikko behauptete, in seiner Nachbarschaft lebten
auch Angehörige dieser Sekte.

Ich hatte in Schweden Halbgeschwister, von deren Existenz
ich bisher nichts gewusst hatte: Örjan, Yngve und Yvonne. Eero

Tiainen hatte mich in seinem Brief beschworen, ihn und seine Familie zu besuchen, doch ich wollte keine Versprechungen machen. Was Kaitsu betraf, bemühte ich mich, nicht allzu viel zu grübeln. Die Ärzte schlossen die Möglichkeit einer Genesung nicht aus, denn Kaitsu war noch jung, erst sechsundzwanzig. Dass sein linkes Bein sich ein wenig bewegte, war ein Hoffnungsschimmer, aber je länger der gegenwärtige Zustand anhielt, desto geringer wurden die Chancen. Er wurde intensiv therapiert und hasste es.

Ich versuchte, mich an den Gedanken zu klammern, dass er Glück gehabt hatte, weil er überlebt hatte. Die toten Jungen waren erst sechzehn gewesen. Sie hatten in Kivenlahti den Wagen eines Nachbarn gestohlen und waren in Richtung Kirkkonummi gefahren. Schon an der Kreuzung in Tolsa wären sie beinahe gegen einen Lkw geprallt. Als der Unfall passierte, waren sie offenbar auf dem Heimweg gewesen.

In der Unglücksnacht hatte ich geschworen, mich nie wieder zu betrinken, wenn Kaitsu wieder gesund wurde, obwohl ich gar nicht wusste, vor wem ich dieses Gelübde ablegte. Bisher sah es nicht so aus, als ob ich beim Wort genommen würde. In Kodes und Pekkas Gesellschaft hatte ich allerdings nicht das Bedürfnis, mehr als zwei Bier zu trinken. In Kodes Anwesenheit geriet ich auch längst nicht mehr in Panik, ich hatte gelernt, fast normal mit ihm umzugehen.

Wir spielten noch ein paar Runden, dann gingen wir. Pekka verabschiedete sich vor seinem Hauseingang und umarmte mich kurz. Kode und ich hatten noch ein Stück gemeinsamen Wegs bis zur Bushaltestelle, wo auch er mich mit einer brüderlichen Umarmung bedachte. Vergeblich versuchte ich mich an der Geste zu berauschen. Kode wollte nichts von mir. Allenfalls interessierte er sich für meine Songs, und selbst das war mehr, als ich je erwartet hatte.

Viivi setzte mich schon seit geraumer Zeit unter Druck. Sie meinte, ich solle meinen Dreißigsten groß feiern. Mein Geburtstag fiel auf einen Sonntag, der Tag davor war genau richtig für eine Party. Bisher hatte ich Kaitsus Zustand als Vorwand benutzt, um die Entscheidung hinauszuzögern. Wen sollte ich überhaupt einladen? Mit meinen Kommilitonen hatte ich kaum Kontakt, die Dozenten konnte ich nicht als meine Freunde bezeichnen, die meisten Mitschüler an der Musikschule waren wesentlich jünger als ich, und von meinen alten Freunden war nur noch Elisa übrig. Kaitsu würde sicher nicht kommen, obwohl er im Prinzip ein Invataxi nehmen konnte. Auf Mutters Wunsch hatte ich ihn fast täglich besucht, bis er mich mit den Worten hinauskomplimentiert hatte, ich solle mir die Mühe sparen. Es hatte einen Riesenskandal gegeben, als Veikko im Reha-Zentrum aufgetaucht war und ihn betrunken gemacht hatte. Mutter hatte eine Strafpredigt gehalten, und Sara hatte lamentiert, während ich insgeheim meine Freude an dem Streich gehabt hatte. Veikko hatte sich übrigens einen jungen Hund zugelegt. Ich hätte ihn gern einmal gesehen, bevor er ausgewachsen war, aber ein Besuch bei meinem Onkel war keine ganz unkomplizierte Angelegenheit.

Das Gefängnis war hell erleuchtet, ein Wärter überquerte den schneebedeckten Hof. Der Jahrestag von Ranes Selbstmord rückte näher. Wegen Kaitsu und Eero Tiainen hatte ich kaum Zeit gehabt, an Rane zu denken, und nun hatte ich das Gefühl, dass seine Augen mich vorwurfsvoll ansahen. Sein Foto hatte ich immerhin wieder an die Wand gehängt. Ich holte die Schachtel mit seinen Briefen hervor, die ich seit langem nicht mehr gelesen hatte. Vielleicht lag die Lösung des Rätsels tatsächlich in den Ereignissen während der Armeezeit? Der Brief, in dem Rane so liebevoll von mir sprach, rührte mich auch diesmal wieder. Ganz verdorben konnte er nicht gewesen sein, egal was die anderen sagten. Oder hatte ein schlechter Mensch nur für seinesgleichen Sympathie?

Ich sortierte die Briefe nach dem Datum. Die Handschrift war mitunter schwer zu entziffern. Stellenweise entdeckte ich eine regelrechte Freude am Lesen, vor allem dann, wenn Rane über die Berufssoldaten herzog.

«Machtgeile Wichser, einer wie der andere! Wenn einmal eine menschliche Regung auftaucht, wird sie sofort unterdrückt. Zum Glück bin ich das von zu Hause gewöhnt, nur entkommt man diesen Typen hier keine Minute lang. Warum lässt man die Menschen nicht in Frieden leben, warum muss man sie zu etwas zwingen, was sie nicht wollen? Du verstehst mich natürlich nicht, Mutter, du sagst bloß, in den Krieg hätten damals auch alle ziehen müssen. Wäre Vater doch auch eingezogen worden und im Krieg gefallen! Du hättest einen besseren Mann verdient gehabt, und wir alle einen besseren Vater.»

Eine Kette unglücklicher Menschen: zuerst Oma und Opa, dann Rane, Mutter und Kaitsu. Mit welchem Recht hätte ich glücklich sein dürfen? Seufzend räumte ich die Briefe ein und ging schlafen. Am nächsten Morgen setzte ich mich wieder an meine Magisterarbeit. Ich kam gut voran, in ein paar Tagen würde ich fertig sein. Ich ging zum Kühlschrank, goss ungesüßten Jogurt in ein Glas und gab kalorienarme Blaubeersuppe dazu. Gesund und magenfreundlich. Auf dem Gefängnishof drehten die Häftlinge ihre tägliche Runde. Die roten Jacken, die viele trugen, gaben dem Kreis eine höhnische Fröhlichkeit, als ob dort unten ein lustiger Ringelreihen veranstaltet würde. Wer bildete den Kreis, in dem ich umherlief?

Ich entspannte meine Schultermuskeln und holte Mister Black hervor. Zuerst sang ich mich ein und hoffte, die Frau aus der unteren Etage würde nicht wieder an die Decke klopfen. Sicher konnte einem das unablässige Woi-woi und Loi-loi auf die Nerven gehen, aber ohne Stimmübungen ging es eben nicht.

Ich ging mein Repertoire für die Prüfung durch, danach wollte ich mich mit meinen eigenen Songs befassen. Als ich gerade zum zweiten Mal mit «Ich bin eines toten Sängers Seele» anfing, klingelte das Telefon. Auf der Nummernanzeige stand «Karri».

«Hallo, Schatz», sagte er fröhlich. «Wie ist es nun mit deiner Geburtstagsparty? Samuli hat am Freitag davor ein Probesingen in Helsinki, wir könnten also kommen.»

Schatz! Karri hatte sich offenbar eine sehr unpräzise Wortwahl angewöhnt.

«Wir können dir beim Kochen helfen, und dann habe ich auch ein himmlisches Bowlenrezept. Den Wodka dafür kaufe ich auf dem Schiff, darum brauchst du dich nicht zu kümmern. Außerdem stehen die geschicktesten Kellner von Stockholm zu deiner Verfügung.»

«Könntest du mir auch ein zweites Zimmer mitbringen?», fragte ich. Karri lachte. So kam es also, dass ich beschloss, meinen dreißigsten Geburtstag mit einer Party zu feiern.

Ich zwang mich, weiterzuüben, statt die Gästeliste aufzustellen. Erst als ich jedes Prüfungslied mehrmals durchgesungen hatte, fing ich an zu überlegen. Zwanzig Gäste waren das absolute Maximum, mehr passten nicht in meine Wohnung. Von dem Geld, das Mutter mir gegeben hatte, waren noch mehrere Tausender übrig, ich hatte also Geld genug für eine Party, vor allem, wenn Karri einen Teil der Getränke mitbrachte. Ob ich auch Kode Salama einladen konnte? Vielleicht sollte ich Pekka um Rat fragen. Verdammt nochmal, ich führte mich auf wie ein Teenager! Allerdings war das ja heutzutage das Ideal: nie erwachsen werden, nie altern. An dieses Motto hielt ich mich fast so strikt wie Sara.

Ich wählte Pekkas Nummer. Seine offenkundige Freude, als er meine Stimme hörte, machte mich verlegen. Er hatte nie mit mir geflirtet und auch sonst auf keine Weise gezeigt, dass ich mehr für ihn war als eine alte Bekannte, doch er hielt mit seltsamer Beharrlichkeit Kontakt.

«Ich werde bald dreißig», stöhnte ich, nachdem ich ihm von Kaitsus weiterhin unverändertem Zustand berichtet hatte. «Meine Freunde bestehen darauf, dass ich eine Party gebe. Würdet ihr auch kommen, du und Kode – oder sollte ich Kodes Frau mit einladen? Viel Platz hab ich allerdings nicht.»

«Dreißig ... Bei mir ist es erst im November so weit. Na schön, jetzt hast du mir also auch diesen trüben Tag ins Gedächtnis gerufen. Hat dich die Krise schon gepackt?»

«Das Leben ist eine einzige Krise.»

«Wann kriegen wir deine Songs zu hören? Pass auf, wir machen ein Tauschgeschäft: Kode und ich kommen zu deiner Party, wenn du vorher für uns singst. Nimm mal gleich deinen Kalender zur Hand.»

«Ich hab jetzt keine ...», begann ich, doch Pekka gab nicht nach. Da musste ich an Kaitsu denken, der vielleicht nie mehr eine Chance bekommen würde, und zwang mich, einen Termin für die nächste Woche zu vereinbaren. Nachdem ich aufgelegt hatte, setzte die Panik ein. Ich holte ein Paket Reiscracker aus dem Schrank, eine erlaubte Knabberei, bestrich einen dick mit Schmelzkäse, einen zweiten mit Erdbeermarmelade und legte sie mit einer dicken Scheibe Käse in der Mitte aufeinander. Ich aß den Doppeldecker, dann noch einen und noch einen ... Da merkte ich plötzlich, was ich tat. Automatisch wollte ich mir den Finger in den Hals stecken, doch ich verbot es mir.

Ich erinnerte mich an die Regeln, die mir meine Therapeutin mitgegeben hatte: Bei Anfällen von Angst und Fressgier musst du Distanz zwischen dich und das Essen bringen, zum Beispiel, indem du einen Spaziergang machst. Also zog ich warme Unterwäsche und eine Trainingshose an und ging an der Gefängnismauer entlang zum Ufer. Ich streckte die Zunge heraus, um einige der Schneeflocken zu erhaschen, die langsam herabschwebten und graziös wie weißgekleidete Ballerinen auf der Erde landeten. Bei dem leichten Frost behielten sie auch dort ihre Form. Ich ging so schnell, dass ich ins Schwitzen kam. Im Herbst war ich fest entschlossen gewesen, Tanzstunden zu nehmen, doch daraus war nichts geworden. Kaitsu würde vielleicht nie mehr tanzen, mich dagegen wirbelte das Leben im Moment viel zu wild herum. Außerdem fürchtete ich mich davor, mein Studium abzuschließen, ohne zu wissen, wie es weitergehen sollte. Warum hatte ich nicht etwas Praktisches studiert, irgendein Fach, das mich auf einen konkreten Beruf vorbereitete?

Bisher hatte ich immer nur gewartet. Mein Leben würde beginnen, wenn ich das Abitur hinter mir hatte, wenn Karri sich in mich verliebte, wenn ich einen Studienplatz bekam und schließlich, wenn ich von der Bulimie geheilt war. Ganz zuletzt hatte ich mir ausgemalt, nach dem Examen wäre ich die Geldsorgen und das Gefühl der Wertlosigkeit los. Hatte ich den Abschluss deshalb hinausgezögert? Ein schrecklicher Gedanke: Womöglich war das Leben hier und starrte mir die ganze Zeit ins Gesicht, statt erst hinter dem nächsten Ziel auf mich zu warten.

Nein, mein eigentliches Leben würde erst beginnen, wenn ich den wahren Grund für alles fand. Nachdem ich erfahren hatte, dass Eero Tiainen wegen Kaitsus Unfall nach Finnland kommen würde, hatte ich mir eine Nacht lang eingebildet, das Wiedersehen mit meinem Vater würde alle Rätsel und Probleme lösen. Ich hatte mir ausgemalt, wie wir uns um den

Hals fielen. Meinen Vater hatte ich mir ähnlich vorgestellt wie Veikko, nur lässiger: In meiner Phantasie hatten seine schlanken Beine in einer Lederhose gesteckt oder wenigstens in Jeans, er war wie ein Musiker gekleidet gewesen. Dass die Wirklichkeit so weit von meinen Traumbildern entfernt war, hatte ich nicht erwartet. Das Schlimmste war seine Stimme. Die schöne raue Männerstimme, die früher «Blauer Traum» gesungen hatte, gab es nicht mehr. Der Mann, der sich Eero Tiainen nannte, hatte ein brüchiges und zugleich aufgeblasenes Organ, seine Stimme klang schweißtriefend.

Ich hatte Unmengen von Artikeln über Essstörungen und dutzendweise Lebensratgeber, Charakterhoroskope und Kommentare in einschlägigen Chats gelesen. Es würde sich immer ein Grund finden, zu saufen und zu fressen und sich zu sagen, wenn dies oder jenes hinter mir liegt, höre ich auf und fange endlich an zu leben.

Inzwischen war ich nach Norden gegangen, in den Stadtteil Arabia. Das Schneetreiben war dichter geworden, sodass ich kaum noch auf einzelne Schneeflocken achtete. Wie hieß es noch gleich in dem alten japanischen Gedicht über frischgefallenen Schnee? Aber nein, um so etwas ging es hier nicht. Irgendwann schmolz der Schnee doch wieder, nichts ließ sich für immer verbergen.

Natürlich hätte ich auf Mutter wütend sein müssen, weil sie mir Vaters Briefe und Geldsendungen verschwiegen hatte. Doch davor schreckte ich zurück, denn ich wollte nicht erfahren, was sie mir womöglich noch alles verheimlicht hatte. Ich selbst war die Einzige, auf die ich noch wütend sein konnte.

Am Ufer war es still. Bei diesem Wetter ließ sich kaum jemand zu einem Spaziergang aus dem Haus locken, nur wenige Leute führten ihre Hunde aus. Das Meer war zugefroren, Angler hatten ein paar Eislöcher gebohrt. Wenn man unter das Eis tauchte, würde man nicht mehr nach oben finden, dachte ich. Woher kam dieser Gedanke auf einmal?

Nachdem Karri mich verlassen hatte, hatte ich oft an Selbstmord gedacht. Vorher hatten wir manchmal gemeinsam überlegt, wie wir unserem Leben ein Ende setzen würden, wenn wir in eine ausweglose Situation gerieten. Es war nur ein Spiel gewesen, doch ich hatte dabei an Rane gedacht und jede Art von Erstickungstod ausgeschlossen. Im Allgemeinen hatte ich mich für Schlaftabletten entschieden, obwohl Karri mich darauf hingewiesen hatte, dass bei dieser Methode ein hohes Risiko bestand, gerettet zu werden. Er hatte gemeint, er würde sich notfalls vor einen Zug werfen, woraufhin ich ihn an den schuldlosen Lokführer erinnerte, dem er damit eine gewaltige Last aufbürdete. Karri, der mit voller Überzeugung für Euthanasie eintrat, schwor, sich umzubringen, falls er einmal unheilbar krank oder bewegungsunfähig sein sollte.

«Wie willst du mit Tetraplegie vom Dach springen?», hatte ich dann gefragt, und unser Nachdenken über den Tod war in Gelächter untergegangen. In seinem ersten Studienjahr hatte Karri Baudelaire, Melleri und in schwachen Stunden sogar Sarkia zitiert: «Lebe furchtlos, setze alles auf eine Karte / das Tor des Todes steht immer offen.» Er sah darin eine überzeugende Lebensphilosophie. Aber hatte er selbst furchtlos gelebt? Mit mir jedenfalls nicht.

Ich kehrte um. Nun musste ich mich anstrengen, um vorwärts zu kommen, denn der Wind war stärker geworden und blies mir ins Gesicht. Mal pfiff er mir um die Ohren wie eine Alarmsirene, mal zischelte er sanft zwischen den Gebäuden. Die Dachrinnen an den Gebäuden ringsum schepperten wie klagende Trommeln.

Plötzlich musste ich an den Blick denken, der in Kaitsus Augen lag, als ich ihn das erste Mal im Reha-Zentrum besucht hatte. Die Verlegung hatte ihm bestätigt, dass er keine schnelle Genesung erwarten durfte. Ich hatte mich früher oft gefragt, wie Rane bei der Urteilsverkündung ausgesehen hatte, und fürchtete, dass ich es jetzt wusste.

Während ich gegen den Wind ankämpfte, wurde mir klar, dass ich Pekka und Kode meine Songs doch nicht präsentieren konnte. Sie waren nicht gut genug.

«Gib nicht auf, Katja! Du bist mutig und begabt! Lass nicht zu, dass es dir so ergeht wie mir.»

Ich hörte sie und hörte sie nicht, die Stimme eines jungen Mannes, heiser vom Rauchen. Ich blickte mich um, sah aber nur in weiter Entfernung eine Frau mit einem schwarzen Pudel. Doch die Stimme war wirklich gewesen. Und vertraut. Als hätte sie Rane gehört.

Ich ging schneller, lief beinahe. Mittlerweile war ich mit feuchtem Schnee bestäubt. Er fiel von meinen Haaren auf die Treppe, im ersten Stock stieg mir wie immer der Geruch von Katzenklos in die Nase. Daran war nichts Geheimnisvolles oder Übernatürliches. Und Tote konnten nicht sprechen.

Ich studierte Ranes Gesicht auf dem Foto, dann kramte ich auch die alten Armeefotos hervor. Rane hatte die gleiche Miene, die auch Kaitsu aufsetzte, wenn er sich irgendwo nicht wohlfühlte. Angeblich hatte Mutter zu Eero Tiainen gesagt, er sei nicht Kaitsus Vater. Wer war es dann? Opa oder Rane? Uns hatte Mutter nie etwas von einem anderen Vater gesagt. Wenn Saras Inzestgeschichten nicht gelogen waren … Aber dann hätte Opa oder Rane meine Mutter als Erwachsene vergewaltigt. Und andererseits glaubte ich doch, ich wäre selbst die Mörderin … War es das, was Rane mir sagen wollte? Wollte er mich beschwören, meine Chance zu nutzen, weil er für mich gestorben war? Und wer hatte die Fingerabdrücke abgewischt?

Um keinen Preis wollte ich jetzt mit meinen Gedanken allein sein. Aber der nächste Freund wohnte ja nur zwei Häuserblocks weiter. Kurz entschlossen rief ich Pekka an.

«Komm zu mir, ich mach uns einen Tee.»

«Geht nicht, ich bin gerade beim Kochen. Komm du lieber zu mir, es reicht für zwei.»

Ich zog den Mantel wieder an, obwohl der Gedanke, noch einmal nach draußen zu gehen, alles andere als verlockend war. Aber immer noch besser als das Alleinsein. Über den Hinterhof gelangte ich in Pekkas Treppenhaus und lief hinauf.

«Schön, dass du kommst», sagte Pekka mit dem jungenhaft breiten Lächeln, das ich einfach erwidern musste. «Ist was passiert?»

«Nein. Ich hab nur zu viel gearbeitet.»

«Was meinst du, ob heißer Borschtsch mit Knoblauch dagegen hilft?»

«Probieren wir es aus.»

Pekkas Wohnung bestand aus einer kleinen Küche und zwei Zimmern, in denen ein ziemliches Durcheinander herrschte. Überall lagen Schallplatten, Kabel, Stecker und irgendwelche Geräte herum. Hellrote Brühe war auf den Küchenherd gespritzt. Es roch herrlich.

«Ich koche immer für mehrere Tage auf einmal, dann brauch ich mir über das Essen keine Gedanken zu machen.» Pekka deckte den Tisch. «Leg die Zeitungen vom Stuhl auf den Boden und setz dich. Möchtest du Rotwein oder Bier?»

Ich bat um Wein und wärmte das Glas zwischen den Händen. Die Suppe war scharf gewürzt; außer Knoblauch schmeckte ich Salzgurken und Majoran heraus.

«Ich kann mich noch daran erinnern, wie du auf der Weihnachtsfeier gesungen hast, als wir in der ersten Klasse waren», sagte Pekka unvermittelt. «Die erste Strophe von ‹Zwischen

Ochs und Eselein›. Du hattest eine goldene Schleife in den Haaren und eine weiße Kutte wie alle im Chor.»

«Ich?» Daran hatte ich keinerlei Erinnerung. «Das muss jemand anders gewesen sein.»

«Nein, das warst du. Deine Stimme hat die Großmütter in der ersten Reihe zu Tränen gerührt. So ein kleines Mädchen und so eine kraftvolle Stimme, hat meine Oma gesagt.»

«Klein bin ich nie gewesen.»

«Damals schon, die Hauptdarsteller im Krippenspiel waren nämlich Sechstklässler.»

Auf einmal erinnerte ich mich. Die halbdunkle Aula, elektrische Kerzen, Nervosität. Die Lehrerin wollte, dass ich den Anfang allein sang, erst bei der letzten Strophe sollte der Schulchor einstimmen. Vor lauter Aufregung fing ich sofort nach der ersten mit der zweiten Strophe an, obwohl dazwischen ein Klaviersolo vorgesehen war. Die älteren Mädchen kicherten, und meine Freude über den Erfolg schlug in Scham um.

«Meine Mutter hat viele Fotos aus der Zeit, als ihr bei uns gewesen seid. Marjukka und ich toben und albern herum, aber du sitzt immer nachdenklich da. Auf einem Bild hast du einen Bratenwender aus Holz in der Hand und tust, als wäre es eine Gitarre. Das wäre ein gutes Foto für ein Plattencover.»

«Ach, hör auf! Ich erinnere mich kaum noch an die Zeit. Meine ganze Kindheit ist ein einziger grauer Nebel. Erst in den Tagebüchern, die ich in der Oberstufe geführt hab, stehen Erinnerungen …»

Ich biss mir auf die Lippen. Was stand schon darin? Meine einseitigen Gefühle für Kode Salama, andere unglückliche Lieben, Mutter ist ein Miststück, alle Lehrer sind Idioten.

«Unsere Mutter hat eure Mutter gleichzeitig bewundert und bemitleidet, weil sie sich allein durchschlagen musste. Als unser Vater dann auch wegging, hat sie überlegt, eure Mutter anzurufen, aber dann hat sie sich doch nicht getraut. Wir haben oft über euch gesprochen. Mutter meint, die Jahre in Matinkylä waren eine glückliche Zeit, erst nach unserem Umzug ging allmählich alles in die Binsen. Möchtest du noch Suppe?»

Ich schüttelte den Kopf, ich war satt und fühlte mich rundum wohl. Da offenbar alle meine Freunde besser kochen konnten als ich, nahm ich mir vor, meine Geburtstagsfeier als Bottle-Party aufzuziehen, zu der jeder etwas mitbrachte. Pekka klagte, seine Schallplatten hätten nur ein paar Tage in alphabetischer Ordnung gestanden, danach seien sie wieder durcheinandergeraten. Ich sah mir seine Sammlung an. Sie unterschied sich kaum von meiner, wir besaßen sogar dieselben Abgeschmacktheiten.

«Hast du dir die Scheibe von Matti Nykänen etwa selbst gekauft?», fragte ich mit gespieltem Entsetzen.

«Wieso? Matti ist doch ein toller Sänger», grinste er.

«Tatsächlich?» Wir lachten. Mit Pekka lachte es sich leicht, sein sonniges Lächeln wirkte ansteckend.

«Ich hab sie auch», gestand ich ihm. «Kaitsu hat sie mir geschenkt, aus purer Bosheit. Sie ist absolut furchtbar.»

Dass Matti Nykänens Platte in meinem Regal stand, kam mir plötzlich nicht mehr peinlich vor, sondern witzig. Wir guckten «Sopranos», und Pekka kicherte, als ich ihm erzählte, ich hätte anfangs geglaubt, in der Serie ginge es um konkurrierende Sängerinnen. Er zeigte mir, wie ich meine Einladungen zur Party per E-Mail verschicken und ihnen einen Song als Musikdatei anhängen konnte. Dafür kam natürlich nur ein einziges Stück in Frage, nämlich das von Luonteri Surf, in dem es hieß, man müsse dreißig sein, um irgendetwas zu begreifen. Als ich nach Hause ging, glaubte ich fest an diese Worte.

Veikko erzählte mir, der Hund habe auf die Korrekturfahnen seines neuen Romans gepinkelt und einen Teil der Seiten in

Fetzen gerissen. Wahrscheinlich verstehe das Tier zu viel von Literatur. Kaitsu klagte über Stiche in der linken Hinterbacke und im Knie, was die Ärzte für ein gutes Zeichen hielten. Ich verschickte etwa zwanzig Einladungen, auch an Kaitsu und seinen komischen Freund Yazu. Kaitsu antwortete, er habe keine Lust, gegen die Möbel zu stoßen und sich bemitleiden zu lassen. Die anderen sagten zu, auch Kode Salama.

Der schrecklichste Tag meines Lebens fiel in dieselbe Woche wie mein Geburtstag. Obwohl ich am Abend eine Schlaftablette genommen hatte, wachte ich schon um viertel nach fünf auf und konnte nicht mehr einschlafen. Aus Angst, den Wecker zu überhören, wagte ich keine zweite Tablette zu nehmen. Also las ich bis sieben Uhr in alten Sound-Heften, dann stand ich auf und kochte Kaffee. Gegen Mittag sollte ich in Kodes Studio sein. Ich hatte nur drei meiner Songs für präsentabel befunden: das Gefängnislied, das sich mit reiner Gitarrenbegleitung allerdings nach nichts anhörte, ein uraltes Sehnsuchtslied, das ich für Karri geschrieben hatte und das meiner Stimme schmeichelte, und ein witziges Stück im Ramones-Stil. «Der schönste Surfer weit und breit, ich sah dich an wie nicht gescheit. Jedem Mädchen wurden die Knie weich, du warst so cool, so braungebrannt und reich.» In dem Lied ging es um ein einfaches Mädchen aus Matinkylä, das erkennt, dass der Junge aus der Luxusvilla für sie unerreichbar ist, und deshalb beschließt, mit einem gestohlenen Surfbrett weit hinaus aufs Meer zu fahren: «Richtung Tallinn, weiter und weiter, kreischende Möwen sind meine Begleiter, von Welle zu Welle, auf und ab, das wogende Meer wird mein Grab.» Im Allgemeinen fiel es mir leicht, das Lied mit einem Lachen zu singen, wie es sein sollte, aber diesmal fand ich es überhaupt nicht lustig.

Meine Stimme war heiser und kehlig, wahrscheinlich brütete ich eine Erkältung aus. Am besten sagte ich den Termin ab. Aber nein, dann würde ich mir beim nächsten Mal einen anderen Vorwand einfallen lassen. Ich sang mich ein, und als der Nachbar an die Wand klopfte, ging ich ins Bad und machte dort weiter.

Essen konnte ich nichts. Ich brachte nur Milchkaffee herunter, obwohl in meinem Magen ein Loch klaffte, das mit Leckerbissen gestopft werden wollte. Nach dem Vorsingen würde ich mir den Bauch vollschlagen und trinken, bis ich umfiel. Vom Gefängnishof schallte wieder eine Lautsprecherstimme herüber, dann hörte man eine Sirene, und ein Krankenwagen fuhr durch das Tor. Sanitäter liefen in das Gebäude und kamen bald darauf mit einer Trage zurück. War Rane auch so abtransportiert worden, oder hatte man ihn bereits im Gefängnis für tot erklärt? Im selben Moment ging mir auf, dass er exakt am selben Tag vor vierundzwanzig Jahren gestorben war.

Die Gedanken an Rane ließen sich nicht abschütteln. Die Zeit tröpfelte dahin, dennoch hatte ich es zum Schluss eilig. Ich zog eine dicke Strumpfhose, einen kurzen Wickelrock und einen Baumwollpullover an, denn es war mir wichtig, dass die Kleidung mich nicht einengte. Meine Beine wirkten lang und staksig, das Gewicht der Gitarre zog mir die Schulter nach unten. Ich versuchte, tief in den Brustkorb zu atmen und mich aufrecht zu halten. Als ich zum Studio Blitz ging, fiel nasser Schnee. Eigentlich war dieses Treffen nicht so wichtig, redete ich mir ein. Kode und Pekka wollten nur hören, ob meine Songs brauchbares Rohmaterial für eine Demoaufnahme boten. Die Demo selbst hatte noch gar nichts zu bedeuten, als Nächstes musste ich eine Plattenfirma finden. Da ich die zwanzig längst überschritten hatte und nicht wie ein Fotomodell aussah, würde das nicht einfach sein.

Meine Schritte hallten durch das Treppenhaus des Studiogebäudes. Ich stieß versehentlich mit dem Gitarrenkasten an die Wand und bat Mister Black um Entschuldigung. Zaghaft klopfte ich an die Tür zu Kodes Büro. In dem kahlen Flur klang das Klopfen unnatürlich laut.

«Hallo, Katja! Ich bin mächtig gespannt auf deine Stücke. Sanna kann übrigens nicht zu deiner Party kommen, sie hat eine Verabredung mit ihrer Schwester, aber ich komme gern.»

«Und eure Kinder?»

«Die bringen wir zur Oma. Es tut gut, ab und zu unbeschwert zu feiern. Wollen wir? Pekka ist schon im Studio und bereitet alles vor.»

Obwohl ich gerade erst zu Hause auf der Toilette gewesen war, musste ich schon wieder. Meine Hände waren kalt, ich drehte den Warmwasserhahn auf und hielt sie lange darunter. Dann trank ich einen Schluck Wasser, um meinen knurrenden Magen zu besänftigen.

Das Studio hatte keine Fenster. Die Wände waren zum Teil mit Akustikplatten, zum Teil mit Eierschachteln abgedämmt. Ein einsames Mikrophon und zwei Hocker in unterschiedlicher Höhe erwarteten mich. Ich wählte den niedrigeren.

«Hallo, Katja!», rief Pekka durch das Plexiglas der Tonkabine. «Wir machen erst mal eine einfache Aufnahme ohne Feinregulierung. Ich bring dir einen Schallkörper für die Gitarre, warte einen Moment. Wie viele Songs hast du mitgebracht?»

«Drei», erwiderte ich. Kode und Pekka wechselten einen raschen Blick.

«Wir hätten gern mehr gehört. Halt die Akustik eher trocken, Pekka, Halleffekte können wir später ausprobieren.»

Ich hatte mich entschlossen, ohne Betablocker mit der Situation fertig zu werden. Als Kode schließlich sagte, alles sei bereit, hatte ich das Gefühl, vor Aufregung ohnmächtig zu werden. Als Auftakt wählte ich den Song «Nach deinen Schritten», den ich für Karri geschrieben hatte, denn er war am einfachsten und half mir im Allgemeinen, mich freizusingen. Doch diesmal wollte sich meine Stimme nicht entfalten. Sie blieb dünn und piepsig, und meine eiskalten Finger fuhren steif über die Saiten. Erst beim letzten Refrain klang das, was ich herausbrachte, halbwegs nach einem Lied. Ich wusste, dass ich rot geworden war, fror aber gleichzeitig. Es war ein merkwürdiges Gefühl. Bei dem Song über das Mädchen aus Matinkylä verhedderte ich mich an der schwierigsten Stelle des Gitarrensolos.

«Das nächste Lied hat keinen Namen, es erzählt sozusagen von meiner Aussicht, von dem, was vor meinem Fenster liegt: dem Gefängnis», hauchte ich ins Mikrophon. Ranes Akkorde, a-Moll 7, C- und C-Maj 7 klangen kalt und traurig.

Als ich fertig war, wusste ich, dass ich die Erwartungen der beiden Männer enttäuscht hatte.

«Okay», sagte Kode schließlich. «Danke, Katja. Du kannst im Pausenraum warten, Pekka und ich hören uns die Aufnahmen nochmal an, bevor wir darüber reden.»

«Vielleicht gehe ich besser nach Hause, ihr könnt mich ja anrufen …» Ich packte meine Gitarre ein und ließ dabei die Haare ins Gesicht fallen, damit Kode meine Tränen nicht sah.

«Nein, nein, es dauert nicht lange. Nimm dir einen Kaffee, im Kühlschrank müssten auch noch ein paar Brote sein.»

Im Kühlschrank lagen nicht nur Brote, sondern auch eine Flasche Bier. Ich strich mit der Hand darüber, gab mir aber einen Ruck und nahm stattdessen Mineralwasser. Die Beratung dauerte eine halbe Stunde, lange genug, um die Songs dreimal durchzuspielen. Als ich das Pochen von Kodes Stiefelabsätzen und Pekkas weichere Schritte auf dem Flur hörte, setzte das Schwindelgefühl wieder ein.

«Also», sagte Kode und setzte sich dicht neben mir auf die Armlehne meines Sessels. «Wir sind uns ziemlich einig. In dieser Form hat keiner der Songs das Zeug zum Hit. Wenn wir dir eine Demo machen wollen, um sie den großen Platten-firmen anzubieten, muss ein Hit dabei sein. Trotzdem, mir ge-fällt sowohl das ‹Mädchen aus Matinkylä› als auch das Gefäng-nislied, für das du dir unbedingt einen Titel ausdenken musst. Wie wäre es mit ‹Meine Aussicht›? Das Gefängnis ist doch kon-kret und metaphorisch zu verstehen. ‹Nach deinen Schritten› ist ziemlich konventionell, könnte bei Liveauftritten aber ganz gut ankommen. Du warst furchtbar nervös, als du es gesungen hast, oder?»

«Ja …»

«Wie wäre es, wenn wir alle drei nochmal aufnehmen? Wenn ich es richtig verstanden habe, hast du jede Menge Songs auf Lager. Könnten wir uns nicht noch mehr anhören, für den An-fang vielleicht um die zehn?»

«Das bringt nichts.» Ich stand so abrupt auf, dass ich Kode beinahe von der Lehne gestoßen hätte. «Es wird sowieso nichts draus. Ich will deine Zeit nicht vergeuden. Am besten …»

… schlage ich ein neues Kapitel in meinem Leben auf und vergesse die Healing-Gruppe. Diese Leute sind geistige Zwerge. Mein Weg ist die Numerologie. Wie konnte ich nur so dumm sein, an Anitras Aufrichtigkeit zu glauben? Die falsche Schlange hat die Tiefe meiner Schmerzen überhaupt nicht erfasst. Zum Glück habe ich die Verdorbenheit der Gruppe erkannt, bevor ich mich ihr völlig ausgeliefert hatte, und Gott sei Dank habe ich Jemina im Café kennengelernt. Ich bin ein spontaner Mensch, der ungehemmt mit Fremden ein Gespräch anknüpft, und das Buch, das Jemina vor sich liegen hatte, sah so interessant aus, dass ich nicht anders konnte, als mich an ihren Tisch zu setzen und zu fragen, worum es darin ging. «Die Zahlen – der Weg zur inneren Harmonie» stand auf dem Einband, der mit einem Regenbogen und frei schwebenden Ziffern bedruckt war. Warum hat mir nie jemand etwas von der Numerologie erzählt?

Ich habe gleich eine numerologische Prognose für Kaitsu aufgestellt. Sie sah gut aus. Er wird allem Anschein nach nicht genesen, dafür aber dank seiner Behinderung ein inneres Licht und eine neue Richtung für sein Leben finden. Ich fuhr sofort ins Reha-Zentrum, um es ihm zu sagen. Seinen Unfall hatte man mir tagelang verheimlicht. Wahrscheinlich dachte Sirkka, ich sei zu sensibel, um derart entsetzliche Nachrichten ertragen zu können. Ich bekomme keine Zeitung, weil ich vergessen habe, die Rechnung für das Abonnement zu bezahlen. Aber das spielt ohnehin keine Rolle, denn Berichte über Morde und Unfälle lese ich sowieso nie. Nach dem Entsetzlichen, das ich in meiner Jugend erleben musste, bin ich dazu außerstande.

Ich brach in Tränen aus, als ich den armen Kaitsu sah. Noch so jung und für den Rest seines Lebens an den Rollstuhl gefesselt! Ein paar seiner Freunde waren bei ihm, gingen aber zum Glück sofort, obwohl Kaitsu versuchte, sie zurückzuhalten. Als wir allein waren, ging mir plötzlich auf, wie ungeheuerlich die Ähnlichkeit zwischen Kaitsu und Rane war. Es kam mir vor, als wäre mir mein toter Bruder zurückgegeben worden. Kaitsu war genauso ein Wirbelwind wie Rane gewesen, er hatte keine Minute still sitzen können. Die beiden waren immer physisch in Bewegung, ich geistig.

«Leidest du schwere Qualen?», fragte ich mitfühlend.

Kaitsu gab keine Antwort. Ich erzählte ihm von der Numerologie, doch er brummte, an so etwas glaube er nicht.

«Aber Kaitsu, du hast eine unvergleichliche Chance, geistig zu wachsen», erklärte ich ihm geduldig. Doch er wollte die Freude, die ich ihm zu vermitteln hatte, nicht annehmen, sondern warf sich auf seinem Stuhl hin und her, bis eine Schwester mich bat, zu gehen.

Ich lasse mich von der Blindheit der anderen nicht beirren, da ich selbst nach langem Suchen und Umherirren endlich den richtigen Weg gefunden habe. Nicht allen ist die Gabe der Erkenntnis beschieden. Natürlich ist es bedrückend, dass meine ehrliche Hilfsbereitschaft zurückgewiesen wird, doch das ist das Los vieler Heilender. Jesus ist es nicht anders ergangen.

Ende Februar war Katjas dreißigster Geburtstag. Ich erfuhr

von Veikko, dass sie eine Party geben wollte. Mir hatte sie nichts davon gesagt. Ich rief sie sofort an.

«Ich dachte, eine Fete in meiner kleinen Wohnung würde dich nicht interessieren», behauptete sie. «Aber du bist natürlich willkommen. Ein Geschenk ist nicht nötig. Dafür sollte jeder etwas zu essen oder zu trinken mitbringen.»

Ich beschloss, Katja das Numerologiebuch zu schenken, denn sie hatte Erleuchtung bitter nötig. Sie schien nicht zu begreifen, dass man über Essstörungen sein Leben lang nicht hinwegkommt. Man muss immer darauf gefasst sein, dass die Krankheit erneut ausbricht. Wein wollte ich jedenfalls nicht mitbringen, Katja trank ohnehin zu viel. Stattdessen kaufte ich im Reformhaus Karottensaft und getrocknete Apfelringe. Das Geld, das ich von Mutter geerbt hatte, war schon fast aufgebraucht, aber in einigen Wochen würde ich zu einer wundervollen Reise auf die Malediven aufbrechen. Von der restlichen Summe wollte ich mir die passende Reisegarderobe anschaffen. Ich ließ mir die Haare färben, rabenschwarz mit dünnen, feuerroten Strähnen. Zu meinem von Natur aus blassen Gesicht ergab das einen dramatischen Effekt, ich sah beinahe wie eine Spanierin aus.

In Katjas Wohnung drängten sich lauter uninteressante Typen. Zum Glück hatte Veikko seinen niedlichen Hund mitgebracht, den ich noch nicht gesehen hatte. Es war ein unglaublich süßes Hundebaby, das mir die Nase leckte und von einem zum anderen sprang. Ich blieb im Flur stehen, spielte mit dem Hund und unterhielt mich mit meinem einzigen überlebenden Bruder, da Katja von anderen Menschen umringt war.

«Wie geht dein Babyprojekt voran?», fragte Veikko, während wir beide seinen Hund streichelten.

«Was?», fragte ich verblüfft.

«Am Weihnachtsabend warst du der festen Überzeugung, dein diesjähriges Projekt wäre ein Kind», meinte er.

«Ach das», antwortete ich irritiert. «Dafür hab ich jetzt keine Zeit, es gibt so viel Neues in meinem Leben. Außerdem will ich bald verreisen.»

Ich ließ den dummen Veikko und seinen Hund stehen und machte die Runde, um mich den anderen Gästen vorzustellen.

«Karri! Wie schön, dich nach so langer Zeit wiederzusehen! Warum bist du damals einfach aus unserem Leben verschwunden?» Karri war so groß und dunkelhaarig, wie ich ihn in Erinnerung hatte, und roch nach einem wunderbar schweren Aftershave. Warum musste ein so attraktiver Mann schwul sein? Welch eine Vergeudung! Sein Freund Samuli hätte glatt sein Bruder sein können, die beiden unterschieden sich nur durchs Rasierwasser.

Einer der anderen Männer wirkte auf den zweiten Blick doch interessant. Seine schwarzen Haare waren lang und wirr wie bei einem Künstler. Er kam mir bekannt vor.

«Kode», stellte er sich vor, und da ging mir auf, dass es sich um Katjas Idol handelte, mit dessen Postern sie früher ihr Zimmer tapeziert hatte.

«Wie kommst du denn auf Katjas Party?», entfuhr es mir, bevor ich daran dachte, mich ebenfalls vorzustellen. «Ich bin Sara Selin, die kleine Schwester von Katjas Mutter. Das heißt, eigentlich fühle ich mich eher wie Katjas Schwester, wir sind zusammen aufgewachsen. Toll, dich kennenzulernen! Ich bin nämlich auch Künstlerin.»

Kode saß auf einem Küchenhocker zwischen dem Tisch und dem Fenster. Ich setzte mich aufs Fensterbrett und unterhielt mich mit ihm, denn er war mit Abstand der interessanteste Typ auf der Party. Dass Katja ihre Magisterarbeit über seine ehemalige Band geschrieben hatte, war mir neu. Ich erzählte ihm von meinem Leben und berichtete ihm auch, wie heftig Katja früher für ihn geschwärmt hatte.

«Die Wände waren mit deinen Starfotos gepflastert, und eins davon hat sie jeden Abend geküsst. Sie nahm es immer mit, wenn sie verreiste, und im Sommer in Pielavesi, wo wir gemeinsam in der Dachkammer schliefen, habe ich gesehen, wie sie ihm einen Kuss aufdrückte. Ist das nicht süß?»

Kode Salama wurde rot. Die meisten männlichen Künstler sind wahnsinnig von sich eingenommen und für jede Schmeichelei empfänglich. Sirkka und Veikko blieben nicht lange. Wahrscheinlich konnte Sirkka das fröhliche Treiben nicht ertragen, weil sie immerzu an ihren gelähmten Sohn denken musste, und Veikkos Hund knabberte bei jedem an den Schuhen und wollte nach draußen. So ein Tier ist ganz schön lästig.

Die Stimmung war nicht besonders inspirierend, in der engen Wohnung konnten sich die Leute kaum rühren und verwechselten dauernd ihre Bowlengläser. Karri und sein Beau hatten ein entsetzlich starkes Gesöff zusammengemixt. Kode Salama murmelte, er wolle etwas holen, und schlüpfte hinaus. Nach einer Weile merkte ich, dass Katja und er verschwunden waren. Ich wollte auf die Toilette, doch die Tür war verriegelt, und von drinnen hörte ich Stimmen.

«Ich dachte, ihr würdet gar nicht kommen, nachdem ich mich im Studio so blöd aufgeführt hab.»

Das war Katja.

«War doch klar, dass wir zu deiner Fete erscheinen», sagte eine unbekannte Männerstimme.

«Ich sollte wohl endlich lernen, diplomatischer zu sein», fügte ein anderer Mann hinzu, dessen Stimme ich sofort erkannte: Es war Kode Salama. «Vor allem hätte ich dir sagen müssen, dass du eine phantastische Stimme hast. Und deine Songs ... Aus denen lässt sich definitiv was machen. Wir hätten wirklich gern mehr gehört. Wir müssen unbedingt mal zusammen spielen, damit du dich an uns gewöhnst und locker wirst.»

«Wir sind nämlich dabei, eine Band aufzubauen», meldete sich der erste Mann wieder zu Wort. «Kode spielt Gitarre, ich Bass, Jussi von der alten Salamasota-Besetzung Schlagzeug, den Keyboarder suchen wir noch. Aber dann haben wir uns überlegt, dass eine akustische Gitarre und eine Frauenstimme ...»

«Wir wissen, dass du keine Banderfahrung hast», unterbrach ihn Kode, «aber wärst du bereit, es zu probieren? Ganz unverbindlich. Den Gefängnissong möchten wir unbedingt im Repertoire haben. Ich höre schon eine Mundharmonika im Hintergrund, aber das Gitarrensolo will ich selbst spielen, auf der elektrischen, und ...»

«Ich glaub, ich träume!», stöhnte Katja. Warum in aller Welt hatten die drei Egoisten sich auf der Toilette eingeschlossen? Ich klopfte, denn jetzt musste ich wirklich. Katja öffnete die Tür, sie grinste wie ein Honigkuchenpferd.

«Entschuldige ... ich hab gerade das allertollste Geburtstagsgeschenk bekommen», stammelte sie und umarmte mich. «Natürlich bin ich dabei. Wann ist die erste Probe?»

Kode Salama und ein kleiner Mann mit breitem Mund verließen nach ihr die Toilette.

«Habt ihr da drinnen Gruppensex getrieben?», rief Samuli. «Ich wusste gar nicht, dass es auf Heteropartys schon am frühen Abend so wild zugeht!»

Die anderen lachten, während ich mich im Bad einschloss, um noch etwas schwarzen Kajal und kirschroten Lippenstift aufzutragen. Ich befand mich gerade in einer Schwarz-Gold-Kirschrot-Phase. Auch meine Wohnung hatte ich in diesen Farben dekoriert, denn ich brauche mindestens einmal im Jahr eine ganz neue Umgebung.

Katja legte ihr idiotisches Lächeln den ganzen Abend nicht mehr ab. Ich ging gegen elf. In den nächsten Wochen ließ ich meiner Kreativität freien Lauf. Ein Bild nach dem anderen entstand. Ich hatte das Atelier der Volkshochschule für eine Woche reserviert, doch ich konnte einfach nicht aufhören, solange ich voller Farben und Bilder steckte. Der Kerl, der nach mir an der Reihe war, meckerte zwar, aber ein wahrer Künstler kümmert sich nicht um Zeit und Raum. Wenn ich Kunst schaffe, vergesse ich Essen und Schlafen. Ich kann diese sogenannten Künstler nicht verstehen, die wie die Beamten morgens aufstehen, frühstücken, dreieinhalb Stunden arbeiten, zu Mittag essen, wieder dreieinhalb Stunden arbeiten, um dann die Kinder aus dem Hort zu holen und das Abendessen für die Familie zuzubereiten. Kunst, die von innen kommt, kann auf diese Weise nie entstehen.

Letzten Endes musste ich den schöpferischen Prozess dann doch abbrechen, weil dieser unsägliche Mann mit dem Hausmeister und dem Leiter der Kunstabteilung anrückte, die mich aufforderten, das Atelier sofort zu räumen. Ich brauchte unbedingt ein eigenes. Spontan setzte ich einen Hunderter im Lotto. Vielleicht hatte ich diesmal Glück. Bisher hatte ich immer nur ein oder zwei Richtige gehabt, also wurde es Zeit, dass sich das Blatt wendete.

Besonders zufrieden war ich mit den Gemälden, die Vaters Tod darstellten. Ein dunkles Zimmer, bleiche Gesichter, strömendes Blut und ich im weißen Nachthemd mit blutigem Saum. Auf einem Bild steht Rane vor einem Kreuz und aufzüngelnden Flammen. Mein Stil liegt irgendwo zwischen Naivismus und Surrealismus. Aber warum soll man ihn überhaupt definieren, es ist eben Sara Selin! Ich musste unbedingt eine eigene Ausstellung haben! Doch alle Galeristen, die ich anrief, fragten als Erstes, welche Kunstakademie ich besucht hatte. Als bräuchten Künstler eine Ausbildung! Zwei Kunstcafés zeigten immerhin Interesse, machten aber einen Rückzieher, als sie hörten, wie groß meine Werke sind. Ich pinsele keine zaghaften

Bildchen, sondern große, kühne Arbeiten, mindestens drei auf zwei Meter.

Zwei Wochen vor der Reise auf die Malediven überkamen mich gleichzeitig fürchterliches Reisefieber und eine grenzenlose Beklemmung. Bei der unsicheren Weltlage konnte alles Mögliche passieren. Ich erstellte mir sofort ein numerologisches Zukunftsbild, in dem jedoch keine Katastrophen zu erkennen waren. Keine Terroristen, die mein Flugzeug entführen oder mich kidnappen würden. Ich glaube auch deshalb an die Numerologie, weil Vaters und Ranes Ziffern beiden ein gewaltsames Ende prophezeien. Mein Leben wird noch Jahrzehnte weitergehen und wie guter Wein mit zunehmendem Alter immer besser werden. Das heißt, ich altere natürlich nicht, ich werde immer jünger und gelenkiger.

Ich bin eben ganz anders als Sirkka. Natürlich musste ich mich vor meiner Reise von dem armen Kaitsu verabschieden. Sirkka war zufällig zur gleichen Zeit bei ihm. Sie hatte ihm eine neue Hose gekauft, eine schlabbrige dunkelblaue Jogginghose. Kaitsu tat mir wirklich leid. Nun musste er auch noch Altmännerhosen tragen!

«Warum kaufst du ihm so was?», zischelte ich, als Kaitsu mit dem Rollstuhl ins Bad gefahren war. Er konnte mittlerweile allein auf die Toilette gehen, worauf Sirkka stolz war wie die Mutter eines Kleinkinds, das gelernt hat, den Topf zu benutzen.

«Die Hose ist doch gut! Leicht anzuziehen und scheuert nirgends.»

«Behinderte haben doch wohl das Recht, sich schick anzuziehen?»

«Kaitsu ist nicht behindert! Er wird wieder gesund.»

In dem Moment rollte Kaitsu seinen Stuhl aus dem Bad, und Sirkka wechselte das Thema. Sie sprach über eine widerwärtige Kollegin in der Buchhandlung. Für Kaitsu war das natürlich langweilig, und ich fand es ohnehin unpassend, ihn mit negativen Dingen zu belasten. Um den Jungen aufzumuntern, erzählte ich von meinen Reiseplänen.

«Ich freue mich schon so darauf, unserem sogenannten Vorfrühling eine Weile zu entkommen! Guckt doch bloß mal zum Fenster raus! Nichts als Matsch, Schneeregen und Dunkelheit, als hätten wir November und nicht März. Aber in einer Woche schwimme ich unter dem südlichen Sternenhimmel in warmem Wasser und lasse mir von gutaussehenden Kellnern Fruchtsaft servieren. Einen Tenniskurs will ich auch machen, die werden dort angeboten. Ich habe noch nie Tennis gespielt. Und ihr?»

Beide schwiegen. Bei ihrer Behäbigkeit hätte Sirkka ohnehin nie einen Ball erwischt. Im Gegensatz zu mir hatte sie überhaupt kein Gefühl für Rhythmus. Kaitsu zupfte am Gummizug seiner langweiligen blauen Hose herum. Auf seinem Handrücken und der knochigen Stirn traten die Adern hervor.

«Ich bin müde», sagte er unvermittelt. «Bitte, geht jetzt.»

Das fand ich ziemlich unhöflich. Kaitsu suhlte sich ganz offensichtlich in Selbstmitleid und leitete aus seiner Behinderung das Recht ab, mit seinen Mitmenschen umzuspringen, wie es ihm gerade einfiel. Großzügig, wie ich bin, verzieh ich ihm und versprach ihm ein wunderschönes Mitbringsel von den Malediven.

«Leider ist mein Koffer zu klein, um dir ein Inselmädchen mitzubringen», lachte ich und drückte ihn fest. Immerhin würde ich ihn wochenlang nicht sehen.

«Wie konntest du dich unterstehen, in Kaitsus Beisein von Tennis und Schwimmen zu reden!», giftete Sirkka, sobald wir auf der Straße standen.

«Was ist denn dabei? Wir können Kaitsu nicht für den Rest unseres Lebens mit Samthandschuhen anfassen und unsere Zunge im Zaum halten, wenn er dabei ist.»

«Wann hättest du deine Zunge je im Zaum gehalten?»

«Ich bin eben keine Heuchlerin wie ihr!»

«Na schön, dann hab ich auch keine Lust mehr zu heucheln! Mir steht dein ewiges Ich-ich-ich bis hier! Du hast nicht ein einziges Mal gefragt, wie es mir geht, wie ich damit fertig werde, wenn Kaitsu doch nicht wieder gesund wird und ich ihn mein Leben lang pflegen muss. Viel Spaß auf den Malediven! Bei mir brauchst du dich erst wieder zu melden, wenn du gelernt hast, zuzuhören.»

Damit drehte sie sich um und ging davon, fast im Laufschritt und obendrein in die falsche Richtung. Ich hatte keine Lust, ihr nachzurennen. Offenbar steckte sie tief in den Wechseljahren. Sie würde ihren Ausbruch schwer bereuen, falls mein Flugzeug entführt wurde. Ich nahm mir vor, erst nach der Reise wieder an sie zu denken. Die Lebensphilosophie von Scarlett O'Hara hat mir immer schon gefallen. Scarlett biss sich immer durch, genau wie ich.

In der Mäkelänkatu hielt ich ein Taxi an und fuhr nach Hause, wo meine Bilder auf mich warteten. Ich hatte es endlich geschafft, sie aus dem Atelier der Volkshochschule zu holen, nachdem ich tagelang um sie gebangt hatte, da ich fürchtete, irgendein Neider würde sie absichtlich beschädigen. Vielleicht sollte ich sie versichern, immerhin waren sie meine geliebten Kinder. Wieso schwafelte Veikko eigentlich neuerdings von leiblichen Kindern? Er müsste doch besser als jeder andere verstehen, dass einer Künstlerin nur die Kunst etwas bedeutet, Männer, Kinder und sonstige Banalitäten sind nebensächlich.

Auf einem der Bilder schwebt ein Engel mit schwarzroten Haaren über der Gefängnismauer. Es war gleich nach Katjas Party entstanden. Ich finde es erschütternd, dass Katja in dieser entsetzlichen Gegend wohnt und tagtäglich die über den Hof schlurfenden Mörder, Diebe und Vergewaltiger vor Augen hat.

Ihre Probleme werden durch diesen Anblick jedenfalls nicht geringer, wie ihr jeder Feng-Shui-Experte bestätigen kann. Katja sucht regelrecht nach Schwierigkeiten, sie ist keine Überlebenskünstlerin wie ich.

Ich sehe schon die Zeitungsartikel vor mir, die nach meiner Kunstausstellung erscheinen werden: «Sara Selin – eine Frau setzt sich durch.» An sich hatte ich sie bereits nach dem Dokumentarfilm erwartet, aber die Zeitungen schreiben lieber über halbverhungerte Fotomodelle und Eishockeyspieler mit Rosinenhirn. «Sara Selin kämpft sich durch. An den entsetzlichen Erfahrungen, die sie in ihrem Leben machen musste, wäre ein schwächerer Mensch zerbrochen, doch Saras positive Lebenskraft half ihr selbst über die schwersten Schicksalsschläge hinweg: über die Ermordung ihres Vaters und den Selbstmord ihres Bruders ebenso wie über das tragische Los ihres Neffen, der nach einem Autounfall querschnittgelähmt ist.»

Am Tag vor meiner Abreise rief Juhani an. Inzwischen konnte ich überhaupt nicht mehr verstehen, was ich im Herbst an diesem vertrockneten alten Knacker gefunden hatte, dessen Gemälde so braungelb und schlaff waren wie er selbst. Juhani hatte seine kleinkarierte Frau wahrlich verdient. Doch nun brachte er es fertig, mich hundertprozentig zu überraschen.

«Sara, ich habe mich entschieden. Ich werde Marita verlassen. Ohne dich kann ich nicht leben. Ich habe die ganze Zeit an dich gedacht! Dass ich so leidenschaftlich empfinden kann, hätte ich mir nie träumen lassen!»

Man hätte mich mit einer Feder umstoßen können. Von Leidenschaftlichkeit hatte ich bei Juhani nie etwas bemerkt.

«Eure Ehekrise geht mich natürlich nichts an, aber ...»

«Doch, das tut sie, liebste Sara!» Er unterbrach mich, was er früher nie getan hatte. «Du hast mir im letzten Herbst gesagt, ich müsste lernen, auf die Stimme meines Herzens zu hören. Ich bin von Natur aus langsam und besonnen, eine typische Jungfrau, wie du gestichelt hast. Ich brauche lange, um zu einem Entschluss zu kommen, aber hier bin ich nun, Sara, und will nur dir allein gehören.»

«Ich fahre morgen für zwei Wochen auf die Malediven», erwiderte ich konsterniert. «Ich habe dir nie versprochen, auf dich zu warten.»

«Hast du schon einen anderen?»

«Das geht dich nichts an.»

«Aber ich habe es Marita schon gesagt …»

«Sie zu verlassen ist das Vernünftigste, was du tun kannst, aber unsere Wege haben sich längst getrennt. Wir sind uns begegnet wie zwei Schiffe in der Nacht, doch das Schicksal hat uns voneinander fortgeführt. Deine Entscheidung kommt zu spät, Juhani. Leb wohl!»

Ich legte auf und ging nicht mehr ans Telefon, obwohl es wer weiß wie oft klingelte. Stattdessen verspürte ich den Drang zu malen. Ich schuf ein dunkles, stürmisches Meer, auf dem zwei Schiffe in entgegengesetzter Richtung aneinander vorbeiglitten. An Deck des einen schwenkte eine lächelnde Frau mit schwarzrotem Haar ein blutrotes Taschentuch, während an der Reling des anderen ein vertrockneter Mann in braunem Anzug trostlos weinte. Ich nannte das Bild «Schiffe in der Nacht». Vielleicht würde ich es Juhani schenken, zur Erinnerung an unsere kurze, aber schöne Freundschaft.

Am Abend vor der Abreise ging mir plötzlich auf, dass ich die ganze Zeit angenommen hatte, Kaitsu würde mich zum Flughafen bringen. Dabei konnte der arme Kaitsu doch nicht mehr fahren! Also musste ich ein völlig fremdes Taxi bestellen. Die Maschine ging schon um acht, und bei diesen ordinären Charterflügen musste man bereits zwei Stunden vorher am Flughafen sein. Vermutlich waren Leute, die auf die Malediven reisten, wenigstens zivilisierte Menschen und keine vulgären Massentouristen, die schon am frühen Morgen Bier trinken. Ich komme natürlich mit allen Menschen aus, aber mangelnde Sensibilität erfüllt mich immer wieder mit Entsetzen.

In der Nacht vor der Reise machte ich kein Auge zu, aus lauter Angst, weder das Klingeln des Weckers noch den Weckruf des Handys zu hören. Unter normalen Umständen hätte ich Sirkka gebeten, mich zu wecken, denn sie stand immer wer weiß wie früh auf, als wäre sie auf einem Bauernhof und müsste die Kühe melken. Doch diesmal musste ich ganz allein zurechtkommen. Um viertel vor fünf stand ich schließlich auf und begann mich zu schminken. Morgens kann ich nichts essen, aber ich trank ein Glas Orangen-Möhren-Saft. Das hält mich jung.

Es war fast unmöglich, ein Taxi zu bekommen, dabei war es ein ganz normaler Donnerstagmorgen. Ich war nahe daran, zu verzweifeln, als mir plötzlich die Lösung einfiel. Sollte Juhani mir ruhig seine Liebe beweisen. Er wohnte nicht weit weg, in Kumpula. Ich rief ihn auf dem Handy an.

«Juhani, Liebster, ich habe die ganze Nacht wach gelegen und muss unbedingt mit dir sprechen, bevor ich abreise. Wenn du mich abholst, können wir uns im Auto unterhalten.»

Er wirkte verwirrt, versprach aber, sofort zu kommen. Rasch überprüfte ich mein Make-up und kämpfte mich mit dem Koffer ab, der kaum zugehen wollte. Ich hatte natürlich Skizziermaterial und eine kleine Staffelei dabei, denn eine neue Umgebung wirkt oft inspirierend.

Nach einer Viertelstunde stand Juhani vor der Tür.

«Mach voran, sonst verpasse ich meinen Flug», sagte ich, als er an einer gelben Ampel anhalten wollte. «Liebling, versteh doch bitte, dass ich Zeit brauche. Die Reise verschafft mir eine Denkpause. Es hat mich sehr verletzt, dass du im Herbst deiner Frau den Vorzug gegeben hast.»

Juhani verstand mich. Am Flughafen war er sogar kühn genug, seinen Wagen auf dem Taxiparkplatz abzustellen, um mir den Koffer tragen zu können. Vor dem Check-in herrschte ein unglaublicher Andrang. Ich marschierte an der Schlange vorbei und erklärte, ich hätte solche Rückenschmerzen, dass ich keine Minute stehen könne. Das alte Ehepaar, das an der Reihe gewesen wäre, ließ mich bereitwillig vor.

An der Passkontrolle wurde ich Juhani endlich los. Ich nahm mir vor, keinen weiteren Gedanken an ihn zu verschwenden. Sollte er sein Leben gefälligst allein in Ordnung bringen, ich wollte jetzt …

… scheißen», sagte ich zu der munteren Pflegerin, die mich überreden wollte, mit dem Schwachkopf aus dem Nachbarzimmer Monopoly zu spielen. Monopoly! Aufs Klo kamen sie nicht mehr mit, seit ich gelernt hatte, mein Geschäft allein zu erledigen. Das Krafttraining mit den Fünf-Kilo-Hanteln machte sich bezahlt, nur mit der Technik hatte ich anfangs Probleme.

Es gab so viele Gründe, nicht weiterzuleben: dass ich vor dem Gegacker von Leuten wie Sara, meinem Vater oder der Beschäftigungstherapeutin nicht davonlaufen konnte. Dass die Menschen mich bemitleideten. Dass ich nie mehr ficken konnte. Dass ich zwei Menschenleben auf dem Gewissen hatte.

Die Ärzte und die Krankenschwestern versuchten zu behaupten, es bestünde noch Hoffnung, und zwangen mich, an der Rehatherapie teilzunehmen. Dabei wollte ich nur raus aus dieser verdammten Klinik, die voll von Behinderten war. Gesunde sah man nur auf dem Hof, wenn sie irgendwen besuchten. Am liebsten hätte ich mit brennenden Streichhölzern nach ihnen geschmissen.

Gestern kam eine dieser penetrant fröhlichen Pflegerinnen, um mich zur Heilgymnastik zu holen. Sie hatte hüpfende Brüste, die meinen Rücken streiften, als sie meinen Rollstuhl schob. Ich sagte, ich könne mich selbst in den Gymnastikraum rollen, aber sie schob mich einfach weiter. Natürlich nur, um mich zu quälen. Sie wusste genau, dass sich bei mir nichts regt, egal woran sie ihren Busen reibt.

Die Physiotherapeutin, ein vertrocknetes fünfzigjähriges Weib mit schmalen Lippen, machte sich an meinen kraftlosen Beinen zu schaffen und murmelte vor sich hin. Am liebsten hätte ich ihr die Faust ins Gesicht geschlagen. Während sie meine Schenkel knetete, stellte ich mir vor, wie sie rücklings zu Boden ging, wie ihre schmalen Lippen aufplatzten und anschwollen, wie sie einen Zahn verlor und nur noch nuscheln konnte …

Meine nackten Beine sah ich mir lieber gar nicht an. In den paar Monaten waren sie dünn und eigenartig geworden, die Haut hing in Falten über den Knochen wie bei einem alten Mann. Meine Arme waren allerdings kräftig wie immer, ebenso die Bauchmuskeln, die trainierte ich natürlich auch. Meinen Rücken konnte ich nicht sehen, weil die Lehne des Rollstuhls das Spiegelbild verdeckte.

Ich hörte, wie mein Schwanz bei der Massage rhythmisch hin und her schwang. Das nutzlose Ding hätten sie mir besser gleich abgeschnitten. Pinkeln konnte man sicher auch durch irgendein Loch, wie die Frauen.

«Und jetzt trainieren wir wieder die Beinmuskeln», kommandierte die Physiotherapeutin. «Heb dein linkes Bein. Konzentrier dich. Na also …»

Wahrscheinlich bewegte es sich ein bisschen, zwei oder drei Zentimeter, wie schon seit einem Monat. Nach so langer Zeit gab es keine Heilung mehr, das wussten alle. Trotzdem mussten sie mich demütigen und mich an jedem verdammten Tag daran erinnern, dass ich ein Krüppel war.

«Gut … Und nochmal. Versuch, es noch höher zu heben.»

Ich gab mir alle Mühe, aber das verfluchte Bein hob sich nicht. Ich war so wütend, dass ich mit der Faust darauf schlug. Die Faust tat mir weh, das Bein nicht.

«Aber nicht doch, Kaitsu», besänftigte die Therapeutin. Dabei sah ich ihr an den Augen an, dass sie mir am liebsten eine geknallt hätte. «Probieren wir es …»

«Nein, verdammt nochmal!» Ich packte die Griffe der Gymnastikliege und zog mich herunter, obwohl mir beim Aufprall ein beißender Schmerz durch Rücken und Schultern fuhr. Ich versuchte, das Weibsstück am Bein zu fassen, doch sie wich mir aus. Wutentbrannt wälzte ich mich über den Boden und warf mit allem um mich, was ich zu fassen bekam: Therapiebälle, Gymnastikstäbe, Gummibänder. Die Trutsche redete eine Weile auf mich ein, dann rief sie die Sanitäter.

Ich wusste, wie lächerlich das Randalieren war. Ein beinloser Kerl, der auf dem Boden herumrobbt wie eine Mischung aus Boa und Krokodil. Sie banden mich für die Nacht am Bett fest und pumpten mich mit Beruhigungsmitteln voll, bis ich einschlief. Scheiße, hätten sie mir doch aus Versehen eine Überdosis gespritzt! Was Besseres hätte mir nicht passieren können. Am nächsten Morgen kam die Oberschwester und fragte, ob ich mit dem Psychologen reden wolle. Nein, sagte ich.

Als sie mir wieder erlaubten, im Stuhl zu sitzen, nahm ich das Buch zur Hand. Mein Körper gehörte mir nicht mehr, weder im Hemd noch in der Hosentasche konnte ich etwas verstecken, wahrscheinlich nicht mal im Arschloch. Ich hatte lange überlegt, wohin ich die Pillen tun sollte. Im Laptop gab es kein passendes Fach. Ich hatte Lautsprecher haben wollen, aber man musste die Computerspiele hier ohne Ton spielen, um die anderen Patienten nicht zu stören. Wir waren zu dritt auf einem Zimmer, nur durch einen dünnen Plastikvorhang getrennt, der alle Geräusche durchließ. Einer von den beiden anderen furzte ständig, das ganze Zimmer stank.

Als ich endlich allein zur Toilette durfte, hatte ich jeden Winkel untersucht, aber kein Versteck gefunden. Da war ich auf die Idee gekommen, ein Buch auszuhöhlen. Ich nahm das dickste Hardcover, das ich fand, «American Psycho». Yazu nahm die Papierschnipsel mit, als er mich besuchte. Wenn ich sie in den Papierkorb geworfen hätte, wäre womöglich jemand misstrauisch geworden.

«Bring mir keinen Mist, sondern irgendein Zeug, das mich garantiert umbringt», hatte ich Yazu eingeschärft, als er mich zum ersten Mal in der Reha-Hölle besuchte. Wir hatten draußen gesessen und gepafft. Ich hatte wieder angefangen, regelmäßig zu rauchen. Ist doch scheißegal, ob ein beinloser Kerl Lungenkrebs kriegt oder nicht mehr so viel stemmen kann wie früher. Ich würde sowieso nicht abwarten, bis ich Krebs hatte.

Yazu hatte mich sofort verstanden.

«It's better to burn out than to fade away», hatte er gesagt, und ich hatte daran denken müssen, wie er durchgeknallt war, als Kurt Cobain sich erschossen hatte. Als Teenager war Yazu der totale Nirvana-Fan gewesen. Wenn eine Knarre in Reichweite gewesen wäre, hätte er sich damals garantiert eine Kugel in den Kopf gejagt. Roni und ich hatten ihn festhalten müssen, damit er sich nicht unter ein Auto warf.

Ich legte jetzt ab und zu Schlaftabletten und Beruhigungspillen beiseite, und Yazu brachte mir zusätzlich bei jedem Besuch etwas mit. Ich wollte sichergehen und genug beisammenhaben, bevor ich das Ganze durchzog. Dass Veikko sich weigerte, mir zu helfen, fand ich echt beschissen.

«Ich muss das Personal über deine Selbstmordpläne informieren», drohte er allen Ernstes.

«Quatsch! Auf Omas Beerdigung hast du selbst gesagt, Ranes Selbstmord wäre vernünftig und verständlich gewesen.»

«Das soll ich gesagt haben?»

«Na klar, verdammt nochmal! Versuch nicht, dich rauszureden.»

«Vielleicht habe ich es sogar ernst gemeint ... in Ranes Fall. Aber du bist kein Mörder und sitzt nicht im Gefängnis.»

«Als ob das hier kein Gefängnis wäre!»

Die Anklage wegen Fahrens unter dem Einfluss von Rauschmitteln und wegen Verkehrsgefährdung wurde Ende März erhoben. Der aufgeblasene Abgeordnete war als Zeuge geladen, der Lkw-Fahrer ebenfalls. Beide versicherten, ich hätte getan, was ich konnte, um dem entgegenkommenden Pkw auszuweichen. Der gegnerische Anwalt versuchte, auf den acht Kilometern herumzureiten, die ich zu viel auf dem Tacho gehabt hatte, wie man anhand der Bremsspuren festgestellt hatte. Der Rollstuhl brachte mir offenbar einen Mitleidsbonus ein, denn ich wurde nur zu sechs Tausendern Geldstrafe und drei Monaten Führerscheinentzug verurteilt. Als ich den letzten Teil hörte, lachte ich laut.

Zu allem Überfluss schickte Vater mir andauernd weinerliche Briefe: Er bete für mich und ich solle Gottes Gnade annehmen, dann würde ich meine Lage leichter ertragen. Wie hatte ich mir als Kind einen Vater gewünscht! Am liebsten so einen wie Kalmanlehto, der mit den Kindern Fußball und Tischhockey spielte und die Hurriganes mochte. Aber ich wäre auch mit einem zweitklassigen Exemplar zufrieden gewesen, meinetwegen mit einem wie Yazus Vater, der jeden Freitag und Samstag auf der Couch versackte, aber seinem Sohn im Suff einen Hunderter zusteckte, manchmal auch mehr. Das reichte für massenhaft Bier.

Und jetzt, wo ich keinen Vater mehr brauchte, hatte ich

diesen Jammerlappen am Hals. Zuerst wollte ich die Briefe ungeöffnet wegwerfen, aber dann las ich sie doch. Aus perverser Neugier. Mutsch versuchte mich auszuhorchen, was drinstand, aber ich ließ sie schmoren. Schließlich hatte sie mir jahrelang verschwiegen, dass der Alte Geld geschickt hatte und in Kontakt bleiben wollte.

Sie hatte vor, mich über Ostern nach Matinkylä zu holen, aber ich weigerte mich. In der Wohnung sind Türschwellen, und auf dem Klo gibt es keine Griffe zum Festhalten. Außerdem hatte ich keine Lust, da herumzusitzen und endlos in den asphaltierten Hof zu starren oder die Autos zu betrachten, die unten hin- und herfuhren wie alberne Streichholzschachteln. In Jykis Wohnung hatte ich mich wohlgefühlt, aber dort hatte ich ja nur kurz gewohnt. Die Orchideen waren alle eingegangen, erzählte Yazu. Er hatte mit Mutter und Veikko meine Sachen aus der Wohnung geholt. Für mich gab es kein anderes Zuhause mehr als das Rehazentrum. Über Ostern kamen Mutter und Katja mich fast jeden Tag besuchen. Katja hatte sich irgendwie verändert, sie lachte mehr als früher. Woher nahm sie das Recht zu lachen, wenn ich meine verdammten Beine nicht mehr bewegen konnte? Ihre Freunde hatten mir neue Platten geschickt. Ein paarmal hatte ich den CD-Player in meinem Zimmer absichtlich voll aufgedreht. Meine verkalkten Bettnachbarn wollten immer nur Blasmusik hören.

Irgendeine Sozialtherapeutin sprach mit mir darüber, was ich für Alternativen hatte – zu Mutsch ziehen oder in irgendein Pflegeheim für Behinderte. Sie sagte, ich soll mir überlegen, was ich will. Ich verriet ihr nicht, dass ich meine Entscheidung längst getroffen hatte.

Am Ostermontag kam Yazu abends vorbei und rollte mich nach draußen, um eine mit mir zu paffen. Der Mond stand am Himmel, er war zu drei Vierteln voll und bog sich wie ein halb geöffneter Frauenmund. Das Stäbchen schmeckte verdammt gut, ich bekam fast einen Schwips davon.

Yazu hatte mir Schmerz- und Beruhigungspillen mitgebracht und dazu ein paar Gramm Morphium, die ich ihm zurückgab, weil ich keine Spritze hatte. Die hätte ich nirgendwo verstecken können, außerdem ekelte es mich, mir den Stoff in die Adern zu jagen. Nach meinen Berechnungen hatte ich sowieso fast genug beisammen. Wenn ich in den nächsten Tagen noch ein paar Schlaftabletten abzwackte, konnte ich in dieser Woche den Abgang machen. Ich überlegte, ob ich es Yazu sagen sollte. Er hatte vielleicht nicht begriffen, dass ich es ernst meinte.

Es roch wie immer in den ersten Frühlingsnächten, wenn die Temperatur knapp unter null gesunken war. Ich erinnerte mich, wie es war, in unterschiedlichen Nächten zu fahren: in dunklen Herbstnächten, im winterlichen Schneeregen, in Sommernächten bei Sonnenaufgang. Das war es, was ich am meisten vermisste – die langen Fahrten, allein im Auto, mit voll aufgedrehter Stereoanlage. Ohne Beine war es damit vorbei, als Beifahrer erlebt man die Geschwindigkeit nicht auf die gleiche Weise. Sie verschafft einem nur Genuss, wenn man selbst aufs Gas tritt.

«It is just the beginning of the end», sagte Yazu plötzlich. Es dauerte eine Weile, bis ich das Him-Zitat erkannte. Offenbar hatte Yazu doch begriffen, dass es mir Ernst war. Es war leichter, das Gespräch in seinem Stil weiterzuführen, daher konterte ich mit einer anderen Him-Zeile:

«But already we're considering escape from this world.»

Ich sah nicht viel mehr von Yazu als die kleine gepiercte Nase und das wirre Haar. Seine Zigarette glühte heftig auf, dann drückte er sie aus.

«Wann?», fragte er, und ich wusste nicht, ob auch das ein Zitat war oder von ihm stammte.

«Bald.»

«Scheiße.» Er stand auf und ging zur Straße. Ich dachte schon, er würde sich verdrücken und es mir überlassen, wie ich zurück ins Haus kam, doch nach einigen Schritten machte er kehrt. Er war ein gutes Stück kleiner als ich und hatte trotz Krafttraining kaum Muskeln entwickelt. Nachdem er mich zum Aufzug geschoben und auf den Knopf gedrückt hatte, sah er mich lange an.

«Scheiße», sagte er wieder und wischte sich über die Nase. Dann ging er.

Ich wartete bis Freitag, weil sich herausgestellt hatte, dass der eine aus unserem Zimmer das Wochenende zu Hause verbringen würde und der andere eine Etage nach unten verlegt wurde. Bei dem, der nach unten umzog, handelte es sich um den Kerl mit den Verdauungsproblemen, und eine Weile freute ich mich über die Luftverbesserung. Dann ging mir auf, dass das für mich keine Rolle mehr spielte.

Mutsch hatte mich am Dienstagabend besucht und wollte erst am Samstag wiederkommen. Auch das war gut, denn am Dienstag hatte ich noch nicht gewusst, dass ich mich am Freitag davonmachen würde, und mich infolgedessen garantiert nicht auffällig benommen. Sie hätte sonst womöglich etwas geahnt.

Den Brief schrieb ich erst am letzten Abend, damit er nicht zu früh gefunden wurde. Als die Schwester mir in den Schlafanzug geholfen hatte, bereitete ich mich auf den Klobesuch vor. Ich nahm «American Psycho», ein Stück Papier und einen Stift mit. Wasser konnte ich aus dem Hahn trinken.

«Das Buch lassen wir lieber im Zimmer», sagte die Karbolmaus, als ich in Richtung Klo rollte. Sie war eine von den Neugierigsten, fasste mich dauernd an und mischte sich in alles ein. Vielleicht gab es ihr einen Kick, behinderte Männer zu betatschen.

«Was du machst, weiß ich nicht, aber ich nehm das Buch mit. Ich hab nämlich Durchfall. Wenn ich Hilfe brauche, drück ich auf die Klingel!»

Sie machte irgendwelche Einwände, aber ich hörte nicht hin. In diesem beschissenen Haus konnte man weder sein Zimmer noch die Klotür abschließen, eine Schikane, über die ich mich fürchterlich ärgerte. Auf dem Klo füllte ich zwei Pappbecher mit Wasser, schlug «American Psycho» auf und fing an, die Pillen zu schlucken. Es waren Dutzende. Ich versuchte gar nicht erst herauszufinden, wonach der Tod schmeckte. Als ich die ersten zwanzig heruntergewürgt hatte, nahm ich den Zettel und den Stift. Viel hatte ich nicht zu sagen, ich schrieb nur ein paar Worte.

«Liebe Mutter, Katja, Yazu und alle anderen, das ist die beste Lösung. Trauern lohnt sich nicht. Kaitsu.»

Mir war trotzdem zum Heulen. Ich schluckte die restlichen Tabletten, pinkelte und putzte mir die Zähne. Da ich nicht wusste, wie schnell die Dinger wirken würden, war ich ein bisschen nervös. Ich fuhr zurück ins Zimmer und hievte mich aufs Bett. Die Beine musste ich einzeln mit den Händen hochheben und unter die Decke schieben. Die Krankenschwestern schafften das schneller als ich, aber ich wollte nicht, dass mich jemand sah. Ich schob den Brief unter das Oberteil meines Schlafanzugs, dann würden sie ihn bei der Leichenwäsche finden. Nachdem ich die Leselampe ausgeknipst hatte, fiel mir ein, dass ich das Buch auf dem Klo vergessen hatte. Hoffentlich hatte ich es wenigstens zugeschlagen.

Während ich auf den Schlaf wartete, kamen mir wieder die Tränen. Ich hatte nicht die Kraft, sie abzuwischen, meine Arme waren zu schwer. Dann erreichte das Schweregefühl auch die Augen, es kamen keine Tränen mehr, und ich schlief ein.

Ich bekam keine Luft. In meinem Mund steckte ein Schlauch. Ich spürte den Geschmack von Erbrochenem, gallengelbe Bitterkeit, wie bei einem endlosen Kater. Das war nicht der Tod.

Das Zimmer war klein und hell, voller Leute, Schläuche und Geräte. Ich schloss die Augen. Scheiße, sie hatten mich gefunden! Eine Frauenstimme rief meinen Namen. Ich wollte nichts hören. Warum konnte man die Ohren nicht schließen? Sie rissen und zerrten an mir wie Folterknechte, mein Magen war abwechselnd eiskalt und brennend heiß.

«Er ist bei Bewusstsein», sagte eine Männerstimme. Jemand zog meine Augenlider hoch. Unwillkürlich stöhnte ich vor Schmerz, sosehr ich auch dagegen ankämpfte. Sie hatten mich erwischt.

Dann versuchten sie, mit mir zu reden. Doch zum Sprechen konnte mich keiner zwingen. Ich wurde in mein Zimmer zurückgebracht. Die Uhr und die Helligkeit vor dem Fenster sagten mir, dass der Morgen angebrochen war.

«Deine Schwester ist hier», sagte eine Krankenpflegerin. Dann ließen sie Katja auf mich los.

Nicht einmal seinem besten Freund kann man vertrauen. Yazu hatte in der Nacht eine SMS an Katja geschickt und ihr die Sache mit den Pillen im «American Psycho» verraten. Die verdammte Katja hatte zuerst bei Yazu und dann im Rehazentrum angerufen. Kurz nach eins hatte man mir den Magen ausgespült. Zwei Stunden später, und ich wäre in Sicherheit gewesen.

«Ich habe darum gebeten, Mutter vorläufig noch nicht zu informieren», sagte Katja, nachdem sie mich darüber aufgeklärt hatte, wieso ich erwischt worden war. «Sie hat gestern den fünfzigsten Geburtstag ihrer Kollegin gefeiert. Soll sie sich erst mal ausschlafen, sie hätte sowieso nichts tun können.»

Katja hatte die ganze Nacht gewacht, sie sah blass und erschöpft aus.

«Warum muss sie es überhaupt erfahren?»

«Sie ist deine nächste Angehörige, so steht es in den Unterlagen. Außerdem will sie dir helfen, genau wie ich.»

«Mir kann keiner helfen! Sobald ich kann, versuche ich es wieder. Aber beim nächsten Mal verlasse ich mich nicht auf einen gefühlsduseligen Idioten.»

«Würdest du an Selbstmord denken, wenn du bei dem Unfall nüchtern gewesen wärst?»

«An dem Unfall hatten die Typen schuld, nicht ich! Bildest du dir ein, ich hätte Gewissensbisse? Das kannst du vergessen!»

«Du solltest mal mit dem Therapeuten sprechen.»

«Warum? Ich bin doch nicht verrückt. Und was bringt das schon? Guck dir doch mal Sara an, der hat noch keine Therapie geholfen.»

«Mir aber. Ich habe gerade wieder bei meiner Therapeutin angefangen, weil ich es nicht allein schaffe. Glaubst du, das alles wäre einfach für mich, du und Eero Tiainen und Karri und ...»

Zum Glück fing sie nicht an zu heulen, obwohl die Haut um ihre Augen merkwürdig zuckte. Sie hatte kleine Fältchen, wie Mutter.

«Du verdammter Idiot, ich liebe dich doch», fuhr Katja mich an und drückte mir plötzlich einen Kuss auf die Wange. Dann verschwand sie glücklicherweise.

Die nächsten Tage waren voller Geschrei und Tränen. Ich brüllte nur Yazu an, aber Mutter, Veikko und die Krankenschwestern sorgten dafür, dass mich pausenlos jemand anschrie oder mir etwas vorheulte. Ich tat, als wäre ich gar nicht da. Mutter verlangte Hausverbot für Yazu und beruhigte sich kein bisschen, als ich sagte, ich wolle ihn sowieso nie mehr sehen. Zum Glück war wenigstens Sara nicht da. Sie war von den Malediven mit irgendeinem Franzosen direkt nach Jersey geflogen, und alle hofften, sie würde dort bleiben.

Der Therapeut kam zu mir, ein dicker, bärtiger Mann in Cordhose und gestreiftem Hemd. Er versuchte mich nach meiner Kindheit, meinem Vater und meinen Freundinnen auszufragen, aber ich sagte kein Wort. Meine Beine wurden wieder geknetet. Ich hatte einen neuen Physiotherapeuten bekommen, einen Mann, der zwar genauso mager und grobschlächtig war wie seine Vorgängerin, aber nicht ganz so streng. Wir motzten uns gegenseitig an. Ich glaube, er hielt mich für ein undankbares Arschloch, für das man besser keine öffentlichen Mittel verschwendet hätte. Ich war exakt seiner Meinung.

Das Klinikgericht hatte getagt und entschieden, dass ich vorläufig nicht allein auf die Toilette durfte. Wieder ging der Zirkus mit Katheter und Windeln los, den ich mehr als alles andere hasste. Begriffen sie nicht, dass sie mich damit erst recht zu einem neuen Versuch trieben?

Eine neue Schwester kam auf die Station, langbeinig und mager, aber mit so gigantischen Brüsten, dass ich auf Silikon tippte. Ihre blonde Haarfarbe war jedenfalls nicht echt. Sie sah aus wie die heißen Krankenschwestern in den Filmen, die wir uns als Teenager reingezogen hatten. Bestimmt wurde sie nur deshalb auf der Station für Querschnittgelähmte eingesetzt, weil die Patienten ihr nichts anhaben konnten. Anderswo hätte sie jeder Mann flachgelegt. Selbst ich kam auf dumme Gedanken.

Der Physiotherapeut schlenkerte weiter meine Beine und schimpfte wie immer.

«Du bist ein fauler Sack, deswegen machst du keine Fortschritte. Jetzt heb endlich das Bein! Guck mal, es bewegt sich definitiv mehr als gestern, mindestens einen Zentimeter.»

Ich glaubte ihm nicht. Die falsche Blonde kam herein, um meine Medikamente zu bringen und mir Blut abzuzapfen. Ich verstand nicht, warum mein Blut so oft untersucht wurde, vielleicht ging es um einen Drogentest, von dem man mir nichts gesagt hatte. Ich hatte Lust, die Tussi zu packen und an mich zu ziehen, den Kopf zwischen ihre Titten zu legen und zu fühlen, ob sie echt waren. Ich nahm ihren Geruch wahr, nach Seife, Schweiß und nach der Ananas zwischen ihren Beinen.

Dann spürte ich noch etwas. Mein Schwanz zuckte, ich fühlte, wie er sich aufrichtete und anschwoll. Wenn ihn die Tussi jetzt anfassen oder in den Mund nehmen würde, o Gott, er wurde immer größer, und plötzlich ging mir auf, dass …

… ich nicht mehr derselben Meinung war wie der Liedtext. Ich forderte Glück, ich wollte mich nicht länger mit Träumen begnügen.

«Der Sänger am Himmelstor» von Merikanto war das letzte Lied meiner Gesangsprüfung, ein stimmlich leichtes Stück zum Abschluss. Die Vorbereitung auf die Prüfung war nicht ganz glatt verlaufen. Ich hatte mich fest darauf verlassen, beim Studentenkonzert in der Woche davor das schlimmste Lampenfieber abbauen zu können, aber am Tag vor dem Konzert wachte ich mit Halsschmerzen und verstopfter Nase auf. Gemeinsam mit meiner Gesangslehrerin beschloss ich, auf das Konzert zu verzichten, um die Teilnahme an der Prüfung nicht zu gefährden. Meine Therapeutin war der Meinung, ich sollte die Prüfung nur verschieben, wenn es absolut unumgänglich wäre, denn ich hatte mich psychisch auf den dreiundzwanzigsten April eingestellt.

Auch am Prüfungstag fühlte ich mich noch nicht völlig gesund. Am Vorabend hatte ich eine Schlaftablette nehmen müssen, um die Panik zu dämpfen. Ich zwang mich, zu frühstücken, konnte aber keinen Bissen bei mir behalten. Die Geräusche der Außenwelt klangen unnatürlich laut: Eine Kohlmeise schrie, und die Schritte auf der Straße dröhnten mir in den Ohren. Nur meine eigene Stimme war klein und verschwommen.

Im Musikinstitut rannte ich dreimal zur Toilette, bevor ich an der Reihe war. Viivi hatte eine Vier plus bekommen, das würde ich nie schaffen. Die Prüfung war öffentlich, doch ich hatte niemanden dazu eingeladen. Im Publikum saßen allerdings einige Schüler des Instituts, unter ihnen auch Viivi, die mir aufmunternd zulächelte. Der Vorsitzende der Jury fragte, ob ich den obligatorischen Vaccai am Anfang oder zum Schluss singen wolle. «Am Anfang», sagte ich. Bei der Auslosung hatte ich Glück, ich bekam eine leichte Terzübung, die meine Gesamtnote allerdings kaum verbessern würde. Meine Stimme gehorchte mir noch immer nicht ganz, doch die Spannung löste sich allmählich.

Die antike Arie war zu schwer. Die Phrasierung ging mir daneben, weil ich häufiger Luft holen musste als vorgesehen. Danach war das schwierigste Stück der Prüfung an der Reihe, die Arie «Stride la vampa» aus dem Troubadour, bei der genau das passierte, was ich erwartet hatte: Die Koloraturen kamen nicht klar heraus, und ich traf nicht alle hohen Töne. Aber wenigstens war das Entsetzen in meiner Stimme echt.

Dann «Es ist vollbracht» aus Bachs Johannes-Passion. Das Klavier, das die Einleitung spielte, hatte nicht den weichen Klang der Viola da Gamba aus der Orchesterfassung, doch ich versuchte mir die zarten, streichelnden Töne hinzuzudenken. Ich dachte an Kaitsu, an den Tod, der die Hand nach ihm ausgestreckt hatte und dann doch nicht gekommen war. Plötzlich hatte ich meine Gefühle und meine Stimme unter Kontrolle. Ich wusste, wie die Arie klingen musste: zuerst klagend und dann wie strahlendes Licht. Bei dem Lied «Zueignung» von Richard Strauss erreichte ich auf einmal den Zustand, in den ich bisher nur einige Male gelangt war, wenn ich allein sang: Mein ganzer Körper klang, der Gesang kam tief aus meinem Innern und gleichzeitig von außerhalb. Das Merikanto-Lied, mit dem ich endete, war leicht. «Ich bin des toten Sängers Seele, komme von der Erde hienieden, nicht Glück, nur wundersame Sehnsucht war jemals mir beschieden. Geblendet sind meine Augen von meiner Träume Licht, lass sie mich wieder sehen, Glück verlang ich nicht.» Die Worte waren von Lauri Pohjanpää. Beim letzten langen E verstand ich, dass Pohjanpää sich gründlich geirrt hatte.

Ich ging auf den Flur, während sich die Jury beriet. Der Schweiß lief mir den Rücken herunter, und ich hatte Durst. Ich wusste, dass ich bei den ersten drei Stücken miserabel gewesen war, doch danach hatte ich gut gesungen. Auf dem Flur herrschte Hochbetrieb, denn die Geigen- und Klavierprüfungen waren ebenfalls im Gange. Nervöse Eltern standen in der Eingangshalle herum, wo ich mir Wasser holte. Irgendjemand grüßte mich, vielleicht hielt man mich für eine besorgte Mutter und nicht für eine Studentin. Es war mir gleichgültig.

Die Jury beriet sich lange, und ich wusste nicht, ob das ein gutes oder schlechtes Zeichen war. Meine Nervosität kehrte zurück, obwohl ich mir immer wieder sagte, dass die Note keine Rolle spielte. Ich wollte mich weder an der Sibelius-Akademie bewerben noch beim Opernchor in Savonlinna, es genügte, die Prüfung irgendwie zu bestehen. Ganz egal, wie es ausging, zur Belohnung wollte ich mir ein paar Flaschen Bier gönnen, vor allem, da mir am Morgen plötzlich aufgefallen war, dass ich seit längerem nichts getrunken hatte. Zwei Tage zuvor hatte unsere Band geprobt, aber wir waren danach alle zu erschöpft gewesen, um uns noch in eine Kneipe zu setzen. Die anderen hatten zum Glück Verständnis dafür gehabt, dass ich meine Stimme so kurz vor der Prüfung nicht strapazieren konnte. Dafür wollte ich bei der nächsten Probe umso wilder losröhren. Bei einigen Songs hatte ich außer Gitarre auch Keyboard gespielt, denn dafür hatte sich bisher noch niemand gefunden. Ich durfte im Studio proben, sooft ich wollte, auch für die Gesangsprüfung hatte ich dort geübt, obwohl die Akustik sich eher für elektrisch verstärkte Musik eignete.

Wir hatten unter anderem mein Gefängnislied gespielt, dazu das von dem Mädchen aus Matinkylä und Kodes neuen Song «Die himmlische Band», den ich zu gern Kaitsu vorgesungen hätte. «Geht noch nicht in die himmlische Band, so viele Songs, so viele Bühnen warten noch auf euch. Geht nicht zu Joey, Johnny Thunder und Andy in die himmlische Band.» Auf meine Frage, wer Andy sei, hatte Kode geantwortet, das wäre nur ein beliebiger Name.

Es ging mir in letzter Zeit zu gut. Deshalb hatte ich es für richtig gehalten, wieder mit der Therapie anzufangen. Es war überraschend leicht gegangen: Offenbar war die Geschichte meiner Bulimie im Computer der studentischen Poliklinik gespeichert, jedenfalls hatte ich sofort einen Termin bekommen. Eigentlich hatte ich ein schlechtes Gewissen, weil ich irgendeinem noch Verrückteren den Therapieplatz wegnahm, doch Viivi, der ich davon erzählte, meinte, ich sei labil genug.

«Du stehst es durch, egal, wie schlecht die Prüfung ausfällt», betete ich mir nun vor. Das Gleiche hatte ich mir bei der Magisterarbeit gesagt: Auch wenn ich keine hervorragende Note bekommen sollte, hatte ich die Arbeit immerhin zu Ende gebracht. Nun lag sie bei den Gutachtern. Ich war gespannt, ob sie noch in diesem Frühjahr angenommen wurde oder ob ich mein Diplom erst im Herbst bekam.

Bisher hatte ich mir vorgestellt, nur allein musizieren zu können. In meinen Phantasien gab es immer nur meine

Stimme und meine Gitarre. Wenn eine Band im Hintergrund spielte, war es lediglich eine anonyme Gruppe, die von Auftritt zu Auftritt und von einer Platte zur anderen wechselte. Ich konnte kaum fassen, dass ich jetzt gemeinsam mit anderen meine eigenen und fremde Songs spielte und dass es mir Spaß machte.

Riitta, meine Gesangslehrerin, holte mich herein, als die Jury fertig war.

«Vier minus», flüsterte sie und legte mir kurz eine Hand auf die Schulter. «Wenn du am Anfang nicht so nervös gewesen wärst ... Bei Bach war schon zu spüren, dass du weißt, was du singst, und das Strauss-Lied war einfach glänzend. Aber was war denn in der letzten Strophe von Merikanto los?»

Die Jury kritisierte die Punkte, bei denen ich Kritik erwartet hatte, und lobte überraschende Einzelheiten wie meine italienische Aussprache. Der zur Verstärkung hinzugezogene Gesangslehrer eines anderen Instituts empfahl mir die Alexander-Technik gegen die Nervosität, der zweite Gesangslehrer unserer eigenen Schule bemerkte, vor allem bei den tiefen Tönen sei meine Stimmbildung zeitweise eher für Unterhaltungsmusik geeignet. Der Gitarrenlehrer sagte gar nichts, sondern konzentrierte sich darauf, mir auf den Busen zu starren.

Riitta hätte gern ein Bier mit mir getrunken, aber sie hatte noch einen weiteren Prüfling. Wir verabredeten, nach meiner letzten Gesangsstunde essen zu gehen. Ob ich mich nach den Semesterferien wieder an der Musikschule blicken lassen würde, wusste ich noch nicht.

Auch Viivi konnte nicht mitkommen, weil ihre Tochter krank war. Ich überlegte, ob ich Kaitsu in die Kneipe mitnehmen oder lieber Pekka anrufen sollte. Beides war nicht ganz unproblematisch. Kaitsu war nicht mehr ganz so mürrisch, seit er die Hüften und Beine wieder ein wenig bewegen konnte. Die Ärzte hielten es sogar für wahrscheinlich, dass er eines Tages wieder gehen konnte, wenn auch vermutlich an Krücken. Ich wusste trotzdem nicht recht, ob er mit mir kommen würde, denn er hasste mitleidige Blicke.

Pekka war aus anderen Gründen ein Risiko, vor dem ich zurückschreckte. Also beschloss ich, am Ufer entlang nach Hause zu gehen. Der Weg war mir im Lauf des Winters vertraut geworden. Nur an wenigen Stellen lag noch Schnee, oder vielmehr eine von Hundehaufen und Sand gesprenkelte graue Masse. Das vom Eis befreite Wasser plätscherte, das trockene Laub vom letzten Herbst machte seine eigene, müde Raschelmusik. Hundegebell kam näher und entfernte sich wieder, die Tonskala reichte von hellem Kläffen bis zu tiefem Knurren. Belustigt dachte ich an Ulla. Veikko hatte eine ganz andere Stimme, wenn er von seinem Hund sprach.

Während ich weiterging, ließ ich alle möglichen Songs über das Erwachsenwerden an mir vorbeiziehen. In den meisten wurde Erwachsensein als etwas Erschreckendes, Lähmendes dargestellt, als das Ende aller Träume, als freudlose Zeit. War Kode immer noch derselben Meinung wie damals, als er das Lied «Nie einen Corolla» geschrieben hatte? Darin hieß es: «'nen blauen Corolla schaff ich mir nicht an, niemals, und Gin trink ich nie in Maßen aus dem Glas, ich werd nicht erwachsen, verknöchert und alt, ich bleibe ewig jung.» Ich nahm mir vor, ihn bei der nächsten Probe danach zu fragen. Hoffentlich glaubte er nicht, ich wollte ihn verarschen.

Wir alle sollten heutzutage ja ewig jung bleiben, das Singlespiel treiben, bis wir dreißig waren, und es wieder aufnehmen, sobald die Kinder aus dem Gröbsten heraus waren. Keiner lachte mehr über Vierzigjährige, die wie Teenager aussahen, im Gegenteil, man bewunderte sie. Dezentes Auftreten war das Schlimmste, was man sich vorstellen konnte. Der dreißigste Geburtstag war eine Tragödie, die man nur überlebte, indem man die erste Schönheitsoperation über sich ergehen ließ. Als ich in der fünften Klasse zum ersten Mal meine Tage bekam, war meine Mutter so alt gewesen wie ich jetzt. Ich hatte nie daran gezweifelt, dass sie damals schon erwachsen war.

Zu meiner neuen Therapeutin hatte ich gesagt, dass ich wahrscheinlich nicht darüber hinweggekommen wäre, wenn ich Yazus SMS zu spät gelesen hätte. Der Selbstmord meines kleinen Bruders hätte mich garantiert wieder in Depressionen und Selbstzerstörung getrieben. Immer noch wunderte ich mich, wie kühl und überlegt ich gehandelt hatte. Ich hatte die Nachricht gelesen, sofort im Rehazentrum angerufen und darauf bestanden, dass jemand nach Kaitsu sah. Als ich wenig später erfuhr, dass man ihm bereits den Magen auspumpte, war ich in den letzten Nachtbus eingestiegen und hingefahren. Die Therapeutin wollte wissen, warum ich Mutter nicht sofort benachrichtigt hatte. Ich sagte, ich hätte sie schonen wollen. Sie hatte bereits ihren Vater und ihren Bruder durch eine Gewalttat verloren, wie schwer hätte sie da der Tod ihres Sohnes getroffen.

Ich war wütend auf Kaitsu gewesen und gleichzeitig traurig über sein Schicksal. Ihm Moralpredigten zu halten war leicht, wenn man selbst laufen konnte. Hätte ich in seiner Situation anders gehandelt? Meinen Onkel Rane hatte ich früher verstanden und sogar bewundert. Jetzt war ich mir nicht mehr sicher. Ich hatte seinen letzten Brief immer wieder gelesen. Er enthielt keinen Hinweis auf Selbstmord, nur Klagen über die Routine des Gefängnisalltags und die endlosen Jahre, die vor ihm lagen. Vielleicht hatte er seine Tat nicht geplant, sondern sich in einem plötzlichen Anfall von Verzweiflung erhängt.

Mein Handy piepte. Pekka hatte mir eine SMS geschickt:

«Hallo, meine süße Altstimme, wie ist die Prüfung gelaufen?» Ich blieb an der Straßenecke stehen und tippte meine Antwort: «Ganz gut, aber jetzt hab ich Durst. Und du?» Allzu viele Schritte hatte ich noch nicht gemacht, als seine nächste Nachricht kam: «Auch durstig, komme gerade vom Training. Hol mich ab, dann gehen wir ins Pik 5.»

Die Sonne stand noch immer hoch, das Meer schimmerte blau und golden. Die Tage wurden bereits deutlich länger. Ich hatte meine neue Umgebung im Lauf des Winters lieb gewonnen, sogar das Gefängnis. Es wollte mir irgendetwas sagen, nur wusste ich nicht, was.

Ich brachte meine Noten nach Hause und ging weiter zu Pekkas Wohnung. Er kam gerade aus der Dusche, denn nach dem Training joggte er immer vom Fitness-Center nach Hause. Seine Haare glänzten feucht, sein Bizeps und seine Schultern wirkten kräftig. Ich gab mir Mühe, meine Verwirrung nicht zu zeigen. Es war schließlich nichts dabei, jemanden aus meiner Band mit nacktem Oberkörper zu sehen.

«Willst du mir nicht von deiner Prüfung erzählen?», rief Pekka aus dem Schlafzimmer, wo er sich fertig anzog.

«Da gibt es nicht viel zu erzählen. Am Anfang war ich furchtbar nervös und hab gepatzt, dann wurde ich ruhiger, und es ging etwas besser. Vier minus, also gerade noch befriedigend.»

«Ich hab bei der Klavierprüfung immer dreieinhalb gekriegt», lachte Pekka. «Wie in der Schule, da war ich auf drei minus abonniert.»

«Das ist doch befriedigend», grinste ich, obwohl ich wusste, dass ich das Wort besser vermieden hätte.

«Ich bin also ein befriedigender Mann?»

Ich gab ihm keine Antwort, sondern wandte mich ab und knöpfte den Mantel zu, damit Pekka nicht sah, dass ich rot geworden war. Ich würde es nicht ertragen, wenn er mir sagte, er wolle nur mein Kumpel sein. Ich wollte mehr.

Wir gingen in die Kneipe gegenüber und setzten uns mit unserem Bier an einen Tisch in der hintersten Ecke, wo man nicht damit rechnen musste, von Betrunkenen angerempelt zu werden.

«Gibt es Neuigkeiten von Kaitsu?», fragte Pekka wie jedes Mal, wenn wir uns sahen. In der vergangenen Woche hatte er Kaitsu sogar besucht, ohne mir vorher etwas davon zu sagen.

«Es ist nicht mehr hoffnungslos. Wahrscheinlich war es das nie, aber Kaitsu ist immer so verbohrt. Es kann ein oder zwei Jahre dauern, dann wird er wahrscheinlich wieder laufen können. Nur will er absolut nichts dafür tun. Irgendwie verstehe ich ihn sogar, er hat sich sein Schicksal schließlich nicht ausgesucht. Wahrscheinlich ist es auch sinnlos, dass er mit dem Therapeuten redet, er will seine Einstellung sowieso nicht ändern», machte ich meinem Herzen Luft. Es war so verdammt leicht, mit Pekka zu reden.

«Kann sein. Ich war übrigens gestern bei meinem Vater, wir haben auch über Kaitsu geredet. Mein Vater erinnert sich noch gut an deine Mutter, sie war damals jung und hübsch, sagt er. Er hat sich immer gewundert, wie eine so junge Frau es schafft, alleine zwei Kinder großzuziehen und dabei voll berufstätig zu sein. Wenn ich mich nicht sehr täusche, hat er damals versucht, sie zu verführen, aber sie hat sich nicht darauf eingelassen. Irgendwann habe ich erwähnt, dass dein Onkel sich im Gefängnis umgebracht hat, weil Kirsikka, Vaters neue Frau, damals gerade als Gefängnispsychologin angefangen hatte. Sie sagt, sie erinnert sich noch gut an Rane Liimatainen, weil es der erste Häftlingsselbstmord war, mit dem sie zu tun hatte. Mir durfte sie natürlich nicht mehr erzählen, aber du sollst sie anrufen, wenn du über die Sache reden willst.»

Pekka grinste schuldbewusst. «Ich hab aus deinem Gefängnissong und dem Bild deines Onkels in deiner Wohnung meine Schlüsse gezogen. Du hast bestimmt viel über ihn und seine Tat nachgedacht.»

«Hab ich.» Ich starrte in mein leeres Glas. Eigentlich wollte ich nichts mehr trinken, aber meine Hände brauchten etwas, woran sie sich festhalten konnten. Also stand ich auf und bot Pekka an, ihm auch ein Glas zu holen. Es war schön, dass wir im gleichen Tempo tranken, da fühlte ich mich nicht wie ein Schluckspecht.

Während ich an der Theke auf das Bier wartete, überlegte ich, ob ich Kirsikka Kalmanlehto anrufen sollte. Konnte sie mir etwas über Rane sagen, was ich noch nicht wusste? Plötzlich kamen mir Rane und sogar der Mord an meinem Opa nebensächlich vor, viel wichtiger war, dass Pekka verstand, wie sehr mich die Geschichte beschäftigt hatte.

Unsere Band entwickelte sich prächtig, und ich wollte sie nicht kaputt machen, aber ich hatte auch nicht vor, mich wegen Pekka aufzureiben. Die Situation kam mir nämlich allzu bekannt vor, weil ich sie mit Karri oft genug erlebt hatte: Wir hatten gemütlich zusammengesessen, einander zugehört, uns gut verstanden, über die gleichen Dinge gelacht, und trotzdem hatte eine Mauer zwischen uns gestanden, hinter der Karri sich versteckte. Mit Pekka wollte ich das nicht erleben. Ich hatte es satt, immer nur zu träumen.

«Beim letzten Lied in der Prüfung ist mir was Komisches passiert», begann ich, als ich wieder an unserem Tisch saß. «Kennst du den ‹Sänger an der Himmelspforte› von Merikanto?»

In klassischer Musik war Pekka nicht bewandert, deshalb sang ich ihm das Lied leise vor. Ich hatte dabei Angst, aber nur ein bisschen.

«Jahrelang habe ich gedacht, das ist ein schöner, romantischer Text über das Los des Sängers.»

«Ein glücklicher Mann schreibt keine guten Lieder», ergänzte Pekka.

«Aber in Wahrheit ist das doch erbärmlich! Immer nur träumen, während das Leben an einem vorbeigeht. Nie erwachsen werden und so weiter. Ich glaube, ich hab doch nicht das Zeug zur Rockmusikerin.»

Pekka schenkte mir sein Sonnenlächeln, groß, warm und verzehrend. Seine Haare waren inzwischen getrocknet und fielen ihm in die Stirn, die Brille hatte er zu Hause gelassen. Affengesicht, Kindergesicht, mein Lichtblick.

«Ach. Ich finde, du hast das Zeug zu allem, was du willst», sagte er. In seinen Augen lag eine Frage. Ich versuchte, sie mit meinem Blick zu beantworten, denn Worte gab es dafür nicht.

«Du willst also nicht länger herumsitzen und von Kode Salama träumen?», fragte er ernsthaft. Ich spürte, wie ich rot wurde.

«Natürlich nicht. Kode ist nett, aber ...»

«Aber?»

«Das war ein Teenagertraum. Jetzt ist die Wirklichkeit an der Reihe.»

Pekka berührte vorsichtig meine Haare, als hätte ich ihm mit meinen Worten die Erlaubnis dazu gegeben. Ich strich mit dem Finger über seine Lippen, zeichnete die Umrisse seines Lächelns nach.

«Gehen wir?» Pekka stand auf und zog mich mit sich. Als wir auf der Straße standen, nahm er mich in die Arme.

«Ich möchte dich küssen.»

«Ich auch», brachte ich heraus, dann legte Pekka die Hände um mein Gesicht und küsste mich. Seine Lippen waren warm.

Nach der klassischen Frage «Zu dir oder zu mir?» gingen wir zuerst in Pekkas Wohnung und dann in meine. Ich wollte meine Aussicht mit ihm teilen: das dunkelblaue Meer, die Hochhäuser jenseits der Bucht, in denen nach und nach die Lichter erloschen, die roten Augen der Sendemasten, die blassen Sterne. Wir liebten uns zaghaft und vorsichtig. Am nächsten Morgen ging es schon besser, obwohl das Tageslicht jedes überflüssige Polster an meinem Körper enthüllte. Aber wenn man mit einem anderen Menschen zusammen sein wollte, musste man es wagen, auch seine Schwachstellen zu zeigen.

Ich hatte immer geglaubt, nur unglückliche Menschen seien interessant, hatte mich zur tragischen Heldin stilisiert, abends geweint, um Karris Aufmerksamkeit zu gewinnen, und auf Partys finster dreingeschaut, um nicht oberflächlich zu erscheinen. Seit langem suchte ich nach dem eigentlichen Grund für mein Unglück und glaubte, in dem Moment frei zu sein, in dem ich ihn fand. Aber vielleicht lag die Ursache meines Unglücks genau darin, dass es so einen Grund gar nicht gab, dachte ich, während Pekka meine Haare streichelte, als wolle er nie wieder etwas anderes tun.

Einige Tage später rief ich Kirsikka Kalmanlehto an. Ich wollte das Thema Rane abhaken, bevor ich sie privat kennenlernte. Kirsikka, die mittlerweile als Oberinspektorin in der Abteilung für Gefangenenwesen des Innenministeriums arbeitete, schlug zu meiner Überraschung vor, noch am selben Nachmittag gemeinsam Kaffee zu trinken. Was in aller Welt mochte so wichtig sein, dass sie mich persönlich treffen wollte?

Meine alten Ängste regten sich wieder: Rane war doch nicht Großvaters Mörder, und Kirsikka Kalmanlehto kannte den wahren Täter. Pekka war zu Tonaufnahmen in Turku und hatte das Handy abgestellt, sodass ich mein Entsetzen mit niemandem teilen konnte. Auch meine Therapeutin war erst am nächsten Tag zu erreichen.

Da ich nichts anderes zu tun hatte, las ich Ranes Briefe noch einmal durch. Ich dachte an Pielavesi, an das weiche Gras vor dem Haus meiner Großeltern, an den verwaisten Kuhstall und an die Stille, vor der ich als Kind Angst gehabt hatte, weil Opas Gebrüll sie jederzeit zerreißen konnte. Was hatte Rane an jenem Abend gehört, als sein Vater starb?

«Frühstück, Arbeit, Mittagessen, Hofgang, Arbeit, Abendessen, Fernsehen. All das wiederholt sich unaufhörlich, von Jahr zu Jahr, während andere in meinem Alter Bier trinken, den Mädchen nachstellen, ein neues Auto kaufen. Dabei begreifen sie nicht einmal, wie glücklich sie sind, sondern träumen von mehr.»

Als ich Ranes Bild betrachtete, sah ich in seinem Gesicht wieder Kaitsus Züge. Ich versteckte die Briefe und das Bild unter dem Bett und machte mich auf den Weg zu Kirsikka Kalmanlehto. Die Straßenbahn kam viel zu schnell voran. Hatte ich jemals einen Krimi gelesen, in dem der Privatdetektiv die Wahrheit nicht herausfinden will?

Im Café herrschte fröhliches Stimmengewirr, das die stampfende Musik nicht zu übertönen vermochte. Eine etwa fünfzigjährige, dunkelhaarige Frau an einem Fenstertisch winkte mir zu. Ich hatte keine Ahnung, woran sie mich erkannte. Sie war ziemlich klein und zierlich und trug einen kirschroten Lippenstift. Ihre Stimme war dunkel und ruhig, ich konnte mir nicht vorstellen, dass sie jemals laut wurde.

«Ich freue mich, Pekkas Freundin kennenzulernen», sagte Kirsikka. Ich zuckte zusammen. Pekka und ich hatten drei Abende und drei Nächte miteinander verbracht, und ich war eigentlich noch nicht so weit, unser Verhältnis genauer zu definieren. Ich bestellte einen Café au Lait und überließ es Kirsikka, das Gespräch in Gang zu bringen.

«Pekka bewundert dich offenbar schon seit langem, er sagt, er erinnert sich gut an eure gemeinsame Kindheit. Eure Familie muss ihm und seinen Eltern viel bedeutet haben. Wir haben auch eine Menge Fotos von euch.»

«Wirklich?»

«Du wirst es sehen, wenn du uns mal in Tapiola besuchst. Kommt doch am nächsten Samstag zum Essen.»

Ich sagte unverbindlich zu. Kirsikka erzählte mir von einer Studie, an der sie gerade arbeitete. Es ging darin um die Selbstmorde in finnischen Haftanstalten in den Jahren 1975 bis 2000.

«Dein Onkel Rane ist natürlich einer dieser Fälle. Erinnerst du dich noch an ihn?»

«Ich kann nicht mehr auseinanderhalten, was meine eigenen Erinnerungen sind, was andere mir erzählt haben und was reine Erfindung ist.»

Sie lächelte, doch es war ein freundschaftliches Lächeln, nicht die professionelle Reaktion einer Therapeutin.

«Ich selbst bin ihm nur ein einziges Mal begegnet. Damals war ich frischgebackene Psychologin und bildete mir ein, im Gefängnis könnte ich Kriminelle heilen und so die Welt verbessern. Rane hatte sich ein paar Monate vor seinem Selbstmord Schnittwunden zugefügt, darum besuchte ich ihn auf der Krankenstube.»

«Schnittwunden?» Davon hatte ich nie etwas gehört, in keinem der Briefe war davon die Rede gewesen.

«Ja. Er hat versucht, sich die Pulsadern aufzuschneiden, aber mit einem stumpfen Messer ist das gar nicht so leicht. Er weigerte sich, mit mir zu sprechen, schickte mich weg. Und gegen seinen Willen kann man niemandem helfen. Damals hat er kaum noch etwas gegessen, er war so dürr und ausgetrocknet …»

«Und dann hat er sich aufgehängt …»

«Ein typisches Beispiel für einen sinnlosen Tod. Einige Männer hatten heimlich Hausbier gebraut, und Rane hatte mit ihnen getrunken. Sie wurden erwischt, man drohte ihnen mit der Isolierzelle. Im Morgengrauen, als der Rausch allmählich nachließ, hat Rane sich dann mit zusammengeknoteten Laken am Haken der Deckenlampe erhängt. Er wog kaum noch fünfzig Kilo, daher hielt der Haken überhaupt.»

Ich starrte auf den Milchschaum in meiner Tasse, doch auf dem Schaum zeichnete sich das Bild eines kleinen, leichten Mannes ab, der in der Luft hing.

«Als du mit ihm gesprochen hast ... was hat er da gesagt? Hat er seine Unschuld beteuert?»

«Nein. Ich weiß, dass er den Mord an seinem Vater nie zugegeben hat, aber das ist nicht ungewöhnlich. Jeder streitet gelegentlich seine Taten ab, ob es sich nun um gewichtige Dinge handelt oder um Bagatellen. Ich selbst bin auch nie unpünktlich, weil ich zu spät losgehe, sondern nur weil der Bus Verspätung hat. Rane war offensichtlich einer von denen, deren Persönlichkeit sich unter Alkoholeinfluss verändert. Zweifelst du an seiner Schuld?»

«Ich weiß nicht ...», begann ich, denn ich hatte das Gefühl, vor einer Tür zu stehen, die ich nicht öffnen wollte. Ein weißes Nachthemd mit blutigem Saum, meine bloßen Füße und das Messer. Ein greller Schrei, hastige Schritte. War das, was ich vor mir sah, Erfindung oder echte Erinnerung? Hatte ich das zerbrechliche Glück der letzten drei Nächte gestohlen, würde ich jetzt die Wahrheit erfahren? Ich zwang mich, die Tür zu öffnen, doch sie war so schwer, dass ich meine ganze Kraft aufbieten musste, und dennoch ...

… konnte ich mich mit der Situation nicht abfinden. Kaitsu blieb vielleicht für den Rest seines Lebens gelähmt, keine Frau würde ihn nehmen, ich hätte ihn wieder wie ein kleines Kind am Hals. Und dann würde sich für mich kein Mann mehr interessieren, denn wer will schon eine Frau, die mit ihrem behinderten Sohn zusammenlebt?

Ich wusste, dass ich solche Gedanken nicht haben durfte. Kaitsu war immerhin mein Kind. Natürlich würde ich ihn zu mir nehmen, wenn er es wollte. Ich fürchte, er sah mir die Erleichterung an, als er sagte, er stehe auf der Warteliste für ein Behindertenheim, in dem er eine separate Wohnung beziehen könne.

Er konnte das linke Bein schon etwas besser bewegen, war aber nach zehn Metern Gehen so erschöpft, dass er sich hinsetzen musste. Ich erinnerte mich, wie wütend er als Kind oft gewesen war, weil er unbedingt vorwärts wollte, aber zuerst mit dem Krabbeln und dann mit dem Laufen Schwierigkeiten hatte. Als ich ihm das Radfahren beibrachte, waren wir beide mit den Nerven am Ende. Damals hatte ich mir gewünscht, der Junge hätte einen Vater, der diese Aufgabe übernahm, wie es Väter eben tun. Zum Schwimmenlernen habe ich ihn dann in einen Kurs gesteckt.

Meine Mutter hat nie über Ranes Tod gesprochen und nie gesagt, dass sie ihn vermisste, aber ich glaube, Rane war manchmal wirklicher für sie als wir Lebenden. Nach seinem Tod begann ihre Auszehrung. Klein und zierlich war sie immer gewesen, aber nachdem Rane Selbstmord begangen hatte, war sie eingeschrumpft wie eine alte Frau, obwohl sie damals noch keine fünfzig war. Eine vor der Zeit gealterte Frau. Als ich jetzt in den Spiegel schaute, sah ich Mutters Gesicht in meinem eigenen, obwohl ich noch nicht wie eine Oma wirkte: nur wenige Falten, die eigenen Zähne im Mund, Wangen und Kinn hingen noch nicht herunter. Wie würde mein Gesicht aussehen, wenn ich mein eigenes Kind hätte begraben müssen? Ich sah Mutter vor mir, wie sie auf dem Sterbebett lag. Ihr Gesicht war uralt, es spielte keine Rolle, ob sie einundsiebzig oder hundert war. Ihre unendliche Müdigkeit hatte mit dem Alter nichts zu tun.

Kurz nach Kaitsus Unfall kam in «Verheimlichtes Leben» die Folge, in der Miia stirbt. Ich konnte sie nicht live sehen, weil ich im Krankenhaus war, aber ich nahm sie auf, wie alle Episoden, die ich verpasste. Ich hatte mir die Folge mindestens zehnmal angesehen, denn wenn ich Ismos Trauer um seine Tochter verfolgte, konnte ich meinen eigenen Kummer leichter ertragen. Manchmal weinte ich sogar mit ihm. Ich wusste, dass der Schauspieler im richtigen Leben selbst Kinder hatte, er konnte sich also in die Situation einfühlen. Der Gedanke, dass jemand so empfand wie ich, war eine Art Medizin. Ich suchte dieses Gefühl in Büchern und Fernsehsendungen, weil ich es nicht ertrug, mit meinen Empfindungen ganz allein zu sein. Alle meine Angehörigen, selbst meine eigenen Kinder, waren anders als ich.

Dann starb Prinzessin Margaret und kurz darauf die Königinmutter. Ich beweinte beide so sehr, dass ich mich fast genierte. Wie wurde Königin Elizabeth mit alldem fertig? Ich fühlte mich ihr nahe, denn wir hatten etwas gemeinsam. Weder ihre noch meine Kinder waren glücklich, obwohl Katja momentan ihr Leben besser im Griff zu haben schien als seit langem.

Am Vortag des Ersten Mai fuhr ich nach der Arbeit geradewegs nach Hause und freute mich aufs Nichtstun. Der Bus war voller betrunkener Jugendlicher, von denen mir einer im Vorbeigehen Cider auf den Mantel kleckerte. Zu Hause rieb ich lange an dem Fleck herum. Katja wollte mit dem jungen Kalmanlehto in den Mai feiern. Ich hatte mir große Mühe gegeben, die Annäherungsversuche zu vergessen, die Arto, sein Vater, damals gemacht hatte. Hoffentlich war der Sohn anders. Wenn sich zwischen Katja und dem jungen Kalmanlehto etwas anbahnte, würde ich zwangsläufig irgendwann auch wieder mit Arto und seiner jetzigen Frau zusammentreffen.

Ich hatte gerade die neueste Folge von «Verheimlichtes Leben» gesehen und wollte mir den Schlafanzug anziehen, als das Telefon klingelte. Es war Eero, der sich nach Kaitsu erkundigte. Niemand hatte daran gedacht, ihn über den Selbstmordversuch zu informieren, und auch ich hielt es nicht für nötig. Sollte der Junge sich selbst mit seinem Vater in Verbindung setzen, wenn er wollte. Nachdem Eero mich verlassen hatte, hatte ich mir immer wieder ausgemalt, wie ich ihm eines Tages triumphierend gegenübertreten und ihm zeigen würde, dass auch ich ihn nicht mehr liebte. Aber als es dann so weit war, verspürte ich keine Erleichterung, nur Gleichgültigkeit.

Ich versuchte zu begreifen, dass am anderen Ende der Leitung tatsächlich der Junge war, den ich im Frühjahr 71, vor mehr als dreißig Jahren, auf einem Ausflugsdampfer kennengelernt hatte. Das Mädchen von damals war ich nicht mehr, und auch Eero war ein anderer geworden. Im Hintergrund hörte man schwedischsprachiges Stimmengewirr und Gläserklirren, und Eero sprach so undeutlich wie damals, wenn er betrunken nach Hause kam. Als er schließlich anfing, von vergangenen Zeiten zu sprechen, legte ich auf.

Die Menschen in den Büchern und im Fernsehen wurde man durch Umblättern oder einen Knopfdruck los. Am liebsten hätte ich auch mein Leben vorgespult bis zu der Stelle, wo Kaitsu wieder laufen konnte und alles im Lot war. Obwohl ich mich freute, dass Kaitsu mit seinen Freunden in den Mai feierte, wie es junge Männer eben tun, machte ich mir doch Sorgen, denn Yazu und die anderen wussten, wie man an Tabletten kam. Anfangs war ich erleichtert gewesen, weil Kaitsu geschworen hatte, er wolle den Verräter Yazu nie wieder sehen. Bald hatte er es sich jedoch anders überlegt, und nun holte ausgerechnet Yazu ihn zu einer Party ab. Kaitsu lernte ungern neue Menschen kennen, das hatte er von mir geerbt. Alten Freunden brauchte man nichts zu erklären. Mir waren allerdings nicht einmal die alten Freunde geblieben.

Der Tag, an dem ich begriffen hatte, dass Eero nicht zurückkommen würde, war mir in allen Einzelheiten im Gedächtnis geblieben. Der Schlagzeuger seiner Band rief mich damals an und berichtete, Eero sei in Göteborg geblieben und habe gesagt, sie sollten sich einen neuen Gitarristen suchen. Es war November, alles war mit Raureif überzogen, und die Autos auf dem Parkplatz hatten vereiste Fenster. Katja hatte in der Hektik am Morgen ihren Joghurt verschüttet, einige Tropfen waren bis ans Fenster gespritzt. Nach der Arbeit fing ich erst an, die getrockneten Spritzer abzuwaschen. Der Erdbeergeruch stach mir dabei in die Nase. Katja und Kaitsu guckten eine Kindersendung in unserem alten Schwarzweißgerät. Eero hatte uns zur Olympiade im Sommer einen Farbfernseher versprochen, dann aber doch kein Geld gehabt. Also hatte Lasse Viren seine beiden Goldmedaillen grau in grau gewonnen.

«Aber Eero kann doch gar kein Schwedisch», war alles gewesen, was ich herausbrachte. Nach dem Anruf hatte ich weiter Joghurt vom Fenster geschrubbt und dabei beobachtet, wie Herr Issakainen seinen orangeroten Saab aus der Parklücke manövrierte. Den Kindern hatte ich nichts gesagt. Erst zwei Wochen später, als Katja nach der Gutenachtgeschichte plötzlich quengelte, wann der Papa zurückkäme, war ich wütend geworden und hatte gebrüllt:

«Der kommt nicht mehr zurück, der ist in Schweden geblieben! Ihr dürft nie wieder von ihm sprechen!»

Kaitsu hatte einen Flunsch gezogen, und Katja hatte die Hand vors Gesicht gelegt, als hätte sie Angst, ich würde sie wieder schlagen. Erst als ich aus dem Zimmer gehen wollte, hatten die beiden angefangen zu weinen. Da hatte ich sie gestreichelt und getröstet, mir den Rücken verrenkt, um an das obere und das untere Bett gleichzeitig zu reichen. Ich hatte ihnen versichert, Mutter würde sie nie verlassen, und ohne Vater würde es uns bessergehen. Ich wusste, dass ich recht hatte.

Als Katja in die Pubertät kam, war ich froh, dass sie von den Jungen Abstand hielt. Wenigstens würde es ihr nicht so ergehen wie mir. Dieser Karri, mit dem sie später befreundet war, hatte einen netten und anständigen Eindruck gemacht. Im Bett hatte ich mir die beiden nie vorgestellt.

Doch ich wollte nicht an echte Menschen denken, lieber versenkte ich mich in die Welt des Buches, das ich gerade gekauft hatte. Sie war düster und miefig, diese Welt, aber sie lag in Amerika, weit weg von Matinkylä mit seinem zaghaften Frühling. Offenbar schlief ich darüber ein, denn als das Telefon klingelte, träumte ich gerade von Kühen und Walderdbeeren. Die Stimme, die mir ans Ohr drang, hatte ich seit Wochen nicht mehr gehört. Es war die von Sara.

«Kann ich zu dir kommen?»

«Bist du in Finnland?»

«Sonst würde ich doch nicht fragen! Albert kennt meine Adresse, ich hab Angst, dass er mir nachreist, und für ein Hotel hab ich kein Geld ...»

«Komm ruhig her, ich hab weiter nichts vor», antwortete ich und legte Bettwäsche auf das Sofa. Ich hatte längst auf das Ende von Saras Frankreich-Abenteuer gewartet. Gestern erst hatte Veikko am Telefon prophezeit, Sara würde höchstens noch eine Woche durchhalten. Ich hatte mich beinahe nach ihr gesehnt.

Meine Schwester kam mit blonden Locken an, Kontaktlinsen färbten ihre Augen hellblau. Ihr Parfüm roch nach Moschus und war so schwer, dass ich sicher bald Kopfschmerzen bekommen würde. Nachdem ich hinuntergelaufen war und das Taxi bezahlt hatte, goss ich uns Tee ein. Sara fragte, ob ich nichts Stärkeres hätte. Also holte ich die Kognakflasche hervor, die seit Weihnachten angebrochen im Schrank gestanden hatte.

«Dieser Albert war eine Bestie, ein Monster!», begann Sara. «Ich hätte exklusiv für ihn da sein sollen. Als ich wieder malen wollte, sagte er, ich dürfe nur ihn malen. Und ein Schloss hatte er auch nicht, sondern ein heruntergekommenes altes Herrenhaus am Stadtrand von Lyon! Am liebsten hätte ich die Bruchbude zum Abschied angezündet!»

Wie oft hatte Sara bei mir gesessen und mir von einem Mann erzählt? Schon in der Schulzeit war sie ständig in irgendwen verliebt gewesen, der zuerst ihr Traumprinz war und sich dann in ein Monster oder Schwein verwandelte. Sara konnte man nicht abschalten, aber ihre Worte waren mir vertraut. Ich wusste, was sie als Nächstes sagen würde, brauchte also gar nicht zuzuhören. Natürlich hatte sie Mutters Erbteil restlos verbraucht, und vorläufig würde sie kein Arbeitslosengeld bekommen, weil sie sich nicht auf dem Arbeitsamt gemeldet hatte. Gleich am nächsten Werktag musste sie zum Sozialamt gehen. Ich versprach, ihr für die Feiertage Geld zu leihen.

«Warum habt ihr mir nichts davon erzählt!», rief sie, nachdem sie endlich so weit gekommen war, sich nach Kaitsus Befinden zu erkundigen. Ich log ihr vor, wir hätten ihr den Urlaub nicht verderben wollen.

«Ich wäre nie darüber hinweggekommen, wenn Kaitsu sich umgebracht hätte», erklärte sie mit Tränen in den Augen. «Wann ist es denn passiert? Am fünften April? Jetzt erinnere ich mich! Damals hat sich alles zum Schlechten gewendet, und die Zahlen haben mir gesagt, dass gerade etwas Schlimmes geschah. Der arme Kaitsu! Ich muss sofort neue Nummern für ihn legen.»

«Sara, erinnerst du dich an die Nacht, als Vater starb?»

«Natürlich!»

«Erinnerst du dich, was Katja damals im Erdgeschoss gemacht hat? Und wer die Fingerabdrücke vom Hammer gewischt hat?»

Sie riss die Augen weit auf. Die blaue Farbe war unnatürlich, Sara wirkte wie ein schlecht retuschiertes Foto ihrer selbst.

«Natürlich erinnere ich mich. Was hat das mit Kaitsu zu tun?»

«Ich hatte dich gebeten, die Tür zu schließen, bevor du nach unten gehst. Katja ist uns nachgelaufen und hat alles gesehen. Du hast immer wieder behauptet, dich nicht zu erinnern, weil du völlig durcheinander warst.»

Sie schwieg, was selten genug vorkam. Ich hätte sie gern gebeten, zu gehen, wusste aber, dass ich es nicht tun würde. Sie hatte außer mir niemanden, bei dem sie Unterschlupf fand, und ich hatte keinen, den ich bemuttern konnte. Sara nahm mein Zuhören, mein Geld und meine glattgemangelten Laken gerne an.

«Ich weiß nicht, wovon du redest», sagte sie schließlich. «Und jetzt gehe ich schlafen. Ich habe eine anstrengende Reise hinter mir, die letzten Wochen waren die Hölle und du … Du fängst plötzlich von diesen alten Geschichten an, die überhaupt keine Bedeutung mehr haben. Kann ich mich ins Schlafzimmer legen? Du stehst ja sowieso früher auf.»

«Auf dem Sofa sind saubere Laken, das Bett habe ich nicht frisch bezogen.»

«Stört mich nicht.»

«Du reitest doch immer darauf herum, dass du acht Jahre jünger bist als ich. Also kannst du auch auf dem Sofa schlafen, ich will das nicht mehr tun. Mir tut der Rücken weh vom vielen Stehen.»

Sara schnaubte wütend, zog sich dann aber aus und legte ihre Sachen auf den Sessel. Sie ging ins Bad und verbrachte mindestens eine halbe Stunde unter der Dusche. Ich versuchte weiterzulesen, konnte mich aber nicht konzentrieren. Saras Parfüm drang bis ins Schlafzimmer.

Wäre Katjas Leben anders verlaufen, wenn Sara ihr Versprechen gehalten und die Tür zugemacht hätte? In jener Nacht vor fast fünfundzwanzig Jahren hatte mich der Lärm aus dem Erdgeschoss geweckt. Sara lag nicht auf ihrer Matratze, aber als ich aufstand, um die Tür zu schließen, kam sie die Treppe heraufgerannt. Vom Saum ihres weißen Nachthemds tropfte Blut.

«Vatis Kopf … Großes Loch», stammelte sie wie ein kleines Kind, das noch nicht richtig sprechen kann.

«Ich geh nachsehen, bleib du hier bei den Kindern», sagte ich, denn Katja hatte die Augen aufgeschlagen und wälzte sich unruhig auf ihrem Feldbett. «Mach die Tür hinter mir zu, ich komm gleich zurück!»

Aber Sara hatte die Tür nicht zugemacht, und Katja war mir nachgelaufen und hatte alles gesehen: Vater, der auf dem Boden lag, Rane und Veikko, der versuchte zu retten, was zu retten war.

Da es ihm nicht gelang, hatten wir schließlich die Polizei anrufen müssen.

Ich hasste die Frau, die auf meinem Sofa lag. Mit diesem Hass schlief ich ein, und am nächsten Morgen war alles wie an Dutzenden anderer Tage. Ich klapperte in der Küche absichtlich laut mit dem Geschirr, weil Sara mich in der Nacht wach gehalten hatte. Ich knallte den Klodeckel zu und ließ den Duschkopf dumpf gegen den Wannenrand schlagen. Doch Sara rührte sich nicht. Morgens hatte sie einen besonders tiefen Schlaf.

Ich ging in die Küche, um zu lesen. Vor dem Haus liefen Leute mit Studentenmützen herum, die Kinder hatten große, glänzende Luftballons. Ich bekam plötzlich Appetit auf Maikringel und Mai-Met, vielleicht gab es sie am Kiosk zu kaufen. Sara atmete schnaufend und rasselnd, ein unfreundlicher Mensch hätte behauptet, sie schnarchte. Plötzlich wusste ich mit absoluter Sicherheit, dass alles wieder so werden würde wie früher. Kaitsu würde gehen lernen und wieder zu Hause einziehen, Sara würde wieder etwas Neues finden, das für die nächsten sechs Monate das einzig Wahre und Richtige für sie war, und Katja würde mit dem jungen Kalmanlehto glücklich werden. Ich saß im Sonnenschein und schloss die Augen. Alles ist in Ordnung, dachte ich. Vielleicht bekomme ich doch Enkelkinder, vielleicht reißt die Kette nicht ab. Eines Tages führe ich sie dann an das Grab meiner Eltern und erzähle ihnen, dass die Liimatainens …

… sich vor nichts fürchten als vor zu großer Nähe. Zum Glück sind die meisten Menschen es ohnehin nicht wert, dass man ihre Nähe sucht.

Aber dann legt sich Veikko Liimatainen einen Hundewelpen zu. Er hat plötzlich Angst, wenn ein Wagen an seinem Haus vorbeifährt: Hoffentlich kommt die verflixte Töle nicht unter die Räder. Er liest in der Zeitung, dass in der Gegend ein Bär gesichtet wurde, und freut sich, bis ihm einfällt, dass er den Hund nicht mehr frei herumlaufen lassen darf, denn einem Bären wäre er nicht gewachsen. Dann bekommt der Hund eine Erkältung, man muss ihn zum Tierarzt bringen und darauf achten, dass keine Komplikationen auftreten.

Sirkka hätte für meine Hundesorgen nur ein höhnisches Lachen übrig. Ich gebe zu, dass es wesentlich aufreibender ist, ein Kind großzuziehen, aber ich hatte bisher niemanden, um den ich mich kümmern musste.

Und die Menschen sind unberechenbar. Man sollte sich nicht einbilden, auch nur halbwegs dieselbe Sprache zu sprechen, denn die Verständigung kann jederzeit abbrechen. Wenn ich schreibe und jemand meinen Text liest, höre ich die falschen Interpretationen des Lesers nicht. Im direkten Gespräch ist alles anders.

Nehmen wir zum Beispiel Auli Hatakka, an sich eine wirklich nette Frau. Sie ist doch keine Expolizistin, wie ich befürchtet hatte, sondern hat im Ortspolizeibezirk Iisalmi als Bürokraft gearbeitet, bevor sie sich entschloss, ihr Literaturstudium fortzusetzen. Was in den Büchern stand, bekam man auch bei der Polizei zu hören, traurige und zugleich phantasievolle Geschichten von Menschen, die ihren Vater oder einen Saufkumpan umgebracht hatten oder in einer Mittsommernacht ertrunken waren. Auli sagte, sie habe in meinen Büchern die Menschen wiedergefunden, deren Aussagen sie abgetippt hatte.

In dem Winter, in dem Rane in Iisalmi auf dem Bau arbeitete, war er einige Male mit Aulis Schwester Heljä ausgegangen. Die Beziehung war eingeschlafen, als er zur Armee musste, aber Heljä hatte immer wieder sehnsüchtig von Rane aus Pielavesi gesprochen. Erst als sie in der Zeitung gelesen hatte, dass ihr Bekannter ein Mörder war, hatte sie ihre Sehnsucht überwunden. Inzwischen war sie schon zum zweiten Mal verheiratet, doch Auli hatte die Liebesgeschichte ihrer Schwester nicht vergessen. Bei der Lektüre meines ersten Romans, der in der Zeit des Bürgerkriegs spielt, hatte sie mich sofort mit Rane in Verbindung gebracht und sich sogar anhand des Melderegisters vergewissert, dass ich sein Bruder war.

Ich verspürte ein leichtes Unbehagen, als sie über die Liebesbeziehung zwischen ihrer Schwester und meinem Bruder sprach, doch sie nahm ihre Erinnerung nicht als Vorwand für einen Flirt. Sie hatte alle möglichen Informationen über mich ausgegraben, bis hin zu meinen Schulnoten; es war ein merkwürdiges Gefühl. Um endlich meine Nervosität loszuwerden, entkorkte ich die Rotweinflasche und bot auch Auli davon an. Sie meinte, ein halbes Glas könne sie vertragen. Der Wein schmeckte nach Johannisbeeren und Eiche, er war schwer und vollmundig. Ich aß ein Stück Brot dazu. Eine gute Kombination. Nach ein paar Schlucken fiel mir die Unterhaltung etwas leichter.

«In deinen Büchern stößt man immer wieder auf zentrale christliche Motive», behauptete Auli plötzlich. Mir blieb das Brot im Hals stecken.

«Ich bin Atheist», antwortete ich und hatte nun doch wieder den Eindruck, dass das Gespräch völlig falsch lief.

«Sühne, Erlösung, Rache bis ins dritte und vierte Glied, metaphorische Auferstehung, ein neues Leben – sind das nicht Themen, die du behandelst?»

«Was kann ich dafür, wenn die Christen Monopolansprüche auf diese Themen erheben! Ich wusste nicht, dass Konfessionslose nicht darüber schreiben dürfen. Natürlich kenne ich die Bibel, immerhin habe ich die Schule besucht und gezwungenermaßen auch den Konfirmandenunterricht. Wahrscheinlich wird man die biblischen Motive nie ganz los, aber ...»

Ich merkte, dass ich mich übermäßig aufregte, und verstummte. Auli Hatakka wirkte eingeschüchtert. Die gute Sara hatte in ihrer astrologischen Periode meinen Roman «Von der Leere gebissen» als perfekte Schilderung der Unvereinbarkeit von Menschen mit den Sternzeichen Widder und Fische bezeichnet; abstruse Deutungen konnte ich nun einmal nicht verhindern.

«Schön, dann stellen wir diese Motive in einen anderen Bezugsrahmen», sagte Auli mit bebender Stimme. «Wir sind wohl alle an unsere Weltanschauung gebunden. Ich bin überzeugte Christin und betrachte die Welt von meiner Warte aus. Es tut mir leid, wenn ich dich damit beleidigt habe.»

Mir fiel nichts anderes ein als die abgedroschene Bemerkung, jedes Werk entstehe letztlich im Kopf des Lesers und deshalb seien alle Interpretationen richtig. Dabei hasste ich meine als Höflichkeit maskierte Feigheit. Ich schenkte mir Wein nach und ließ Ulla kurz nach draußen. Als ich zurückkam, wurde mir wieder allzu deutlich bewusst, dass ich einer Frau gegenübersaß. Ihre Haare kringelten sich im Rücken wie ein ausgefasertes Seil. Es lockte mich, sie in die Hand zu nehmen und zusammenzuflechten. Ich suchte bei dem Gedanken Zuflucht, dass sie als religiöse Frau vermutlich einen schmucklosen, hautfarbenen Büstenhalter trug, aber selbst diese Vorstellung war erregend.

Trotzdem überstand ich das Interview, ohne mich zum Narren zu machen. Es hatte angefangen zu schneien, und Auli meinte, sie wolle nach Kirkkonummi fahren, bevor die Straßenverhältnisse noch schlechter wurden.

«Darf ich mich melden, wenn ich noch weitere Fragen habe?», erkundigte sie sich, und ich sagte, sie könne mir eine E-Mail schicken. Daraufhin bat sie mich, die Adresse in ihren Taschenkalender zu schreiben. Ich musste an die Mädchen denken, denen ich früher meine Telefonnummer gegeben hatte.

Ich begleitete Auli nach draußen und half ihr, das Auto vom Schnee zu befreien, der die Windschutzscheibe verdeckte und auf dem Dach bereits eine Haube gebildet hatte. Zum Glück war es trockener, leichter Schnee, der sich mühelos herunterfegen ließ. Aus einem plötzlichen Impuls heraus wischte ich einen Schneeklumpen von Aulis Mütze. Danach kam es mir idiotisch vor, mich mit Handschlag zu verabschieden, aber für Umarmungen bin ich nicht der Typ. Nachdem Auli abgefahren war, setzte ich mich aufs Sofa und überlegte, wie es gewesen wäre, mit ihr dort zu liegen. Ich befriedigte mich zweimal und kam mir vor wie ein Trottel.

Die erste E-Mail kam schon am Montag. Auli entschuldigte sich für ihre allzu persönlichen Fragen. Ich antwortete ihr, weil ich gerade nichts zu tun hatte. Draußen wehte ein schneidender Südwestwind bei dreiundzwanzig Grad minus, keines der Bücher in meinem Regal interessierte mich, und im Fernsehen lief nur Schwachsinn. Damit begann unsere Korrespondenz.

Als der Einbandentwurf für mein neues Buch eintraf, den ich entsetzlich fand, schrieb ich an Auli. Als der Tierarzt bei Ulla eine Bronchitis feststellte und Antibiotika verordnete, schrieb ich an Auli. Nach Kaitsus Selbstmordversuch öffnete ich meine Mailbox, während ich noch mit Sirkka telefonierte. Beim Skilaufen und Spazierengehen setzte ich in Gedanken E-Mails auf. Dabei wusste ich die ganze Zeit, dass ich es nicht tun sollte.

«Wenn Kaitsu gestorben wäre, hätte ich daran nicht weniger Schuld gehabt als sein Freund, denn ich wusste, was er vorhatte, und habe nichts unternommen, um ihn daran zu hindern. Wahrscheinlich dachte ich, er wäre kein solcher Feigling wie Rane oder ich oder mein Vater, doch das war ein Irrtum. Hätte ich mir wegen dieser Schuld auch das Leben nehmen müssen, wenn er gestorben wäre?»

«Vielleicht identifiziere ich den Autor zu sehr mit seinen Büchern, aber meiner Meinung nach ist gerade die Schuld das tragende Thema deiner Werke. Neigst du womöglich dazu, die Verantwortung für Taten zu übernehmen, an denen du schuldlos bist?»

«Hör mal, du frommes Kind, ich bin durchaus keine leidende Christusgestalt, sondern ein ganz normaler finnischer Schwächling, der lieber weitergeht, wenn jemand auf der Erde liegt, als stehenzubleiben und womöglich in eine unangenehme Situation zu geraten. Außerdem weißt du ja gar nicht, was ich in meinem Leben getan und unterlassen habe und welche Schuld sich dadurch angestaut hat.»

«Stimmt, das weiß ich nicht. Erzähl es mir!»

«Könntest du es denn verstehen? Hast du es geschafft, dein Leben zu führen, ohne gegen irgendwelche Gebote zu verstoßen? Damit wir uns richtig verstehen: Teppichklopfen am

Sonntag oder Neid auf die neue Dauerwelle der Nachbarin zählt nicht.»

«Nicht? Wenn ich wirklich an die Zehn Gebote glaube, kann ich mich nicht mit dem Argument über sie hinwegsetzen, andere hielten den Verstoß für unbedeutend.»

Eine teuflische Frau, erschreckend logisch in ihrem Glauben. Ich dachte viel zu viel an sie. Das lag natürlich nur am Frühling, in dieser Jahreszeit wird der Mensch unruhig, wie alle anderen Tiere auch. Ich hatte wieder mit einem neuen Roman angefangen, denn beim Schreiben spürte ich am deutlichsten, dass ich noch lebte. Der einzige Weg war es allerdings nicht. Wenn ich mich per E-Mail mit Auli unterhielt, war ich dem Leben recht nah.

Kurz vor dem Ersten Mai musste ich nach Helsinki fahren, um mit meiner Lektorin die Lesereise im Herbst und sonstige Lappalien zu besprechen. Bei der Gelegenheit wollte ich auch Kaitsu besuchen. Angeblich waren seine Beine nicht mehr völlig schlaff. Ich wusste nicht, was schlimmer war, eine leise Hoffnung auf ein normales Leben, die sich vielleicht als Illusion erwies, oder überhaupt keine Hoffnung. Wer nicht hofft, der wird auch nicht enttäuscht.

Die Lektorin legte mir einen dichtgedrängten Reiseplan vor, der mich kreuz und quer durch Finnland führen würde: nach Turku, Tampere, Seinäjoki, Oulu und Kuopio. Wenn ich von Oulu nach Kuopio fuhr, lag Iisalmi auf der Strecke, dachte ich, um mich im nächsten Moment darüber zu wundern, dass ich schon Pläne für den Herbst machte. Hoffentlich konnte Clasu sich um Ulla kümmern, solange ich unterwegs war.

Ich schnorrte ein paar Neuerscheinungen für Kaitsu, darunter ein Buch, das als erotischer Roman angepriesen wurde. Sirkkas verschämten Nebensätzen hatte ich entnommen, dass der Junge in dieser Beziehung wiederhergestellt war. Ich hätte nie erwartet, aus dem Mund meiner älteren Schwester jemals das Wort Erektion zu hören.

Seit dem Selbstmordversuch hatte ich noch kein einziges Mal mit Kaitsu gesprochen, nicht einmal am Telefon. Dabei war er für mich fast wie ein eigener Sohn. Ich kaufte ihm als Mitbringsel Geisha-Schokolade, die er als Kind so gern gegessen hatte.

Als ich kam, hielt er sich mit einigen anderen Männern im Tagesraum auf; sie sahen sich ein Video an, auf dem Arnold Schwarzenegger wieder einmal die Welt vor dem Untergang rettete. Beim Anblick des Rollstuhls argwöhnte ich, dass Sirkka die Fortschritte ihres Sohnes übertrieben rosig geschildert hatte. Ich begrüßte Kaitsu und setzte mich zu ihm vor den Fernseher, denn ich wusste, dass der Film sich dem Ende näherte. In der letzten Szene verabschiedet sich der Terminator von einer Frau mit gut entwickeltem Bizeps und von einem kleinen Jungen und verwandelt sich in einem Akt der Selbstvernichtung in flüssiges Metall. Ich hatte den Film immer gemocht. Diesmal wäre es mir lieber gewesen, die Trauer der Frau und des kleinen Jungen nicht mit anzusehen, doch ich konnte auch nicht einfach aufstehen.

Kaitsu meinte, Geisha-Schokolade möge er noch immer, aber eine richtige Geisha wäre ihm lieber. Er klagte über das schlechte Essen und seine verkümmerten Muskeln. Ich schlug ihm vor, ein Wochenende bei mir zu verbringen, die Kosten für das Inva-Taxi würde ich übernehmen. Der Gedanke schien ihm zu gefallen. Als er sich ins Bett hievte, weil ihm der Rücken wehtat, bot ich ihm keine Hilfe an.

Die Sonne war um das Gebäude herumgewandert, es war dämmerig geworden. Kaitsu knipste die Leselampe an und drehte sich kurz zur Seite. Beim Anblick des vertrauten, scharfen Profils war mir, als starre mich ein Gespenst aus der Vergangenheit an. Dann wandte Kaitsu mir das Gesicht zu, und das Gespenst verschwand. Wir sprachen über dieses und jenes, aber nur über Dinge, die weder wichtig noch ernst waren. Kaitsu redete mir zu, den Führerschein zu machen. Ich versprach, es mir zu überlegen.

Als ich gehen musste, bestand er darauf, mich im Rollstuhl nach draußen zu begleiten. Dort steckte er sich eine Zigarette an. Ich hatte seit Jahren nicht mehr geraucht, nahm aber, um ihm Gesellschaft zu leisten, auch eine und paffte sie zaghaft wie ein Backfisch. Der Mond kam hervor, um uns zuzuschauen, und lächelte mit halboffenem Mund. Zum Abschied klopfte ich Kaitsu auf die Schulter. Sein Arm reichte mir nur bis zum Hintern, was uns den Anstoß gab, ein paar Schwulenwitze vom Stapel zu lassen. Ich fuhr mit öffentlichen Verkehrsmitteln und leichten Sinnes nach Hause. Die Furchen an der Weggabelung zeigten mir, wo ich aussteigen musste. Mein Fahrrad lag neben der Haltestelle bereit. Die Felder von Degerby rochen nach Frühling, und die Amseln zwitscherten. Ulla, die ich draußen in ihrer warm gepolsterten Hundehütte gelassen hatte, begann zu bellen, als ich noch zweihundert Meter zu fahren hatte, und wedelte aufgeregt mit dem Schwanz. Sie wusste, dass im Haus Schweinekoteletts lagen. Auch ich hatte Hunger, also briet ich zwei Koteletts für mich und gab dem Hund zwei rohe. Als ich mich ins Bett legen wollte, flüsterte der Neugierteufel mir ein, ich müsse nachsehen, ob inzwischen E-Mails gekommen waren. Tatsächlich, Auli Hatakka hatte geschrieben.

«Hallo, Veikko! Ich muss übermorgen überraschend an einem Seminar in Helsinki teilnehmen. Es dauert nur bis zum Nachmittag, ich hätte also Zeit für ein Treffen, bevor der Nachtzug nach Iisalmi abfährt. Wie sieht es bei dir aus?»

Ich starrte wütend auf die Nachricht und beschloss, die Entscheidung auf den nächsten Morgen zu verschieben. Im Traum lag ich mit Auli im Bett, was die Sache nicht leichter machte. Gegen sieben weckte mich Ullas Winseln. Ich musste aufstehen und sie hinauslassen, hatte aber teuflische Kopfschmerzen und war innerlich zerrissen. Daher legte ich mich noch einmal ins Bett, konnte aber nicht mehr einschlafen und verfluchte alle Frauen und Hunde. Nachdem ich mich mit Brei und Schmerztabletten gestärkt hatte, machte ich einen Spaziergang. Die Erde grünte, und die Bäume strotzten vor frischen Trieben. Das Gelb des Huflattichs wirkte geradezu aufreizend.

Alles hatte einmal ein Ende. Natürlich konnte ich die absurde Mail-Romanze mit einer frommen Mutter von drei Kindern nicht ewig weiterführen. Ob Auli unsere Korrespondenz als Romanze betrachtete, wusste ich zwar nicht, aber für mich war sie dazu geworden. Auf keinen Fall würde ich nach Helsinki fahren. Stattdessen wollte ich Auli mitteilen, dass mit dem Mailen jetzt Schluss war. Sie hatte inzwischen bestimmt genug Material für ihre Magisterarbeit beisammen.

Ulla lief mir zum Ufer voran. Ich warf einen Stock ins Wasser, und sie stürmte hinterher, wobei sie ein Schwanenpaar aufscheuchte. In ein paar Tagen war der Erste Mai. Könnte Auli nicht hierbleiben und mit mir feiern? Ach nein, ihre Kinder warteten ja auf sie. Das Jüngste trug denselben Namen wie mein Hund.

Ich drehte und wendete das Problem hin und her, obwohl ich wusste, dass meine erste, instinktive Entscheidung die richtige gewesen war. Als ich versuchte, meine Ängste zu verlachen, war mir erst recht zum Weinen zumute, und dass ich wegen einer Frau weinte, kam nicht in Frage. Ich blieb am Ufer, bis Ulla vor Hunger winselte. Auch mir knurrte der Magen. Es waren noch Schweinekoteletts da, zu denen ich Kartoffeln briet. Als das Telefon klingelte, hatte ich mich noch immer nicht zu einem endgültigen Entschluss durchgerungen. Natürlich war es Auli, die anrief und ein Treffen im Bahnhofsrestaurant vorschlug. Vor lauter Verblüffung versprach ich, am nächsten Tag um fünf Uhr dort zu sein, und verbrachte den Rest des Abends damit, über mich selbst zu fluchen. Am nächsten Morgen versuchte ich zu schreiben, doch es fiel mir schwer, und die Stunden wollten nicht vergehen. Ich bügelte mein Hemd und überlegte dabei, ob ich das Bügeleisen nach Mutters Beerdigung je wieder benutzt hatte.

Der Bus kam langsamer voran, als der Fahrplan behauptete, er stand ein paarmal im Stau. Als er schließlich durch die Innenstadt zockelte, spielte ich mit dem Gedanken, auszusteigen und den restlichen Weg zu Fuß zu gehen, aber es hatte angefangen zu regnen, und einen Schirm hatte ich natürlich nicht dabei. An der Endhaltestelle fand der Bus keinen Platz zwischen seinen Artgenossen. Schließlich betrat ich völlig durchnässt und mit fünfzehn Minuten Verspätung das Bahnhofslokal. Zuerst konnte ich Auli nirgendwo entdecken. Dann sah ich sie an einem Tisch mit zwei anderen Frauen. Sie winkte, nahm ihr Glas und kam auf mich zu. Ihre Hüften waren runder, als ich sie in Erinnerung hatte, die hellblaue Hose saß hauteng. Die Schlüsselbeine ragten aus dem Ausschnitt hervor wie Rote Bete aus der Erde, sie verlockten dazu, ihnen unter die Bluse zu folgen.

«Ich dachte schon, du hättest es dir anders überlegt», sagte Auli.

«Hab ich nicht», antwortete ich und wünschte, ich hätte es getan.

«Schön, dich zu sehen», fuhr sie fort. Ich hatte Angst, sie würde weitere Banalitäten von sich geben. Wir setzten uns an einen Tisch, ich bestellte ein Bier. Auli fragte, ob an der Küste schon die Krokusse blühten. Ich sagte, das wisse ich nicht, denn in meinem Garten hätte ich keine gepflanzt. In Iisalmi wurden die Bäume bereits grün, erfuhr ich.

«Wie geht es deinem Neffen?», fragte sie dann.

«Ganz gut. Es fällt ihm schwer, die Finger von den hübschen Krankenschwestern zu lassen.»

Das war ein Test. Wenn Auli Entrüstung zeigte, war alles leichter. Aber nein, sie lachte über meine Bemerkung. Ihr Lachen war wie das Gurren einer Taube in einer lauen Frühlingsnacht.

«Findest du das nicht unmoralisch?», versuchte ich sie zu provozieren.

«Dass ein junger Mann eine Frau begehrt? Natürlich nicht. Das zeigt doch, dass seine Lebensfreude allmählich zurückkehrt.»

Wieder dieses Lachen und die zu Schlitzen verengten Augen. Wie mochten sie aus allernächster Nähe aussehen, wonach schmeckten ihre Wimpern?

«Du bist natürlich eine Christin von der Sorte, die auch ohne das Amen der Kirche mit einem Mann ins Bett steigt», schnaubte ich. Auli lachte wieder auf, doch es klang unsicher.

«Was das Amen betrifft, bin ich mir nicht sicher, aber jedenfalls habe ich nicht die Angewohnheit, beim ersten oder zweiten Rendezvous mit irgendwem ins Bett zu gehen.»

«Hast du seit dem Tod deines Mannes mit jemandem geschlafen?»

«Ich glaube nicht, dass ich dir darauf antworten muss.» Alle Freude war aus ihrem Gesicht gewichen, und ich war zufrieden.

«Natürlich brauchst du nicht zu antworten. Ich fürchte nur, du hast mich falsch verstanden. Ich hatte eine Schreibhemmung, da tat es mir gut, wenigstens E-Mails zu verfassen. Jetzt läuft es wieder, also habe ich keine Zeit mehr, dir zu schreiben.»

Auli wusste, dass ich schon seit März an meinem neuen Roman arbeitete, erhob jedoch keinen Widerspruch. Ich sagte, ich müsse zur Toilette. Meine Jacke ließ ich über dem

Stuhl hängen, es war ein hässliches, unter den Armen eingerissenes Ding, das ich nie gemocht hatte. Ich verließ das Restaurant durch den Hintereingang. Das war ein Trick, den Frauen manchmal anwandten, aber ich war nun mal ein unmännlicher Mann. Nachdem ich im nächsten Kaufhaus eine neue Jacke erstanden hatte, trank ich mir am Busbahnhof einen soliden Rausch an. Im Bus schlief ich ein und wurde erst wieder wach, als der Busfahrer mir ins Ohr brüllte:

«He, Sie wollten doch in Degerby aussteigen.»

Es regnete noch immer, der Weg war völlig aufgeweicht. Mein Fahrrad und ich waren uns uneins, wir trennten uns immer wieder voneinander und warfen uns gegenseitig um. Ulla empfing mich knurrend, und das rote Lämpchen am Anrufbeantworter blinkte böse. Ich nahm mir vor, am nächsten Morgen herauszufinden, wie man Nachrichten löscht, ohne sie anzuhören.

Das einzig Gute an unerträglichen Tagen ist, dass sie nicht endlos dauern. Jeder Tag hat nur vierundzwanzig Stunden, und wenn man betrunken ist, geht die Zeit schon herum. Eine derartige Saufsträhne hatte ich mir noch nie geleistet: täglich literweise Bier, etwas Stärkeres gab es am Kiosk in Degerby nicht. Ich zerschlug den Anrufbeantworter, als ich Saras Stimme hörte. Clasu kam ab und zu vorbei und sah nach, ob wir genug zu essen hatten.

Nach einigen Tagen konnte ich nicht mehr. Ich stöpselte das Telefon wieder ein, steckte meine Kleidung in die Waschmaschine, heizte die Sauna und radelte zum Einkaufen ins Kirchdorf. Das Leben kehrte in seine alten Bahnen zurück. Ich wagte es sogar, den Computer einzuschalten und zu schreiben, fasste aber erst nach einem weiteren Tag den Mut, in meine Mailbox zu schauen.

Die Nachricht war kurz und voller Würde. Auli schrieb, sie sei froh, mich kennengelernt zu haben, wolle mir ihre Freundschaft aber nicht aufdrängen. Das war alles. Keine Beschimpfungen, kein Gejammer, nicht einmal versteckte Andeutungen. Ich druckte die Mail aus, bevor ich sie löschte, vielleicht konnte ich sie irgendwann einmal in einer Erzählung verwenden.

Am Samstag vor dem Muttertag schaute ich wieder bei Kaitsu vorbei. Wir vereinbarten, dass er am nächsten Wochenende zu mir kommen würde. Ich sagte drohend, dann müsse er mir aber beim Holzhacken helfen, denn das sei im Sitzen ohne weiteres möglich. Es fiel ihm noch schwer, an Krücken zu gehen, aber er versuchte es wenigstens. Ulla, die ich ausnahmsweise mitgenommen hatte, schnappte nach den Rocksäumen der Schwestern und nuckelte an Katjas Finger. Katja hatte ich seit ihrer Geburtstagsparty nicht mehr gesehen. Sie strahlte in einer Art, die mich entzückte und mir zugleich Angst einjagte. Nachdem wir uns von Kaitsu verabschiedet hatten, schlug ich ihr vor, einen Kaffee trinken zu gehen. Katja wollte mit ihrem Freund zu einem Rockfestival, hatte aber noch eine Stunde Zeit. Wir setzten uns auf die gerade erst eröffnete Terrasse des Bahnhofsrestaurants, weil ich dort meinen Hund mitnehmen konnte.

«Dir geht es also gut?», erkundigte ich mich und registrierte die Blicke, mit denen man uns musterte. Ein Mann mittleren Alters und eine bildhübsche junge Frau, die ihm nicht gehörte.

«Überwiegend. Ich habe noch immer keinen Job, abgesehen von den Musikkritiken, aber im Juni bekomme ich mein Magisterdiplom. Das Institut hat mir für das Herbstsemester einen Lehrauftrag versprochen, und ich beantrage pausenlos Forschungsstipendien. Bisher allerdings erfolglos. Außerdem haben wir unsere Band, und dann ist da natürlich Pekka ...»

Ein Lächeln flog über ihr Gesicht.

«Gehst du morgen zu Sirkka?»

«Wir treffen uns zum Muttertagskaffee bei Kaitsu.»

«Ich habe fast jeden Muttertag in Pielavesi verbracht. Deine Großmutter hatte ja am elften Mai Geburtstag, da fielen oft beide Feste auf denselben Tag. Es ist ganz ungewohnt, am Muttertag nichts vorzuhaben», hörte ich mich jammern.

«Ja, in der nächsten Nacht ist es fünfundzwanzig Jahre her», murmelte Katja. Sie brauchte mir nicht zu erklären, was «es» war. «Man sollte meinen, nach so langer Zeit hätten sich die Erinnerungen verflüchtigt, aber das stimmt nicht.»

«Ist dir viel im Gedächtnis geblieben?»

«Mehr als genug. Ich habe Opas Leiche gesehen und den Hammer angefasst, als er ...»

… aus Ranes Hand auf den Boden gefallen war. Hast du ihn abgewischt?»

«Ja», gestand Veikko. «Ein verzweifelter Versuch, uns alle reinzuwaschen. Genauso gut hätte ich der Täter sein können. Kurz bevor ich aus dem Haus gehen wollte, um bei Hartikainen Schnaps zu besorgen, habe ich Vater nämlich die Faust ins Gesicht geschlagen. Dass nicht ich, sondern Rane den Hammer nahm, war Zufall. Ich habe ihm gesagt, wenn wir alles abstreiten, würde er vielleicht nicht verurteilt. Auch das war ein Irrtum.»

Kirsikka Kalmanlehto hatte mir versichert, dass Rane seinen Vater tatsächlich umgebracht hatte. Es stand ihm ins Gesicht geschrieben, und auch sein erster Selbstmordversuch war eine Art Geständnis gewesen.

«Mutter hatte sich zwar schon hingelegt, schlief aber noch nicht. Sie hat den Streit mit angehört und sich nachher schuldig gefühlt, weil sie nicht rechtzeitig dazwischengegangen war. Dasselbe hat Rane später übrigens uns allen vorgeworfen.»

«Und ihr habt die Schuld angenommen. Kaitsu und ich haben sie dann von euch geerbt. Dieses Erbe darf man wohl zurückweisen?»

«Wenn du das Zeug dazu hast.» Veikkos Stimme klang

ernst. Der Bart, den er sich neuerdings stehenließ, stand ihm gut, er machte ihn älter und seriöser. Ulla war gewachsen, ihre Pfoten wirkten nicht mehr so überproportioniert wie bei einem Welpen. Hunde haben eine viel kürzere Jugend als Menschen.

In der letzten Nacht war auch Veikko kurz in meinem Traum aufgetaucht. Ich hatte wieder auf der Opernbühne gestanden und nicht gewusst, welche Rolle ich zu singen hatte. Da hatte Kode Melodiefetzen gesummt, und Pekka hatte eine Arie gesungen, in der er meine Rollengestalt beschrieb, sodass ich sie wiedererkannte. Beim Aufwachen hatte ich mich nicht an die Einzelheiten erinnert, wohl aber an das Gefühl. Ich war aus der Rolle gefallen, wie so oft, aber meine Freunde hatten mir geholfen, wieder hineinzufinden.

Ich erzählte Veikko von meinem Traum. Er sagte, für seine Romane sei das Ende viel zu glücklich.

«Ich muss einfach daran glauben, dass Glück wenigstens ab und zu möglich ist. Obwohl ich nicht weiß, ob ich das Recht habe, glücklich zu sein, wenn alle anderen um mich herum … Kaitsu und Mutter und Rane …»

«Das Recht?» Veikko grinste auf einmal. «Eher die Pflicht, würde ich sagen.» Er runzelte die Stirn und schien über seine eigenen Worte nachzudenken. «Verdammt nochmal! Natürlich, genau das ist es! Kannst du einen Moment auf Ulla aufpassen?»

Er rannte in das Bahnhofsgebäude. Es war das erste Mal, dass ich ihn bei einer spontanen Handlung erlebte. Normalerweise vermied er es, Aufmerksamkeit zu erregen. Der Hund winselte verstört. Ein paar Minuten später kam Veikko im Laufschritt zurück.

«Eine Viertelstunde, wir schaffen es gerade noch. Komm, Ulla!»

«Wohin willst du denn?»

«Mit dem nächsten Zug nach Iisalmi, falls im Hundeabteil Platz für Ulla ist. Na, wir werden schon irgendwie reinpassen. Ich muss noch Geld abheben und die Fahrkarte kaufen.»

«Was ist denn in Iisalmi so Besonderes?»

«Jemand namens Auli. Hoffentlich hat der Zug ein Telefon.»

Veikko umarmte mich nicht, doch sein Blick war wie eine Umarmung. Er verschwand mit seinem Hund im Gedränge, während ich sitzen blieb, meinen Kaffee trank und auf Pekka wartete. Wir wollten nach Järvenpää zum ersten Rockfestival des Frühjahrs. Kode und ein paar seiner Freunde hatten ihren Frauen einen ungewöhnlichen Muttertagsausflug versprochen, und Kode hatte Pekka und mich überredet, mitzukommen.

Während ich auf Pekka wartete, dachte ich an all die Male, wo mir das Warten angenehmer erschienen war als das bevorstehende Ereignis selbst. Der Verkehrslärm wurde allmählich störend, deshalb holte ich meinen Walkman hervor, setzte die Kopfhörer auf und flüchtete mich in die Musik. «Um irgendwas zu schnallen, musst du ziemlich alt sein, musst du dreißig werden, dreißig oder mehr», sang Luonteri Surf, und ich dachte über meine eigenen Erwachsenensongs nach. Die Sonne forderte mich auf, die Jeansjacke auszuziehen. Es war nicht mehr Frühling, es war Sommer.

Plötzlich stand Pekka an meinem Tisch und sagte:

«He, Mädchen, legst du Wert auf nette Gesellschaft?»

«Ja – also hau ab!»

Wir lachten beide, und unser Kuss war nicht mehr unsicher.

Im Zug trafen wir Kodes Familie und einige flüchtige Bekannte, die wir im Lauf des Abends sicher besser kennenlernen würden. Wir kamen gerade rechtzeitig zum Auftritt der ersten Band. Sie spielte lauten, wüsten Heavy von der Art, die Kaitsu am liebsten mochte. Wir breiteten unsere Decken aus und machten eine Weinflasche auf. Die Menschen waren in Picknickstimmung, neben uns fütterte jemand ein Baby, und Pekka schnitt dem Kleinen, das vom Kartoffelmus nicht begeistert schien, lustige Grimassen. Ich erinnerte mich, dass auch Karri immer mit kleinen Kindern herumgealbert hatte. Damals hatte ich gedacht, er würde einen guten Vater abgeben.

Vaters Verschwinden, Ranes und Opas Tod, Karri ... Wie leicht war es doch, Gründe für das eigene Unbehagen zu finden, und wie schwer war es, zu akzeptieren, dass nicht alles einen Grund hatte. Am Morgen hatte ich wieder «Pfauenauge» gehört und Hector, dem Liedermacher, in Gedanken gesagt, dass er sich irrte. Es war doch möglich, die Zeit umzukehren, man konnte in die Vergangenheit zurückgehen und sehen, was man irgendwann einmal völlig falsch verstanden hatte. Man konnte seine falschen Vorstellungen korrigieren. Die Zeit war nicht linear, sie war ein dreidimensionales Spinnennetz, in dem man gelegentlich rückwärts lief, seine Fehler wiederholte und neue Chancen bekam, ein Netz, in dem man einen Menschen aus seiner Vergangenheit, der wichtiger gewesen war, als man geahnt hatte, wiederfinden konnte, und in dem einem zurückgegeben wurde, was man verloren hatte.

Erst gestern hatte Karri mir wieder gemailt. Er wollte mit Samuli zur Abiturfeier seiner Nichte kommen und bat mich um ein Treffen. «Glaub ja nicht, dass du mich je wieder loswirst, nachdem ich dich endlich wiedergefunden habe. Ich liebe dich nämlich, Katja.»

«Ich liebe dich auch», hatte ich geantwortet, und es war weder schmerzhaft noch Selbstbetrug gewesen. Die Liebe, die ich vor zehn Jahren empfunden hatte, hatte lediglich eine neue Gestalt angenommen. Auch Kode liebte ich, denn seine Musik hatte mir über düstere Zeiten hinweggeholfen.

Die nächste Band spielte schmuseweichen Pop. Kodes Frau Sanna, ich und ein paar andere standen auf und tanzten. Sanna hatte ein anziehendes Lächeln, ich war kein bisschen eifersüchtig auf sie.

«Nächstes Jahr spielen wir hier», brüstete sich Kode. Unser erster Auftritt war für den Frühherbst geplant, bei einem Festival, auf dem ich vor vielen Jahren Salamasota erlebt hatte. Ich konnte es kaum fassen, dass ich mit Kode Salama und Pekka ausgerechnet auf dieser Bühne stehen würde.

Endlich war die Hauptattraktion des Abends an der Reihe, die Band Tehosekoitin, die Kode als erstaunliches musikalisches Chamäleon charakterisierte. Es war kühl geworden, ich schmiegte mich enger an Pekka. Sanna und Kode, die Bier holen gingen, fragten, ob sie mir eins mitbringen sollten. Doch ich mochte nichts mehr trinken, denn ich wollte eine klare Erinnerung an alles behalten: an die Sonne, die träge hinter dem Waldrand verschwand, an die lächelnden Menschen, an Kode Salama, der mir vom Bierzelt zuwinkte, an die schwankenden Birken hinter der Bühne und an Pekkas Wärme neben mir. Ich wusste, dass ich mich nicht lückenlos erinnern würde. Im Lauf der Jahre würde sich die Erinnerung verändern, einiges würde ganz in Vergessenheit geraten, anderes in den Vordergrund treten oder eine neue Färbung annehmen. Vielleicht bewegte sich am Rand meiner Erinnerung jemand, der mir eines Tages etwas bedeuten würde. Ich lehnte mich an Pekka und schloss die Augen, als Tehosekoitin zum nächsten Song ansetzte. Er hieß «Alles ist möglich».